POUR L'HONNEUR DES GRENVILLE

DOMINICK DUNNE

POUR L'HONNEUR DES GRENVILLE

Préface de Gilles Lambert

PRESSES DE LA CITE
PARIS

Titre original :
THE TWO MRS. GRENVILLES
Publié par Crown Publishers, Inc. New York
Traduit par Marie-Alyx Revellat

ISBN 2-258-01841-2

Préface

LE MEURTRE DU SIECLE

Une nuit d'octobre 1955, vers deux heures du matin, Ann Woodward tua son mari William Woodward Junior, un des hommes les plus riches des Etats-Unis, en le criblant de plombs de chasse, presque à bout portant.

Elle l'avait pris pour le voleur qui, depuis plusieurs jours, rôdait la nuit dans le parc de leur immense propriété d'Oyster Bay Cove, sur le North Shore, la côte nord de Long Island, non loin de New York. C'est du moins ce qu'elle affirma aux policiers appelés par les domestiques. De nos jours, ce secteur de Long Island, où on a morcelé les immenses domaines et construit beaucoup de villas, a perdu de son attrait ; à l'époque, c'était une sorte de paradis, réservé à la très haute société.

Pour étayer sa thèse, Ann fit apparaître le rôdeur, un chômeur d'origine allemande nommé Wirth, qui reconnut ses torts, avoua de menus larcins, et disparut à tout jamais. Le Grand Jury, version américaine de la cour d'assises, ému par la beauté, les voiles de veuve et le désespoir d'Ann Woodward, ébranlé par les dépositions des témoins, dont celle d'Elsie Woodward, propre mère de la victime, les lettres des amis du couple, parmi lesquels la duchesse de Windsor, se laissa finalement convaincre par l'éloquence du plus célèbre avocat criminel de l'époque. Ann fut déclarée non-coupable. Un mois après avoir fusillé son époux, elle quitta la clinique, où d'ailleurs elle avait été laissée en liberté provisoire, et regagna son luxueux hôtel particulier de Manhattan. Elle retrouva ses deux enfants, dont l'héritier de la fortune familiale William le Troisième, et reprit sa vie mondaine. Pour la justice américaine et pour la bonne société internationale, la disparition, à trente-cinq ans, du séduisant propriétaire de la Hanover Bank, et de l'écurie de course la plus brillante du Nouveau Monde, était bien — et définitivement — la conséquence d'une terrible méprise.

Mais pas pour les journalistes. A l'époque, la chronique mondaine de New York, très suivie, est entre les mains de deux ou trois enquêteurs sauvages que rien ne peut faire taire. Mrs. Woodward mère eut beau faire pression sur les propriétaires des groupes de presse — ses amis —, les journalistes, soucieux de manifester leur indépendance, multiplièrent les allusions perfides. Le verdict du Grand Jury non plus que la conspiration du silence dans laquelle trempait toute la bonne société du North Shore ne leur semblaient satisfaisants. D'autant plus qu'on apprit que si tous leurs amis huppés avaient témoigné dans des termes identiques que les Woodward formaient un « couple uni », plusieurs lettres anonymes étaient parvenues à la Cour évoquant une mésentente chronique et — plus grave — une violente dispute la nuit même de l'accident, dans une soirée très sélecte donnée à Locust Valley, Long Island, en l'honneur de la duchesse de Windsor. La loi interdisant de verser au dossier des lettres anonymes, ces accusations voilées — émanant peut-être des mêmes personnes ayant témoigné que nul nuage ne planait sur le couple — étaient restées lettres mortes. Mais les journalistes s'en étaient emparés : Cholly Knickerbocher (Igor Cassini de son vrai nom), Elsa Maxwell, Cleveland Amory, etc., faisaient assaut de révélations et de sous-entendus.

Poussant plus avant leur enquête à travers le mur du silence, ils découvrirent que, contrairement à la version officielle, le mariage Woodward était sur le point de faire naufrage. Bill Woodward était exaspéré par les exigences, le snobisme, les caprices de sa femme. Quand il l'avait rencontrée, en 1943, elle était danseuse, et faisait partie de la « chorus line » du cabaret Copacabana. *Elle venait du Kansas et n'avait, pour toute fortune, que son corps magnifique, ses jambes qu'elle levait haut, et ses cheveux fous, sans compter de grandes ambitions. Lui était enseigne dans la Navy, et s'apprêtait à rejoindre son unité dans le Pacifique. Il l'épousa, malgré l'opposition violente de sa famille. Elle était enceinte. Après la guerre, la lune de miel fut de courte durée. En vérité, les époux*

Woodward vivaient, dans le luxe, une version avant la lettre de Qui a peur de Virginia Woolf *; autrement dit, une scène de ménage permanente — sauf dans les soirées et dans les magazines, où ils se regardaient avec tendresse. Bill avait des liaisons secrètes qui rendaient Ann jalouse — bien qu'elle se consolât avec des amants choisis dans le Gotha : très belle, très sexy, habillée par les plus grands couturiers et les meilleurs fourreurs, elle n'avait aucun mal à séduire les « play-boys » les plus recherchés.*

Le magazine Life, *qui tirait alors à plus de trois millions d'exemplaires, publia un mois après les faits une photo d'Ann Woodward en couverture et titra sans complexe :* Le meurtre du siècle. *Gloire douteuse, qui exaspéra Elsie Woodward. Elle demanda à sa belle-fille de prendre ses distances, de voyager. Pourquoi ne s'installerait-elle pas en Europe ? Le temps que la rumeur s'assourdisse, que les journalistes trouvent d'autres sources d'inspiration. La terrible Mrs. Woodward, qui, jusque-là, par haine du scandale avait parfaitement « couvert » sa belle-fille, accompagna-t-elle cette suggestion d'une menace — celle de rompre la conspiration du silence, ce qui aurait eu pour effet de rejeter Ann entre les mains de la justice ? On ne sait. Ce qui est sûr, c'est que Ann, malgré ses réticences, obéit. Elle partit pour la France et partagea désormais son temps entre Paris, Capri et Saint-Moritz. Elle revenait de temps en temps à New York pour voir ses enfants, qui la fuyaient : ils la tenaient comptable de la question qu'on ne cessait de leur poser à l'école :* c'est vrai que ta mère a assassiné ton père ?

Un autre avantage de la vieille Europe, c'est que le crime passionnel y est plus facilement compris, et pardonné, que dans la puritaine Amérique. Autour d'Ann, le meurtre d'Oyster Bay entretenait comme une légende diabolique. Qu'on ignorât la vérité, que des accusations informulées courussent dans les journaux, augmentait l'attrait morbide qu'exerçait la « belle Américaine ».

C'est alors qu'entre en scène, attiré lui aussi par ce parfum de mystère et de meurtre, un écrivain connu, qui s'est fait une spécialité de mettre au jour, dans des romans à clés et à succès, les secrets d'alcôve, les monstruosités de la haute société : Truman Capote. Curieux et dangereux personnage dont le rôle va se révéler décisif dans la suite des événements. Homosexuel, court sur pattes, le regard à la fois vif et fuyant, il a d'abord obtenu un succès d'estime avec des romans de qualité (dont la

Harpe d'herbes*). Mais, fasciné par l'argent et le « jet-set » auquel il rêve de s'intégrer, il écrit aussi des nouvelles et des chroniques mondaines qui frôlent le scandale et enfin un livre,* Breakfast at Tiffany, *qui va fournir la base d'un film à succès avec Audrey Hepburn pour vedette :* Diamants sur canapé *; c'est l'histoire de Holly Golightly, jolie aventurière qui a des points communs avec Ann Woodward.*

Que la réalité se mette à copier ses nouvelles et ses romans lui apparaît comme une sorte de provocation. Un soir, à Saint-Moritz, dans le bar du Palace, *un des rendez-vous des* beautiful people, *Truman Capote aperçoit Ann Woodward dans les bras d'un séducteur allemand aux tempes argentées. Il s'approche du couple, qui se détourne. Décontenancé, il fait mine de mettre Ann en joue avec un fusil imaginaire en criant : « Salut, Madame Pan Pan ! » Et il quitte le bar. Anecdote en apparence sans gravité mais qui scellera le destin d'Ann Woodward. Elle aura dès lors le sentiment tenace que le poids des souvenirs, la curiosité douteuse qu'elle inspire, l'accompagneront toujours. Déstabilisée, déprimée, elle prendra la décision de se réinstaller à New York, où d'autres terribles drames la guettent. Curieusement, Truman Capote y sera encore, étroitement, associé : la publication en 1975 dans le magazine* Esquire *d'une histoire intitulée* La Côte basque, *en principe un chapitre d'un livre intitulé* Questions sans réponses *qui ne paraîtra jamais, pleine d'allusions et de flèches empoisonnées, mettra en marche, comme dans les tragédies de Shakespeare, la mécanique implacable et cruelle de l'horreur.*

Plus de trente ans ont passé depuis la mort de Bill Woodward. Truman Capote, miné par la drogue et l'alcool, est mort lui aussi des suites d'une opération déconseillée de chirurgie plastique. La plupart des personnages de sa comédie mondaine des années 50 ont quitté ce monde. L'oubli est en train de tomber sur le dossier Woodward. Et, soudain, un roman qui, en principe, n'a rien à voir avec le drame, mais qui en reprend tous les éléments sous le masque de la fiction, replace l'affaire dans l'actualité.

Pour l'honneur des Grenville *est l'histoire d'une jeune provinciale très attirante qui arrive à New York pendant la guerre, après une enfance difficile et une adolescence douloureuse. Engagée dans un cabaret comme danseuse, elle fait la connaissance d'un jeune militaire héritier d'une fabuleuse fortune, qui s'apprête à rejoindre son unité, tombe amoureux d'elle et, passant outre les protestations de sa famille, l'épouse. Comme Ann Woodward, Ann Grenville aura deux enfants, se sentira rejetée, malgré son mariage, par la société où elle vit, et comme Ann Woodward, après une lente descente vers l'angoisse, elle tuera son mari. Par erreur.*

Impossible de s'y tromper : c'est bien le « meurtre du siècle » qui a inspiré l'auteur de ce roman. L'histoire d'Ann Grenville ressemble terriblement à celle d'Ann Woodward, et la fiction nous ramène constamment à la réalité : les coups de théâtre se succèdent, les obscurités se dissipent, et, par l'entremise de personnages qui n'ont pas existé, la vérité surgit. Cruelle. D'un roman, on peut toujours s'échapper. On peut en redresser le cours, car les personnages, finalement, appartiennent autant au lecteur qu'à l'auteur. Une histoire fondée sur la réalité vous tient sous sa loi. On ne peut que s'incliner ; accepter toutes les situations, même les plus inacceptables.

Détail supplémentaire, l'auteur de Pour l'honneur des Grenville *a imaginé un narrateur, Basil Plant, qui ressemble comme un frère à Truman Capote. Et c'est lui qui raconte cette vie dont il a modifié le cours. Extraordinaire expérience pour un romancier qui brouille les cartes, mélange fiction et réalité, et, à travers ce qu'il écrit, infléchit la destinée d'une femme vraie — et célèbre.*

On le voit, Pour l'honneur des Grenville *n'est en rien un roman qui ressemble aux autres. C'est un jeu de miroirs, dans lequel réalité et fiction se télescopent à plusieurs niveaux. L'auteur, Dominick Dunne, a lui aussi été placé en porte-à-faux, entre la réalité et l'imaginaire. Scénariste et producteur célèbre à Hollywood pendant vingt-quatre ans (il a écrit plusieurs scénarios, et produit* Panique à Needle Park, *un film sur la drogue, et* Boys in the Band*), il a été à son tour associé à un meurtre. Sa fille, Dominique Dunne, ravissante comédienne, qui venait de tourner en vedette un film à succès,* Poltergeist, *a été assassinée, en 1983, par son petit ami, John Sweeney, qu'elle avait décidé de quitter. Le meurtrier fut condamné à huit ans de prison, ce qui, théoriquement, lui permettait d'espérer une mise en liberté après deux ans et demi. Indigné, amer, le père de Dominique s'éleva contre cette indulgence et rendit publique sa colère dans un article intitulé par dérision* Justice. *Puis, récemment divorcé, il décida de quitter Hollywood et même de couper tout contact avec la société. Il loua un chalet de montagne* *sans téléphone, dont même ses deux fils, Griffin, comédien comme sa sœur, et Alex, écrivain comme son père, ne connaissaient pas l'adresse.*

Il y resta plus de six mois. Et quand il réapparut, il avait terminé un roman basé sur une autre affaire criminelle — une autre injustice ? — qui rappelait celle qu'il avait vécue. On l'ignorait, mais le meurtre d'Oyster Bay le hantait depuis trente ans. Jeune journaliste, il avait un soir, au Stork Club *de New York, subi la fascination d'une femme d'une beauté presque irréelle, qui dansait avec un homme en lui parlant à voix basse : on lui dit qu'il s'agissait d'Angelina Crowell, danseuse du* Copacabana, *qui avait des ambitions cinématographiques, et sortait avec un célèbre « play-boy » argentin. La scène s'était gravée dans sa mémoire — et plus tard, il n'eut aucune peine à reconnaître « sa » danseuse dans la célèbre Mrs. Woodward qui venait de tuer son mari par erreur. Il avait, comme tous les Américains à la page, suivi les épisodes du feuilleton tragique. Et comme beaucoup d'autres, il s'était interrogé sur la valeur des témoignages innocentant Ann, sur le poids de la bonne société et — plus tard — sur l'irruption catastrophique, dans cette histoire vraie, du fabricant d'histoires nommé Truman Capote. L'épreuve personnelle qu'il avait subie, la mort de sa fille, avait encore ravivé ses souvenirs. Le dossier lui parut encore plus significatif que celui de Claus von Bulow, accusé d'avoir tué sa femme par des piqûres d'insuline, ou le scandale Alfred Bloomingdale, héritier des grands magasins.*

Dominick Dunne en parla à son ex-femme, Lenny, qui anime une organisation « Parents d'enfants assassinés ». Un des enfants d'Ann Woodward ne s'est-il pas suicidé en se jetant par une fenêtre, incapable de résister à la pression du drame, assassiné, en quelque sorte, par le passé ? Dunne décida de raconter, sous forme de roman, en changeant les noms, les lieux et quelques circonstances, le « meurtre du siècle » qui, sous certains aspects, lui rappelait celui qu'il avait vécu.

Avant de partir pour sa retraite de montagne, il se livra à une enquête. Trente ans avaient passé. Les langues allaient-elles se délier chez les survivants ? Il observa que la consigne du silence était toujours respectée. Quelques pièces manquantes du puzzle, pourtant, se présentèrent à lui. On les trouve dans son « roman », et des points obscurs s'éclaircissent. Il apprit par exemple les détails de la très violente dispute qui avait opposé, chez leur amie Edith Barker, les époux Woodward juste avant « l'accident ». Aucun des témoins n'avait jugé bon d'en faire le récit aux enquêteurs. Pourtant, le scandale avait été considérable. Et surtout, Dunne mit au jour, presque par hasard, le secret de la vie d'Ann, que son mari venait lui aussi de découvrir et qui fournit à la fois le mobile et la logique interne du drame.

Ann Grenville est faite de tout ce qu'on ignorera toujours d'Ann Woodward. Comme on le constate dans ce roman, c'est une créature exceptionnelle, d'une volonté farouche, qui poussa l'ambition sociale, le snobisme et le besoin de luxe jusqu'aux limites mêmes de la vie. Une femme terrible et fascinante qu'aucun romancier, sans doute, n'aurait osé imaginer. Un romancier est tout de même intervenu dans le cours de son destin. Un second romancier a pris le relais. Rarement fiction et réalité auront été si étroitement mêlées dans un dossier criminel. Mais la frontière qui les sépare est fragile. Et, après tout, la vérité n'a jamais été un gage de certitude. « Dans un meurtre, rappelle Dominick Dunne, deux personnes seulement savent ce qui s'est passé. Et l'une d'elles est morte. »

Gilles Lambert

A mon fils, Alexander Dunne

PREMIÈRE PARTIE

Un parfum capiteux de roses alanguies flottait dans la pièce. Les pétales tombaient autour du vase chinois sur la surface polie d'une écritoire ancienne. Bien qu'il fît grand jour, les lampes garnies d'abat-jour vieux rose étaient allumées et les rideaux en soie de la même teinte étaient encore tirés. Les couvertures étaient rabattues mais les draps lisses et immaculés indiquaient que le lit n'avait pas été occupé. Le réveil en vermeil était arrêté. La radio trop longtemps branchée ne marchait plus.

A plat ventre sur le sol, le visage appuyé sur le bord d'un tapis d'Aubusson, gisait une femme blonde en chemise de satin ornée de dentelle. Elle était morte depuis plus d'un jour, peut-être deux.

De son vivant, elle se plaisait à raconter que le vase chinois avait appartenu jadis à Magda Lupescu, et l'écritoire à Marie-Antoinette, que la pendule en vermeil avait été donnée à l'impératrice d'Autriche par le roi fou Louis de Bavière, que le tapis d'Aubusson était un cadeau de la Cour de Belgique à l'impératrice Charlotte du Mexique. La morte attachait plus d'importance au prestige qu'elle acquérait en retraçant l'histoire de ces précieux objets qu'au destin tragique de leurs anciens propriétaires.

Elle se nommait Ann Grenville. Calé contre un mur de sa chambre se trouvait l'abominable portrait peint par Salvador Dali qui l'avait tellement révoltée jadis. Longtemps caché, singulièrement présent maintenant, avec sa toile réparée, il semblait assister à la scène qu'il laissait pressentir. Sa prophétie était accomplie. Il promettait le crime, il avait attiré le crime.

L'avis de décès d'Ann Grenville s'insérait si discrètement entre l'article concernant la défaite du chancelier d'Allemagne et les cotations de la Bourse que seul un lecteur assidu du *New York Times* pouvait le remarquer.

A la réflexion, il était fort probable que la vieille Alice Grenville avait souhaité cette discrétion et personne n'aurait été surpris qu'elle eût donné des instructions au directeur du *Times* à cet égard. Bien que nonagénaire, Madame Mère dirigeait encore les affaires de la famille. Or, elle estimait que cette famille avait beaucoup trop alimenté les colonnes de la presse.

L'article nécrologique indiquait qu'Ann Grenville, veuve de William Grenville junior, mère de Diantha Grenville et belle-fille d'Alice Grenville, était morte dans son appartement de la Cinquième Avenue. Il mentionnait qu'elle souffrait de troubles cardiaques, qu'elle avait été disculpée de l'accusation d'homicide sur la personne de son mari tué en 1955 et qu'elle était âgée de cinquante-sept ans.

En réalité, elle avait trois ans de plus, mais il fut un temps où elle s'était rajeunie de huit ans.

— Mrs. Grenville. Mrs. Ann Grenville, appela un steward en frappant sur le gong pendant qu'il parcourait les ponts et les salons du paquebot. On demande Mrs. Ann Grenville au téléphone.

Personne ne tournait la tête pour chercher l'objet de cet appel. Trop d'eau avait coulé sous les ponts. Pas un passager ne se souvenait du fait divers que le magazine *Life* avait nommé « le meurtre du siècle ».

Je l'avais rencontrée quelques années avant sa mort, à bord d'un navire qui faisait route pour l'Alaska. Depuis longtemps disparue de la scène mondaine, Ann Grenville était une voyageuse discrète. Jadis l'âme du groupe, elle semblait s'être résignée à jouer les figurantes, non seulement dans la société mais dans la vie. Je restai médusé. Son visage autrefois si beau était ravagé et avait acquis cet air figé propre à celui des femmes qui ont subi trop de liftings. Sa merveilleuse silhouette s'était épaissie. Ses cheveux dorés paraissaient moins brillants.

Pourtant, elle exerçait toujours une sorte de fascination, peut-être à cause des souvenirs qui restaient attachés à sa personne à l'époque où elle occupait le centre de la scène. Elle portait des vêtements coûteux et simples. Son parfum imprégnait l'air autour d'elle. A part une bague en saphir entouré de brillants qui avait dû être transmise dans la famille de génération en génération, ses bijoux étaient en or. Elle lisait, faisait de la tapisserie, contemplait pendant des heures la côte de l'Oregon en fumant cigarette sur cigarette. Elle ne parlait à personne.

— Pas de mauvaises nouvelles, j'espère, dis-je en passant devant sa chaise longue.

— Comment ? dit-elle en toisant l'importun que j'étais.

Naturellement, je l'avais reconnue dès le début. Je suis souvent une mine d'informations en ce qui concerne les gens que je ne connais pas, surtout les gens importants. Or, je connaissais Ann Grenville. Pas intimement, mais assez bien. Au temps de sa splendeur, quand elle faisait la une des revues mondaines, nos chemins s'étaient croisés souvent dans les salons de New York. Elle m'avait toujours résisté. En fait, je ne lui inspirais pas confiance. Sans doute craignait-elle que je ne voie clair dans son jeu comme l'avait fait Salvador Dali en peignant son portrait.

— Le coup de téléphone que vous avez reçu. J'espère que ce n'était pas une mauvaise nouvelle, expliquai-je.

Elle avait une façon de regarder ses interlocuteurs d'un air absent, comme le font certaines stars de cinéma pour se protéger des curieux avant de décider si elles poursuivront la conversation ou non. C'était la tragédie qui avait placé les Grenville au premier plan de l'actualité new-yorkaise. Pendant l'automne de 1955, tout New York et une grande partie du pays attendaient avec une impatience horrifiée les révélations quotidiennes de l'affaire Grenville. Rien n'est plus passionnant qu'un scandale qui éclabousse les riches et les puissants. Même le sévère *New York Times* et le très conservateur *Herald Tribune* se lisaient alors comme des journaux à sensation. Sans la tragédie, Ann et Billy Grenville n'auraient été qu'un couple riche et élégant très en vogue dans les milieux mondains de New York.

— Si, c'était une mauvaise nouvelle, répondit-elle enfin.

Elle avait une voix grave et chaude qui allait bien avec sa personne.

— Je suis désolé, dis-je.

— Ma chienne est morte à New York. C'est un événement qui peut vous paraître insignifiant, mais je l'aimais beaucoup.

— Désolé, répétai-je.

Elle eut un vague sourire et se replongea dans son livre, marquant ainsi que la conversation était terminée. Je retournai à ma chaise longue.

N'imaginez pas que je l'ai poursuivie au cours des années comme un limier à l'affût de renseignements. Cependant, j'ai noté toutes les informations que j'ai pu recueillir sur le couple Grenville chaque fois que j'en ai eu l'occasion.

D'un salon montaient les sons d'une musique de danse. Je remarquai qu'elle battait la mesure du pied. A cet instant, il était encore possible de retrouver dans cette femme d'âge mûr la superbe danseuse qui évoluait tout en plumes sur les scènes de music-halls, la maîtresse des milliardaires, l'épouse d'un membre de l'élite américaine, la personnalité mondaine la plus en vue d'une décennie passée et, malheureusement, la meurtrière.

— De bien belles jambes, dis-je avec admiration en omettant le mot « encore » qui m'était venu à l'esprit.

Elle éclata d'un rire de gorge et leva une jambe pour l'examiner, tournant son pied d'un côté puis de l'autre.

— Pas mal, admit-elle, pour l'âge vermeil.

— L'âge vermeil, répétai-je en riant à mon tour.

— Au diable l'âge vermeil, dit-elle sur un ton qui me laissa entendre que le charme tant vanté de l'âge vermeil lui échappait totalement.

C'est ainsi que nous avons commencé à bavarder. Elle ne parut nullement surprise de ma présence à bord et ne fit aucune allusion à notre dernière rencontre à Saint-Moritz. A cette occasion je l'avais surnommée « Pan-Pan », sobriquet qui lui était resté. Elle se contenta d'accepter la situation. Elle n'avait adressé la parole à personne pendant tout le voyage et se sentait disposée à rompre le silence. Quant à moi, je n'avais trouvé aucun interlocuteur digne d'intérêt et j'étais tout prêt à l'écouter. Nous abordâmes toutes sortes de sujets — lectures, théâtre, pays visités, compagnons de voyage.

— Vous voyez le type en T-shirt jaune ? demanda-t-elle. Croyez-vous qu'il fasse semblant de lire Proust ?

— Pourquoi pensez-vous qu'il fait semblant ?

— C'est ce que je faisais moi-même, avoua-t-elle en s'esclaffant.

Elle avait de jolies dents et une bouche ravissante.

— Au début de mon mariage, ma belle-mère s'est efforcée de faire de moi une Grenville, reprit-elle. A cette fin, elle m'a donné une liste de cinquante livres à lire, mais je n'ai jamais pu lire Proust. Alors, je faisais semblant.

— L'homme au T-shirt jaune est un certain Mr. Shortell. Il vous trouve fascinante. Voulez-vous que je vous le présente ?

— Oh non. J'évite les nouvelles relations.

— Pourquoi ?

— Tout va bien au début et puis, je ne sais comment, les gens apprennent ce qui s'est passé. Quelqu'un leur dit : « C'est la femme qui a tué son mari. » Alors ils me regardent autrement et se posent des questions. On est mieux seuls... Qu'y a-t-il au programme du cinéma ? ajouta-t-elle pour changer de sujet.

— Un vieux film.

— Lequel ?

— *Le Rouge et le Noir.*

— Avec Gérard Philipe. Je ne l'ai pas vu.

— Moi non plus.

— Allons-y.

Ma vie est bizarrement faite de coïncidences. Il m'arrive toujours des choses qui n'ont qu'une chance sur mille de se produire. J'ignorais totalement que *Le Rouge et le Noir* comprenait un épisode où un mari entre au milieu de la nuit dans la chambre de sa femme qui le prend pour un autre et tire sur lui.

Agrippant les deux bras de son fauteuil, Ann se dressa à demi et suivit la scène les yeux exorbités. Après la séquence, elle retomba sur son siège. Je ne savais quelle contenance prendre. Je continuai à regarder fixement l'écran. Après le film, nous sortîmes de la salle en silence mais je voulais essayer de tirer parti de la situation.

— Voulez-vous que nous en parlions, Ann ? demandai-je.

— Sûrement pas.

— Vous vous sentiriez peut-être mieux si...

— Jamais.

— Mais personne n'a entendu votre version des faits.

— La mort de mon mari était accidentelle et personne ne m'a crue, sauf les jurés. Je sais que les gens m'appellent « la meurtrière ». Je sais que mes enfants ont souffert.

— Asseyez-vous ici, dis-je en la conduisant vers un banc.

— J'ai promis à ma belle-mère de ne jamais discuter de ce sujet et j'ai respecté ma promesse. Ma belle-famille m'invitait plusieurs fois par an et m'exhibait à ses réceptions. Ainsi, Alice Grenville et ses filles passaient pour des saintes aux yeux du tout-New York. Le monde admirait leur générosité à l'égard de la grue qui avait épousé leur fils et frère pour le tuer ensuite. Je sais que bien des gens m'ont prise pour une putain mais ce n'est pas vrai. Je ne suis pas une putain. Oh oui, avant mon mariage avec Billy Grenville, il est arrivé que l'un ou l'autre des grands couturiers avec lesquels je sortais glisse un billet de cent dollars dans mon sac à une époque où cent dollars représentaient beaucoup d'argent. Et alors ? Quel mal y a-t-il à vouloir faire son chemin dans la vie ? Accepteriez-vous de vivre dans la misérable ferme où je suis née ?

— Désirez-vous boire quelque chose ? demandai-je.

— Ecoutez, Basil, dit-elle en se levant, vous avez tort de chercher à vous lier d'amitié avec moi.

— Oh !

— Il semble que j'aie l'art d'éloigner tout le monde. Même mes propres enfants. Bonsoir, ajouta-t-elle en me tendant la main.

Je ne voulais pas la laisser partir mais je ne savais comment l'en empêcher. Je retins sa main dans la mienne.

— Vous êtes si différente de l'Ann Grenville qui...

— Qui se faisait peloter par un boche au bar du *Palace Hôtel* de Saint-Moritz un an après la mort de son mari ? dit-elle en achevant ma phrase autrement que je ne l'avais prévu.

Je rougis et lâchai sa main.

— On ne peut rester seul aussi longtemps que je l'ai fait toutes ces dernières années sans se poser des questions sur soi-même, reprit-elle avant de tourner les talons.

Même aujourd'hui, des années après l'événement, certains membres de la *jet society* peuvent encore raconter avec force détails la tragédie de cette nuit d'octobre 1955 — dans la mesure où ils la connaissent, car nul ne la connaît vraiment à part les deux protagonistes. Or, l'un des deux a été tué et l'autre est entré dans la tombe sans livrer son secret à personne. Sauf à moi, Basil Plant.

Oui, je sais que les gens m'accusent d'avoir tué Ann Grenville, pas littéralement bien sûr, mais ils m'imputent la responsabilité de son suicide. Il est vrai que c'est après la lecture d'un chapitre de mon roman, paru dans la revue *Monsieur* qu'elle a absorbé vingt-deux cachets de Seconal et un demi-litre de vodka, mais je ne me sens absolument pas responsable. Mon héroïne ne se nomme pas Ann Grenville. Je l'ai appelée Anne Hapgood. Si elle a cru que je m'étais inspiré de son histoire, c'est son problème.

A l'époque où j'étais célèbre dans les médias, à la fois pour mes livres et pour mes relations, quelques-unes des grandes dames de l'élite new-yorkaise, qui me tournent le dos aujourd'hui, m'ont appris des détails concernant la famille Grenville. Je n'aurais jamais pu les connaître sans elles. Seule de toute la société mondaine de la côte Nord, Jeanne Twombley a essayé de revoir Ann après le drame. A présent, elle me reproche de l'avoir trahie, mais à quoi pensaient ces dames quand elles me chuchotaient à l'oreille tous les secrets de leur monde ? Elles savaient bien que j'étais écrivain. J'ai le don de faire parler les gens sans me donner beaucoup de mal pour provoquer les confidences. Je sais écouter et rire à propos. Je me garde bien de manifester la moindre stupéfaction devant des révélations stupéfiantes car ce genre de réaction risque d'inhiber mon interlocuteur.

Sur ce maudit bateau où j'aurais mieux fait de ne jamais mettre les pieds, ma propre vie était en train de se désagréger. J'avais l'impression qu'elle se réduisait à néant. Oui, j'avais connu par-ci par-là des moments de gloire, mais j'avais trop souvent fait fausse route pour être considéré. Or j'avais toujours aspiré à jouir de la considération de l'élite.

On murmurait de plus en plus que la boisson, la drogue et la débauche ruinaient ma carrière, que je gaspillais mon talent en faisant le pitre dans les salons et les discothèques, que j'étais incapable de terminer l'ouvrage que j'avais orgueilleusement appelé mon chef-d'œuvre au cours d'émissions télévisées. Je le présentais tantôt comme un montage, tantôt comme un pastiche ou une mosaïque des mille aspects de ma vie qui, une fois regroupés, donneraient une idée d'ensemble de ma personnalité — esprit, cœur, corps et âme.

J'étais blessé par ces critiques. Essayant de rassembler les morceaux de ma vie gâchée, je partis en croisière pour reprendre mon travail inachevé. C'est là que je rencontrai Ann Grenville qui s'efforçait elle aussi de rassembler les morceaux de sa propre vie gâchée. L'idée commença à germer dans mon cerveau. Ce nom avait fait couler tant d'encre au cours des dernières années. Le moment n'était-il pas venu qu'elle donne sa version de l'affaire, qu'elle mette les choses au point ? Diffamée par tous, elle n'avait jamais plaidé sa cause. Nous nous trouvions tous deux sur le même bateau, et je comptais bien profiter de la circonstance pour l'amener à parler. Oui, j'admets que j'ai mal agi, mais je ne pouvais me résoudre à laisser échapper l'occasion qui m'était offerte. J'étais convaincu qu'avec le temps elle me raconterait ce qu'elle n'avait jamais confié à personne. Je suis de ceux qui attirent les confidences, et les gens me confessent volontiers leurs secrets.

Moi qui me rappelle jusqu'aux virgules des phrases que j'entends, j'entrepris de récapituler l'histoire d'Ann Grenville telle que la rumeur publique l'avait rapportée.

Les anciennes photographies d'Ann Grenville nous montrent une femme en parfaite harmonie avec son milieu, c'est-à-dire celui de son mari. Après son mariage avec Billy Grenville, elle avait complètement tourné le dos à tout ce qui constituait son existence pour entrer d'un pied ferme dans le monde de sa belle-famille. Quand on la voit assise entre Mrs. Whitney, une célébrité des champs de courses, et Ali Khan, qui passait pour être son amant, ou à un safari en Inde vêtue d'un costume de chasse, ou au bal du marquis de Cuevas parée de somptueux bijoux, elle semble tout à fait à sa place.

Consultez la liste des individus les plus riches des Etats-Unis établie par Malcolm Forbes et vous constaterez que les fortunes ont changé de mains au cours des trente dernières années. Les Vanderbilt ne figurent plus sur la liste, pas plus que Babette Van Degan ni aucune des personnes citées dans ce récit, mais, à l'époque, les Grenville comptaient parmi les plus riches du pays.

William Grenville Junior était adulé non seulement par ses parents mais par les quatre sœurs qui l'avaient précédé dans ce bas monde. Il est fort probable que, s'il était arrivé plus tôt dans l'ordre des enfants, les Grenville auraient eu moins de filles. C'était une famille où les garçons comptaient par-dessus tout.

A sa naissance, il avait reçu un message de bienvenue du président Wilson. La note avait été encadrée et accrochée au-dessus de son lit. Les Grenville habitaient un hôtel particulier de style Renaissance dans la Cinquième Avenue, juste en face de la vieille Mrs. Vanderbilt et à côté des Stuyvesant. Ils passaient le week-end dans un domaine de trois cents hectares situé à Brookville, dans Long Island, et l'été dans leur villa de Newport après leur séjour annuel en Europe.

Ainsi la vie était belle et le jeune Grenville en profitait pleinement. Templeton, sa gouvernante, Simon Fleet, son précepteur, et Mr. Dodsworth, son professeur de danse, ne tarissaient pas d'éloges sur sa gentillesse, sa docilité et ses excellentes manières. C'était grâce à Templeton qu'il avait acquis cette forme d'élocution élégante et raffinée qui devait le distinguer du commun des mortels.

Son père s'aperçut à temps qu'il était trop choyé et que la compagnie constante de quatre sœurs qui ne se lassaient pas de le cajoler risquait de l'amollir. Il l'envoya dans un collège coûteux et spartiate qui devait le préparer à la vie et aux responsabilités qu'il aurait à assumer plus tard.

Il avait une certaine tendance à la mélancolie. Il était fasciné par l'histoire des enfants du roi Edouard assassinés dans la Tour de Londres. Il la lisait et la relisait et, chaque fois, était ému aux larmes. Au cours d'un voyage en Angleterre il avait visité la Tour. A la vue de la pièce où les jeunes princes étaient prisonniers, il avait eu l'impression que son sang se glaçait dans ses veines. Il avait dit à sa sœur Cordelia, la plus proche de lui par l'âge et par le caractère, qu'il sentait qu'il mourrait jeune.

Plus tard, son souvenir le plus marquant de la maison de New York, où la famille passait la majeure partie de son temps, était lié à l'énorme lustre accroché dans le grand salon. Il ne passait dessous qu'en frémissant et il racontait aux nouveaux venus ce qui s'était passé la veille du bal donné en l'honneur des débuts dans le monde de sa sœur Rosamond — de quatorze ans son aînée, Rosamond avait épousé, un an plus tard, un lord anglais et était partie s'installer à Londres. Le lustre était tombé d'une façon inexplicable, tuant l'homme qui le nettoyait. La famille de la victime reçut un important dédommagement et il fut convenu que l'accident ne serait pas mentionné pour que rien ne vienne endeuiller l'atmosphère du bal. C'était le premier contact de William Junior avec la mort. C'était aussi sa première expérience de la duplicité familiale. Il sentait que de nombreuses responsabilités l'attendaient — la direction de la banque Cambridge de New York fondée par son grand-père et dont son père était le président, l'administration d'une demi-douzaine de sociétés, sans compter les écuries de course Grenville et les haras Grenville, mille cinq cents hectares dans le Kentucky, une entreprise extrêmement prospère qui avait produit trois vainqueurs au Derby. C'était pour porter le poids de toutes ces charges qu'il était élevé.

Le doute s'insinua peu à peu en lui. Sous sa réserve élégante se dissimulait une qualité qui excluait le bonheur, la conscience de ses propres limites. Il craignait de ne pas être à la hauteur d'un héritage aussi fabuleux.

Son père percevait ses craintes secrètes et les traitait avec mépris pour lui faire honte de sa faiblesse. Un jour, il lui avait dit en présence de sa mère et de ses sœurs qu'il aurait dû être une fille. Il ne le pensait pas, naturellement. Il avait lancé cette remarque comme tant d'autres sans se soucier de ses répercussions psychiques. L'enfant avait été profondément blessé, d'autant plus que ni sa mère ni ses sœurs n'avaient pris sa défense. Aucune n'osait contredire le chef de famille.

— Je n'aime pas mon père, dit-il un jour.

— Ce n'est pas vrai, s'écria Alice. Tu ne le penses pas.

— Mais si, je le pense, insista l'enfant.

— Je n'en crois rien.

Il n'était jamais sûr de ses sentiments parce que sa mère, qu'il aimait plus que tout au monde, le persuadait qu'il sentait et pensait comme elle, c'est-à-dire conformément aux usages de leur milieu.

Seule sa plus jeune sœur, Cordelia, le comprenait. Bratsie aussi le comprenait.

Jellico Bleeker, dit Bratsie, n'avait que quatre doigts à la main droite. C'est un détail qui n'ajoute rien à l'intérêt de cette histoire, mais qui a eu beaucoup d'influence sur le caractère du jeune garçon. Il perdit son index à l'âge de dix ans en tenant trop longtemps en main un pétard allumé que sa mère, Edith Bleeker, lui avait formellement interdit de toucher. Un an plus tard, il était parti tout seul dans l'un des bateaux de la maison familiale de Long Island sans avoir la moindre notion de navigation à voile. Personne ne s'aperçut de sa disparition avant la tombée de la nuit. Après douze heures de recherches, les gardes-côtes avaient repéré la petite embarcation voguant au gré des vagues avec, à son bord, un Bratsie transi et totalement inconscient de l'angoisse qu'il avait causée. Des photos furent publiées dans toute la presse et il devint une sorte de héros pour ses camarades, notamment aux yeux de Junior Grenville, son meilleur ami.

A la suite de cet incident, Edith Bleeker décida d'entreprendre le dressage de son indomptable poulain. Dès lors, Bratsie considéra la vie comme un jeu. Chaque fois qu'il perdait la partie, il s'ingéniait à prendre sa revanche. Un jour où il accompagnait sa mère à un mariage mondain, il arbora, à son insu, un magnifique turban. Au cours de danse, il se balança accroché au lustre et Mr. Dodsworth le pria de sortir pour ne jamais revenir. Il fit inscrire Rose, le pékinois d'Edith, dans le Bottin mondain de New York sous le nom de Miss Rose Bleeker. Il imitait à la perfection tous les tics et les défauts de prononciation. Bien qu'il ne fût pas catholique, il alla confesser des péchés abominables à un prêtre horrifié. Il fut le premier garçon de son groupe à goûter à tous les fruits défendus : il fumait, buvait des boissons fortes, se masturbait, fréquentait des prostituées. Enfin, il se fit renvoyer du collège et mit le comble à ses méfaits en démolissant la voiture familiale.

Junior Grenville adorait son ami. Bratsie Bleeker était petit, blond, trapu et toujours bronzé. Cinq générations de Bleeker lui avaient donné un air hautain et supérieur qui contrastait avec son sourire charmeur et malicieux. Il employait des mots vulgaires par opposition à son accent distingué, et il savait mieux que personne arracher Junior à sa morosité.

— Tu n'avais pas besoin d'expliquer que ce n'était pas toi qui avais lâché ce pet dans l'ascenseur, lui dit-il un soir au retour de l'école. Personne ne t'a accusé.

— Je me sentais coupable.

— Je me demande parfois si tu sais bien qui tu es, bougonna Bratsie.

— C'est que, justement, je ne le sais pas, soupira Junior.

A l'exception de Bratsie avec qui il se sentait à l'aise, les camarades de Junior le trouvaient distant et renfermé, et ils se moquaient souvent de son élégance et de sa distinction. Il aurait préféré aller à pied au lieu d'arriver à l'école en Packard, mais son père restait intraitable sur ce chapitre. L'enfant insista auprès de sa mère pour qu'au moins ses arrivées et ses départs soient moins spectaculaires et ils aboutirent à un compromis : il fut convenu que sa gouvernante cesserait de l'accompagner et que le chauffeur se contenterait de le déposer sans descendre pour lui ouvrir la portière.

Un vendredi après-midi à la sortie de l'école, il dit au revoir à Bratsie Bleeker et monta dans la Packard. Un individu coiffé d'un chapeau à larges bords qui lui cachait le visage surgit de nulle part et se glissa derrière Junior sur le siège arrière. L'enfant crut un instant que l'homme était un ami du chauffeur et le chauffeur pensa que c'était l'enfant qui l'avait fait monter.

L'homme sortit un revolver, se saisit du petit garçon terrifié et ordonna à Gibbs, le chauffeur, non moins terrifié, de s'engager dans la Première Avenue et de la remonter jusqu'à un point où l'attendait la voiture d'un complice. L'opération avait été si habilement menée que ni les professeurs ni les élèves qui se tenaient à la porte du collège ne s'étaient aperçus de l'enlèvement.

A l'angle de la Soixante-Quinzième Rue et de la Première Avenue, l'homme tendit à Gibbs un papier où était griffonnée une demande de rançon. Dans son affolement, le malheureux chauffeur faillit heurter un camion qui débouchait. Une voiture de police démarra aussitôt, se lança à la poursuite de la Packard à grands renforts de sirène et de klaxon, et la coinça contre le trottoir.

Sans perdre son sang-froid, le ravisseur sortit de la limousine aussi discrètement qu'il y était monté. Il héla un taxi, grimpa à l'intérieur et disparut avant que le policier n'ait eu le temps d'atteindre la portière de Gibbs. Ainsi, la demande de rançon était la seule trace qui restait de la tentative d'enlèvement.

— Le pire, c'était le contact de ses mains sur moi, dit Junior.

— Comment te tenait-il ? demanda son père.

— Il m'agrippait par le dos.

— Qu'as-tu ressenti ?

— J'avais envie de le tuer.

Alice Grenville téléphona à Mrs. Sulzberger, dont la famille possédait le *New York Times*, pour lui dire qu'elle trouvait préférable que l'événement soit passé sous silence, et il ne fut pas mentionné.

Toutes les fenêtres des chambres à coucher de la maison Grenville furent garnies de barreaux. Jusqu'à la fin de l'année scolaire, Junior fut conduit à l'école dans la Chevrolet qui servait à transporter les domestiques à la campagne pour les week-ends. Après les vacances, il entra au collège de Groton.

Par mesure de précaution, Alice prépara des enveloppes contenant des milliers et des milliers de dollars en coupures de cent et les plaça dans son coffre mural dissimulé derrière une toile de Constable. Ainsi, la rançon serait prête en cas d'urgence. L'argent resta intact dans sa cachette pendant vingt-trois ans.

Junior passa ses examens avec succès à la fin de l'année scolaire 1938. Toute la famille Grenville vint assister à la remise des diplômes. Ses sœurs le trouvaient plus beau que tous les autres garçons de sa classe et elles n'exagéraient pas. Il aurait réussi même si son père n'avait pas financé la construction du nouveau dortoir, mais ce don généreux était une garantie supplémentaire qui assura son admission à Harvard. Conscient de tous les espoirs dont il faisait l'objet, Junior restait parfois paralysé pendant un examen même s'il connaissait bien son sujet. Ses maîtres et le proviseur, Endicott Peabody, ne cessaient de louer ses bonnes manières. Il n'obtenait aucun prix, ni dans les dispiclines scolaires ni dans les disciplines sportives, mais il chantait dans la chorale, ce qui ravissait sa mère, et il avait la passion des armes, ce qui plaisait à son père. Il disait que, plus tard, il chasserait le gros gibier, le tigre en Inde, le lion en Afrique, et ces goûts pour l'exotisme correspondaient à l'idée que se faisait toute la famille d'un fils, d'un frère, d'un héritier du nom de Grenville.

Bratsie Bleeker avait invité Junior à faire un tour en Europe dans sa nouvelle voiture, une Cadillac décapotable, et les deux amis avaient organisé leur itinéraire avec un soin minutieux. Cependant, l'Europe était au bord de la guerre et William Grenville s'était formellement opposé à ce départ. Il avait décidé que son fils passerait l'été à New York pour faire un stage à la banque de Cambridge et à Saratoga pour assister aux ventes de yearlings. Junior avoua à Bratsie et à Cordelia que la banque ne l'intéressait pas vraiment, mais il s'appliqua avec diligence au travail qui lui était confié. Contrairement à sa sœur Grace qui pouvait citer le pedigree d'un millier de pur-sang et connaissait par cœur le registre des étalons, il ne s'intéressait pas non plus à la race chevaline.

— Je ne suis qu'un objet de déception pour mon père, confia-t-il à Bratsie.

— C'est le problème des fils uniques, répondit son ami. Ta vie a été tracée à la minute où tu es né : Groton, Harvard, la banque, les chevaux, le mariage en grand tralala avec une amie de tes sœurs, une maison sur le North Shore * et un autre petit Grenville qui suivra exactement la même voie, et le cycle recommencera.

---

* La côte nord de Long Island, où la haute société new-yorkaise possédait à l'époque de somptueux domaines.

— Tu es dans le même bain.
— Oh non, pas moi. Ils ne m'auront pas.
— Moi non plus, dit Junior sans conviction.
— Mon œil, riposta Bratsie. D'ici quelques années, toutes les mères new-yorkaises avec des filles à marier vont essayer de te mettre le grappin dessus.

William Grenville voulait éviter à son fils les embûches inévitables qui guettent un jeune garçon outrageusement gâté, de surcroît héritier d'une fortune colossale. Il laissait carte blanche à Alice pour l'éducation de ses filles et se contentait de leur dire :

— Apprenez à jouer au golf et au bridge, sinon vous vous préparez une vieillesse solitaire.

Mais il était beaucoup plus exigeant pour son fils.

— Vous souvenez-vous de Brenda Frazier ?

C'est la question que me posa Ann Grenville quand la glace fut enfin rompue entre nous. Certes, je me souvenais de Brenda Frazier. Elle n'était pas de celles qu'on oublie. Pauvre, triste Brenda Frazier. Ann me dit qu'elle avait été le premier flirt de Billy Grenville, mais je le savais déjà. A la soirée d'Edith Bleeker, avant le drame, Brenda était assise entre Billy Grenville et moi, aussi avais-je appris l'histoire de première main.

En 1938, Brenda Frazier avait dix-sept ans et elle était la débutante la plus célèbre d'Amérique. Sa photographie figurait en couverture de *Life* et tous ses faits et gestes étaient rapportés dans les chroniques mondaines.

A l'époque, Billy Grenville portait encore le surnom de Junior — c'était Ann qui avait exigé qu'il l'abandonne avant de l'épouser. Brenda avait donc fait la connaissance de Junior le jour du bal donné à l'hôtel *Ritz-Carlton* à l'occasion de ses débuts dans le monde. Brenda était une beauté et Junior un adonis. Quand il l'avait invitée à danser, chacun s'était écarté pour les admirer ; les photographes avaient pris force clichés et Cholly Knickerbocker, alias Maury Paul, le chroniqueur mondain, avait écrit qu'ils formaient le jeune couple le plus beau de New York.

Inutile de dire qu'Alice Grenville n'était pas enchantée. Elle avait d'autres projets de mariage pour son fils. Brenda Frazier faisait l'objet d'une publicité beaucoup trop tapageuse à son goût, et ses parents lui laissaient trop de liberté. Alice Grenville appartenait à la vieille école qui considérait que le nom d'une femme ne doit apparaître que trois fois dans la presse — à sa naissance, à son mariage et à sa mort. Or, le nom de Brenda Frazier défrayait la chronique, tout au moins à New York.

Un jour, Brenda était venue prendre le thé dans l'énorme bâtisse de pierres grises où résidaient les Grenville. Alice l'avait invitée sur la demande de Junior. Les sœurs étaient venues aussi dans l'intention de l'observer. Elles s'apprêtaient à la détester mais elles durent avouer que Brenda était absolument charmante. Même Alice la trouva sympathique et reconnut qu'elle avait des qualités.

Ils se fréquentèrent quelque temps mais Junior devait partir pour Harvard et il n'était pas prêt à s'engager. Vint un joueur de football nommé Shipwreck Kelly qui éblouit Brenda et l'épousa dans la cathédrale Saint-Patrick. Alice poussa un soupir de soulagement.

Brenda et Billy restèrent amis. Elle fut sans doute la dernière personne à laquelle il parla chez Edith Bleeker avant son altercation avec Ann.

— Vous souvenez-vous de Kay Kay Somerset ? me demanda Ann Grenville au cours de nos conversations sur le bateau.

Kay Kay avait été le second béguin de Billy. C'était une créature fascinante avant que ses nombreux mariages, la boisson et la drogue aient prélevé leur tribut. J'ai lu dans les colonnes de la presse mondaine qu'elle jouait au tennis en gants blancs pour ne pas abîmer ses jolies mains et ne sortait pas avant cinq heures du soir pour ne pas s'exposer aux rayons du soleil. D'ailleurs elle se levait rarement plus tôt.

Kay Kay ne ressemblait en rien à Brenda et aux sœurs Grenville. Elle était si riche que même les gens riches la trouvaient super-riche. L'argent venait d'une fabrique d'accessoires pour automobiles du côté de sa mère et de l'exploitation d'une presse hydraulique du côté de son père. Les Grenville et leurs pairs considéraient que cette fortune d'origine étrangère à la ville n'était pas de la même espèce que la leur, de source authentiquement new-yorkaise.

Kay Kay avait fréquenté les meilleurs collèges et son entrée dans le monde fut célébrée avec plus de faste encore que celle de Brenda Frazier. La réception fut quelque peu troublée par les facéties de Bratsie Bleeker qui trouva spirituel de se balancer à un lustre en buvant du champagne au goulot.

Kay Kay ne fut pas invitée à se joindre aux clubs de jeunes dont les sœurs Grenville faisaient partie. Cette exclusion avait rehaussé son prestige aux yeux de Junior qu'elle regardait avec intérêt.

— Ce serait un bon parti pour toi, avait suggéré Mrs. Somerset à sa fille.

Alice Grenville n'entendit pas la remarque, mais elle avait deviné l'intention.

William Grenville ne tenait pas à intervenir dans les affaires de cœur de son fils. Il était trop content que ses craintes de le voir porté à d'autres inclinations soient infondées. Cependant, le jour où Junior annonça à sa famille stupéfaite qu'il partirait en croisière le lendemain de Noël sur un yacht mis à la disposition de Kay Kay par un père trop indulgent, William Grenville crut bon de mettre fin à l'idylle naissante.

Cette fois, le docile Junior se rebella. Toute sa rancœur trop longtemps refoulée fit surface et il sortit tout ce qu'il avait sur le cœur. Choqué par cet éclat intempestif, William Grenville resta implacable. Après une scène semblable avec sa mère, Bratsie Bleeker s'était engagé dans la Royal Canadian Air Force. Junior Grenville menaça de l'imiter. Le lendemain de Noël, il alla rejoindre Kay Kay et ses amis sur son yacht. Il ne se sentait pas tellement fier de sa victoire.

Quelques jours plus tard, William Grenville fut hospitalisé pour un anévrisme de l'aorte. Alice Grenville téléphona aux Somerset à Palm Beach pour leur demander de télégraphier à Junior qu'il se mette en contact avec sa famille au plus tôt. Plusieurs heures après, elle reçut un appel de la Barbade.

— Il est mourant, dit Alice. Tu dois venir avant qu'il ne soit trop tard.

Elle espérait que le père et le fils se réconcilieraient, mais son espoir fut déçu. Junior resta dans la salle du pavillon Bleeker avec sa mère et ses sœurs éplorées en attendant la mort d'un homme qui ne voulait pas mourir. Bien qu'il n'éprouvât que du soulagement, il simula le chagrin pour sauver les apparences.

Le cercueil ouvert fut installé dans le grand salon. Au-dessus de la cheminée s'étalait un imposant portrait représentant trois jeunes filles en robe blanche assises sur un immense sofa vert. C'étaient les triplées Pleydell peintes par John Singer Sargent quarante ans auparavant. Alice Grenville née Pleydell était celle de droite. D'après la légende, William Grenville était tombé amoureux d'elle en voyant le tableau. Il l'avait cherchée, poursuivie et conquise.

Debout devant la cheminée, Alice, Junior et les quatre sœurs reçurent les centaines de personnes qui venaient présenter leurs condoléances : le milieu de la finance, le monde des courses, les membres des neuf clubs dont le défunt faisait partie, le gratin de la société new-yorkaise, les amis d'Alice, de Rosamond, de Félicité, de Grace, de Cordelia et de Junior. Le parfum des fleurs était oppressant. Dehors il pleuvait.

Bratsie Bleeker arriva à l'improviste, sanglé dans son uniforme de la Royal Canadian Air Force. Il attendit son tour devant sa mère et derrière Archie Suydem, le médecin de famille.

— Sortons d'ici, dit-il à Junior après s'être conformé aux usages.

— Pour aller où ? demanda Junior.

— N'importe où.

Ils montèrent dans sa Cadillac décapotable dont la couleur jaune bouton-d'or détonnait au milieu des limousines foncées qui défilaient devant la maison des Grenville. Ils entrèrent dans Central Park par la Soixante-Douzième Rue et roulèrent en silence. Junior était perdu dans ses pensées. Il sentait le regard de son père fixé sur lui, même dans la mort.

A un feu rouge, trois voyous levèrent le pouce pour leur faire signe d'arrêter.

— Pas si bête, cria Bratsie en accélérant.

La voix de son ami arracha Junior à sa morosité. Il se mit à rire.

— J'ai une question à te poser, dit Bratsie.

— Pose toujours.

— Tu me diras la vérité ?

— D'accord.

— Tu as déjà couché ?

— Bratsie !

— La vérité.

— Non.

— C'est ce que je pensais.

— Où veux-tu en venir ?

— Je vais t'emmener dans l'établissement de Winifred Plegg, plus connue sous le nom de Bootsie.

— Ce soir ?

— C'est le moment ou jamais.

Les Grenville n'étaient pas de ceux qui pleurent aux funérailles. De même que l'honnêteté, le stoïcisme dans l'adversité était un trait de leur caractère. Lors de la cérémonie religieuse à Saint-James et de l'inhumation dans le caveau familial, Junior se tint impassible au côté de sa mère. Rien dans son attitude ne laissait deviner ses orgies de la nuit dans l'établissement de Winifred Plegg.

L'assistance l'admirait et chuchotait de banc en banc qu'après sa sortie de Harvard il serait le digne successeur de son père. Devant la tombe, son regard s'arrêta un instant sur Kay Kay Somerset, et il éprouva un profond ressentiment à son égard, comme s'il associait la rupture d'anévrisme responsable de la mort de son père à l'acte de désobéissance qu'elle l'avait incité à commettre.

William Grenville laissait son vaste patrimoine parfaitement en ordre de sorte qu'aucun de ses descendants n'eut à souffrir de restrictions dans son train de vie. Ses filles déjà richement mariées purent jouir d'une fortune personnelle indépendante. Sa veuve, Alice, reçut tous les biens immeubles dont elle pourrait disposer à sa guise avec l'espoir exprimé qu'elle continuerait à habiter la grande bâtisse de la Cinquième Avenue pour la transmettre après elle à Junior. Alice, qui avait le sens des affaires, hérita le plus gros de la fortune. Junior reçut dix millions de dollars, une somme appréciable dans cette décennie préinflationniste et qui faisait de lui l'un des jeunes gens les plus riches du pays.

Après la période de deuil, la vie reprit dans les maisons Grenville de New York, Long Island et Newport. Les enfants d'Alice auraient été surpris de savoir que leur mère respirait mieux depuis son veuvage. Peu à peu, les contraintes imposées par William Grenville se relâchèrent et, malgré la guerre imminente, les rires recommencèrent à retentir dans l'immense maison de la Cinquième Avenue. Libérée des obligations mondaines vis-à-vis des banquiers et des éleveurs qui gravitaient autour de son mari, Alice eut plus de temps à consacrer à ses enfants et à ses amis.

Il était inévitable qu'à la déclaration de guerre, Bratsie Bleeker fût l'un des premiers engagés volontaires et le premier à se distinguer au combat, bien que sa tendance à la témérité fût souvent confondue avec le courage.

Junior Grenville était impatient de suivre son exemple, mais il dut promettre à sa mère qu'il terminerait ses études à Harvard avant d'entrer dans l'armée. En attendant, il passait la plupart de ses week-ends à New York, toujours adulé par ses sœurs.

Après l'obtention de son diplôme, il s'engagea dans la marine et fut admis à l'Ecole navale d'où il sortit avec le grade d'enseigne.

C'est le 19 février 1943 qu'Urse Mertens, qui se faisait appeler Ann Arden, entra dans la vie de l'enseigne William Grenville Junior.

« Eblouissante », tel était le terme qui lui convenait le mieux. Elle avait un éclat extraordinaire. Ses yeux d'un bleu intense, sa bouche vermeille, ses cheveux dorés formaient un ensemble de couleurs qui attirait tous les regards. Dès l'âge de douze ans elle avait senti, avant même de le savoir, qu'elle pouvait entortiller les hommes autour de son petit doigt, une expression que sa mère se plaisait à répéter.

A l'époque, elle était danseuse la nuit et comédienne à la radio le jour. Bien qu'elle eût été élue miss Radio, c'était dans son rôle de nuit qu'elle était superbe. Vêtue de plumes et coiffée d'un diadème scintillant, elle glissait sur la scène d'un music-hall de Broadway derrière la vedette, exhibant son corps splendide avec grâce. Ses talents de chanteuse et de danseuse n'étaient pas spécialement remarquables mais elle avait une lueur narquoise dans le regard et un sourire au coin des lèvres qui forçaient l'attention, et les spectateurs suivaient tous ses mouvements sans s'intéresser aux girls qui évoluaient autour d'elle. Après le spectacle, elle passait la nuit avec les hommes qui ont l'habitude de sortir les danseuses dans les boîtes de nuit et dont les noms apparaissent de temps en temps dans les chroniques de Broadway. Elle caressait l'espoir d'être découverte par un recruteur de talents hollywoodien et de devenir une vedette de cinéma.

Elle était parfois terrifiée à la pensée que les années passaient sans qu'elle ait pu faire preuve de ses possibilités. Elle avait déjà commencé à tricher sur son âge. C'était en se maquillant devant son miroir qu'elle se remettait en cause. Elle n'était pas une vedette et elle ne le serait probablement jamais. Adèle Jurgins, qui avait dansé avec elle au *Monte Carlo*, était allée à Hollywood et jouait des rôles de premier plan. Quant à Babette Lesniak, chacun connaissait son extraordinaire ascension. Peut-être ne suis-je pas faite pour suivre cette voie, se disait-elle en soupirant.

Son compte en banque était de nouveau à découvert et elle n'avait pas de quoi payer son loyer. Chassant ses soucis, elle s'habilla avec soin et se dirigea vers *El Morocco.* On ne sait jamais ce qui peut se passer, se dit-elle. C'est peut-être ce soir que je vais rencontrer l'homme qui transformera ma vie.

Elle avait une liaison avec le play-boy argentin Arturo de Castro, le meilleur danseur de New York. Elle adorait la danse et savait que les gens la suivaient du regard quand elle évoluait sur la piste avec son cavalier. Cependant, elle avait lu dans la presse qu'Arturo fréquentait une héritière du pétrole, et elle devinait que leur aventure était sur le point de prendre fin. Contenant la colère qu'elle sentait monter en elle, elle concentra son esprit sur la veste en renard blanc qu'elle lui avait montrée en passant devant la vitrine de Saks. Elle espérait bien qu'il la lui offrirait comme cadeau d'adieu.

Elle aimait le cadre d'*El Morocco* avec ses palmiers argentés et ses banquettes à raies bleues et blanches. Son regard enregistrait tout ce qui se passait autour d'elle pendant qu'elle chantait à l'oreille de son danseur :

Chéri, quand tu me souris
j'entends une mélodie
qui m'obsède...

— Qui est-ce ? s'enquit-elle soudain.

— Qui est qui ? demanda Arturo.

Elle l'avait repéré au moment où il était entré. Elle ne le connaissait pas mais elle savait qu'il n'était pas n'importe quel officier de marine en permission. Johnny Perona en personne se tenait à la porte ce soir-là, et il avait accueilli le nouveau venu avec la déférence qu'il réservait à Alfred Vanderbilt, à Gary Cooper et aux frères Rockefeller.

— Cet enseigne qui salue Brenda Frazier, répondit Ann en se retenant d'ajouter : « celui qui a de si belles dents et un joli sourire ».

— Où est Brenda ? Je ne la vois pas, dit Arturo.

Ann flairait d'instinct l'homme de qualité. Elle le décelait au-delà de l'élégance des vêtements et de l'allure. Elle s'arrangea pour le frôler en allant aux toilettes.

— Excusez-moi, murmura-t-elle sur un ton à la fois taquin et timide.

Elle portait une robe en satin noir très décolletée. Junior suivit d'un regard admiratif la belle inconnue à la superbe poitrine. Il était toujours à la même place quand elle repassa devant lui.

— Décidément, nous sommes destinés à nous rencontrer, dit-elle en riant.

Il se mit à rire aussi et le contact fut établi.

— Je m'appelle Junior Grenville, dit-il.

— Et moi Ann Arden.

— Bonjour, Ann.

— Salut, Junior.

Ils se fixèrent des yeux en silence.

— Junior, tu viens avec nous ? cria Brenda Frazier.

— Un instant, Brenda, répondit-il.

Ann sentit les battements de son cœur s'accélérer. Elle était ahurie que quelqu'un ne saute pas sur l'occasion qui lui était offerte de se joindre au groupe de la belle Brenda.

— Il faut que je retourne à ma table, dit-elle.

Plus tard, alors qu'elle dansait avec Arturo, l'enseigne Grenville vint sur la piste et donna une petite tape sur l'épaule du play-boy qui se retourna, agacé.

— Vous permettez ? demanda Junior.

— Ce n'est pas l'usage ici, riposta Arturo en reprenant le fox-trot interrompu.

— Comment ? comment ? protesta Ann, ravie à la perspective d'être l'objet d'une scène. Si vous vous battiez pour moi, nous aurions nos photos dans les journaux et j'aurais enfin une proposition de rôle dans un film.

Furieux, Arturo sortit de la piste.

— Je retourne à ma table, lança-t-il par-dessus son épaule.

Ann et Junior se dévisagèrent un instant en souriant, puis elle tendit les bras et il l'enlaça pour l'entraîner dans la danse. Comme à son habitude, elle fredonna les paroles de l'air que jouait l'orchestre. Il lui fit des compliments sur sa voix. Elle se serra contre lui.

— Est-il impossible que vous vous débarrassiez de la personne qui vous accompagne ? demanda-t-il.

— Pour quoi faire ?

— Pour vous échapper avec moi, par exemple.

Elle marqua un temps avant de répondre. Le son de sa voix lui plaisait. Elle reconnaissait l'accent particulier à une infime portion de l'élite de la haute société newyorkaise.

— Non, dit-elle enfin. Ce n'est pas impossible. Attendez-moi à l'entrée.

Un aimable désordre régnait dans sa chambre à coucher. Ses bas et sa lingerie traînaient par terre et les fauteuils étaient encombrés de vêtements et de serviettes. Dans la salle de bains, la douche cessa de couler, ce qui acheva de la réveiller bien qu'elle eût l'habitude de dormir jusqu'à midi.

Elle l'observa à travers ses cils baissés. En short et en manches de chemise, il nouait sa cravate avec application devant le miroir. Décidément, il lui plaisait. Elle n'aurait sans doute pas dû lui céder le premier jour, mais elle n'avait jamais su résister aux hommes dont la fortune s'est transmise de génération en génération en même temps qu'une éducation raffinée et cet accent qui les distingue de tous les autres. Elle était beaucoup moins facile avec les nouveaux riches. Par-dessus le marché, l'enseigne Grenville était sûrement le plus beau garçon qu'elle eût jamais vu. Elle était impatiente d'obtenir un maximum de renseignements sur lui.

Brusquement, Arturo de Castro, qu'elle avait trouvé si longtemps divin, lui apparut comme un méprisable métèque — même si, comme le prétendait Babette Van Degan, il appartenait à l'une des meilleures familles d'Argentine. Elle se sentit soudain fière que les bons vieux Etats-Unis aient produit un spécimen d'aristocratie capable de rivaliser avec le gratin de la noblesse anglaise, ducs, comtes, princes et même leur roi, ou plutôt leur ex-roi. Sa mère disparue avait une admiration sans bornes pour Mrs. Simpson devenue duchesse de Windsor, qui avait réussi à mettre la main sur le plus beau parti du monde.

Elle n'en espérait pas tant mais elle ne voulait pas que l'enseigne Grenville la croie capable de tomber dans les bras de n'importe qui, surtout la première fois. Seulement, il était si beau, si jeune, si bien bâti et aussi tellement inexpérimenté qu'elle avait instinctivement assumé le rôle d'initiatrice, et elle s'était laissé emporter par sa sensualité effrénée. Même au moment de l'orgasme, il avait gardé ce merveilleux accent qui excitait son désir.

Elle l'examina de profil pendant qu'il cherchait ses chaussures et elle s'entendit déclarer à sa propre surprise :

— J'adore voir des chaussures d'homme dans ma penderie.

Elle remarqua que son short se hérissait à un endroit précis. Il rougit. Elle fut attendrie par cette pudeur. Elle alluma une cigarette, inhala profondément et renvoya la fumée par le nez. Elle se rappela que, dans la nuit, son langage cru l'avait excité.

— Viens ici, dit-elle, et fais voir.

Il s'approcha d'elle et elle glissa sa main dans la fente du short.

— Magnifique, s'exclama-t-elle. Sais-tu que je serais terriblement heureuse d'avoir ça à moi pour un temps ? Jusqu'à quand es-tu en permission ?

Elle n'attendit pas la réponse. Son esprit était ailleurs. Il l'enlaça avidement mais elle le repoussa doucement.

— Non, non, dit-elle, reste là.

Elle déboutonna le short, le laissa glisser le long de ses jambes et s'agenouilla devant lui. Elle ne savait pas si elle devait lui laisser voir toute la mesure de ses talents. Il la regardait, fasciné. Jamais il n'avait connu une femme aussi belle.

— Tu es trop rapide, commenta-t-elle un peu plus tard. Tu te prives de l'essentiel du plaisir. Je serais contente de t'apprendre. Au fait, combien de temps dure ta permission ?

L'enseigne Grenville ne pouvait se passer d'Ann Arden. Tout en elle l'émerveillait. Les cendriers de son appartement venaient du *Stork Club*, son réfrigérateur était rempli de quarts de champagne et de gardénias séchés rapportés d'*El Morocco*. Après leur première nuit d'amour, les lettres émanant de capitaines et de lieutenants disparurent de son secrétaire, ainsi que les photographies la représentant avec tel ou tel homme dans une boîte de nuit. Elle possédait des disques de toutes les chansons en vogue et en connaissait toutes les paroles.

Il la retrouvait tous les jours à midi dans le hall de l'hôtel *Plaza* ou du *Saint-Régis* ou encore du *Ritz-Carlton.* Ils commandaient des Martini, mangeaient de la salade de homard et se regardaient dans les yeux. Chaque soir, au grand désespoir de sa mère et de ses sœurs qui auraient voulu l'exhiber en uniforme, il allait s'asseoir au *Music Boy Theater* pour voir Ann évoluer sur la scène, n'ayant d'yeux que pour elle. Il écoutait avidement ses émissions de radio, vibrant au son de sa voix grave et un peu théâtrale. Elle lui parlait de ses ambitions cinématographiques et de son espoir de rencontrer Humphrey Bogart.

Il n'était pas avare d'informations sur lui-même, mais

avait horreur de se faire valoir. Il trouvait que, des deux, c'était elle le centre d'intérêt. Tout ce qui la concernait était nouveau pour lui. Sentant qu'il n'était pas seulement un joli garçon bien élevé, elle lui posa des questions pertinentes afin de se faire une idée précise de son rang social.

— Où as-tu fait tes études ? lui demanda-t-elle.

— Dans les endroits classiques, répondit-il, Buckley, Groton, Harvard.

— Oh ! s'exclama-t-elle, ravie,

— Pas très original, n'est-ce pas ? C'est ce que tu veux dire ?

— Non, ce n'est pas ce que je veux dire.

Elle savait qu'il était très distingué mais que, comme tous les gens distingués, il n'allait pas au-devant des questions. C'était à elle qu'il appartenait de découvrir sa situation exacte. Un jour, il lui parla incidemment de la tentative d'enlèvement dont il avait été l'objet. C'est alors qu'elle décida de rendre visite à sa vieille amie Babette Van Degan qui habitait un superbe appartement de Park Avenue. A ses yeux, Babette était le parfait modèle de la réussite.

Barbara Lesniak, surnommée Babette, était née dans le Connecticut au sein d'une nombreuse famille lituanienne. Son père était laitier. Elle était partie de la maison familiale pour aller chercher fortune à New York où elle avait été engagée comme girl au *Copacabana.* Elle n'avait ni ambition théâtrale ni but précis. Elle n'aspirait qu'à profiter de la vie et cueillait ce qu'elle lui apportait. Elle avait eu une chance insolente. Le plus stupide des richissimes frères Van Degan était tombé amoureux fou d'elle et l'avait épousée. Ce conte de fées avait passionné les lecteurs de la presse à sensation.

Au grand soulagement de la famille Van Degan, le mariage fut rompu dix-huit mois plus tard.

Entre-temps, Babette avait mis au monde un héritier et elle avait obtenu la plus fabuleuse pension alimentaire de l'histoire des divorces new-yorkais. Depuis qu'elle se trouvait à la tête d'une imposante fortune, elle s'intéressait vivement à tout ce qui concernait les questions financières et lisait les cotations de la Bourse avec l'enthousiasme qu'elle apportait jadis à la lecture de la chronique mondaine. Peu à peu son capital avait doublé, triplé et bientôt quadruplé sous sa gestion pour le moins fantaisiste.

L'appartement de Babette était vaste et assez mal tenu.

Les quelques pièces du mobilier Van Degan étaient perdues au milieu des échantillons de son goût douteux, et les jouets de son fils traînaient un peu partout. Son caniche Phydeaux n'avait aucune notion de propreté. Ses domestiques ne portaient pas d'uniforme. Mais l'ambiance était agréable et détendue.

Ann trouva son amie assise dans son lit. Elle prenait son petit déjeuner en lisant le *Wall Street Journal.*

— Quel bon vent t'amène à cette heure-ci ? demanda Babette.

— Tes draps sont en satin jaune ? questionna Ann.

— Oui, je parie que tu ne sais pas qui a dit que le satin jaune peut consoler de tous les chagrins.

Tout en parlant, elle beurrait son croissant avec son index et se léchait le doigt ensuite.

— Une reine, sans doute, dit Ann, pressée d'aborder le sujet qui lui tenait à cœur.

— C'est Oscar Wilde, déclara Babette, pénétrée de sa science.

— C'est bien ce que je disais, répliqua Ann. Ecoute, Babette, je suis venue pour une affaire importante. J'ai besoin de renseignements sur quelqu'un que j'ai rencontré.

— Que veux-tu savoir ?

— Si c'est du solide ou du vent.

— Cherche son nom dans le Bottin mondain.

— Tu en as un ?

— Mon mari a été rayé du Bottin mondain quand il m'a épousée, et réintégré après notre divorce. Tu ne voudrais tout de même pas que je m'encombre de ce bouquin !

— Alors, comment veux-tu que je me renseigne ?

— De qui s'agit-il ?

— Il s'appelle Junior Grenville.

— William Grenville ?

— Junior.

— Fichtre ! Il pèse des millions de dollars.

— Quoi ?

— Tu m'as bien entendue. Des millions.

— Tu le connais ?

— Non, mais les Grenville et les Van Degan sont sur le même plan. Le vieux était très brillant. Je l'ai vu un jour aux courses. Beaucoup d'allure, fleur à la boutonnière, tu vois le genre. Très courtois, mais seulement avec les gens de son milieu. Terriblement snob. Mrs. Grenville a sa table réservée au *Colony* tous les jours à midi. A quoi ressemble-t-il, ton Junior ? Il est beau ?

— Très.

— Tu es amoureuse ?

— Il me plaît physiquement.

— Qu'est-ce que tu remarques en premier chez un homme ? demanda Babette.

C'était son sujet de conversation préféré et elle s'installa confortablement pour bavarder avec son amie. Ann était plus jeune de quelques années mais elles n'étaient pas femmes à parler de leur âge.

— Ses mains, répondit Ann.

— Ses mains ! Quelle idée !

— Je ne peux pas supporter les petites mains chez un homme.

— Pourquoi donc ?

— Tu connais le dicton ?

— Quel dicton ?

— Petites mains, petit zizi.

Babette éclata de rire.

— Et la réciproque est vraie, naturellement, reprit Ann.

— Dickie Van Degan a de petites mains et, à la réflexion, il a un petit zizi aussi. Comment sont les mains de Junior Grenville ?

— Grandes, ma chérie, grandes et belles.

— Tu as... euh...

— Oui.

— C'est un bon amant ?

— Pas encore. La première fois que je l'ai embrassé sur la bouche il serrait les lèvres et je sentais ses dents contre ma langue, mais il ne demande qu'à apprendre.

— Telle que je te connais, tu as joué le grand jeu la première fois et il s'est cru au septième ciel. N'ai-je pas raison ?

— C'est un peu ça.

Babette lui conseilla de consulter le Bottin mondain chez la fleuriste au coin de Madison Avenue et de la Soixante-Douzième Rue. Elle y découvrit que la mère de Junior se nommait Alice Pleydell Grenville, qu'il avait quatre sœurs, Rosamond, Félicité, Grace et Cordelia. Elle releva les adresses et numéros de téléphone des maisons de New York, Long Island et Newport. Son cœur se mit à battre plus fort et elle eut l'impression que la fleuriste l'observait, mais elle se trompait. Elle commanda une demi-douzaine de roses à livrer chez Mrs. Babette Van

Degan. Après quoi, elle décida d'aller jeter un coup d'œil sur la maison des Grenville située au numéro 9 de la Cinquième Avenue. C'était une sorte de manoir en pierres grises. Une Packard était rangée devant. Un domestique sortit pour ouvrir la porte de la grille ; une femme d'âge mûr, très élégante, se dirigea vers la voiture dont le chauffeur tenait la portière.

Ann observa la scène, en proie à des sentiments contradictoires. Elle remonta jusqu'à Madison Avenue, plongée dans de profondes réflexions. Elle n'avoua jamais par la suite qu'elle était tombée amoureuse de Junior Grenville quand elle avait vu sa maison.

Il l'appela l'après-midi pour la prévenir qu'il devait dîner en famille et pour lui fixer un rendez-vous après le spectacle. Elle lui avait déjà donné ses clés et elle lui demanda de l'attendre dans son appartement.

— Au fait, Junior, ajouta-t-elle avant de raccrocher...

— Oui ?

— Quand tu viendras m'ouvrir la porte...

— Oui ?

— Sois nu.

Au son qu'il articula à l'autre bout du fil, elle sentit que Junior Grenville défaillait de désir.

Il était bouleversé par l'intensité de la passion qu'elle lui témoignait. « Retiens-toi », lui avait-elle ordonné cette nuit-là en sentant que son ardeur allait déclencher une éjaculation précoce. « Pas encore, bon Dieu ! Nous commençons à peine. »

Ses initiatives amoureuses le stimulaient et les ordres qu'elle lui donnait le comblaient de volupté.

Il avait dîné chez sa mère et s'était éclipsé sur la pointe des pieds pendant que Horowitz commençait à jouer. Arrivé chez Ann, il déplora une fois de plus l'absence de portier et de liftier dans l'immeuble. Depuis l'enlèvement dont il avait failli être victime, il était soucieux de sa sécurité personnelle et de celle de ses amis. Pendant le dîner, il avait conseillé à sa voisine, la jolie Esme Bland, de se munir d'une arme à feu pour assurer sa propre protection.

Il alluma des bougies, arrangea les deux douzaines de roses de façon à les mettre en valeur, disposa les verres sur la table et mit le champagne dans le seau à glace. Quand il l'entendit frapper, il détacha sa ceinture, laissa glisser sa robe de chambre en soie, se dirigea vers la porte de son pas nonchalant, frémissant de plaisir anticipé, et ouvrit.

Elle s'encadrait sur le seuil, plus séduisante que jamais. Elle contempla le corps superbe qui se tenait devant elle et se plaqua contre lui.

Il promena ses lèvres sur son cou avant de l'embrasser sur la bouche. A son tour, elle explora son corps, lui faisant découvrir de nouvelles sources de plaisir. Elle lui expliqua avec patience que l'acte sexuel n'était pas un simple geste accompli à la hâte. C'était une expérience qu'il convenait de savourer et de prolonger. Ils auraient tout le temps de boire et de causer ensuite.

Junior assistait, fasciné, à l'opération de maquillage, ahuri par le nombre d'ingrédients contenus dans la coiffeuse, de quoi approvisionner tout un stand de produits de beauté.

— Je voudrais te présenter mon ami Jellico Bleeker, dit-il.

— Qui diable a pu affubler un gosse d'un nom pareil ? plaisanta-t-elle.

— Sa mère.

— Quelle idée ! J'espère que ses amis ne le surnomment pas Jelly.

— Non, nous l'appelons Bratsie.

— Quand veux-tu me le présenter ?

— Je l'emmène ce soir à la revue du cabaret.

— Pour qu'il me juge, je suppose, et te communique ses impressions.

Junior fronça les sourcils. Il n'avait pas l'habitude d'exposer ses raisons.

— C'est mon meilleur ami, expliqua-t-il. Je le connais depuis toujours. Je désire que vous fassiez connaissance. C'est tout.

— C'est bon, dit-elle en tournant vers lui son beau visage parfaitement maquillé.

Ce soir-là, Ethel Merman, la vedette, n'existait pas pour les deux jeunes officiers. Leurs yeux étaient rivés sur la merveilleuse créature qui évoluait derrière elle. L'enseigne Grenville avait un air possessif, le capitaine Bleeker semblait ébloui. Ils applaudirent avec un enthousiasme excessif pour la prestation de la troupe.

Ils soupèrent tous les trois au *Stork Club* où Sherman Billingsley salua amicalement les deux jeunes officiers et leur fit apporter une bouteille de champagne. Emerveillée de se trouver dans un endroit aussi select, Ann écoutait les histoires de Bratsie et observait les deux amis. Ils avaient cet air propre aux gens qui ont une vie facile exempte de soucis matériels. Imperceptiblement, ses épaules nues marquaient le rythme de la musique.

— Junior, j'aimerais danser avec cette belle dame, dit Bratsie en se levant pour esquisser un mouvement de rumba.

— C'est un chenapan, Ann, mais un excellent danseur, dit Junior.

— Savez-vous que la seule partie du corps qui ne doit pas bouger quand on danse la rumba, c'est l'intestin ? dit Bratsie.

— Excuse-le, Ann, s'esclaffa Junior. Il vient à peine de rentrer du front.

Ann suivit Bratsie dans une rumba effrénée. Elle acheta un billet de loterie et gagna un flacon de parfum géant. Jamais la vie ne lui avait paru aussi belle. Elle aurait voulu prolonger cette soirée en compagnie de ces jeunes gens qui avaient été comblés de tous les bienfaits parce qu'ils s'étaient tout simplement donné la peine de naître.

— Bratsie est un authentique héros, déclara Junior. Il a abattu je ne sais combien d'avions. Raconte-lui tes exploits, Brats. Explique tes décorations. C'est le garçon le plus courageux que je connaisse.

Assez éméché, le joyeux capitaine se rembrunit soudain.

— Ça n'a rien à voir avec le courage, grommela-t-il. La vérité, c'est que je m'en fous, Junior. Je m'en fous complètement.

— Mais pas moi, Bratsie. J'ai besoin de toi dans ma vie.

— Tu seras bientôt un héros toi-même. C'est bien beau mais ça ne change rien à ce qui ne va pas. Après la guerre, il nous restera toujours les banques de nos papas et les mariages de raison. Ma mère mourrait heureuse si j'épousais l'une de tes sœurs et la tienne serait aux anges si tu convolais avec une princesse anglaise.

— Ce n'est qu'une plaisanterie qui a cours dans la famille, dit Junior, embarrassé.

— Il me semble qu'un nuage noir enveloppe brusquement notre table, intervint Ann. Si nous dansions ou alors changeons d'endroit. Allons au *El Morocco*.

— Vous avez raison, approuva Bratsie. Tu es bien tombé avec cette belle dame, Junior.

— Je suis ravi que vous vous plaisiez tous les deux, dit Junior sincèrement.

Ils montèrent dans la Cadillac jaune et firent la tournée

des boîtes de nuit. Ragaillardi, Bratsie se lança dans le récit de ses aventures cocasses ou insensées.

— Vous devriez écrire un livre, Bratsie, dit Ann.

— Et quel titre proposez-vous ?

— *Souvenirs d'un enfant terrible,* suggéra-t-elle.

Ils éclatèrent de rire et la nuit s'acheva dans un restaurant de la Deuxième Avenue. Il était implicitement entendu qu'Ann avait réussi son examen de passage avec la pleine approbation de Bratsie.

— Ma mère aimerait que tu viennes prendre le thé à la maison, lui dit soudain Junior.

— Comment ta mère connaît-elle mon existence ? demanda Ann interloquée.

— Je lui ai parlé de toi. Elle sait que je fréquente quelqu'un depuis le début de ma permission.

— C'est ta mère qui a demandé à me voir ou c'est toi qui lui as suggéré de m'inviter ?

— L'un et l'autre, je crois.

— Je voudrais bien assister à l'entrevue, commenta Bratsie.

— Tu n'as qu'à venir aussi.

— Je repars après-demain.

La serveuse était fatiguée. En servant le café, elle en versa une partie dans la soucoupe, ce qui agaça Ann. Elle n'aimait pas se rappeler qu'elle-même avait été autrefois une serveuse maladroite. Bratsie, qui ne manquait pas une occasion de faire le pitre, lapa son café dans la soucoupe à la grande joie de Junior. Ann était partagée entre la crainte et le triomphe, et elle ne voulait surtout pas que son visage trahisse ses émotions.

— Tu viendras avec moi ? demanda-t-elle.

— Je serai déjà là, dit Junior. J'habite chez elle.

— Y aura-t-il d'autres personnes ?

— Peut-être mes sœurs. Elles viennent souvent voir Mère à l'heure du thé.

— Comment faut-il que je m'habille ?

— Il me semble que cette veste en renard blanc avec une orchidée à la boutonnière fera très bien l'affaire, dit Bratsie en déployant le cadeau de rupture d'Arturo de Castro. Et naturellement des chaussures à talons hauts avec des chaussettes, ajouta-t-il en plaisantant.

Ann comprit que c'était à cause de son absence de principes que Bratsie était favorable à sa liaison avec son trop conformiste ami.

Junior lui passa le bras autour des épaules et l'embrassa tendrement.

— Tu seras parfaite, affirma-t-il.

Sa tendresse la rassura et elle se détendit. Protégé toute sa vie, Junior était heureux de jouer à son tour le rôle de protecteur. Elle percevait ses sentiments. A présent elle l'aimait, mais elle savait qu'il l'aimait plus encore.

Babette envoya le petit Dickie à Central Park avec sa nurse et s'installa sur son sofa pour écouter les derniers développements de l'aventure d'Ann. Celle-ci avait glissé à son doigt le diamant quasi sans défaut de son amie, un trésor Van Degan qu'elle ne se lassait jamais d'admirer.

— Je veux des pierres de toutes les couleurs, dit-elle. Des rouges, des vertes, des bleues.

— Junior ne t'a encore rien offert ?

— Non, à part des roses, du champagne, des dîners somptueux au *Plaza* et au *Stork Club*. Aucun cadeau de valeur.

— Même ton danseur de tango t'a donné une veste de renard.

— Oui, mais, comparé à Junior, Arturo est tellement laid !

— Ils sont tous un peu radins, ces gosses de riches. Sans doute que maman tient les cordons de la bourse.

— Mère, corrigea Ann.

— Quoi ?

— Ils l'appellent « Mère », pas maman.

Babette se mit à rire et prit un chocolat dans la grosse boîte posée sur sa table basse en fausse malachite.

— Tu vas grossir, Babette, si tu te bourres de sucreries.

— Non, je prends des pilules coupe-faim.

— Je ne sais comment m'habiller pour aller chez Madame Mère. Je mettrai peut-être mon tailleur vert, des gants blancs et un chapeau. J'ai pensé que tu pourrais me prêter ton sac en lézard.

— Bien sûr, mais ne te mets pas martel en tête. Alice Grenville ne pense sûrement pas qu'une girl de music-hall est un parti idéal pour son fils, dit Babette en prenant un autre chocolat.

Ann sortit un billet de cinq dollars du sac en lézard emprunté et le tendit au chauffeur de taxi en examinant l'imposante bâtisse de six étages. Elle lui paraissait encore plus impressionnante que dans son souvenir.

— Tu parles d'une baraque, s'exclama le chauffeur en sortant la tête par la portière pour mieux voir. C'est sûrement une des maisons Vanderbilt.

— Grenville, rectifia Ann.

— Qui ?

— C'est la demeure Grenville, répéta-t-elle.

— Sans doute des parents des Vanderbilt. Je me demande quelle impression ça fait de vivre dans une bicoque pareille.

Il semblait s'adresser à elle comme si elle n'en savait pas plus que lui à ce sujet. Elle paya et ouvrit son poudrier pour se regarder dans la glace. Rassurée, elle descendit du taxi, prit une profonde inspiration et se dirigea vers la grille. Elle grimpa les marches du perron et sonna. Un domestique d'un certain âge vint ouvrir aussitôt. Il portait un uniforme sombre et bien coupé.

— Je suis Miss Arden, dit-elle. Je suis attendue.

— Bonjour, mademoiselle, dit le domestique en ouvrant la porte toute grande.

Elle pensait que Junior serait là pour l'accueillir. Où était-il donc ? Elle remarqua que le sol était en marbre noir et blanc, le vestibule circulaire, l'escalier immense. Au-dessus de sa tête était accroché un énorme lustre avec des centaines de prismes scintillants. Son cœur battait la chamade et elle se sentit soudain paralysée.

— Comment ? demanda-t-elle, consciente d'avoir entendu une voix.

— Votre manteau, répéta le domestique en se préparant à l'aider.

— Ah oui.

Que faisait donc Junior ? Elle avait besoin d'un miroir pour voir si son désarroi était apparent. Enfin elle entendit sa voix.

— Je voulais t'accueillir à ton arrivée.

Elle leva les yeux. Superbe dans son uniforme, il dévalait l'escalier quatre à quatre.

— Tu es vraiment... ravissante.

Il percevait sa nervosité. A part Bratsie, tous ceux qu'il avait invités la première fois avaient été impressionnés.

— Tu as fait la connaissance de Cahill, reprit-il en se tournant vers le domestique. Il est au courant de tous nos secrets de famille, des miens en tout cas.

— J'ai connu Monsieur William quand il était haut

comme ça, dit Cahill en baissant la main à quelques centimètres du sol.

Ann sourit.

— Viens, dit Junior en l'entraînant dans une immense pièce qui donnait dans le hall.

— C'est la salle de séjour ? demanda-t-elle.

— C'est la salle de réception. La salle de séjour est en haut. C'est là que Mère se tient.

— A quoi sert cette pièce ?

— Les invités attendent là avant de monter. Quelquefois Mère reçoit ici les gens qui viennent pour affaires.

— Je vois.

— C'est ici que le cercueil de mon père était exposé. Je suppose que le mien le sera aussi.

— Que vas-tu penser là ?

— Je me le demande.

Elle fixa du regard le portrait de trois jeunes filles en longues robes blanches.

— C'est un Sargent, expliqua-t-il.

— Ma parole ! Ta mère est l'une des trois ?

— Celle de droite.

— Et les deux autres sont ses sœurs ?

— C'étaient des triplées. Je ne te l'avais pas dit ?

— Non.

Elle eut soudain peur de ne pas être à la hauteur des circonstances.

— Junior, murmura-t-elle d'une voix blanche.

— Oui ?

— Je n'ai jamais mis les pieds dans une demeure pareille.

— Dis simplement « maison », pas « demeure ». Je sais que c'est stupide mais ce n'est pas le mot qui convient.

— Tu ne dis pas « demeure » ? C'est un de mes mots préférés.

— Pas dans cette *demeure*, répondit-il.

Ils éclatèrent de rire tous les deux et il ajouta :

— Tu ne m'en veux pas de te corriger ?

— Pas du tout, au contraire. Je ne tiens pas à faire des gaffes. Tu verras, j'apprends vite. Il ne faut pas me répéter les choses deux fois.

Il sourit.

— Je t'aime de plus en plus.

Ils retournèrent dans le hall. Elle regarda autour d'elle.

— Combien faut-il de domestiques pour entretenir un endoit aussi vaste ?

— Quatorze, je crois.

— Diable !
— Nous en avions vingt et un du vivant de mon père.
— Obligation de réduire les dépenses, j'imagine ?
— Non. La guerre.
— Ah oui, la guerre.

Elle cherchait à gagner du temps.

— Où logent-ils tous ?

— Au dernier étage. Il y a une dizaine de chambres là-haut. Gibbs, le chauffeur, a son appartement près du garage, dans l'ancienne remise. Viens, nous allons monter. Voici l'ascenseur.

— Oh non, non, dit-elle vivement. Je veux monter à pied.

— Cette maison possède le premier ascenseur privé de New York.

— Je préfère quand même monter à pied. Magnifique, ce lustre, dit-elle en posant la main sur la rampe.

— Il est tombé un jour et un homme a été tué. Je ne te l'avais pas raconté ?

— Non. Tu en as des choses à me raconter, dit-elle, laissant entendre qu'ils avaient tout un avenir devant eux.

Ils arrivèrent sur le palier. Il la regarda avec admiration.

— Tu es merveilleuse, chuchota-t-il en ouvrant la porte.

Alice et ses filles étaient assises en face de la cheminée. Des bribes de conversation leur parvinrent.

— Devinez qui se marie ?
— Qui ?
— Cheever Chadwick. C'est dans le *Times.*
— Avec qui ?
— Une certaine Rhoda Green de Brooklyn.
— Seigneur !
— Sa pauvre mère !
— Elle est juive, non ?
— Seulement du côté de son père et de sa mère.
— Félicité ! Voyons !

Ann devait toujours se rappeler cette pièce telle qu'elle était ce jour-là à la lumière déclinante du faible soleil de l'hiver. Tous ses sens étaient aiguisés par son désir de produire la meilleure impression. Elle embrassa du regard le salon vert pâle, le mobilier blanc et or, les grandes consoles dorées, le miroir chinois et le tapis d'Aubusson. Partout des livres, des tableaux et des fleurs à profusion.

Elle essaya de ne pas montrer que l'émotion lui coupait la parole.

Alice Grenville était très observatrice. Pendant que Junior et sa superbe compagne franchissaient la distance qui les séparait de la cheminée, elle eut le temps de voir que son fils était amoureux fou pour la première fois de sa vie. Les femmes qu'il avait connues avant n'étaient que des flirts. Elle sentit immédiatement que ces deux-là étaient déjà profondément engagés dans une liaison sérieuse. Elle eut un pincement de regret à la pensée qu'elle avait pris la belle Brenda Frazier pour une aventurière à cause de son goût prononcé pour la publicité. Celle qui s'avançait vers elle était une authentique aventurière.

Alice posa sa broderie sur une petite table et se leva pour tendre la main à la visiteuse. Elle la scruta du regard à travers ses lunettes à verres foncés comme si elle prévoyait qu'elle allait être obligée de compter avec elle. Sans être vêtue à la dernière mode, Alice était élégante avec sa robe de soie noire, son collier de perles et sa broche de diamants.

— Mère, voici Ann Arden, dit Junior avec fierté.

— Ravie de vous connaître, Miss Arden, dit Alice avec un sourire chaleureux. Vous voyez, nous sommes en famille. Nous n'attendons personne d'autre, ajouta-t-elle comme si Ann avait pu croire qu'elle était invitée à un cocktail.

Elle présenta ses filles Rosamond, Félicité, Grace et Cordelia. Sans quitter des yeux le journal qu'elle lisait, Félicité tendit à Ann une main distraite. Ann s'assit en prenant soin de disposer gracieusement les plis de sa jupe.

Alice servit le thé avec l'aide de Cordelia et offrit des sandwiches au concombre et au cresson. Elle raconta qu'elle était allée voir la nouvelle représentation de *La Bohème* au Metropolitan Opera, qu'elle avait déjeuné chez Grace Vanderbilt et qu'un général avait prédit que l'invasion aurait lieu en avril. Elle demanda à Ann si elle avait vu l'opérette *Oklahoma.* Elle parla du nouveau roman de John P. Marquand qu'elle trouvait passionnant. Elle annonça que ses petits-enfants anglais venaient passer le week-end dans sa maison de campagne.

Si Ann avait pensé qu'elle serait interrogée sur elle-même, elle s'était trompée. Personne ne lui posa de questions personnelles. Alice Grenville se montrait extrêmement amicale, de même que Cordelia, mais la conversation n'eut trait qu'à des généralités.

— Je me sauve, Mère, dit Félicité en rassemblant son sac et ses gants. J'ai encore mille choses à faire. Je vais au bal de la Marine ce soir, et je dois encore me faire coiffer. Au revoir, Mère. Au revoir, Miss Eden.

— Arden, corrigea Junior.

— Arden. Excusez-moi. Tu m'accompagnes, Junior ?

Quand ils furent arrivés à la porte, elle lui chuchota à l'oreille :

— Ta blonde me plaît.

— Elle s'appelle Ann.

— Ravissante silhouette, dit Félicité en sortant.

— Voulez-vous une autre tasse de thé, Miss Arden ? demanda Alice. Peut-être un peu de gâteau ? C'est une spécialité de la cuisinière.

— Non, merci, répondit Ann en tendant sa tasse à Junior pour qu'il la pose sur la table.

— Du sherry ? une boisson fraîche ?

— Non merci, mais pourrais-je utiliser votre cabinet de toilette ?

Cordelia et Junior se levèrent ensemble pour lui indiquer le chemin.

— Je vais emmener Miss Arden dans ma chambre, dit Alice. Reste avec tes sœurs, Junior. Tu ne les vois pas si souvent.

En montant l'escalier, Ann leva les yeux pour contempler la fresque peinte autour du plafond et représentant douze têtes d'hommes qui semblaient veiller sur la maison.

— Un, deux, trois, quatre... commença-t-elle à compter.

— Ils sont douze, dit Alice.

— Les douze apôtres ?

— Les douze Césars. Mon mari était féru d'histoire romaine et il les a esquissés dans les plans de la maison quand il l'a fait construire en 1918. Ces têtes me sont devenues familières avec les années.

— Vous avez une très belle maison, Mrs. Grenville.

— Elle n'est pas vraiment belle. Elle est grande, c'est tout.

— On dirait un palais.

— Un jour, elle pourrait être aménagée en ambassade ou en école, mais elle me plaît telle qu'elle est et j'y resterai jusqu'à la fin de mes jours. Junior est né dans cette maison et j'aimerais bien qu'il prenne la relève.

Les deux femmes se dévisagèrent. Ann se demanda si cette réflexion était destinée à lui ôter tout espoir d'entrer dans leur vie. Elle avait gardé le sourire devant l'insolence de Félicité. Elle continuerait à sourire quoi qu'il arrive.

— Nous voici chez moi, dit Alice en s'arrêtant au troisième palier. Les autres pièces sont des chambres d'amis. Les enfants logent à l'étage du dessus. Junior a toujours gardé le même appartement et les anciennes chambres des filles sont constamment occupées par ses camarades. Vous connaissez sûrement Bratsie ?

— En effet, dit Ann en s'approchant du lit surmonté d'un baldaquin tendu de soie vert pâle. Encore du vert.

— Comment ?

— Vous aimez le vert.

— Oui, c'est vrai. Vous êtes observatrice, je vois.

— C'est un défaut ?

— Pas du tout. Mes sœurs et moi sommes des triplées, le saviez-vous ?

— Junior me l'a dit.

— Nous nous ressemblions tellement que personne ne pouvait nous distinguer. Parfois, nos parents eux-mêmes s'y trompaient. Alors nous portions des rubans de couleurs différentes. Celui d'Amélia était rouge, celui d'Antoinette bleu et le mien vert. J'ai gardé une préférence pour cette couleur. La salle de bains est par ici.

Ann se demanda pourquoi Alice l'avait emmenée dans sa chambre au lieu de lui indiquer les toilettes qui donnaient dans le hall. Dans la penderie qui embaumait la lavande, elle remarqua de nombreuses photographies encadrées représentant les enfants Grenville à tous les âges ; sur les ponts de transatlantiques, sur des plages européennes, les sœurs en robes de bal ou de mariée, Junior au milieu d'une équipe de football. Junior en garçon d'honneur, Junior dans une boîte de nuit avec Brenda Frazier. Elle se rendit compte qu'elle ne connaissait pas grand-chose de sa vie ni de sa famille. A l'écart des autres se trouvait une photographie du père au champ de courses, un personnage sévère mais fascinant : un cigare aux lèvres, un œillet à la boutonnière, un regard dur derrière des lunettes, un air de dire « comment osez-vous me prendre en photo ! » Elle sentait instinctivement que toute la famille le craignait et, pourtant, elle aurait préféré avoir affaire à lui plutôt qu'à la mère et aux quatre sœurs. Avec les hommes, elle était à l'aise.

Elle se mit du rouge à lèvres, se donna un coup de peigne et s'examina avec complaisance. A son avis elle s'était montrée discrète et réservée. Les affaires personnelles d'Alice étaient rangées sous ses yeux : houppe à poudre en plumes de cygne, savon de grande marque, brosses et miroirs à dos d'or. Elle remarqua des vêtements préparés pour une soirée : bas, chaussures, sac, gants, robe noire, cape d'hermine. Elle se demanda à quel genre de soirée ou de bal Alice devait se rendre. Elle glissa ses doigts dans la précieuse fourrure avec une folle envie de l'essayer. Elle rêva un moment à la vie bien organisée de cette femme riche, qui n'avait qu'un mot à dire pour être servie.

Alice était assise sur sa chaise longue. Derrière elle se trouvait une table en marqueterie couverte de photographies de personnes célèbres. L'une signée « Mary » suivi de la lettre R représentait la reine mère d'Angleterre.

— Parlez-moi de vous, Miss Arden, dit-elle sur le ton distingué qui la caractérisait.

Ann comprit immédiatement qu'elle avait affaire à forte partie. Alice était une adversaire de taille. Elle décida que la vérité ou la quasi-vérité serait la meilleure tactique.

— Est-ce la reine Mary ? demanda-t-elle en pointant son index sur la photographie pour se donner le temps de mettre au point sa réponse.

Comprenant la tentative de diversion, Alice se contenta de faire un signe affirmatif et attendit.

— Je suis née dans le Kansas, commença Ann.

— Ah oui, le Kansas. Nous y sommes allés il y a quelques années pour assister à un mariage. Lottie Holmes de Kansas City a épousé un cousin de mon mari, Eustice Coffin. Connaissez-vous les Holmes ?

— Nous sommes de Pittsburg, au sud-ouest de l'Etat, à quelque deux cents kilomètres de Kansas City, dit Ann précipitamment.

Toute sa vie elle avait détesté le nom de sa ville natale car elle devait toujours expliquer qu'il ne s'agissait pas de Pittsburgh en Pennsylvanie mais de Pittsburg au Kansas, dont personne n'avait jamais entendu parler.

— Que font vos parents ? demanda Alice.

— Je suis orpheline, Mrs. Grenville.

Elle eut un pincement de remords en s'apercevant que la mort de sa mère lui ôtait une épine du pied. Au printemps dernier, elle l'avait enterrée dans la concession des Mertens et elle était repartie pour New York sans voir personne, sauf le pharmacien, Paul Crowell, un cousin de son père qu'elle avait rencontré par hasard.

— Tu ne restes pas ? lui avait-il demandé.

— Non, non, s'était-elle hâtée de répondre. Je suis engagée pour un film à Hollywood.

Elle avait omis de dire qu'elle ne s'appelait plus Urse ni Mertens, et qu'elle ne reviendrait jamais.

— C'est triste, dit Alice.

— Triste ?

— D'être orpheline.

Alice se leva. L'entretien était terminé.

— Je suis fatiguée, Miss Arden, reprit-elle. Je vais me reposer un moment. Voulez-vous m'envoyer celles de mes filles qui sont encore là ? J'ai été ravie de vous connaître. Si vous dînez avec Junior, dites-lui de ne pas rentrer trop tard. Nous partons pour la campagne demain de bonne heure. Ses neveux vont venir et je reçois samedi une foule de gens qui tiennent à le voir avant son départ.

Ann se sentit congédiée comme si sa visite était une affaire sans lendemain. C'était un sentiment qu'elle avait déjà éprouvé. Elle se penchait rarement sur son passé, mais le souvenir d'un ancien rejet l'envahit pendant qu'elle descendait l'escalier de cette maison qu'Alice Grenville espérait léguer un jour à son fils. Elle était furieuse de n'avoir pas réussi à donner une haute opinion d'elle-même et elle s'efforça de refouler sa colère.

Après le départ de Junior et d'Ann, le verdict des sœurs fut défavorable à l'unanimité.

— La femme la plus vulgaire que j'aie jamais vue.

— Elle est parfumée à outrance.

— Elle a les yeux outrageusement maquillés.

— Et ce vernis à ongles rouge sang !

— Pauvre Mère !

— Monte la voir, Cordelia. Tu es sa préférée.

Allongée sur sa chaise longue, Alice réfléchissait. Elle avait accepté d'inviter un béguin de jeune marin, mais le pouvoir de la femme qui était entrée chez elle l'emplissait de malaise. En bonne mère, elle avait toujours veillé à ce que ses enfants ne soient en contact qu'avec les jeunes gens du monde où les Grenville jouaient un rôle prépondérant. Ses filles, bien mariées avec des fils de famille, lui répétaient pour la taquiner qu'à part les princesses anglaises, personne ne lui paraîtrait digne de Junior. Aucun détail ne lui avait échappé pendant qu'elle servait le thé. Elle avait noté que Junior s'était efforcé d'inclure Ann dans la conversation et écoutait avidement ses moindres remarques comme si elles étaient particulièrement pertinentes. « C'est cette affreuse guerre, se dit-elle. Sans la guerre, il n'aurait jamais rencontré une fille comme elle. »

Cordelia entra et tendit à sa mère la broderie qu'elle avait oubliée en bas. Elle prit une revue et la feuilleta.

— Ils sont partis ? demanda Alice.

— Oui, au théâtre. Elle est actrice. Le saviez-vous ?

— Non.

— Comment la trouvez-vous ?

— Mon visage exprime la déception pour le cas où tu ne le saurais pas.

— Brenda Frazier vous semble soudain la huitième merveille du monde.

— Inutile de remuer le couteau dans la plaie. Oui, je serais prête à serrer Brenda sur ma poitrine en ce moment.

— Mais elle est devenue Mrs. Kelly.

— Hélas !

— Miss Arden est très belle.

— Oui, mais trop voyante. C'est une personne qui ne passe pas inaperçue.

— J'ai admiré son sac.

— Je déteste le lézard.

— Moi aussi. Désirez-vous connaître l'opinion de mes sœurs ?

— Raconte.

— Rosamond dit que c'est une aventurière, Grace la trouve commune, et vous avez vu l'attitude de Félicité.

— Je ne suis pas très fière de Félicité.

— Junior l'a traitée de garce.

— Et toi, Cordelia, que penses-tu ?

— Je plains Junior. Par-dessus le marché, il veut que j'invite cette créature à déjeuner. Il est fou d'elle. Croyez-vous qu'ils couchent ensemble ?

— J'en suis sûre. Elle le tient par les sens. C'est son arme secrète.

— Le fait est, Mère, que je n'ai jamais vu Junior aussi heureux.

— Si seulement ton père était encore là. Il serait entré dans une colère que Junior n'aurait pu oublier de sitôt. Il détestait les gens de théâtre.

— Il serait absurde que Junior envisage d'épouser une personne tellement inférieure à lui.

— Si tu veux qu'il l'épouse, c'est exactement ce qu'il faut lui dire.

— Naturellement. Vous avez raison.

— Elle cache son passé. Elle ne m'a donné que des réponses très vagues.

Il y eut un moment de silence. Cordelia alluma une lampe surmontée d'un abat-jour en forme de rose. Elle remarqua les gants d'Ann sur la table.

— Regardez, Mère. Elle a laissé ses gants.

— Je les ai vus.

— Vous ne croyez pas que le chauffeur devrait les remettre à son portier ? Ainsi elle n'aurait pas à revenir.

— Les femmes comme elle n'ont pas de portier. Junior ne nous a rien dit sur Miss Ann Arden. D'ailleurs, ce n'est peut-être même pas son nom. Quel âge lui donnes-tu ?

— Je la crois plus vieille que lui.

— C'est aussi mon avis. Comment se fait-il qu'elle me déplaise ?

La question était une constatation et ne demandait pas de réponse. Elles regardèrent les flammes qui dansaient dans la cheminée sans mot dire. Alice s'efforça de cacher à sa fille le frisson qui la parcourait.

— Vous vous sentez tout à fait bien ? demanda Cordelia.

— Oui, bien sûr. Je réfléchissais.

— Au sujet de cette fille ?

— C'est bizarre, n'est-ce pas ? Quelqu'un surgit un jour de nulle part dans votre maison et un instinct profond vous dit de prendre garde.

Elle portait sa casquette d'enseigne inclinée de côté sur ses cheveux blonds qui retombaient en cascade. Assise par terre, adossée au sofa, elle tenait un verre de whisky dans la main et fredonnait une chanson.

— Tu es odieuse quand tu es soûle, dit Junior.

— Ta sœur est odieuse quand elle boit du thé.

— Je t'ai fait des excuses pour Félicité, dit-il, embarrassé.

— Le pire, chez moi, c'est que je finis toujours par prendre ma revanche. C'est mon côté marginal qui réagit, je suppose. L'occasion peut tarder à se présenter, mais elle se présente toujours et je la saisis au moment voulu.

— Tu me fais peur, dit Junior alarmé par sa réaction. Les Grenville ne manifestaient jamais leurs émotions. Sa permission touchait à sa fin. Il ne voulait pas qu'elle se termine sur une note discordante. Ni l'un ni l'autre ne s'étaient dit qu'ils s'aimaient. Il n'avait été question que de passion charnelle. Elle attendait qu'il lui déclare son amour le premier. Elle savait qu'il ne fallait jamais précipiter les choses. Elle se gardait bien de faire allusion au mariage ou même à une liaison permanente. Lorsque le sujet était venu sur le tapis d'une façon détournée, non seulement elle n'avait pas sauté sur l'occasion mais elle l'avait laissée passer. Or, toutes les débutantes qu'il connaissait auraient saisi la balle au bond.

— J'ai un cadeau pour toi, dit-il doucement.

— C'est vrai ? s'exclama-t-elle.

Sa mauvaise humeur se dissipa et son cœur battit plus fort.

Il disparut dans la cuisine et revint avec une boîte en carton blanc. Ce n'était pas le genre de boîte qu'elle espérait.

— Des orchidées ! s'écria-t-elle d'un air ravi comme s'il comblait son désir le plus cher.

Elle se demandait pourquoi elle ne pouvait jouer sur scène aussi bien que dans la vie en feignant la joie pour dissimuler son dépit. Elle contempla les fleurs blanches inodores et se recueillit un moment.

— Elles te plaisent ?

— Enormément, répondit-elle en se rappelant ce que lui avait dit Babette sur la ladrerie des hommes riches.

— Tant mieux, dit-il en se calant confortablement dans son fauteuil.

Le souvenir de Percy V. Jordan s'imposa un instant à l'esprit d'Ann. Il avait le même air satisfait quand il s'installait avec sa pipe et ses pantoufles. Elle frissonna. Depuis son entretien avec Alice Grenville, les images de son passé ne cessaient de remonter à la surface.

— Tu ne vas pas les mettre dans l'eau ? demanda-t-il.

— Oh si, bien sûr, dans un moment.

— Il y a autre chose, insista-t-il.

— Quoi ?

— Fouille dans le fond.

Elle retira le bouquet de la boîte en carton. Caché sous les fleurs se nichait un petit écrin de chez Cartier. Elle avait l'art de recevoir les cadeaux. Junior découvrit que sa joie était merveilleuse à contempler et balayait tous les mauvais moments précédents.

C'était une broche, un cercle en diamants comme celui qui ornait le col de ses sœurs, un cadeau pour une dame, pas pour une girl de revue, et elle se sentit submergée de tendresse. Elle le comprenait mieux depuis qu'elle connaissait sa mère et ses sœurs. Bien qu'elles lui aient indiqué discrètement la profondeur du fossé qui les séparait, elle n'était pas découragée.

Plus tard, satisfaite, comblée, elle lui demanda s'il ne manifestait jamais ses sentiments.

— Qu'avons-nous fait depuis une heure ? répondit-il.

— Nous avons rendu hommage à nos corps, ce n'est pas pareil.

— Mais je t'ai dit ce que je sentais.

— Au moment où tu jouissais. Ça ne compte pas. Ça ne t'engage pas. Tu vas bientôt partir et qui sait ce qui va se passer alors ? Vivons un rêve pendant le temps qui nous reste. Attends-tu que ce soit moi qui commence ?

Bouleversé, il la regarda sans mot dire.

— Je t'aime, dit-elle.

Il se sentit brusquement délivré. Des torrents de sentiments refoulés se libérèrent après toute une vie d'émotions contenues.

— Je t'aime, murmura-t-il. Je t'aime, je t'aime, je t'aime, répéta-t-il encore et encore.

Il lui proposa de l'emmener avec lui à Tacoma où se trouvait sa caserne. Elle refusa. Elle devait gagner sa vie, dit-elle. Elle avait été élue miss Radio et elle espérait obtenir un engagement dans les studios de cinéma. C'était du moins ce que Chet Marx, son agent, lui avait laissé entrevoir. Chet Marx voulait qu'elle dîne un jour avec Humphrey Bogart. Il était question qu'elle fasse un essai pour un film.

Lorsque Cordelia lui téléphona pour l'inviter à déjeuner, Ann comprit qu'elle se conformait simplement à un souhait de son frère mais, naturellement, elle accepta. Elle arriva au *Colony* dix minutes après l'heure fixée pour être sûre que Cordelia ne la ferait pas attendre. Elle entra avec tant d'assurance que même le propriétaire de l'élégant restaurant, Gene Cavallere, qui guettait les imposteurs à la porte, n'aurait su affirmer qu'elle n'était pas déjà venue dans son établissement.

Cordelia admira la broche en diamants qu'elle arborait pour la première fois, mais Ann ne lui dit pas que c'était un cadeau de son frère. Elle parla peu de Junior et ne posa aucune question sur la famille. Elle se contenta de se renseigner sur les diverses personnalités qui saluaient Cordelia en passant et fut ravie de pouvoir faire signe à Babette Van Degan qui déjeunait à l'autre bout de la salle.

Elle observa les gens dont elle lisait les noms dans les chroniques mondaines. Elle étudia leur aspect général et, en se voyant dans la glace, elle s'aperçut qu'elle n'était pas dans la note. Visiblement, elle semblait plus à sa place dans le monde du spectacle que dans le grand monde. Il était temps qu'elle comble ses lacunes.

A deux heures, elle consulta sa montre et dit qu'elle avait rendez-vous avec son agent pour faire un bout d'essai dans un film. Elle serra gentiment la main de Cordelia et lui dit adieu sans lui proposer de lui rendre son invitation.

Cordelia se rendit chez sa mère pour lui faire son rapport. A son avis, Miss Arden n'avait nullement l'intention d'épouser Junior.

— Elle semble passionnée par sa carrière. Elle était pressée parce qu'elle devait faire un bout d'essai pour un film, de sorte qu'elle n'est même pas restée pour le café. Ce n'est pas une intrigante, Mère. En fait, elle est très amusante. Elle m'a raconté une histoire très drôle à propos de la Lituanienne qui est restée mariée dix minutes avec Dickie Van Degan.

— Tu me soulages, ma fille, dit Alice Grenville.

— Junior jette sa gourme, Mère, c'est tout. Elle le fait profiter de son expérience. C'est sans doute un excellent arrangement. Il ne l'épousera jamais.

— Comment peux-tu en être sûre ?

— Elle fait des fautes de grammaire.

Il était éperdument amoureux. Il ne voulait pas qu'elle sache à quel point il l'aimait de crainte que sa passion ne soit pas payée de retour. Pourtant, il voulait qu'elle connaisse toute l'étendue de son amour. Il était tantôt exalté, tantôt déprimé. Il avait le teint terreux et les yeux cernés, mais il n'avait jamais été aussi beau.

— Veux-tu m'épouser ? lui demanda-t-il quelques jours avant la fin de sa permission.

Il ne pouvait se résoudre à l'idée de la séparation.

— Laisse-moi le temps de réfléchir, répondit-elle. C'est un tel changement. Il serait stupide de précipiter les choses. Je ne crois pas au divorce, vois-tu. J'ai vu de près les dégâts qu'il peut causer.

— Moi non plus, je ne crois pas au divorce. Il n'y a jamais eu de divorce dans ma famille, sauf tante Amelia, l'une des triplées, et c'est simplement parce que oncle Binkie était homosexuel, un détail qu'il avait omis de mentionner.

— Laissons la tante Amelia et l'oncle Binkie. Parlons plutôt de nous.

— Veux-tu m'épouser, Ann ? répéta-t-il.

Il n'hésitait plus. En formulant sa question, il savait que c'était son souhait le plus cher.

— J'ai besoin de temps.

— Pourquoi ?

— Pour m'assurer que ce n'est pas une erreur.

Il était déconcerté. Il avait cru qu'elle allait accepter sans hésiter comme l'auraient fait Brenda Frazier ou Kay Kay Somerset ou Esme Bland ou n'importe laquelle des femmes qui tournaient autour de lui.

— Je croyais que tu m'aimais, murmura-t-il.

— Mais je t'aime.

— Quand me donneras-tu ta réponse ? Ma permission se termine vendredi.

— Je te la ferai connaître avant cette date.

— Quand ?

— Je t'en prie, Junior.

— Quand ?

— Tu seras fixé jeudi.

— C'est sûr ?

— C'est sûr.

— Je te promets une vie merveilleuse. Après la guerre évidemment.

— Jeudi.

Sa réponse ne faisait aucun doute, sauf dans l'esprit de Junior qui n'avait confié à personne, pas même à Cordelia, que sa vie était en suspens dans l'attente de ce jeudi. Il était partagé entre l'espoir et le désespoir. Il passait du découragement le plus profond à l'exaltation la plus vive. Témoins de ses sautes d'humeur, sa mère et ses sœurs échangeaient des regard entendus. Abstraction faite du présent, il ne savait absolument rien sur Ann, sauf qu'elle était orpheline et née dans le Midwest. Elle ne parlait jamais de ses origines et son petit logement ne contenait ni la moindre photographie ni la moindre trace d'une vie passée.

La famille était en train de prendre le thé avec Beth Leary, une vieille amie d'Alice, quand la lettre arriva. Tous avaient entendu le coup de sonnette et pensaient que c'était l'un des maris qui venait rejoindre sa femme. Mais personne ne parut et la conversation reprit.

Cahill entra avec une lettre posée sur un plateau d'argent.

— Oui, Cahill ? dit Alice.

— C'est une lettre pour Mr. William, apportée par un messager, madame.

Arraché à sa torpeur, Junior bondit sur ses pieds et renversa son verre de whisky qui se répandit sur la broderie à moitié achevée de sa mère. Si sa permission n'avait pas touché à sa fin, Alice aurait exprimé son irritation, mais elle se contenta d'étaler son ouvrage sur ses genoux. Pendant qu'elle épongeait le liquide avec une serviette à thé, elle gardait l'œil fixé sur son fils qui prenait vivement la lettre que lui présentait Cahill.

Junior se sentit défaillir à la vue de l'écriture familière. Il était convaincu que la réponse était négative. Autrement, pourquoi aurait-elle écrit au lieu d'attendre leur rendez-vous de la soirée ? Il ne voulait pas ouvrir la lettre devant sa famille, sachant que tous les regards épiaient sa réaction. Il glissa l'enveloppe dans sa poche comme s'il n'y attachait aucune importance.

— Excusez ma maladresse, Mère, dit-il. Je suis désolé.

— Ne t'inquiète pas, répondit Alice. Lyd saura enlever les taches.

— Qu'y a-t-il dans cette lettre ? demanda Félicité.

— Je ne l'ai pas lue.

— Pourquoi ?

— Ça ne te regarde pas.

— Tu es devenu bien secret, Junior.

— Et toi bien indiscrète, Félicité.

— Je parie que c'est un message de ta blonde.

— Elle s'appelle Ann, Félicité. Tu es une vraie garce. Je ne l'avais jamais remarqué.

— Junior ! s'écria Alice.

Il aurait voulu que la conversation dévie vers d'autres sujets : l'opéra, le théâtre, la guerre, n'importe quoi. Son cœur battait la chamade et il essayait de ne pas laisser paraître sa détresse. Heureusement, Beth Leary commença à raconter une histoire concernant Grace Vanderbilt, un sujet qui intéressait tout le monde. Il en profita pour s'éclipser.

Il grimpa l'escalier quatre à quatre, fonça dans le long corridor et se précipita dans sa chambre. Avant d'ouvrir la lettre, il entra dans sa salle de bains et s'aspergea le visage d'eau froide. Son miroir lui renvoya l'image d'un visage hagard.

Il retourna dans sa chambre. C'était son ancienne nursery. Elle avait déjà subi quatre transformations. Disparus les souvenirs de l'enfance, de l'adolescence et des années de faculté. A présent, elle était décorée comme il sied à l'environnement d'un jeune homme. Les murs étaient ornés de peintures de chevaux signées John Frederick Herring et de croquis d'étalons issus des écuries Grenville. Le superbe bureau avait appartenu à son père ainsi que les tableaux et les fauteuils à oreillettes. Il s'arrêta au milieu de la pièce comme s'il cherchait un endroit qui ne soit pas imprégné du souvenir de son père. Il se dirigea vers la fenêtre qui donnait sur le parc. C'était là qu'il se réfugiait le plus souvent quand il était enfant, c'était aussi la partie la moins changée de la chambre. Il regarda dehors et sortit lentement de sa poche la lettre qui lui brûlait le corps. Il déchira l'enveloppe et lut :

« Miss Ann Arden accepte avec plaisir l'aimable invitation de l'enseigne Grenville à devenir son épouse légitime. »

Junior se mit à pousser des cris de guerre accompagnés de sauts de kangourou pour exprimer son bonheur.

Un soir, Claude Mertens emmena sa fille dîner au drugstore Crowell de Pittsburg, Kansas. A l'époque, Ann, qui se nommait encore Ursula, était âgée de huit ans. Ils échangèrent des plaisanteries avec Paul Crowell, le cousin germain de son père, propriétaire du drugstore. Paul dit à Urse qu'elle était la plus jolie petite fille qui ait mis les pieds dans son magasin ce jour-là. Urse rougit de plaisir.

— Tu vas lui tourner la tête, dit Claude en regardant sa fille avec tendresse, bien qu'il eût l'esprit occupé par d'autres soucis.

— Que veux-tu faire quand tu seras grande ? demanda Paul.

— Je veux faire du cinéma, répondit l'enfant sans hésitation.

Paul se mit à rire et Claude fixa un point dans l'espace.

Ils commandèrent du soufflé au fromage, une spécialité de la maison, des croque-monsieur et des milk-shake au chocolat. C'était une fête pour la fillette, et elle profita de l'occasion pour parler à son père des leçons de danse qu'elle voulait prendre et du cadeau d'anniversaire qu'elle comptait donner à grand-maman Smiley.

Ses bavardages retardaient le but de la sortie. Claude Mertens avait des choses importantes à dire à sa fille. Il voulait lui expliquer qu'il comptait quitter Pittsburg qui devenait une grande ville impropre à la culture. Il avait l'intention de s'installer dans une ferme du côté de Hugoton.

— Et alors ? demanda-t-elle.

— Alors, on exploite la terre un an, on répare les bâtiments, les barrières, les granges et ainsi de suite. Après quoi, la ferme t'appartient, expliqua Claude plus à l'aise dans ce genre de conversation que dans les histoires de leçons de danse que, de toute façon, il n'était pas en mesure de lui offrir.

Toute la joie d'Urse s'était envolée.

— C'est là que tu es allé quand tu es parti le mois dernier ?

— Oui, Urse. Un pays magnifique, excellent sol. Tu t'y plairas.

Elle garda le silence et parut très occupée à nettoyer le comptoir de marbre avec une serviette en papier.

— Dis quelque chose, Urse, insista son père.

— Maman dit qu'elle a vu un grand serpent noir sur le porche et que les toilettes sont dans une petite cabane au fond du jardin ; maman dit aussi qu'il n'y a qu'une seule école, et que les enfants du village ne parlent même pas un bon anglais. Oh, papa, je t'en prie, laisse-moi ici. Ne m'emmène pas à Hugoton, implora Urse.

— C'est bon, tu es la fille de ta mère, ma chérie, dit Claude en contenant ses larmes.

Ethel Mertens était venue à Hugoton pour se rendre compte du genre de vie que son mari envisageait d'offrir à sa famille. Elle était repartie le lendemain en jurant qu'elle ne remettrait plus les pieds dans cet endroit perdu. Douze ans plus tôt, ils étaient amoureux et peu leur importait alors que Claude ne fût qu'un garçon de ferme sans instruction alors qu'Ethel avait fait des études universitaires. Mais c'était avant Urse, et Ethel avait formé de grands projets pour sa fille.

Claude ne put se résoudre à lui avouer ses projets : il allait se séparer de sa femme et disparaître de sa vie, la laissant libre de demander le divorce.

— Il est près de neuf heures, dit-il. Je te ramène à la maison.

Il aurait voulu la serrer contre lui et lui dire qu'il l'aimait, mais les mots lui manquaient.

Le lendemain, Ethel annonça à sa fille que son père était parti. Elle consola l'enfant en larmes.

— Alors, il ne reviendra plus jamais ? sanglota Urse.

— Mais si, il reviendra te voir, dit Ethel.

— Pourquoi ne m'a-t-il même pas dit au revoir ?

— Ton père a toujours eu du mal à s'exprimer, Urse. Je sais qu'il aurait voulu te parler, mais il n'a sans doute pas trouvé les mots.

— C'est pour ça qu'il m'a emmenée dîner avec lui hier soir... pour me dire qu'il allait nous quitter ?

Elle se demanda si Paul Crowell était au courant. Elle se revoyait parlant de leçons de musique et de danse. Elle se sentit trahie.

— Il voulait t'expliquer lui-même ses projets, Urse.

— Il a commencé à me dire qu'il voulait quitter Pittsburg...

— Tu vois !

— Et qu'il allait exploiter une ferme à Hugoton. Mais je ne savais pas qu'il nous quitterait si nous ne voulions pas le suivre.

— Ce n'est pas le genre de vie que j'imagine pour toi, Urse.

— Qu'allons-nous devenir, maman ?

Elle jeta un regard autour d'elle et frissonna. Le linoléum était percé de trous, les marches de la porte de la cuisine étaient défoncées de sorte qu'il fallait sauter pour sortir dans la cour. Les murs n'avaient pas été repeints depuis des années et les fentes du toit étaient recouvertes de papier goudronné.

— Tout ira bien, ma chérie. Ne t'en fais pas.

— Quand je serai grande, maman...

— Oui, mon petit ?

— Je ne divorcerai jamais, quoi qu'il arrive.

Urse Mertens ne cessait de penser au temps où sa vie allait vraiment commencer. L'enfance et l'adolescence n'étaient que des étapes préparatoires. Elle aspirait à occuper le centre de la scène, à connaître la renommée. Plus tard, quand la célébrité vint autrement qu'elle ne l'avait prévu dans ses rêves d'enfant, les journalistes fouillèrent en vain dans son passé pour découvrir ses antécédents. A leur grand étonnement, elle semblait n'avoir laissé aucun souvenir derrière elle. Elle avait pris soin d'effacer toute trace de sa jeunesse.

— Tiens-toi tranquille, Urse, sinon tu vas te piquer avec les épingles, dit Ethel Mertens appliquée à son travail.

— Je ne te comprends pas quand tu parles avec toutes ces épingles dans la bouche, dit la petite fille en tournant la tête pour se regarder dans la glace.

— Tiens-toi droite que je voie la longueur de ta jupe.

— J'aime ce bleu, maman, c'est ma couleur préférée.

— Sais-tu ce que les gens vont dire de toi ? demanda la mère, fière de son travail à peu près achevé.

— Ils diront : « Urse Mertens est la fille la mieux habillée de Pittsburg. »

Elles se mirent à rire, sachant que personne ne ferait cette réflexion, mais c'était leur manière de plaisanter.

— J'ai réfléchi, Urse.

— Oh-oh !

— Qu'entends-tu par oh-oh ?

— Quand tu dis « J'ai réfléchi, Urse », ça annonce un changement.

— Ecoute-moi. Maintenant que ton père est parti, il est inutile que nous restions dans cette ferme à la périphérie de la ville. Si nous la vendions, nous pourrions nous installer au centre.

— Qui l'achètera, maman ? Elle tombe en ruine.

— Quelqu'un l'achètera bien. L'autre jour j'ai vu une très jolie petite maison à vendre. Elle sera parfaite. Tu pourrais aller à l'école du Lac et avoir des amis dans le voisinage. Fredda Cunningham habite tout à côté et tu dis toi-même qu'elle est la fille la plus populaire de l'école.

— Mais elle est tellement prétentieuse, maman. Elle ne dit jamais bonjour...

— Bientôt vous serez les meilleures amies du monde, ma chérie.

— La ferme ne te manquera pas, maman ?

— Nous ne sommes faites ni l'une ni l'autre pour vivre dans une ferme.

— Non, mais peut-être que papa décidera de revenir si les choses ne marchent pas à Hugoton.

Elle ôta sa robe neuve en la passant par-dessus sa tête pour ne pas voir le regard de sa mère dans le miroir. Elle n'était pas encore prête à accepter le fait accompli.

— Tu pourras aller plus facilement à tes cours de musique.

— Nous n'avons pas assez d'argent pour payer des leçons de musique.

— J'ai réfléchi à autre chose.

— Oh-oh ! D'autres changements ?

— Je vais demander un poste dans l'enseignement. J'ai fait l'école normale avant d'épouser ton père et j'avais l'intention d'enseigner ; mais, quand je me suis mariée, nous sommes venus ici et je n'ai jamais pu.

— Qu'est-ce que tu enseigneras ?

— La sociologie.

— Et nous pourrons payer les leçons ?

— C'est bien pour ça que je me remettrai au travail. Tu ne serais pas contente ?

— Oh si, maman, s'écria Urse en étreignant sa mère. J'ai toujours rêvé d'être actrice de cinéma.

— Il y a des jours où j'aimerais mieux que mon père soit mort, gémit Urse en larmes.

C'était Noël.

— Ursula Mertens ! cria sa mère sur un ton de reproche.

— Je le pense, maman.

— Non, tu ne le penses pas, insista Ethel.

— A chaque anniversaire, à chaque Noël, c'est une nouvelle déception. S'il était mort, je ne me demanderais pas s'il se souvient ou non.

— Ecoute, tu n'as pas tellement à te plaindre de notre Noël. Regarde toutes les jolies choses qui sont sous l'arbre. Grand-maman Smiley t'a tricoté cette écharpe elle-même. Tante Edna et tante Lucy vont te payer un an de leçons de danse. Oncle Paul t'a envoyé des sels pour le bain, sans compter le billet de cinq dollars.

— Mais je n'ai même pas reçu une carte de Noël de mon papa. Rien non plus pour mon anniversaire. J'ai l'impression qu'il m'a oubliée. Pourtant, je sais qu'il m'aimait.

— Ecoute, il y a encore quelque chose dont je ne t'ai pas parlé.

— Qu'est-ce que c'est ?

— C'est au sujet de Mr. Percy V. Jordan.

— Qui est Mr. Percy V. Jordan, maman ?

— C'est le directeur de la compagnie du téléphone, Urse. Pas seulement pour Pittsburg, pour toute la région.

— Et alors ?

— Il vient après le déjeuner de Noël. Vous ferez connaissance.

— C'est ton petit ami ?

— Oh, Urse !... je l'ai simplement rencontré à l'école

quand ils ont installé la nouvelle ligne téléphonique. Il va nous emmener toutes les deux à Kansas City la semaine prochaine.

— A Kansas City ?

— Et nous déjeunerons dans un grand restaurant, puis nous irons au cinéma et...

— Et... ?

— Il te fera photographier chez Swanson. Trois poses.

— Pas possible. Trois poses ?

— C'est absolument vrai.

— Fredda Cunningham va en attraper une jaunisse, s'exclama Urse enchantée.

— Mrs. Percy V. Jordan. Tu trouves que ça sonne bien ? demanda Ethel Mertens.

— C'est assez chic, répondit Urse.

— C'est bien mon avis.

— Notre situation va-t-elle encore changer, maman ?

— Seulement en mieux, chérie. Nous aurons plus d'argent et je suis sûre que nous allons être invitées dans es meilleures familles. Certaines dames de cette ville ne fréquentent pas volontiers une femme divorcée. Tu le sais.

— Mrs. Cunningham, par exemple ?

— Mrs. Cunningham, par exemple, répéta Ethel en riant.

— Tu n'aimes pas Mr. Jordan, n'est-ce pas ? questionna Urse.

— Je crois que c'est un très brave homme.

— Ce n'est pas une réponse.

— Ecoute, j'ai trente et un ans. J'ai évolué depuis l'époque de mon premier mariage. Je demande d'autres choses à la vie. Je veux une jolie maison où je pourrai t'élever convenablement, organiser des fêtes pour ton anniversaire et recevoir tes amis. Je veux t'offrir toutes les leçons nécessaires et, quand tu seras en âge de te marier, tu n'auras que l'embarras du choix parmi les meilleurs partis de la région.

— Crois-tu que ton directeur de la compagnie de téléphone ait une si belle situation ? Pour autant que j'aie pu m'en rendre compte, il n'a que deux costumes et Paul Crowell dit qu'il loue l'appartement au-dessus de son drugstore.

— N'écoute donc pas les commérages de Paul Crowell, grommela Ethel irritée par la moindre critique émanant du cousin de son premier mari. S'il te raconte des histoires pareilles, je te défends de t'arrêter chez lui au retour de l'école.

— Paul est mon ami, maman. Il fait toujours payer la grenadine de Fredda Cunningham mais il met la mienne sur le compte de la maison. De toute façon, si tu veux épouser Percy V. Jordan, je n'y vois pas d'inconvénient, ajouta Urse au bord des larmes.

Ethel la serra dans ses bras en murmurant.

— Tout ira bien, tu verras.

— Au moins nous aurons un téléphone à nous, dit Urse.

— Si j'accepte de l'épouser, il fera repeindre la maison en blanc avec des volets verts, comme celle des Cunningham, et il retapissera toutes les pièces. Il nous achètera un réfrigérateur, peut-être aussi une nouvelle cuisinière. Et puis il a une voiture.

— Il a de drôles de cheveux.

— Je crois qu'il porte une perruque.

— Il ne faut pas parler à maman avant qu'elle ait bu son café, dit Urse à Percy V. Jordan pour expliquer l'humeur bizarre de sa mère.

Le comportement d'Ethel dans sa nouvelle vie conjugale semblait incompréhensible même pour sa fille. Quand elle eut obtenu tout ce qu'elle souhaitait — téléphone, réfrigérateur, voiture, réfection des pièces — et que l'effervescence provoquée par ces nouvelles acquisitions se fut calmée, il lui resta l'homme à supporter. Ethel était aussi écœurée par la vue du jaune d'œuf qui se collait à sa moustache que par les odeurs qu'il dégageait dans la salle de bains.

Elle ne cessait de récriminer et de lui trouver toute sorte de défauts. Elle l'accusait d'avoir tué sa première femme, d'être atteint d'une maladie vénérienne, de fréquenter des femmes de mauvaise vie. L'une de leurs querelles fut tellement violente qu'Urse Mertens appela la police.

Percy V. Jordan avait promis à Urse de l'emmener voir Marilyn Miller à Kansas City pour son anniversaire. Elle était au comble de la joie, d'autant plus que Fredda Cunningham avait verdi de jalousie en apprenant la nouvelle.

Le matin de son anniversaire, Percy V. Jordan annonça qu'il avait suffisamment enduré les injures et les invectives de sa nouvelle femme, que le voyage à Kansas City était annulé et qu'il quittait définitivement les lieux. Urse Mertens était désespérée et très mortifiée en pensant à la réaction de Fredda. Quand Ethel comprit que Percy la quittait définitivement, elle fut prise d'une crise de rage et le suivit à travers les rues de Pittsburg en l'accablant d'insultes.

Ethel fut traînée au poste de police et renvoyée de l'école. Percy V. Jordan demanda et obtint le divorce. Après quoi, le comportement d'Ethel redevint normal.

Humiliée et traumatisée, Urse se replia de plus en plus sur elle-même. Elle savait que le second mariage de sa mère était voué à l'échec avant même qu'il n'ait été célébré. A présent, il s'agissait de prendre un nouveau départ.

C'était le sentiment d'insécurité qui lui était le plus pénible. Comment allaient-elles vivre ? Comment pourraient-elles se débrouiller ? Elle se demandait si elle connaîtrait jamais la sécurité. Dire que Fredda recevrait ses soixante-quinze cents par semaine quoi qu'il arrive ! Elle pouvait aller au cinéma, acheter *Photoplay* ou même un soufflé au fromage si elle en avait envie. Alors, révoltée contre l'injustice du sort, Urse reporta toute sa rancœur sur Fredda Cunningham.

En septembre, elle entra au lycée et sa mère trouva un emploi de standardiste au service de taxis local. Après le départ de Percy, elles avaient décidé toutes les deux qu'Urse ne devait pas abandonner ses leçons de musique et de danse. Elle se dénicha des emplois à temps partiel après l'école pour les payer elle-même. Elle travailla d'abord comme vendeuse au libre-service, ensuite comme serveuse au comptoir du drugstore Crowell et, naturellement, elle était au supplice chaque fois qu'elle devait servir Fredda Cunningham.

Une nuit, juste avant la fermeture, Billy Bob Veblen, le capitaine de l'équipe de football, vint prendre une tassse de café. C'était le plus beau garçon de la ville et toutes les filles étaient amoureuses de lui. Jusqu'à ce jour, il n'avait jamais remarqué Ursula Mertens.

Elle tremblait en lui remplissant sa tasse mais pas une goutte de café ne tomba dans la soucoupe. Jamais elle n'avait éprouvé des sensations pareilles.

— Où vous cachiez-vous, jeune beauté ? lui demanda-t-il.

Elle crut vivre une séquence de film.

Assis dans la salle à manger du *Brook Club*, les deux amis devisaient d'un air morose.

— Elles ne l'adopteront jamais, dit Bratsie. Tiens, bois encore un peu de ce vin. C'est le plus cher à la carte.

Junior fixa son verre des yeux, pendant que Bratsie le remplissait de bourgogne à ras bord. Cahill aurait froncé les sourcils, pensa-t-il en essayant d'assimiler les paroles de son ami.

— Remarque que je ne parle pas en mon nom, reprit Bratsie. Je cherche simplement à prévoir les réactions d'Alice et de tes sœurs.

— Mais elles l'adorent, protesta Junior. A part Félicité...

— Ecoute, il ne te reste que quelques jours de permission et tu vas repartir. Peut-être ne reviendras-tu jamais. Elles te ménagent en pensant que tu jettes ta gourme. Parle-leur mariage et tu verras leur attitude changer du tout au tout.

— Je l'aime.

— Je le sais bien.

— C'est elle qui m'a tout appris de l'amour. Aucun rapport avec les pensionnaires de Winifred Plegg. Avant, je ne connaissais rien du plaisir. Que vais-je faire ?

— Continue à coucher avec elle pour le moment. Après la guerre, tu verras bien où tu en es.

— Je ne suis pas sûr de revenir de la guerre.

— C'est ce que tu as toujours pensé, n'est-ce pas ?

— Pensé quoi ?

— Que tu mourrais jeune ?

— Pourquoi dis-tu ça ?

— Tu l'as toujours laissé entendre.

— Je ne m'en souviens pas.

— La mort te fait-elle peur ?

— Maintenant que je connais Ann, oui.

— Elle t'attendra.

— C'est ce qui te trompe, Brats. Elle ne m'attendra pas.

— Tu m'en veux, n'est-ce pas ?

— Je pensais que tu me soutiendrais, Brats. Pourtant, tu te moques bien de tout ça, ricana Junior en désignant le cadre raffiné du club, les hommes élégants assis aux tables voisines qui avaient été les amis de leurs pères et le monde que tout cela représentait.

— Tu sais, Junior, les gens racontent en plaisantant qu'Alice aimerait te voir épouser la princesse Margaret. Moi, je crois qu'elle préférerait la princesse Elisabeth pour que tu deviennes roi d'Angleterre ou tout au moins prince consort...

— Jolie, ta chemise, Brats, interrompit brusquement Junior désireux de changer de conversation.

— Je l'ai fait faire, répondit Bratsie en jetant un coup d'œil complaisant sur sa chemise à raies blanches et marron ornée d'un monogramme.

— C'était cher ?

— Pas pour nous.

Ils se mirent à rire. Ils parlaient de la chemise mais ils pensaient à autre chose. Tout en bavardant, Bratsie ôta ses boutons de manchettes, puis sa cravate et sa veste. Après quoi il déboutonna sa chemise et l'enleva sous les yeux des dîneurs ébahis.

— Qu'est-ce qui te prend, Bratsie ? dit Junior suffoqué.

— Je tiens à te faire un cadeau, répondit Bratsie en se levant pour étaler à tous les regards sa poitrine velue.

Et il tendit sa chemise à son ami.

— Bratsie ! s'exclama Junior qui aurait voulu pouvoir rentrer sous terre.

Bratsie se rassit sans se soucier du scandale qu'il causait et remit tranquillement sa veste sur son torse nu. Horrifié, le maître d'hôtel s'approcha.

— Mr. Bleeker, je dois vous prier de...

— Ah, Casper, interrompit Bratsie. Ma mère vous envoie son meilleur souvenir. Il paraît que mon père vous estimait plus que n'importe qui. Voulez-vous me faire apporter une bouteille de votre meilleur champagne ? Mon ami, l'enseigne Grenville ici présent, célèbre son futur mariage...

— Bratsie !

— Mais c'est un grand secret, Casper. N'en parlez à personne.

Il frappa à la porte de la chambre de sa mère comme il le faisait quand il était adolescent pour l'avertir qu'il rentrait d'une surprise-party.

— Entre, dit-elle.

Elle lisait, assise dans son grand lit à baldaquin.

— Mère, j'ai une merveilleuse nouvelle à vous annoncer, dit Junior.

Elle leva les yeux. A la vue de son visage qui irradiait l'amour, elle agita la main comme pour écarter un ennui.

— Non, répondit-elle fermement.

— Mère, je vous en prie...

— Non, non, non, non et non. N'insiste pas. Va te coucher.

— Essayez de vous rappeler ce que vous éprouviez quand vous avez connu Père. Vous nous l'avez raconté cent fois.

— Mes sentiments pour ton père n'ont aucun rapport avec cette situation, riposta-t-elle, refusant toute comparaison entre son mariage et cette liaison purement charnelle.

Son propre mariage était conforme aux convenances. Aucune des deux familles n'aurait pu souhaiter mieux et cette union si parfaite avait engendré le respect, l'harmonie, la compréhension et l'affection. La passion n'y avait jamais joué aucun rôle. A cet instant, son mari lui manquait parce qu'il aurait su venir à bout de cette situation impossible.

Furieux, Junior tourna les talons et sortit en claquant la porte.

L'atmosphère de la pièce était étouffante. La cire des bougies tombait sur la table branlante mais Mrs. Sophia ne paraissait pas s'en apercevoir. Junior remarqua que son vernis à ongles était écaillé et son mobilier couvert de poussière. Elle avait les yeux maquillés à l'excès et les cheveux cachés sous un fichu. Il pensa qu'elle n'était peut-être pas très bien lavée. Une petite fille aux lobes d'oreilles percés dormait sur un sofa. Il se demanda comment quelqu'un qui était capable de prévoir l'avenir pouvait vivre dans un tel taudis.

La pancarte fixée à l'entrée indiquait deux dollars pour la lecture des cartes, mais elle avait suggéré que, pour cinq dollars, son travail serait plus détaillé et il avait acquiescé. Il était un peu désemparé à Tacoma. La routine contraignante de l'entraînement n'effaçait pas de son esprit le souvenir de son pénible départ de New York. Il était parti brouillé à la fois avec Ann et avec sa mère. Pour ménager Alice, il avait demandé à Ann d'attendre la fin de la guerre. Elle avait refusé et, le lendemain soir, elle dansait avec Arturo de Castro au *El Morocco*.

Alice s'était aussitôt hâtée de lui démontrer que le retour de Miss Arden à son ancienne liaison révélait mieux que tous les mots le genre de créature qu'elle était. Pour la première fois de sa vie, Junior s'était querellé avec sa mère. A part Cahill et Gibbs, seule Cordelia l'avait accompagné à l'aéroport.

— Je vois une très belle femme, dit Mrs. Sophia en étalant ses cartes.

— Oui, oui, s'écria Junior impatient.

— Cheveux... jaunes.

— Dorés, dit Junior une fraction de seconde avant qu'elle n'ait prononcé le mot « jaunes ».

— Yeux bleus, continua-t-elle comme si elle faisait surgir la superbe créature de ses cartes crasseuses.

Elle pouvait lire l'histoire de son client en observant ses réactions. Son désespoir lui apprenait qu'ils s'étaient séparés fâchés. (Oui, oui.) Son anxiété l'incita à affirmer que la belle dame se languissait de lui, elle aussi. (Vous êtes sûre ?) De son air soucieux, elle déduisit que des obstacles se dressaient sur leur chemin. (Se trompait-elle ? Non, non.) Elle lui assura que toutes les difficultés n'existaient que pour mettre leur amour à l'épreuve et qu'ils connaîtraient bientôt le bonheur.

— Désirez-vous savoir autre chose ? demanda-t-elle, très fière de constater que, grâce à elle, il était passé de l'abattement au ravissement.

— Oui, répondit-il, il y a autre chose mais je vais vous paraître stupide.

— Demandez toujours.

— Serai-je tué à la guerre ?

Elle se mit à rire et secoua la tête.

— Non, dit-elle après avoir déplacé ses cartes.

— Quand alors ?

— Quand quoi ?

— J'ai toujours eu le pressentiment que je mourrais jeune.

— Pas à la guerre en tout cas.

— Mais quand ? insista-t-il.

Leurs regards se fixèrent. Il sortit un billet de vingt dollars et le posa sur la table. Elle consulta les cartes puis repoussa brusquement le billet vers lui.

— Je vous en prie, implora-t-il en le lui rendant. Il est important que je sache.

— Cinq, cinq, cinq, cinq, dit-elle enfin, pressée d'en finir.

— Je ne comprends pas.

— Le cinquième jour du cinquième mois de l'année 1955, expliqua-t-elle.

Cette date qui lui laissait un sursis de douze ans lui parut tellement lointaine qu'il se sentit exulter. Ce fut donc là dans ce logement sordide que sa crainte de périr à la guerre se dissipa.

Allongée sur son sofa, les mains croisées sous la nuque, Babette Van Degan compatissait aux malheurs de son amie.

— Cette mère, ces sœurs... répétait-elle, touchant du doigt le cœur du problème.

Après être parvenue au sommet de l'extase, Ann se voyait plongée dans un abîme de désespoir. Elle avait le sentiment d'être passée à côté d'une chance qui ne se représenterait plus, en tout cas pas sous la forme élégante d'un Junior Grenville. Elle était sûre qu'elle l'aurait aimé même moins riche, mais son style de vie avait éveillé en elle une passion dont elle ne se serait jamais crue capable.

Malgré sa tendance naturelle à accepter les dures réalités de l'existence, elle était terrifiée par la perspective de la pauvreté. Elle en avait fait l'expérience. Elle savait depuis toujours qu'elle possédait en elle les moyens de s'élever au-dessus de sa condition et elle avait passé dix-huit ans de sa vie à rêver au jour où elle échapperait à son milieu sans laisser de traces.

Bien qu'Ursula Mertens ait eu moins de succès que Fredda Cunningham à l'occasion des représentations théâtrales des élèves du lycée de Pittsburg, elle s'était ancrée dans sa décision de monter sur les planches. Elle était convaincue que le théâtre lui permettrait d'accéder à la vie dont elle rêvait.

Après sa sortie du lycée, Urse et sa mère s'étaient installées à Kansas City. Elle avait été engagée comme mannequin chez Swanson, le grand magasin de la ville. Elle était naturellement douée pour évoluer devant un public. Elle se tournait d'un côté et de l'autre, enfilait et retirait des manteaux et des vestes ; elle avait une réelle classe, disait Miss Rose, chef du rayon couture. Ethel Mertens était enchantée des succès de sa fille. Elles passaient toutes les deux des heures à discuter des mérites relatifs de MM. Barney, Hasseltine ou Stackpole. Elles ne se querellèrent vraiment qu'au sujet de Billy Bob Veblen (un bon à rien, selon Ethel). En fin de compte, Urse continua à fréquenter MM. Barney, Hasseltine et Stackpole pour faire plaisir à sa mère mais elle voyait Billy Bob Veblen en cachette pour ne pas la contrarier.

Cinq ans après son arrivée à New York, Urse Mertens

(rebaptisée Ann Arden par Chet Marx) savait qu'elle était remarquablement belle mais que ses talents de danseuse et d'actrice laissaient à désirer. La scène était pour elle un moyen de réussir. Elle dansait tous les soirs dans les boîtes de nuit avec des Sud-Américains très riches, des industriels et quelques sous-producteurs de Hollywood. Elle donnait et recevait dans l'attente de la renommée ou du mariage, le premier des deux qui se présenterait, mais ses visions d'avenir les plus brillantes pâlirent le jour où Junior Grenville entra dans sa vie.

— Sais-tu ce que me disait mon père le laitier ? dit Babette à son amie désemparée.

— Non, quoi ?

— Quand on a le lait de la vache, pourquoi acheter la vache ?

— C'est un dicton du Connecticut.

— C'est probablement ce qu'Alice Grenville a dit à Junior en termes peut-être plus choisis.

Ann se demanda si elle n'avait pas trop donné.

Quand il reçut son ordre d'embarquement, Junior appela Ann à New York et la supplia de venir le rejoindre à Tacoma pour l'épouser. Elle accepta avec joie. Elle était sûre de l'aimer et ne demandait qu'à devenir sa femme. D'ailleurs, le projet de film avec Humphrey Bogart était tombé à l'eau et l'une de ses soirées au *El Morocco* s'était achevée en scandale.

— Oui, oui, oui, cent fois oui, répondit-elle.

— Tu ne peux pas savoir à quel point je suis heureux, mon amour, s'écria-t-il.

— Quand veux-tu que je vienne ?

— Le plus tôt possible.

— Ecoute, Junior, je ne veux pas épouser un type qui s'appelle Junior.

— Mais c'est le nom que j'ai toujours porté.

— Ce n'est pas une raison pour le porter toujours.

— Qu'est-ce qui te déplaît dans Junior ?

— C'est bon pour un adolescent. Je veux épouser un homme.

— Mon père se nommait William.

— Je ne veux pas t'appeler William non plus.

— Bill alors ?

— Billy.

Elle se croyait enceinte mais elle n'avait pas consulté de médecin parce que, si c'était le cas, elle voulait qu'il l'apprenne en même temps qu'elle, après le mariage.

— Ainsi personne ne pourra prétendre que je lui ai tendu le piège classique de la grossesse, dit-elle à Babette en lui racontant les derniers événements.

— Je crois que tu aimes vraiment ce garçon, constata son amie.

Ann quitta New York sans donner signe de vie à Alice Grenville, laissant à Billy le soin de lui annoncer la nouvelle.

Il avait retenu une suite dans le plus bel hôtel de la ville. Elle y resta pendant la semaine qui précéda leur mariage. Ce fut elle qui s'occupa de toutes les formalités car Billy était confiné dans sa caserne le plus clair du temps. Elle choisit l'église épiscopale pour la cérémonie religieuse et demanda à voir le pasteur Tiffany. Il célébrait un office à Saint-Andrew. Elle se glissa sur un banc en attendant qu'il eût fini.

— Que puis-je faire pour vous ? demanda-t-il.

— Je viens au sujet d'un mariage.

— Etes-vous membre de cette église ?

— Non.

— S'agit-il d'un mariage militaire ?

— Oui, mon fiancé est à la base navale.

— Il y a un aumônier à la base, dit-il.

Il avait l'air assez rébarbatif, mais elle était décidée à ne pas se laisser congédier comme une fille à soldats.

— La famille de mon futur mari fait partie de l'église épiscopale Saint-James de New York depuis des générations et le révérend Kinsolving nous a conseillé de venir nous marier ici, insista Ann d'un ton poli mais ferme.

— C'est bon, c'est bon, dit le révérend Tiffany. Accompagnez-moi au rectorat, nous allons étudier la question. Comment se porte le révérend Kinsolving ? Excusez-moi si je vous ai reçue un peu cavalièrement, mais il nous arrive tant de gens de la base qui veulent une cérémonie religieuse alors qu'ils ne s'intéressent pas le moins du monde à la religion. Comment se nomme votre fiancé ?

Les rideaux blancs à volants du rectorat lui rappelèrent la salle de séjour de Fredda Cunningham. Il lui proposa un verre de sherry. Elle refusa mais il en prit un lui-même, puis un autre. Il lui posa question sur question sans attendre ses réponses bien qu'il parût très impressionné par la personnalité du révérend Kinsolving et l'importance de la paroisse qu'il dirigeait.

Ann régla les détails concernant les fleurs et la musique. Elle demanda particulièrement un hymne que Billy aimait chanter à Groton. La cérémonie fut fixée au samedi suivant à onze heures. Le révérend reprit un troisième verre de sherry. Ann se demanda s'il ne buvait pas un peu trop. Il avait le regard vague et elle n'était pas sûre qu'il ait bien enregistré tout ce qui avait été convenu. Elle décida de l'appeler le lendemain pour vérifier. Pour plus de sûreté, elle sortit de son sac plusieurs gros billets en lui disant que son futur époux comptait faire un don généreux à son église le jour du mariage et elle l'invita à la réception qui suivrait la cérémonie. Il la remercia et lui serra la main en l'appelant Miss Grenville.

Un drame s'était produit dans un autre secteur de la ville. Une jeune fille de bonne famille avait été étranglée par un soldat, un ancien amoureux éconduit. L'histoire avait fait la une des journaux de Tacoma pendant plusieurs jours. Des photographies de la victime avaient paru avec des articles sur sa famille, son éducation, les divers événements de sa vie.

Comme elle était assez désœuvrée, Ann s'intéressa vivement à cette tragédie. Elle frémit à la pensée de cette vie si violemment interrompue. Elle prit un taxi pour se rendre à l'adresse indiquée sur les journaux et son cœur se serra à la vue de la maison où la malheureuse avait vécu.

A son retour à l'hôtel, Ann vit que les sacs de Billy avaient été déposés dans sa suite avec une caisse de bouteilles pour la réception. Elle ne supportait pas le désordre et la vue d'objets qui traînaient au milieu de son salon offensait son sens de la symétrie. En rangeant les sacs dans le placard, elle remarqua une grande enveloppe brune contenant du courrier qui n'était pas décacheté.

Elle fut attirée par une certaine lettre comme un papillon par la flamme. Bien qu'elle n'eût jamais vu l'écriture d'Alice Grenville elle l'aurait reconnue même si l'adresse n'avait pas été gravée au dos de l'enveloppe. Elle la fixa d'un regard hostile, comme un ennemi, et sut immédiatement qu'elle ne résisterait pas à la tentation. Elle verrouilla la porte de la suite, s'enferma dans la salle de bains, déchira l'enveloppe et lut la lettre qu'Alice Grenville écrivait à son fils.

Elle lut lentement car la peur la paralysait.

« Mon cher fils,

« Je suis désolée que nous nous soyons quittés en mauvais termes. Je ne puis supporter que tu partes pour la guerre dans de telles conditions et je te supplie de m'appeler au reçu de cette lettre. Je sais que tu te crois amoureux de Miss Arden mais c'est une toquade. Je te demande de ne pas l'épouser. Si ton père était encore là, il pourrait t'expliquer des choses qu'il m'est difficile de te dire. Oui, oui, elle est ravissante, vive, spirituelle, tout ce que tu veux, mais elle a un passé, Junior, d'autres hommes, vieux ou jeunes mais tous riches. Peut-être est-elle ce qu'il te faut à ce stade de ta vie. Peut-être l'éducation que tu as reçue te pèse-t-elle un peu et éprouves-tu le besoin de ruer dans les brancards. Rue, mon chéri, mais ne l'épouse pas. J'ai engagé un détective privé et j'ai appris certains détails. Elle est plus vieille que tu ne le crois et Ann Arden n'est pas son vrai nom. Il y a quelques années, Earl Jones et Freddie Strawbridge ont donné une soirée au *Waldorf Astoria* en l'honneur de Teddy Mander qui enterrait sa vie de garçon et Miss Arden a fait scandale. Elle était complètement ivre et nue... »

La sonnerie du téléphone la fit sursauter.

Elle pensa que c'était Billy. Elle avait les aisselles moites et le visage livide. Sans terminer sa lecture, elle déchira rageusement les feuillets bleu pâle en menus morceaux, les jeta dans les toilettes et tira la chasse d'eau.

Le téléphone continuait à sonner.

— Allô, dit-elle essoufflée.

— Miss Arden, j'avais peur que vous ne soyez absente.

— Qui est à l'appareil ?

— Le révérend Tiffany de Saint-Andrew.

— Oui, oui, excusez-moi, j'ai la tête un peu à l'envers. J'ai encore tant à faire avant demain.

— J'ai commis une erreur terrible, Miss Arden.

— Une erreur ?

— J'ai inscrit des funérailles à la même heure que votre mariage et je dois vous prier de remettre votre cérémonie d'une heure ou deux.

— Jamais de la vie, s'écria-t-elle. Mon mariage est fixé à onze heures. Il aura lieu à onze heures.

— Mais il s'agit de l'enterrement de la malheureuse jeune fille Wentworth.

— Je m'en moque totalement.

— C'est elle qui a été assassinée par le soldat ; ses parents sont membres de ma paroisse. C'est moi qui me suis trompé. Je vous demande de me comprendre. Toute la ville doit assister à l'enterrement. L'heure est indiquée dans les journaux. Impossible de la changer.

— Il n'est pas question que ce soit moi qui change mon heure. C'est à eux de changer la leur.

Elle refusa obstinément de céder à ses sollicitations. Sa véhémence stupéfia le pasteur décontenancé. Elle savait que si Billy avait lu la lettre de sa mère, il ne l'aurait pas épousée. Elle sentait que si son mariage était retardé ne serait-ce que d'une heure, il n'aurait jamais lieu.

Invoquant des raisons de convenances, Ann insista pour que Billy passe sa dernière nuit de célibataire à la caserne. Ils ne devaient se revoir que devant l'autel. Ann tenait à respecter les usages pour être sûre que tous les renseignements qui parviendraient à New York concernant son mariage seraient favorablement reçus.

Un violent orage éclata peu avant l'aube et la pluie martela les fenêtres de sa chambre d'hôtel. Elle chassa ses pressentiments lugubres et évoqua soudain le souvenir de sa mère. Ethel aurait béni ce jour où se réalisaient leurs rêves les plus fous. Elle aurait dit que Mr. Grenville était un gentleman jusqu'au bout des ongles, expression qu'elle avait jadis appliquée à Mr. Percy V. Jordan. Ann se demanda ce que Billy aurait pensé de sa mère si le snobisme qu'elle remarquait parfois chez lui avait fait surface. Elle se sentait vaguement coupable chaque fois qu'elle jugeait Ethel par rapport à la famille Grenville.

Pendant qu'elle arrangeait les fleurs dans le salon de sa suite pour la réception qui suivrait la cérémonie, elle déplora l'aspect furtif de l'événement. Elle aurait aimé avoir près d'elle quelqu'un qui eût fait partie de sa propre vie. Dommage que Billy l'ait dissuadée d'inviter Babette Van Degan.

A la fin de la matinée, il y eut une éclaircie dans le ciel d'orage et l'arrivée imprévue de Bratsie Bleeker détendit l'atmosphère. Enchantée de sa présence, Ann se rasséréna et la journée qui s'annonçait sombre lui parut soudain radieuse.

Vêtue de blanc, le visage couvert d'un voile virginal, un bouquet de stephanotis dans les bras, Ann fut conduite à l'autel par un officier de la base. Aussi nerveux qu'elle à cause du caractère secret de leur acte, Billy s'épanouit devant ce tableau. Il ne pouvait imaginer qu'un jour la vue de sa bien-aimée n'effacerait plus ses appréhensions. Il ne parut pas remarquer la froideur du révérend Tiffany qui officiait, ni le bruit de la foule qui attendait dehors que le service funèbre commence.

La presse n'avait pas eu le temps de publier le changement d'horaire des obsèques de la jeune fille assassinée. Des centaines de personnes étaient donc venues pour assister aux funérailles, mais elles furent priées d'attendre que le mariage célébré à l'intérieur soit terminé. Lorsque les mariés sortirent de l'église pour se prêter aux formalités d'usage — photographies, pluie de confettis et de riz —, ceux qui venaient rendre hommage à la malheureuse victime durent se ranger et assister à la scène.

Devant le parvis, le corbillard et les limousines noires transportant la famille désespérée attendaient que le cortège nuptial se fût mis en route. Lorsque le chauffeur ouvrit la portière de la voiture dans laquelle se trouvaient les parents et les deux frères de la jeune morte, une rafale de vent rabattit une poignée de confettis multicolores de leur côté.

Bratsie observait l'épouse de son vieil ami et se posait des questions. Tout s'était passé si vite depuis leur folle équipée dans les boîtes de nuit de New York jusqu'à cette réception intime dans la suite fleurie mais impersonnelle du grand hôtel de Tacoma, sans la présence des membres des deux familles.

Il se demanda si, sous les exclamations de plaisir qu'avait poussées la mariée en recevant sa bague de fiançailles, il ne percevait pas une certaine déception. Certes la pierre était d'une taille impressionnante mais elle ne pouvait se comparer à celle de Babette Van Degan. Il se demanda si Gail Bumpers qui jouait le rôle de dame d'honneur avait conscience d'être simplement tolérée par la cendrillon de ce moderne conte de fées. Il se demanda pourquoi le révérend Tiffany de l'église épiscopale Saint-Andrew s'était abstenu de paraître à la réception comme le voulait l'usage. Pourtant son église s'était enrichie de plusieurs centaines de dollars grâce à la générosité du marié. Il pensa aux funérailles et à toute cette foule qui assistait malgré elle aux festivités du mariage en attendant de défiler devant le cercueil. Et il frissonna.

— Ce sombre personnage n'est sûrement pas le facétieux Bratsie Bleeker.

La voix de la mariée l'arracha à ses réflexions. Consciente de son nouveau rôle de maîtresse de maison, elle sentait que la réunion manquait de chaleur et elle comptait sur le boute-en-train pour l'égayer.

— Mais je n'ai pas de lustre pour me balancer, répliqua-t-il en adaptant son humeur au rôle qu'elle voulait lui voir jouer.

Le champagne commença à couler. La musique se fit

plus entraînante. Le tapis fut roulé, dégageant une piste de danse. Comme le nombre des officiers était supérieur à celui des dames, la mariée fut constamment invitée et une ambiance de fête régna enfin dans la pièce.

— Où est le jeune marié ? demanda Bratsie pendant qu'il dansait avec Ann.

— Il appelle Mère, répondit-elle en posant sa joue contre la sienne pour éviter son regard.

— Pour lui apprendre la nouvelle, sans doute.

Ils se livraient à une série de figures compliquées, ce qui obligeait les autres couples à s'écarter.

— Et votre carrière ? demanda-t-il.

— Ma carrière consistera à être Mrs. William Grenville Junior.

— Vous renoncez donc au théâtre ?

— Qu'est-ce qui vous prend, Bratsie ? Vous m'aviez pourtant laissé croire que vous me trouviez assez bien pour Junior.

Sa franchise lui plut. Il le lui dit et ajouta :

— Je voulais simplement vous suggérer de ne pas chercher à ressembler aux autres, à Alice ou aux sœurs, ou à l'une des filles qu'il aurait pu épouser. Restez vous-même au milieu d'elles.

— Le côté sérieux de Bratsie, dit-elle en continuant à suivre ses figures savantes.

Billy vint les interrompre.

— Mère est au téléphone, dit-il. Elle veut te parler, Ann.

— Tu lui as dit ?

— Oui.

— Et alors ?

— Plus surprise qu'autre chose, je suppose, répondit-il visiblement soulagé d'être débarrassé de la corvée tant redoutée.

Ann passa dans la chambre et ferma la porte pour prendre le téléphone.

— Allô, ma chère, dit Alice Grenville sur un ton à la fois résigné et déçu. Evidemment, la nouvelle m'a surprise mais je vous assure que je serai remise à votre retour à New York. Je suis impatiente de mieux vous connaître.

— C'est réciproque, répondit Ann.

— Avez-vous téléphoné à vos parents ?

— Comment ?

— Avez-vous mis vos parents au courant ? insista Alice.

— Je n'ai pas de famille.

— Ah, c'est vrai. Vous me l'avez déjà dit, je crois.

— Nous voilà bien loties avec celle-là, dit Alice Grenville à ses filles.

Elle venait de leur annoncer la nouvelle qu'elle avait apprise par téléphone.

— Mais votre lettre, Mère ? dit Cordelia.

— Il n'en a pas été question.

— N'en a-t-il pas tenu compte ou ne l'aurait-il pas reçue ? demanda Grace.

— Mon Dieu ! s'exclama Félicité.

— Quoi ?

— Supposez qu'elle arrive maintenant qu'il est marié. Comment réagira-t-il au sujet de tous ces hommes ?

— Faisons comme s'il ne s'était rien passé, dit Alice.

— L'annoncerez-vous dans les journaux, Mère ? questionna Cordelia.

— Il le faut, soupira Alice.

— Mentionnerez-vous qu'elle a dansé au *Copacabana* ?

— Mes principes m'ont toujours interdit d'admettre des gens du spectacle dans ma maison et nous voilà avec une girl de cabaret dans la famille, dit Alice atterrée.

Il y eut un silence. Chacune se demandait comment elle allait faire part de l'extravagant mariage de Junior à ses amis et relations.

— De mon temps, les personnes comme nous savaient qui étaient les parents de tous ceux qu'elles fréquentaient, reprit Alice. Nous étions protégés des gens qui n'appartenaient pas à notre monde. Et il n'était pas question de désobéir. Si l'un de nos parents disait : « Ce n'est pas un parti qui te convient », nous n'avions pas à discuter.

— Que sait-on de ses parents ? demanda Félicité.

— Elle se prétend orpheline, répliqua sa mère. Elle n'a aucune famille.

— C'est peut-être préférable, Mère, dit Grace. Au moins, vous n'aurez pas à inviter son père et sa mère ici ou à la campagne.

— C'est à cause de cette maudite guerre, maugréa Alice. Jamais il ne l'aurait rencontrée sans la guerre. Il part outre-mer, peut-être pour ne jamais revenir. C'est là-dessus qu'elle a misé et elle a gagné. La première fois qu'elle a mis les pieds dans cette maison, je me suis doutée de ce qu'elle avait dans la tête.

— Quelle attitude allez-vous adopter avec elle ? s'enquit Cordelia.

— Je ne lui adresserai pas la parole, dit Félicité.

— Moi non plus, renchérit Grace.

— Elle est Mrs. William Grenville Junior, à présent, dit Alice posément. Nous devons faire contre mauvaise fortune bon cœur.

— Ce n'est pas le genre de fille qu'un Billy Grenville peut épouser.

— C'est le genre de fille qu'on installe dans un appartement du quartier Ouest tant que la liaison dure. Quand c'est terminé, on lui fait un beau cadeau de rupture avec quelques milliers de dollars et on épouse quelqu'un de son monde, une Esme Bland par exemple.

Tels étaient les commentaires qu'échangeaient les membres des clubs dont Billy Grenville faisait partie. Jeanne Twombley qui les tenait de son mari me les avait rapportés à l'époque. Amis de feu William Grenville pour la plupart, ils se sentaient trahis par son fils.

— A quoi ressemble-t-elle ? demanda Alfred Twombley.

— Bratsie dit qu'elle a de gros seins, répondit Piggy French.

Dans le milieu des Grenville, il était normal de poser des questions sur une jeune mariée. « Qui est-elle ? » ou « Qu'a-t-elle fait ? » Or, la nouvelle Mrs. Grenville ne se situait dans aucune des institutions qui permettaient aux familles comme la leur de sélectionner les partis convenant à leurs héritiers : écoles, clubs, cercles, stations balnéaires, Bottin mondain. On ne pouvait même pas dire qu'elle avait été présentée par une relation commune, ou que Billy l'avait rencontrée chez des amis à Newport ou à Southampton. Le nom même de sa ville natale nécessitait des explications — « Non, non, ce n'est pas Pittsburgh, Pennsylvanie, c'est Pittsburg, *Kansas.* » Et sa carrière de girl dans les cabarets de même que sa réputation créaient un certain embarras.

Le bref avis de mariage paru dans le *New York Times* sans photographie mentionnait que la cérémonie religieuse avait été célébrée à l'église épiscopale Saint-Andrew de Tacoma, et que Miss Arden était de Kansas City où elle avait fait des études secondaires et supérieures. Suivait un *curriculum vitae* de l'enseigne Grenville, élève de

Groton et de Harvard, fils du défunt William Grenville, ancien président de la banque Cambridge de New York, propriétaire d'écuries de course et de haras au Kentucky.

Seul Walter Winchell, le chroniqueur mondain de Broadway, rapporta que la nouvelle Mrs. Grenville avait été girl dans une revue de cabaret dont la vedette était Ethel Merman. Si certains amis d'Alice Grenville avaient lu la chronique de Walter Winchel, ils s'étaient bien gardés de le lui dire. On chuchotait dans son entourage qu'elle était désolée de cette union bien qu'elle et ses filles aient feint d'être agréablement surprises par l'originalité du choix de Billy.

Peu après le mariage, Billy fut expédié dans le Pacifique et Ann repartit pour New York. Sûre à présent d'être enceinte, elle garda le secret sur sa grossesse. Elle voulait établir son statut d'épouse légitime avant de s'occuper de sa maternité. Elle s'installa dans son logement de Murray Hill en attendant que d'autres dispositions soient prises. Elle pensa qu'elle pourrait être invitée à habiter dans la grande maison Grenville et peut-être même à occuper l'appartement où Billy avait toujours vécu.

Sa première visite à sa belle-mère ne fut guère encourageante. Alice avait des invités à déjeuner et le repas n'était pas terminé. Par la suite elle se rappela le va-et-vient des servantes en tablier et bonnet blancs et le bruit des talons sur le sol de marbre pendant qu'elle attendait sous le lustre géant. Cahill adopta l'attitude de la famille qu'il servait depuis tant d'années. Madame ne pouvait la recevoir tout de suite à cause du retard d'un amiral qui était en train de porter un toast à sa gracieuse hôtesse. Des rires et des applaudissements fusaient de la salle à manger tandis que Cahill guidait la nouvelle Mrs. Grenville vers l'ascenseur. Il appuya sur le bouton du troisième étage et la conduisit dans le boudoir de sa belle-mère.

La pièce était petite et agréable. Les fauteuils étaient tapissés de chintz et une biographie de Lady Asquith traînait sur un siège. Un portrait d'Alice Pleydell jeune, peint par Boldini, trônait au mur. Un cordon de sonnette en passementerie attira le regard d'Ann. C'était le premier qu'elle voyait et elle eut envie de le tirer pour faire venir un domestique et donner des ordres. Des cartes d'invitation gravées étaient entassées sur la cheminée. Elle fut tentée d'y jeter un coup d'œil mais se retint. Le secrétaire était jonché de feuilles de papier à lettre, le même papier bleu qu'Ann connaissait si bien. Elle frissonna au souvenir de la lettre détruite, destinée à mettre son mari au courant de sa lamentable histoire. Elle s'aperçut soudain qu'un petit pékinois niché dans un fauteuil suivait tous ses mouvements du coin de l'œil. Leurs regards se rencontrèrent. Elle se félicita de ne pas avoir cédé à sa curiosité.

Elle se demanda si elle se sentirait toujours étrangère dans cette maison. Cahill ne l'avait pas accueillie comme un nouveau membre de la famille et elle n'avait pas été invitée à faire la connaissance des convives. Même le pékinois semblait la considérer comme une intruse. Mal à l'aise, ne sachant où s'asseoir, elle alluma une Camel et inhala profondément la fumée en faisant les cent pas. Elle chercha des yeux un cendrier et n'en trouva pas. En désespoir de cause, elle piqua son allumette sous les feuilles luxuriantes d'un cyclamen en fleur et déposa sa cendre dans sa paume. Comment allait-elle pouvoir serrer la main de sa belle-mère avec la main pleine de cendres ? se demanda-t-elle. Finalement, elle prit une assiette chinoise sur une étagère en teck, la posa sur une table et y éteignit sa cigarette.

Ce fut la première chose que remarqua Alice Grenville quand elle arriva un quart d'heure plus tard. Ses narines frémirent comme offensées par l'odeur désagréable. Elle vida les cendres et le mégot dans une corbeille à papiers, essuya soigneusement l'assiette chinoise et la replaça sur l'étagère en teck.

— Je ne peux pas supporter la fumée de cigarette dans cette pièce, dit-elle sèchement.

— Je suis désolée, excusez-moi, répondit Ann, décidée à ne pas se laisser démonter.

— Vous ne pouviez pas savoir, dit Alice sur un ton radouci.

L'incident la dispensait de serrer la main de la visiteuse.

D'après ses amis de longue date, Alice avait été une jeune fille ravissante et divers portraits, particulièrement le Boldini, le prouvaient. A l'époque, elle était plus belle que distinguée mais, avec les années, la distinction avait pris le pas sur la beauté. Ann fut plus impressionnée par son allure qu'elle ne l'avait été à leur première entrevue.

— Vous avez fait la connaissance de Winston ? demanda Alice en soulevant le pékinois de son fauteuil pour s'asseoir. Il ressemble beaucoup à Mr. Churchill, vous ne trouvez pas ? Ici, Winston, je t'ai apporté une gâterie.

Le pékinois était ravi de l'attention dont il était l'objet. Alice cassa un biscuit en deux et lança chaque morceau en l'air pour que le chien l'attrape au vol.

— Mon gentil toutou, s'exclama-t-elle en prenant le pékinois dans ses bras. Maman t'adore, tu sais.

Complètement oubliée, Ann contemplait la scène. Enfin, Alice tira sur le cordon de sonnette. Sa femme de chambre apparut presque aussitôt. Alice embrassa le chien entre les yeux et le lui tendit. Lyd le prit et sortit sans un mot. Alice se tourna alors vers la visiteuse. Les deux dames Grenville se scrutèrent du regard.

— Parlez-moi de votre mariage, dit Alice. Edith Bleeker m'a appris que vous étiez en blanc. Vous n'aviez jamais été mariée ?

— Non.

— Vous avez apporté des photos, j'espère. Les filles vont en réclamer. Leur unique frère, vous comprenez. Ah, votre bague ! Faites voir.

Ann se pencha en avant et tendit la main. Pour la première fois, elle était contente que son diamant ne fût pas aussi gros que celui de Babette Van Degan.

— Magnifique, dit Alice en l'examinant sans prendre la main de sa belle-fille. Mr. Glaenzer, je suppose.

— Non, Cartier, corrigea Ann.

— Mr. Glaenzer est notre agent chez Cartier.

— Oh, fit Ann en se mordant les lèvres.

Décidément, elle n'était jamais dans la note. Elle se tourna vers la cheminée.

— C'est là que vous rangez vos cartes d'invitation ? demanda-t-elle.

— Comment ?

— Vous les entassez sur le marbre de la cheminée ? Ça fait très chic. Vous êtes invitée partout.

— J'avais déjà remarqué cette particularité chez vous.

— Comment ?

— Vous semblez vous intéresser aux accessoires et vous évitez l'objet principal.

— Les accessoires ?

— Vous avez l'habitude de la scène, Ann. Vous comprenez sûrement ce que je veux dire. La dernière fois, vous m'avez parlé de mon manteau d'hermine et de la photographie de la reine Mary. Aujourd'hui, vous me parlez de la place de mes cartes d'invitation. A l'époque vous aviez des vues sur mon fils. Aujourd'hui vous êtes sa femme. Si nous allions droit au but ?

Ann essaya de la regarder au fond des yeux mais l'expression d'Alice était impénétrable.

— Je sais que vous ne me trouvez pas assez bien pour votre fils, Mrs. Grenville, commença-t-elle.

Alice ne tenta pas de la contredire.

— Vos parents sont morts ? demanda-t-elle.

— Oui.

— Qu'étaient-ils ?

— Pauvres.

— Je voulais dire : que faisaient-ils ?

— Mon père était fermier et ma mère professeur.

— Ils ont divorcé ?

— Oui. Quand j'avais huit ans. Ma mère s'est remariée et elle a redivorcé.

— Grands dieux !

— Pourquoi ne m'aimez-vous pas ?

Déconcertée par cette question directe, Alice marqua un temps avant de répondre.

— Vous êtes ambitieuse.

— Je *suis* ambitieuse, admit Ann. Je ne savais pas que c'était un défaut.

— *Trop* ambitieuse, ce qui est très différent.

— Conseillez-moi, dit Ann avec une bonne volonté sincère. J'aime votre fils et j'ai l'intention d'être une excellente épouse. Quant au théâtre, ma carrière est derrière moi. Est-ce que je réponds aux questions que vous vous posiez ?

— Ne soyez pas agressive, dit Alice en jaugeant du regard la femme de son fils. Après tout, vous êtes déjà Mrs. William Grenville Junior.

— Je le sais bien, et vous ne me tolérez que parce que je suis la femme de Billy Grenville. J'ai l'impression que vous espérez que mon mariage se brisera comme s'il ne s'agissait que d'une aventure de temps de guerre. Vous vous trompez. Nous sommes unis jusqu'à ce que la mort nous sépare.

Alice ne répondit pas. Elle arracha une feuille jaunie du cyclamen.

— Vous appelez mon fils Billy ? demanda-t-elle enfin.

— Oui. Je ne voulais pas épouser un homme qui s'appelle Junior.

— Vous avez raison. Je suppose que ce nom ne convient plus à son âge. Où habiterez-vous ?

La conversation ressemblait à un duel au fleuret. Chacune était experte dans l'art de l'attaque et de l'esquive, mais chacune savait qu'elle avait affaire à forte partie. Une trêve tacite fut observée jusqu'au retour de Billy.

A l'exception de Cordelia, les sœurs restèrent distantes. Elles se gardèrent bien d'exprimer leurs sentiments en public car leur code leur interdisait de formuler des critiques sur la femme de leur frère, mais leur entourage n'était pas dupe.

Un après-midi, Esme Bland était venue aider les sœurs à préparer des bandages pour les blessés. Elle contemplait furtivement la jeune Mrs. Grenville, fascinée par sa radieuse beauté. La pauvre Esme avait toujours nourri l'espoir secret de devenir un jour la femme de Billy. Les sœurs parlaient de réceptions où Ann n'était pas conviée, de lieux qui lui étaient étrangers, de personnes qu'elle ne connaissait pas, avec des allusions incompréhensibles pour un non-initié.

Ann commença à apparaître aux déjeuners et dîners de famille sans être vraiment acceptée. Résignée, Alice avait pris sa belle-fille en main pour la mettre au courant des usages de sa nouvelle vie. Elle lui indiqua les livres qu'elle devait lire, le style de coiffure et de vêtements qu'elle devait adopter. Ann l'écoutait et suivait ses conseils.

— J'espère que vous ne vous offenserez pas si j'émets une suggestion, disait Alice, bien décidée à formuler sa suggestion quelle que soit la réponse.

— Non, bien sûr, répondait Ann qui prétendait qu'il était inutile de lui répéter les choses deux fois.

— Quand vous êtes en conversation, évitez de promener vos regards autour de vous. Concentrez votre attention sur votre interlocuteur.

— D'accord.

— Si vous ne voulez plus de vin, contentez-vous de passer votre main sur le haut de votre verre avant que le maître d'hôtel ne vous serve. Ne retournez jamais votre verre.

— Très bien.

— Ne coupez pas votre pain avec un couteau, rompez-le.

— Oui.

Et ainsi de suite.

Ann avait beau multiplier les efforts, elle se sentait étrangère dans ce milieu. Quand elle comprit que rien ne changerait l'opinion de la famille, elle cessa de faire des avances. Elle se contenta d'observer, d'écouter, d'apprendre, de se perfectionner. Bien que l'attitude des commerçants qu'elle commençait à fréquenter lui permît bientôt de prendre conscience de l'importance de sa position, elle décida d'attendre avant de faire sentir sa présence à son entourage.

Comme les Grenville ne faisaient pas mine de l'inviter sous le toit familial, elle s'installa dans un appartement de Park Avenue que Babette lui avait trouvé. Babette continuait à faire partie de sa vie mais Ann ne l'avait pas présentée à sa nouvelle famille. En réalité elle tenait à lui cacher que ses belles-sœurs lui battaient froid. Elle ne voulait pas non plus qu'elles les toisent du haut de leur grandeur. Bientôt elle commença à voir son amie par les yeux des Grenville.

— Savez-vous que les freezias vivent plus longtemps si vous écrasez l'extrémité de la tige ? dit Cordelia qui était venue visiter le nouvel appartement d'Ann en compagnie de Félicité.

Ann ne voyait pas l'utilité d'écraser le bout des tiges pour prolonger la vie des fleurs alors qu'il suffisait d'en acheter d'autres.

— Je crois que ce brocart ne convient pas, commenta Félicité en pensant que sa belle-sœur ne serait jamais à la hauteur de sa situation : des chandelles au déjeuner, des chrysanthèmes en été, du brocart doré.

— Il ne vous plaît pas ? demanda Ann d'un air déconfit.

— Vous savez, le brocart doré n'est pas de très bon goût. C'est tellement le genre...

Elle s'interrompit avant de dire « Babette Van Degan » dont elles se moquaient toutes.

— Music-hall ? demanda Ann soudain hérissée. N'est-ce pas ce que vous alliez dire ?

Un jour, pensa-t-elle, je lui ferai payer son arrogance.

— Pas devant les domestiques, lui dit Félicité en français sachant que les servantes irlandaises ne comprenaient pas cette langue et Ann non plus d'ailleurs.

Elle changea le brocart, atténua la teinte de ses cheveux, modifia son écriture. Les sœurs lui servirent d'exemple en tout. Elle acquit leurs attitudes distinguées, leurs intonations aristocratiques avec l'aide d'un professeur de bonnes manières recommandé par le comte Rasponi, qu'elle payait largement.

— Mais vous êtes Mrs. Grenville, lui dit-il à leur première entrevue.

— Elles me trouvent différente, répliqua Ann.

— C'est ce qui fait votre charme particulier, insista-t-il.

— Je veux parler comme elles, m'habiller comme elles, penser comme elles. Alors, j'ajouterai mon charme particulier à ce que j'aurai acquis.

Le comte Rasponi se mit à rire, enchanté.

Un matin, dans les quelques secondes qui précédèrent son réveil, elle vit le visage de Billy se détacher nettement. Brusquement arrachée à son sommeil, elle le crut mort. Elle analysa ses sentiments. Il lui manquait terriblement, ce jeune mari qui avait défié sa famille pour elle. Qu'allait-elle devenir s'il disparaissait ? Elle savait que sa belle-mère la rejetterait et qu'elle ne pourrait jamais reprendre son métier. La scène n'avait été pour elle qu'un moyen d'aboutir à une fin et cette fin, elle l'avait atteinte. Il n'était pas question de revenir en arrière.

Heureusement Billy Grenville n'était pas mort. Elle apprit même qu'il s'était distingué dans la bataille du Pacifique en sauvant un soldat. Cet exploit lui valut la Silver Star. Ann choisit le jour où la famille reçut la nouvelle pour annoncer qu'elle attendait un bébé. La providence était encore de son côté. C'était un miracle de synchronisation et même Félicité se leva pour la circonstance.

— Elle sort jamais du lit avant midi, répondit la servante irlandaise au téléphone.

En l'entendant, Ann éprouva une sorte d'agacement. Il était vrai qu'elle ne se levait pas avant midi, mais le langage et l'accent de Mary heurtaient désagréablement son oreille. Elle la mit à la porte pour insubordination, peut-être aussi pour offense à la grammaire. Un peu plus tard, Babette Van Degan lui téléphona pour lui rappeler qu'elles avaient rendez-vous pour déjeuner. Ann répondit qu'elle ne pourrait pas la rejoindre parce que son bébé ne cessait de lui donner des coups de pied et que sa maudite femme de chambre l'avait laissé tomber.

— Allô, c'est vous Ann ? dit une voix râpeuse qu'Ann identifia immédiatement.

— Oui, c'est bien moi.

— Ici Kay Kay Somerset.

Peu importait le nom de son mari — et elle se mariait souvent, déjà trois fois avant l'âge de trente ans —, on l'appelait toujours Kay Kay Somerset. Ann avait lu tous les articles la concernant et prêté une oreille attentive à tout ce que Cordelia lui avait raconté sur ses efforts pour conquérir Junior.

— Oh, bonjour, dit Ann en espérant que sa voix ne trahissait pas sa satisfaction.

— Je vous ai trouvée ravissante chez les Ebury hier soir.

— Merci. Moi je me trouve énorme en ce moment.

— C'est pour quand ?

— Pas avant trois mois.

— Je me demandais s'il vous plairait de déjeuner avec moi.

— Eh bien, je... heu...

Elle pensa à l'invitation de Babette qu'elle venait de décliner.

— Je pars pour la campagne à trois heures, reprit Kay Kay, mais je pensais qu'il serait agréable de faire plus ample connaissance. Nous n'avons jamais vraiment parlé.

— Je serais ravie.

— Parfait. Rendez-vous au *Colony* à une heure, loin des vieilles barbes.

Ann était aux anges. Elle prit une douche, mit la robe de grossesse qui lui allait le mieux, et regretta d'avoir renvoyé sa femme de chambre. Elle arriva au *Colony* à une heure quinze, resplendissante et d'excellente humeur. Mr. Cavallero l'accompagna en personne jusqu'à la table de Kay Kay Somerset. Ce fut le point de départ de sa première amitié dans la haute société de New York.

— Vous faisiez du théâtre, je crois ? demanda Kay Kay.

— Pas longtemps, répondit Ann vivement. Ma famille n'était pas d'accord et puis j'ai rencontré Billy.

— Ah !

Kay Kay était déçue. Elle aurait préféré que sa nouvelle amie fasse étalage de son ancien métier, d'autant plus que la famille Grenville encaissait mal le choix de Junior. Quant à Ann, elle se félicitait d'avoir coupé court aux questions de Kay Kay. Elle ne tenait pas du tout à laisser échapper la moindre bribe de son passé. Elle s'intéressait beaucoup plus à la vie de Kay Kay et elle l'amena habilement à parler d'elle-même. Le récit pittoresque de ses déboires conjugaux les égaya pendant tout le repas.

L'apparition de Babette dans le même restaurant gâcha

quelque peu son plaisir. Elle était accompagnée d'une girl de music-hall et, en voyant son amie, elle lui lança un regard indigné. Elle était manifestement offensée par sa défection. Ann pensa qu'il était temps qu'elle mette une certaine distance entre elle et Mrs. Van Degan dont la fidélité à ses anciennes collègues lui paraissait excessive.

Ann était fascinée par Kay Kay et elle commença à sortir seule en dehors de la tutelle des Grenville.

— Qui a peint cette toile ? demanda-t-elle un jour en désignant un tableau représentant une scène pastorale accrochée dans le salon de Kay Kay.

— Je n'en sais rien. Un Italien, répondit Kay Kay sans se donner la peine de regarder.

Elle déménageait sans cesse, changeant d'appartement à chaque mariage et à chaque divorce, de sorte qu'elle vivait toujours en camp volant. Elle invitait ses amis au restaurant, arrivait en retard, l'air égaré, l'esprit confus. Sous leur air évaporé, Ann commençait à percevoir la profonde instabilité des héritiers richissimes du groupe qu'elle commençait à fréquenter.

Peu à peu l'admiration que lui inspirait Kay Kay s'atténua, et elle se servit de sa nouvelle amie pour étendre le cercle de ses relations et rencontrer les gens dont le nom revenait le plus souvent dans les journaux.

— J'étais placée entre Vere Cecil et Bluey Chisholm, disait-elle à ses belles-sœurs, espérant les impressionner.

En général, les sœurs ne répondaient pas et elle continuait, citant les noms des convives les plus illustres.

— Voyons s'ils figurent dans le Bottin mondain, disait alors Félicité.

Les Grenville étaient de vieille souche new-yorkaise et s'estimaient supérieurs aux brillants amis de Kay Kay.

— Tiens, tiens, les voilà, constatait Félicité dépitée.

Ann priait pour que l'enfant qu'elle portait soit un garçon. Sa grossesse lui paraissait une épreuve longue et ennuyeuse qui retardait son accession à la grande vie dont elle rêvait. Dans ses lettres du Pacifique, Billy semblait convaincu que son futur héritier serait un fils. Cependant, c'était plus pour Alice que pour son mari qu'elle souhaitait un garçon. En assurant la continuité du nom, elle pensait s'imposer dans la famille et gagner l'affection de sa belle-mère qui ne lui témoignait qu'une condescendance polie.

Archie Suydem était depuis toujours le médecin de la famille Grenville. Il avait assisté à la naissance de tous les enfants et au mariage des quatre sœurs. Archie Suydem était le meilleur généraliste de New York. De plus, il était membre de l'Union Club et du New York Yacht Club, ce qui ajoutait beaucoup à son prestige.

Ann désirait se conformer à tous les usages des Grenville, tout au moins jusqu'au jour où elle se serait assez fermement intégrée au milieu familial pour développer sa propre personnalité. Cependant, l'idée que le vieillard palperait son corps avec ses mains tavelées la révulsait. Comme elle ne pouvait guère parler de sa répugnance aux femmes de sa belle-famille, elle décida de faire contre mauvaise fortune bon cœur.

— Je n'arrive pas à m'endormir, docteur, dit-elle au cours d'un examen.

— Lait chaud et miel, avant le coucher, répondit le médecin.

— C'est ce que vous m'avez prescrit la dernière fois, mais c'est sans effet. Ne pourriez-vous me faire une ordonnance de somnifères.

— Non, non, c'est très mauvais, se récria-t-il. Depuis quarante ans que j'exerce, je n'ai encore vu personne mourir d'insomnie. Lait chaud, miel et marche l'après-midi. L'exercice est très important.

Babette Van Degan et Kay Kay Somerset lui recommandèrent le docteur Skinner. C'était un bel homme : la cinquantaine, cheveux poivre et sel, ongles soignés et polis. Il n'était membre d'aucun club select, aussi les Grenville et leurs pareils ne faisaient-ils pas partie de sa clientèle. Il fut ravi que la belle Mrs. William Grenville Junior fasse appel à ses services. Il se conformait à tous ses désirs, répondait à ses appels de jour comme de nuit, et lui dressait toutes les ordonnances qu'elle voulait contre les tensions de la vie new-yorkaise.

Le docteur Skinner lui parla du docteur Virgil Stewart, un obstétricien très en vogue à New York. Au grand mécontentement de la famille Grenville, Ann décida que ce serait lui qui présiderait à son accouchement. Elle choisit le Doctors Hospital, avec la bénédiction des docteurs Skinner et Stewart, de préférence au Columbia Presbyterian Hospital où tous les Grenville étaient venus au monde.

Après une délivrance facile à une heure inopportune, le docteur Stewart informa Ann qu'elle était maman d'une superbe petite fille. Sa déception était visible et elle essaya de ne pas laisser voir son amertume lorsque son bébé fut placé dans ses bras. En se disant qu'elle devrait passer de nouveau par l'épreuve de la grossesse, elle pensa qu'Alice avait eu quatre filles avant le garçon tant désiré. Elle préféra écarter cette idée désagréable.

Ann aurait aimé appeler sa fille Wallis, comme la duchesse de Windsor qu'elle admirait, mais elle ne voulait pas fournir à ses belles-sœurs une occasion de plaisanter. Elle rejeta tous les noms des dames Grenville et se décida pour Diantha, prénom d'une héroïne de roman qui lui avait plu.

Le révérend Kinsolving célébra le baptême de Diantha Grenville dans la chapelle de l'église Saint-James par un froid après-midi de mars. Conformément à la tradition familiale, le bébé portait la robe de baptême qu'avaient déjà revêtue Alice et ses quatre filles. Cordelia fut la marraine, Bratsie qui combattait en Afrique du Nord fut le parrain par procuration.

Alice avait organisé une réception dans la grande maison de la Cinquième Avenue. Extrêmement élégante dans son ensemble bleu marine, Ann s'assit sur un sofa en prenant une pose alanguie. Dehors passait le défilé de la Saint-Patrick — jongleurs, musiciens, chœurs irlandais suivis d'une foule joyeuse.

Quand les photographes eurent terminé leur besogne et que chacun se fut extasié sur la superbe robe de baptême, Alice Grenville abandonna rapidement son rôle de grand-mère.

— Allez chercher la nourrice, voulez-vous, dit-elle à son maître d'hôtel en lui tendant le bébé.

DEUXIÈME PARTIE

— J'aime que tu me chuchotes des cochonneries à l'oreille, avoua Billy à sa femme en enfouissant son visage dans ses cheveux blonds.

D'un naturel jaloux, elle s'efforçait de le vider de tout désir charnel avant de sortir pour la suite sans fin des dîners et des réceptions qui constituaient leur vie. Au lit, ils s'entendaient parfaitement. Il n'en était pas toujours de même ailleurs.

Ann avait l'impression qu'elle attendait depuis toujours que sa vie commence. Au retour de Billy, elle sentit que ce moment était enfin venu. L'appartement ne leur suffisait plus. Habitué à de vastes maisons, Billy se sentait gêné par la proximité de la nursery et par les cris de l'enfant. Sa mère lui suggéra qu'une maison conviendrait mieux à leurs besoins et ils en trouvèrent une entre Park Avenue et Lexington Avenue. Elle était moins spacieuse que la maison Grenville mais beaucoup plus importante que les résidences de la plupart des jeunes ménages de la ville.

Ann était attirée par le côté enfant gâté de son jeune mari. Elle découvrit qu'elle ne le connaissait pas sans uniforme et que, la phase de rêve et de conquête étant achevée, ils s'installaient à présent dans la réalité. Elle était impatiente de lui montrer les progrès qu'elle avait accomplis pendant toutes ces années d'absence, mais elle s'aperçut qu'au lieu de l'émerveiller elle ne réussissait qu'à le déconcerter.

— Parfois, je ne te reconnais plus, dit un jour Billy. Il me semble que tu es une autre.

— Je pensais que tu serais fier de moi, répondit-elle.

— Si j'avais voulu une femme du monde, j'en aurais épousé une authentique, répliqua-t-il.

Elle refoula les larmes qui lui montaient aux yeux. Il n'avait pas eu l'intention de la blesser mais le mal était fait.

Billy lui proposa un séjour dans la maison de campagne de sa mère à Brookville, dans Long Island, en guise de lune de miel. Il en profiterait pour la présenter à ses amis d'enfance. Alice leur abandonnait la villa Fairfields pendant quelques semaines. Ils pourraient ainsi se retrouver seuls, sans mère, sans sœurs, sans bébé et sans nourrice. Ann, qui ne connaissait pas la côte Nord, accepta avec enthousiasme. Les journées furent consacrées aux sports et elle se révéla très douée. Les nuits se passaient en réceptions.

Ce soir-là, Ann observait le groupe des invités d'Alfred et Jeanne Twombley : les Chester, les Dudley, les Webb, les Chisholm, Teddy Plum, Bratsie Bleeker, les McBean, Sass Buffington, Tucky Bainbridge, les Ebury, Petal Wilson. Aucun noble dévoyé, aucun millionnaire d'origine récente. L'assistance représentait la fine fleur de la société. Ils étaient tous amis d'enfance comme l'avaient été leurs parents avant eux. Soixante pour cent des terres de la côte nord de Long Island leur appartenaient. Elle devinait l'histoire de leurs familles : suicides, enlèvements, divorces, abandons d'enfants, dépravations, alcoolisme, dépressions, morts violentes par accident d'avion, naufrages ou chutes de cheval, mais quelle classe, quel chic ! Leur distinction la subjuguait.

Les jeunes femmes lui paraissaient toutes sorties du même moule : même façon de parler, même accent, même style de coiffure, et leurs vêtements — jupes longues, chemisiers, cardigans en cachemire — étaient interchangeables. Elle nota que, pour la campagne, elle était trop élégante, trop bien coiffée, trop parée. Une erreur qu'elle ne commettrait plus.

En entrant dans la chambre de Jeanne Twombley après le dîner, Ann sut instinctivement qu'elle faisait l'objet de la conversation. Elle se plaqua contre le mur sans être vue et écouta l'échange de propos qui la concernait.

— C'est la créature la plus vulgaire que je connaisse, dit Sass Buffington en se recoiffant.

— Félicité nous a suggéré d'aller à une de ses réceptions avant qu'elle n'ait appris à recevoir correctement, ajouta Tucky Bainbridge.

— Piggy raconte qu'elle s'est envoyé deux équipes de polo à Gardiners Island avant la guerre, ricana Petal Wilson.

— P.D.N.C., ma chère.

Elle se faufila dehors ulcérée et descendit l'escalier pour aller rejoindre les hommes restés dans la salle à manger. Ils se levèrent tous ensemble. Elle remarqua avec satisfaction que Billy la regardait avec une fierté de propriétaire. Elle lui sourit tendrement en se glissant à côté de lui.

Plus tard, elle lui demanda d'un air détaché :

— Que signifie P.D.N.C. ?

— Pas de notre classe, expliqua-t-il. Pourquoi ?

— Pour rien.

Elle se jura qu'un jour ces dames ravaleraient leurs paroles et elle résolut d'acquérir la classe que la famille et les amis de son mari lui déniaient. Tenue à l'écart par les femmes, elle feignit de ne pas s'en apercevoir et se maintint au sein de leur groupe, bien décidée à se faire accepter par des gens qui ne voulaient pas d'elle.

Sur le chemin du retour, elle contempla le beau jeune homme riche et raffiné qui l'avait épousée et qui lui ouvrirait toutes les portes.

— Bratsie t'aime bien, dit Billy.

— Pas pour de bonnes raisons.

— Que veux-tu dire ?

— Il m'aime bien parce que je suis marginale.

— Il n'a pas dit ça.

— Il n'a pas besoin de le dire. Je le lis dans son regard.

Ann se sentit submergée de plaisir en voyant son nom imprimé pour la première fois dans le Bottin mondain de New York : « Grenville, Mr. et Mrs. William Junior (née Ann Arden) ». Suivait une liste d'abréviations incompréhensibles qui se révélèrent être les sigles des multiples clubs dont Billy était membre. Elle plaça le livre bien en vue sur son secrétaire, accessible à tous les regards. Elle se rappela le jour où elle avait cherché l'adresse de la famille Grenville dans un magasin de fleuriste. Maintenant qu'elle figurait elle-même sur la liste, elle avait la preuve de sa promotion sociale.

Bratsie Bleeker lui avait conseillé naguère de ne pas chercher à ressembler aux sœurs mais de rester elle-même pour conserver sa personnalité si spéciale. Elle n'en avait pas tenu compte car elle voulait par-dessus tout être confondue avec elles. Le jour où l'une de ses nouvelles relations lui demanda si elle était allée à Farmington ou si elle était présente à la soirée où Bratsie Bleeker s'était balancé au lustre, elle sentit qu'elle approchait du but.

Elle achetait ses livres chez Wakefield, se faisait photographier par Dorothy Wilding, consultait le docteur Stewart et commandait ses fleurs chez Constance Spry. Elle allait à l'office à Saint-James, rarement il est vrai, et déjeunait au *Colony* ; Caruso était son coiffeur, Blanchette sa manucure et Gerd son masseur. Elle se faisait habiller chez Hattie Carnegie pour le jour et chez Mainbocher pour le soir. Ses bijoux venaient de chez Jules Glaenzer. Son personnel se composait d'une cuisinière, de deux servantes, d'un chauffeur et d'une gouvernante pour sa fille. Rien n'indiquait qu'elle n'était pas habituée à ce genre de vie.

Avec le temps, Ann commença à craindre que Billy eût moins d'étoffe qu'elle ne l'avait cru. Il se comportait comme un fils cadet dans un rôle de fils aîné. Elle s'aperçut que s'il arrivait tard à son bureau après une nuit de festivités, c'était sans importance. Personne ne s'avisait de lui reprocher sa négligence. Il faisait acte de présence, lisait les journaux, vérifiait les cours de la Bourse et prenait des rendez-vous avec ses partenaires de squash ou de tric-trac. Il déjeunait dans l'un de ses clubs avec des amis et s'arrêtait pour boire un verre dans un autre avant de rentrer chez lui. Ses amis disaient à qui voulait l'entendre que Billy était le plus chic type qui soit. Ann était parfois surprise d'apprendre qu'il était allé voir des films qu'elle-même n'avait pas vus. Elle remarqua qu'il sortait souvent seul ou avec Bratsie. Il ne pensait guère à progresser dans la vie car il se trouvait déjà au sommet de l'échelle sociale.

Ses sentiments pour Ann étaient ambivalents. Il l'aimait, elle comblait ses besoins sexuels, elle avait l'art de le faire rire, elle tenait tête à ses sœurs. Pendant un long moment, elle l'avait même rendu heureux.

En même temps, il lui reprochait certains côtés insupportables. Ainsi, elle ne pouvait garder de domestiques tant elle se montrait soupçonneuse et autoritaire avec eux. D'autre part, son ambition était trop manifeste. Elle n'invitait pas les gens par plaisir, mais par intérêt.

— Dis-lui donc qu'elle n'a pas besoin de faire tant d'efforts pour grimper : elle est déjà arrivée, lui dit Bratsie qui observait son manège un soir où elle posait des jalons pour étendre le cercle de ses relations.

Bien que tenu de prendre la défense de sa femme, Billy dut reconnaître que son ami avait raison.

Il admit tout ce qu'elle lui raconta sur son passé sans chercher à en savoir davantage. En fait, c'étaient les grandes lignes de la vie de Fredda Cunningham qu'elle lui avait retracées. Comme elle ne manifestait pas le moindre désir de retourner au Kansas pour le présenter à ses parents ou amis, il se sentit débarrassé de cette obligation. Cependant, quand il découvrit, à l'occasion d'une demande de passeport, qu'elle avait triché sur son âge, il commença à se poser des questions.

En tout cas, comme il l'avait élevée à une situation qui dépassait toutes ses espérances, il pensait avoir droit à une reconnaissance assez sincère pour servir de base à leur union. Or, non seulement elle s'était installée trop vite dans son rôle mais c'était elle qui avait pris en main les rênes du ménage. Il se sentit blessé et furieux, et sa colère persista, mais il ne fit rien pour s'en débarrasser.

Comme si elle percevait les murmures de sa rancœur, Ann accomplissait invariablement une action d'éclat qui le remplissait de fierté et l'harmonie se rétablissait. Préférant les passe-temps des hommes à ceux des femmes, elle s'adonna au tric-trac, puis au tir aux pigeons, et devint experte dans l'une et l'autre de ces distractions. Elle remporta plusieurs tournois de tir à Piping Rock. Elle adorait le maniement des armes et, de même que Billy, elle rêvait de gros gibier. Cependant, ce fut le fils qu'elle mit au monde et le foyer qu'elle créa qui cimentèrent leur union.

Détestant la grossesse qui déformait son corps et lui faisait perdre de précieux mois de sa vie, elle entreprit d'organiser sa nouvelle maison pendant qu'elle était enceinte. Elle savait que son appartement n'avait pas été une réussite, mais elle fut incapable de s'entendre avec la série de décorateurs en vogue recommandés par sa belle-mère. D'ailleurs, chacun repartit après la première entrevue en déclarant que la jeune Mrs. Grenville était impossible. Enfin, un beau jour, elle rencontra Bertie Lightfoot chez Babette Van Degan. Or Bertie Lightfoot était justement le guide qu'elle avait cherché toute sa vie sans s'en rendre compte. Grâce à ses conseils, elle commença à se glisser pour de bon dans la peau du personnage qu'elle avait toujours rêvé d'être.

Ann n'acceptait jamais fermement une invitation de Babette Van Degan. Elle se réservait toujours une porte de sortie pour le cas où une occasion plus intéressante se présenterait. Babette était le genre de femme très admirée par les hommes qui ne comptaient pas se marier. Décorateurs et architectes fréquentaient son salon où régnait une atmosphère de gaieté bon enfant. Billy refusait obstinément d'aller chez elle. Ann lui faisait parfois de courtes visites en passant avant d'aller rejoindre Billy ailleurs. Ce jour-là, elle avait décidé qu'elle allait chez Babette pour la *dernière* fois lorsqu'elle se trouva nez à nez avec Bertie Lightfoot. Il pleurait de rire en écoutant une histoire désopilante que racontait la maîtresse de maison. Ses yeux bleu lavande étaient assortis à la couleur de sa chemise et Ann fut frappée par l'expression de son regard.

— Tu ne vas pas déjà t'en aller, chérie ? demanda Babette. Tu viens à peine d'arriver.

— Désolée, j'ai rendez-vous avec Billy, dit Ann qui remettait son manteau de fourrure sur sa robe du soir.

— A quelle élégante réception te rends-tu maintenant ?

Bertie Lightfoot l'observait, fasciné. Ainsi c'était là cette Mrs. Grenville si souvent mentionnée dans les chroniques mondaines.

— Kay Kay Somerset donne un dîner en l'honneur de Lady Starborough, répondit Ann.

Elle avait appris à prononcer les grands noms sans exagérer ni minimiser leur importance.

— Elle nous préfère des gens plus huppés, expliqua Babette à Bertie.

Elle rafla quelques canapés sur le plateau que passait son jeune fils Dickie et s'éloigna.

Ann fit un signe de tête à Bertie et s'apprêta à sortir.

— Restez encore un instant, belle dame, implora-t-il.

Elle sourit. Ce garçon aux yeux bleus lui plaisait.

Bertie n'était pas homme à laisser passer un moment opportun. Il la complimenta sur ses vêtemnets, sur sa coiffure et sur son style, ce qui la changeait des compliments de Billy qui ne s'adressaient qu'à ses aptitudes amoureuses.

— Redites-moi votre nom, demanda-t-elle.

— Lightfoot. Bertie Lightfoot.

— Et que faites-vous dans la vie ?

— Je décore.

— Vous décorez quoi ?

— N'importe quoi.

Elle hésitait à partir. Il sortit un porte-cigarettes en cuir.

— Vous fumez ?

— Du cuir... en ville ! s'exclama-t-elle avec une indignation feinte.

Il éclata de rire. Elle était ravie qu'il appréciât son humour.

— J'ai une nouvelle maison. J'aimerais vous la montrer, dit-elle.

La maison que Billy Grenville avait achetée pour sa famille était située entre Park Avenue et Lexington Avenue, au numéro 113 d'une rue calme bordée d'arbres touffus et d'hôtels particuliers. La porte et les volets en laque noire se détachaient sur la façade de couleur crème. Très élégante, comme ses nouveaux occupants, elle attirait l'attention et les commentaires.

A l'intérieur, Bertie Lightfoot, qui commençait à se faire un nom à New York, introduisit dans les pièces une ambiance de luxe discret. Supposant qu'Ann était incapable de discerner le vrai du faux, la famille Grenville lui avait fait cadeau d'un mobilier composé en majeure partie de copies d'ancien. Bertie Lightfoot reconnut immédiatement les pièces qui n'étaient pas authentiques. Elles furent mises de côté pour les chambres d'amis de la maison de campagne qu'Ann rêvait de posséder un jour. En compagnie de Bertie, elle commença à fréquenter les ventes aux enchères et à visiter les collections pour se procurer des meubles dignes de son nouveau cadre.

— Vous avez un œil de pédé, lui disait Bertie d'un air admiratif. Vous savez déceler exactement ce qui est vraiment beau.

Bertie avait l'art de s'introduire dans l'intimité des femmes sans dépasser le stade de l'amitié.

— Voilà un compliment que je ne répéterai pas à ma belle-mère, répondit-elle en riant.

Ils s'entendaient à merveille et s'étaient mis d'accord pour garder le secret absolu sur la décoration de la maison tant qu'elle ne serait pas complètement achevée.

Bertie était un joyeux luron doué d'un esprit raffiné d'homosexuel. Il connaissait parfaitement les meubles français du XVIIIe siècle et il aimait s'encanailler. Après une soirée mondaine, il troquait souvent son habit et ses chaussures vernies contre des vêtements neutres et allait traîner dans les rues.

Au cours d'une de ces promenades nocturnes, un jeune homme l'aborda, le sourire aux lèvres. Bertie, qui était assez éméché, pensa qu'il l'avait peut-être déjà rencontré chez des amis communs. Il lui répondit aimablement et l'invita à monter chez lui.

Bertie but un autre verre, accepta une cigarette de marijuana et une ligne de cocaïne sans remarquer que l'inconnu ne prenait ni l'une ni l'autre.

Le premier coup de poing l'atteignit dans la pomme d'Adam, le laissant sans voix. Il lui fallut une minute entière pour comprendre ce qui lui arrivait. Tout se déroulait comme dans un film d'horreur : bruit du couteau à cran d'arrêt qui s'ouvrait, contact de la lame froide qui glissait le long de sa joue et de son cou, égratignant sa poitrine ; le fil du téléphone lui attachant les mains dans le dos, s'enroulant autour de ses chevilles, lui liant les mains aux pieds. Le charmant jeune homme se transforma en monstre, saccageant l'appartement rempli d'antiquités, piétinant le corps inerte, grondant, ricanant, maudissant. Il couvrit la tête de sa malheureuse victime avec un sac à épicerie et jeta des allumettes enflammées sur le papier.

Bertie sentit la mort le frôler. Pourtant, ce n'était pas à Dieu qu'il pensait, mais à ce que les journaux raconteraient après sa mort. Une autre allumette craqua et il sut que, si elle tombait sur le sac, son visage s'enflammerait.

— Mon Dieu, sauvez-moi de cet homme, murmura-t-il. Mon Dieu, sauvez-moi de cet homme.

Il répétait la phrase comme une litanie. Il y eut un long silence, puis il entendit le claquement d'une porte qui se fermait. Il gisait dans un carnage d'antiquités fracassées et resta longtemps immobile après le départ de son bourreau. Ligoté comme il l'était, il ne put que secouer violemment la tête pour se débarrasser du sac qui l'étouffait, mais il fut incapable de dénouer la corde qui lui liait les mains aux pieds.

Il rampa comme un ver dans la direction du téléphone, fit tomber le récepteur d'un coup de tête et constata sans trop s'étonner que la ligne était coupée. Son visiteur du soir avait retiré le diaphragme du récepteur pour être sûr qu'il ne serait pas utilisé après son départ.

Bertie recommença à se débattre mais ne réussit qu'à resserrer ses liens. Il avait les pieds et les mains engourdis et sa circulation commençait à se bloquer.

Il pensa que sa femme de ménage allait le trouver dans cette situation humiliante et qu'elle se hâterait de tout raconter à ses autres clients, y compris à Basil Plant, le journaliste. Cette idée l'épouvanta.

Il y avait un autre téléphone caché dans un placard avec un numéro différent réservé à ses appels d'affaires. Il recommença à ramper jusqu'à sa chambre, fit encore sauter le combiné avec sa tête et entendit la tonalité avec soulagement ; saisissant un crayon avec les dents, il composa lentement un numéro.

La sonnerie retentit à maintes reprises à l'autre bout du fil. Enfin quelqu'un répondit.

— Allô ?

— Oh, vous êtes là, Dieu merci ! Je croyais que vous aviez débranché.

— Qui parle ?

— Bertie.

— Vous pleurez ?

— J'ai besoin d'aide, Ann.

— Où êtes-vous ?

— Chez moi.

— Que se passe-t-il ?

— Je suis dans le pétrin.

— Vous n'avez personne d'autre à appeler ?

— Non.

— C'est bon. J'arrive.

Ann Grenville se leva et s'habilla sans bruit pour ne pas réveiller son mari. Il était trois heures quand elle entra chez Bertie avec la clé qu'il lui avait donnée. Elle dénoua ses liens, le couvrit, lui fit boire un cognac, le massa pour rétablir la circulation dans ses extrémités et l'aida à se mettre au lit.

— Voulez-vous me raconter ce qui vous est arrivé ?

— J'étais sorti pour rejoindre des amis de Californie au *Westbury*. Dans la rue, je me suis aperçu que j'avais oublié de prendre de l'argent, alors je suis retourné chez moi. J'ai dû interrompre le cambrioleur en pleine action et il...

— Gardez cette version pour votre femme de ménage, Bertie, dit calmement Ann en ramassant le flacon de cocaïne et le sac de marijuana. Où voulez-vous que je range ça ?

— Je m'en fiche.

— Dites ce que vous avez sur le cœur, Bertie.

— Tous les ans, le *Daily Mirror* rapporte qu'un décorateur a été retrouvé garrotté et assassiné, et j'étais incapable de penser à autre chose qu'à ma chronique nécrologique.

— Pourquoi ne vous a-t-il pas tué ?

— Je suppose que j'ai tourné de l'œil.

— Bertie ?
— Oui ?
— Pendant que vous vous voyiez mort, vous n'avez vraiment pensé qu'aux commentaires des journaux ?
— Oui.
— Pas à Dieu et à ce genre de choses ? dit-elle en désignant vaguement le ciel.
Il se tut, au bord des larmes.
— Je ne vous critique pas, Bertie, reprit Ann. S'il m'arrivait un accident, je penserais probablement à l'impression que je laisserais.
Elle prit une profonde inspiration et ajouta :
— Il faut que je parte, à présent. Mon mari va s'imaginer que je suis allée à l'hôpital pour accoucher.
— Ann, je veux vous expliquer comment c'est arrivé.
— Oh, Bertie, je n'ai pas besoin de détails. La vue d'ensemble me suffit.
— Je n'oublierai jamais ce que vous venez de faire pour moi.
Trois semaines plus tard, Ann mit au monde le garçon tant souhaité. Au milieu de l'enthousiasme familial, elle se jura que ses jours de grossesse étaient terminés. A présent, sa vraie vie allait commencer. Naturellement l'enfant fut baptisé William Grenville III. Mais lorsque Alice et les sœurs se mirent à roucouler « Willy » devant son berceau, Ann décréta que son fils serait appelé « Third » *. Ravi de ce surnom original, Billy acquiesça de bonne grâce.

Elle fut franchement déçue par la taille du saphir qu'il lui donna à la naissance du bébé. Elle glissa la bague à son doigt, allongea le bras, examina la pierre sous tous ses angles et fit la moue :
— Décidément, ce n'est pas mon style, dit-elle en la retirant.
Il était mortifié. Elle s'en rendit compte et essaya aussitôt de se rattraper.
— Mais les orchidées sont magnifiques, mon chéri. Et puis notre fils est vraiment merveilleux.
— Oui, approuva-t-il. Il y avait un autre saphir dans la bijouterie. Je peux peut-être l'échanger contre celui-ci.
— Billy.
— Oui ?

* Le Troisième, en anglais

— J'aimerais t'accompagner quand tu m'achètes un bijou.

— Regardez la bague que Billy m'a offerte pour la naissance de Third, dit Ann en montrant son saphir au cours de la réception qui suivit le baptême.

La nouvelle maison était enfin terminée. Au-dessus de la cheminée du salon trônait un Monet qui apportait la touche finale à l'élégance de la pièce. Tout à la joie de leur nouvelle acquisition, Ann et Billy sentaient leur passion renaître. Leurs invités, y compris Alice et ses filles, furent impressionnés par l'harmonie qui semblait régner entre eux.

Pour ne pas paraître complètement dépourvue de parenté, Ann commença à faire allusion à sa mère. Il est vrai que la mère qu'elle décrivait ne ressemblait guère à celle qu'elle avait connue. Ethel était la seule personne qui l'eût jamais comprise totalement. Elle avait été la première à percevoir ses aspirations intimes et elle s'était efforcée de l'aider à réaliser ses ambitions. Elle s'était résignée à rester seule tous les soirs pendant qu'Ann allait danser au *Copacabana.* Sachant que sa fille faisait la tournée des boîtes de nuit avec des hommes généreux, elle ne s'attendait pas à la voir rentrer après le dernier spectacle. Elle espérait que l'un de ses riches compagnons lui proposerait un jour le mariage. En attendant, Ethel se contentait de lire ses journaux de midinette dans l'espoir d'y trouver le nom d'Ann. A force de parcourir les chroniques mondaines, elle finit par en connaître aussi long sur les célébrités que la fameuse commère Elsa Maxwell elle-même.

Bien que la mort de sa mère l'eût peinée, Ann se disait que cette disparition était survenue fort opportunément. Naturellement, elle ne formulait pas cette pensée mais son entrée dans la famille Grenville, déjà si difficile, aurait été quasi impossible si Ethel Mertens avait vécu. C'était un seuil que sa mère n'aurait jamais osé franchir. Une fois déracinée de la plaine du Kansas qu'elle avait toujours désiré fuir, elle n'avait commis que des bévues en société. Elle le savait et en souffrait d'autant plus qu'elle avait conscience d'embarrasser sa fille.

En fin de compte, elle préféra se tenir à l'écart du monde et écouter les histoires qu'Ann lui racontait.

Après la mort d'Ethel, Ann se mit à parler d'elle comme s'il s'agissait d'une personne élégante qui lui avait légué quelques objets précieux.

— Oh, c'était à ma mère, expliquait-elle négligemment à un visiteur qui s'extasiait devant un plat en argent ou un vase ancien.

Ensuite, le portrait entra en scène, pas trop en vue, sur le palier du deuxième étage. Ce fut Bertie Lightfoot qui attira son attention sur le tableau enfoui dans l'arrière-boutique d'un antiquaire. Il était tourné contre le mur parce que le cadre était cassé et le verre fêlé. Il représentait une dame distinguée peinte en couleurs pastel, selon le style qu'affectionnaient les artistes du début du siècle.

— Elle vous ressemble, Ann, dit Bertie très excité. Je crois bien que c'est un Brocklehurst.

Plus tard, Ann était retournée chez l'antiquaire pour acheter la toile. En effet, le modèle lui ressemblait.

— C'était ma mère, disait-elle parfois à de nouveaux amis qui ne connaissaient pas ses antécédents.

Et elle avait fini par s'en persuader.

Ce tableau faillit pourtant provoquer sa rupture définitive avec Babette Van Degan le jour où elle était venue visiter la fameuse maison.

Ann lui fit faire le tour du propriétaire avec un orgueil justifié. Toujours émerveillée par la promotion sociale de son amie, Babette réagit avec enthousiasme devant la perfection de chacune des pièces qu'elle lui montrait.

— C'est drôlement classe ! Quel chic ! s'exclamait-elle.

Arrivée au deuxième étage, Ann désigna négligemment le portrait :

— Tu te rappelles maman, n'est-ce pas ?

— Bien sûr que je me rappelle ta mère, répondit Babette, mais qui est la nana sur ce tableau ?

— Comment va Babette ? demanda Billy un peu plus tard.

— Très bien, répondit Ann sur un ton détaché.

— Tu n'as pas l'air très convaincue.

— Elle est tellement vulgaire.

— Mais tellement riche !

— Et elle s'enrichit de minute en minute.

— Hyman Wunch est toujours dans le circuit ?

— Il va et il vient.
— Tu crois qu'elle va l'épouser ?
— Voyons, mon chéri, quand on s'appelle Van Degan, on ne change pas pour Wunch. Un nom comme Van Degan facilite la vie, comme Vanderbilt ou Rockefeller ou Astor. C'est un nom connu du monde entier.
— C'est ce que dit Babette ?
— C'est ce que je dis moi, mais c'est ce qu'elle pense.
— Vous vous êtes disputées ?
— Oh, ne parlons plus de Babette. J'ai l'intention d'espacer nos relations pour le moment. Tu ferais mieux de t'habiller. N'oublie pas que nous dînons chez Eve Soby.

Elle travaillait avec acharnement à la réalisation de ses insatiables ambitions. Elle avait voulu être classée en tête de la liste des femmes les plus élégantes de New York. Quand ce but fut atteint, elle fit semblant de n'attacher aucune importance à cette distinction.

Bratsie Bleeker qui s'était fait son défenseur au début commença à la détester. Elle refusait d'être ce qu'il avait espéré, un défi dans la vie de son ami. Ils se gardèrent bien de parler à Billy de leur mésentente, car ils ne voulaient ni l'un ni l'autre l'obliger à prendre parti.

Bien qu'à contrecœur, les Grenville et leurs proches durent se rendre à l'évidence : Ann avait réussi. Elle n'était pas la seule fille de condition modeste à être entrée dans une vieille famille riche et influente, mais elle était la première des cendrillons, comme les appelait Babette Van Degan, qui ait accédé aux plus hauts échelons de la société new-yorkaise.

De même qu'un mot nouveau à la mode revient constamment dans la conversation, le nom d'Ann Grenville était prononcé dans toutes les réunions mondaines. Tout le monde semblait la connaître et chacun exprimait son opinion à son sujet. Ceux qui n'avaient pas eu l'intention de l'admettre dans leurs rangs l'adoptaient. Elle occupait la meilleure place à la meilleure table aux réceptions les plus select. Elle charmait tous les hommes, ne manquait pas une seule danse, leur susurrait les paroles des chansons à l'oreille, et leur tenait des propos lestes et grivois. Les femmes l'aimaient moins mais ne pouvaient nier qu'elle représentait un atout à leurs réceptions et à leurs comités de charité. Alice et ses filles, qui l'avaient tolérée avec l'espoir que l'alliance serait de courte durée, étaient étonnées qu'elle se soit si rapidement intégrée à leur monde impénétrable. Intruse dans la famille, elle était devenue son élément le plus remarquable, éclipsant les sœurs de son mari dans toutes les réceptions mondaines.

Il était évident qu'elle tenait à faire de son mariage une réussite. Elle ne voulait à aucun prix devenir une ex-épouse parée d'un grand nom comme Babette Van Degan, reléguée dans les coulisses de la haute société. Elle comprenait que, pour conserver son pouvoir, elle devait demeurer Mrs. William Grenville Junior quoi qu'il arrive. Elle savait qu'elle continuait à exercer sur son mari une influence assez forte pour le retenir en dépit de leurs désaccords.

L'excellent chroniqueur mondain Fydor Cassati s'étendait souvent sur les jeunes Grenville dans ses articles, beaucoup trop souvent au gré de Billy, pas assez au gré d'Ann dont la soif de notoriété était insatiable. Il écrivait qu'ils formaient l'un des couples les plus brillants de New York et qu'aucun gala n'était pleinement réussi sans eux. Ann ronronnait de plaisir à la lecture de tous les commentaires élogieux qui la concernaient. Elle découpait les articles et les collait dans des albums de souvenirs avec des photographies, des télégrammes et des cartons d'invitation, comme autant de preuves de son ascension. Peut-être aussi sentait-elle confusément que cet état de choses ne pouvait durer indéfiniment et devait être concrétisé. Si elle créait dans ses albums l'image parfaite d'une vie parfaite, l'illusion deviendrait réalité.

Leur rythme de vie devenait de plus en plus frénétique. Il fallait être ici, il fallait être là. Il fallait être partout, connaître telle personne, connaître telle autre. Elle savait embrasser une pièce d'un coup d'œil expert et saisir immédiatement le niveau social des différents groupes qui composaient la vie élégante de New York. Toujours pleine de bon sens, Alice Grenville savait que deux jeunes mariés qui sortent tous les soirs n'ont pas grand-chose à se dire à la maison. Ils étaient de moins en moins seuls ensemble et ils n'abordaient les sujets intimes concernant la famille et les enfants que pendant les soirées mondaines, ce qui leur donnait une apparence de bonne entente.

Les dîners d'Ann étaient réputés autant pour la sélection minutieuse des invités que pour la décoration des tables, le merveilleux arrangement des fleurs exotiques et les somptueux services de porcelaine ancienne qu'elle commençait à collectionner avec passion. Les derniers romans, dont les critiques ne devaient paraître que dans le *New York Times* du dimanche suivant, étaient déjà savamment disposés sur ses tables. Les convives venaient à l'heure et restaient tard. Toujours distant, Billy se trouvait sans le vouloir au centre d'une société portée au plaisir.

— Je ne vois pas Félicité, dit-il un soir à Ann en scrutant la foule des invités.

— C'est bien normal, répondit-elle en jetant un coup d'œil autour d'elle pour le cas où une conversation plus intéressante mériterait son attention.

— Tu veux dire que tu ne l'as pas invitée ?

— Précisément.

— Nous allons le payer cher.

— Le jeu en vaut la chandelle. Va parler à Wallis, Bertie la monopolise.

A l'exception de Billy Grenville, les amis de Bratsie Bleeker toléraient moins volontiers ses incartades depuis son mariage avec une vedette de cinéma mexicaine qui ne savait même pas l'anglais. Chefs de famille pour la plupart, ils s'étaient installés dans des maisons bâties sur les terres de leurs parents à Long Island et commençaient à se faire une situation dans les banques. Contrairement à l'avis de sa femme, Billy était allé acheter chez Cartier un coffret en argent sur lequel il avait fait graver : « A Bratsie et à Maria-Theresa avec toute l'affection d'Ann et de Billy ». Ann trouvait ridicule d'offrir un cadeau de quatre cents dollars pour un mariage qui ne durerait pas six mois.

Il ne dura pas six mois en effet mais, en ce qui concernait Billy, la question n'était pas là. Bratsie était son ami et il aurait fait affront à leur amitié s'il s'était abstenu de marquer l'événement. Si Ann l'avait oublié, Billy se rappelait que Bratsie était venu à Tacoma en pleine guerre pour assister à son mariage et il était mécontent qu'Ann ait mis une certaine distance entre eux sans raison apparente.

Les échos rapportaient de temps en temps les faits et gestes de Bratsie. On l'avait vu tantôt avec Errol Flynn et Bruce Cabot à Hollywood, tantôt avec Freddy McEvoy sur la Côte d'Azur, toujours en compagnie de starlettes et de mannequins. Il était souvent ivre et il avait fallu le convaincre de se soumettre à une cure de désintoxication dans une clinique en Caroline du Sud, près de la plantation de sa mère.

Après sa sortie de clinique, il avait invité Ann et Billy

à venir chasser la caille et le faisan dans la plantation. En apprenant de la bouche d'Edith que les autres hôtes de Bratsie n'étaient pas du meilleur monde, Ann avait décliné l'invitation.

A force d'insistance, elle avait décidé Billy à l'emmener faire un safari en Inde, un rêve qu'ils caressaient tous deux depuis longtemps. Ils étaient donc en train de chasser le tigre avec un maharaja et une maharani quand la triste nouvelle leur parvint : Bratsie avait été mystérieusement abattu d'un coup de fusil au volant de sa Jeep sur la plantation de sa mère.

Ann n'aurait jamais imaginé que le chagrin de Billy serait aussi profond. Elle se demanda si, au fond de son être, il n'avait pas toujours envié l'anticonformisme de Bratsie et le mépris qu'il affichait à l'égard d'une éducation qui l'empêchait d'exploiter les ressources inconnues qu'il possédait en lui.

A leur retour, Ann et Billy allèrent faire une visite de condoléance à Edith Bleeker. Dudley, le majordome, les introduisit dans la bibliothèque de la maison de Park Avenue.

— Viens t'asseoir ici, Billy, dit Edith en lui désignant une place à côté d'elle.

Ils parlèrent de Bratsie pendant une demi-heure. Edith avait toujours souhaité que son fils prenne exemple sur Billy Grenville, si bien élevé, si respectueux des traditions familiales et dépourvu de cette tendance à l'extravagance qui faisait le fond de la nature de Bratsie.

— Je suis heureuse qu'il ait eu un ami comme toi, Billy, soupira-t-elle.

— J'espère que le misérable qui l'a tué sera châtié, dit Billy.

Il y eut un silence et Ann, qui ne voyait rien d'anormal dans la phrase que son mari venait de prononcer, sentit planer un malaise.

— L'affaire est close, dit Edith en pressant un bouton pour appeler Dudley.

— Close ? s'exclama Billy incrédule.

— Oui, dit-elle en se levant pour mettre un terme à cette conversation.

— Mais c'est impossible, insista Billy.

— C'était un accident, répondit Edith, un accident inexpliqué.

— Vous ne pouvez tout de même pas vous contenter de cette conclusion, s'obstina Billy qui voulait que son ami soit vengé.

— Oh, Dudley, dit Edith au majordome qui entrait, voulez-vous apporter le plateau de rafraîchissements ?

Plus tard ils allèrent dîner chez Alice Grenville et Billy rapporta la conversation à sa mère.

— C'est mieux ainsi, dit Alice.

— Pourquoi ? demanda Ann.

— La pauvre Edith n'a aucune envie que tout ce linge sale soit étalé en public, répondit Alice.

Et, comme son amie Edith, elle appela son maître d'hôtel pour interrompre la conversation.

Avant de rentrer chez eux, ils s'arrêtèrent au *El Morocco*. Ann rencontra Babette dans les toilettes et lui raconta l'histoire.

— C'est bizarre, commenta-t-elle en retouchant son maquillage. On dirait qu'Edith ne veut pas savoir comment son fils a été tué.

— Tu la comprends, non ? demanda Babette.

— Pas du tout.

— Ces vieilles familles ne veulent pas que des étrangers viennent fourrer leur nez dans leurs affaires. Elles préfèrent laisser le coupable impuni plutôt que de voir leurs secrets exposés dans la presse. Elles partent du principe qu'un procès ne ferait pas revenir la victime. Tu peux être sûre que Bratsie mijotait une sottise. Peut-être qu'il baisait la femme du régisseur.

— C'était apparemment le cas, dit Ann. La femme de chambre d'Edith l'a raconté à celle de ma belle-mère.

— Tu vois bien.

Ann avait constamment besoin de prouver qu'elle était bien ce qu'elle était devenue. Elle voulait une chevalière aux armes des Grenville. Elle voulait un livre d'or sur la table du vestibule pour que les célébrités invitées y apposent leur signature. Elle voulait des albums de souvenirs et de photographies. Il ne lui suffisait pas d'écrire dans son journal que « Harry Kingswood » était venu dîner. Elle n'était satisfaite que si elle faisait précéder le nom d'un titre : « Vicomte Kingswood » ou tout au moins « Lord Kingswood ».

Elle avait décidé de faire faire son portrait. Elle en rêvait depuis le jour où elle avait vu le Sargent, le Boldini et le Lazlo chez Alice Grenville. Elle comptait l'accrocher dans son salon et se voyait déjà nonchalamment allongée sur son sofa au-dessous du tableau.

Bertie Lightfoot lui suggéra de s'adresser à Salvador Dali. L'idée lui plut. Elle la trouvait originale, imprévisible et tellement conforme à son personnage. Elle imaginait déjà Diantha disant à ses amis : « C'était ma mère », et leur racontant des anecdotes amusantes sur les séances de pose dans la suite qu'occupait le peintre à l'hôtel *Saint-Régis.*

Tout la fascinait dans l'exotisme du célèbre surréaliste espagnol : les pointes de sa moustache lustrée coquettement relevées jusqu'aux coins des yeux, les bougies parfumées, les coussins couverts de peaux de léopard et les oiseaux-de-paradis dans les vases. Son entourage composé de beaux jeunes gens et de ravissantes jeunes femmes le persuadait quotidiennement de son génie sous la haute direction de sa femme Gala — sourcils entièrement épilés et peints en forme d'arc, ce qui lui donnait un air perpétuellement étonné.

— Laissez-moi jeter un coup d'œil, je vous en prie, je vous en prie, insistait Ann les yeux fixés sur la toile dont elle ne voyait que l'envers.

Mais Dali ne voulait rien savoir et toutes ses avances étaient inutiles. Il n'attachait aucune importance à l'opinion de ses riches clients, seule sa propre interprétation de ses modèles l'intéressait. S'ils étaient satisfaits du résultat, tant mieux, sinon, tant pis.

Le jour où il devait dévoiler la toile, Ann emmena Billy avec elle, chéquier en poche. Elle passa devant le tableau et lui fit face. Quand son regard se porta sur son image, elle recula et rougit. Un étranger aurait pu croire que c'était une réaction de modestie mais Billy qui la connaissait bien savait qu'elle rougissait de colère. Son regard exprimait l'hostilité comme si elle sentait que l'artiste avait découvert en elle des profondeurs secrètes qu'elle préférait tenir cachées.

— Que tout le monde sorte sauf M. Dali et mon mari, ordonna-t-elle d'une voix tremblante de rage.

Devant cette furie, Gala et la cour de Dali se retirèrent vivement dans une pièce adjacente et écoutèrent, pétrifiés, les hurlements de la cliente irascible. C'était la première fois que Billy assistait à une crise de nerfs de sa femme. Son langage ordurier le bouleversait. Elle employait des mots qu'aucune femme de sa classe ne s'avisait de prononcer. Il se mordillait la lèvre inférieure comme il le faisait quand sa conduite l'embarrassait. C'était sa manière de lui manifester sa réprobation.

Billy aurait payé le portrait sans l'emporter en le

considérant comme un mauvais investissement. Pas Ann. Elle lui arracha le chèque des mains et le déchira en menus morceaux qu'elle jeta à la tête de l'artiste médusé.

— Jamais, rugit-elle.

Elle renversa un vase de fleurs en prenant son manteau de vison posé sur une chaise et sortit sans se retourner.

Billy et elle pensaient que l'affaire était terminée. Cependant, quelques jours plus tard, ils lurent dans les journaux que Dali leur intentait un procès pour obtenir le paiement immédiat de ses honoraires. Billy était choqué de voir son nom livré en pâture à la presse à sensation.

— Je vais payer, Ann, dit-il. Je ne veux pas de ce genre de publicité. Elle contribue à la célébrité de Dali et nous ridiculise. Tu aurais dû entendre les quolibets dont j'ai fait l'objet au *Brook Club* à midi.

— Tu ne paieras pas, rugit-elle.

Elle n'était pas femme à capituler. Il le savait et prit son parti devant la presse qui lui demandait une déclaration.

— J'ai regardé le portrait et j'ai reculé, horrifié, dit-il. J'avais l'impression de me trouver devant un monstre tant il était affreux.

— Allez-vous payer, Mr. Grenville ? demanda un reporter.

— Non.

Très habile dans l'art de soigner sa publicité, Dali continua à alimenter les journaux.

— L'opinion personnelle de Mrs. Grenville m'importe peu, déclara-t-il. Du point de vue artistique, elle ne présente aucun intérêt.

Les Grenville ne se présentèrent pas à l'audience. A l'issue du procès, ils furent condamnés à verser la somme réclamée par le peintre. Billy paya sans consulter sa femme.

L'avocat qui les représentait leur apporta le portrait qui ne fut jamais accroché au-dessus du sofa. Une nuit, après avoir bu plus que de coutume, Ann lacéra la toile et la relégua dans un placard de sa chambre.

— Qu'est-ce que c'est que ces pilules ? lui demanda Billy un soir.

— Sidney, répondit-elle laconiquement comme si les mystères de la médecine la dépassaient et que le nom du docteur Sidney Silkwood Skinner expliquât tout.

Sa dose quotidienne de pilules coupe-faim augmentait et elle ne mangeait presque plus. Obsédée par sa ligne, elle touchait à peine au contenu de son assiette. « On n'est jamais trop riche ni trop mince », avait dit la duchesse de Windsor, et Ann l'approuvait pleinement.

Un jour où elle déjeunait chez Voisin, elle aperçut Billy en grande conversation avec une femme dont le chapeau masquait le visage. Elle se demanda pourquoi son mari n'abordait jamais de sujets passionnants avec elle. La jalousie commença à distiller son venin. Elle avala un second Martini avec ses pilules. Le mélange la poussa à l'action. Elle se leva brusquement, traversa la salle du restaurant au pas de charge, prête à faire une scène à la femme qui accaparait son mari.

— En voilà une surprise ! s'exclama-t-elle ironiquement avant même d'arriver au niveau de la table.

Elle s'attendait à voir Billy blêmir mais il la regarda sans broncher. C'est alors qu'elle reconnut Cordelia. A l'expression de sa belle-sœur, elle comprit qu'ils parlaient d'elle et rougit. Elle aurait préféré le trouver en compagnie d'une maîtresse.

Son carnet de rendez-vous était rempli plusieurs semaines à l'avance. Ainsi pouvait-elle prévoir ce qu'elle ferait dans le courant des mois suivants. Ce soir-là, Billy et elle étaient invités chez Bertie Lightfoot qui pendait la crémaillère dans son appartement flambant neuf.

Ann jeta un bref regard autour d'elle. De même qu'un expert en peinture saisit du premier coup d'œil les détails d'un tableau, elle pouvait enregistrer toute la liste des personnalités présentes dans une pièce bondée ! Les Chester, les Dudley, Billy Baldwin, Lady Starborough, George Saybrooy, Thelma Foy, les Webb, les Chisholm, Cole Porter, Elsa Maxwell, Barbara Hutton, Nicky de Guinzbert, Lanfranco Rosponi, Basil quelque chose... Plant peut-être. Elle ne se rappelait jamais son nom et ne s'en souciait guère. C'était un homme terne, assez laid et pauvre, le genre de type qu'on invitait au dernier moment pour boucher un trou. Ah, ah, le beau vicomte Kingswood, heureusement sans Kay Kay Somerset. La soirée s'annonçait bien. Elle s'avança le sourire aux lèvres, sachant qu'elle réussissait ses entrées mieux que personne.

— Bertie, s'écria-t-elle, c'est merveilleux, j'adore ces coloris.

Elle avait moins la voix d'une femme du monde que celle d'une actrice jouant à la perfection le rôle d'une femme du monde dans une comédie de salon. Toute trace de régionalisme s'était effacée et, à force de fréquenter l'élite de la société internationale, elle avait acquis un accent si personnel que chacun était charmé par le son de sa voix.

Ann et Bertie s'embrassèrent sur les deux joues.

— N'est-ce pas d'une fenêtre de cet appartement qu'Hillary Burden s'est jetée dans le vide ? demanda-t-elle.

— Mrs. Grenville a l'art de jeter un froid, commenta Bertie. Entrez, entrez. Qui ne connaissez-vous pas ?

Harry Kingswood se pencha pour lui baiser la main. A son grand étonnement, elle sentit sa langue sur sa peau. Quand il releva la tête, leurs regards se rencontrèrent une fraction de seconde mais c'était suffisant pour qu'un accord tacite soit conclu. S'il avait été de moins bonne souche, elle lui en aurait voulu d'imaginer qu'elle était disponible, mais sa haute naissance la disposait à l'indulgence.

— Salut, Elsa, dit-elle à Elsa Maxwell.

A la fin de la soirée, elle prit deux pilules dans une petite boîte en argent qu'elle sortit de son sac et les avala.

— Qu'est-ce que c'est ? demanda Kingswood.

— Un somnifère. Si je le prends maintenant, il fera de l'effet quand j'arriverai à la maison.

— Pourquoi ne pas faire une grande promenade avec les chiens pour vous fatiguer ?

— Non merci. Très peu pour moi.

— Alors buvez du lait chaud avec du miel.

— Vous parlez comme le médecin des Grenville.

Billy apparut avec son manteau de vison. Harry Kingswood lui déplaisait sans qu'il sût pourquoi.

— Tu viens ? grommela-t-il.

— J'arrive, chef, répliqua-t-elle. Bonne nuit, Harry.

— Téléphonez-moi quand vous serez à Londres, dit Lord Kingswood.

Ils savaient tous les deux qu'elle l'appellerait.

Dans la voiture qui les ramenait, Billy demanda sur le ton de feinte tendresse qu'il adoptait parfois avec elle :

— Combien de nouvelles conquêtes as-tu faites ce soir ?

— Tu sais que j'adore Bertie, répliqua-t-elle avec agacement. Personne ne m'amuse autant mais je trouve qu'il ne devrait pas nous imposer ses canards boiteux. Ainsi, je mourais d'envie de bavarder avec Harry Kingswood — il paraît qu'il possède la plus belle chasse d'Angleterre — mais il m'a collée à côté de ce Basil Plant à table.
— Il est écrivain ?
— On le dit.
— Qu'écrit-il ?
— De petits bouquins que personne ne lit.
— Il a l'air affreusement timide, non ?
— Les gens timides devraient rester chez eux.
— Si nous allions à la campagne, demain ?
— J'ai dit à Elsa que nous irions à la première du spectacle de Cole Porter.
— Quelle barbe ! bougonna Billy.
— Tu n'as pas passé une bonne soirée ?
— Non. Je me suis terriblement ennuyé.
— Pourtant, tout était merveilleux. Pourquoi t'es-tu ennuyé ?
— Je me sens mal à l'aise avec tous ces gens. Ils ont tous des activités intéressantes. Ils entreprennent, ils réalisent. Et nous, que sommes-nous ? Un couple bourré d'argent dont le nom est trop souvent associé à la vie mondaine.
— Je voudrais que la semaine ait huit jours. Je sortirais tous les soirs.
— Regarde mon vieux condisciple Neddie Pavenstedt. Il est le numéro deux de la banque dont mon grand-père et mon père étaient présidents. C'est moi qui étais censé leur succéder. Quant à ce Basil Plant, ses petits bouquins sont imprimés, non ? Moi, je n'ai jamais rien fait. Je suis un raté, Ann.
— Oh, je t'en prie, dit-elle, irritée par ces propos qu'elle avait déjà entendus et qui l'ennuyaient à mourir.
— Sais-tu ce qui m'arrive, Ann ? Je ne suis dans mon élément qu'avec des gens comme moi, là-haut, sur le North Shore. Je suis devenu exactement ce que je m'étais promis de ne jamais devenir : l'un de ces hommes de la quatrième génération au regard vide qui rient sans joie. Quand je t'ai épousée, j'espérais que tu m'aiderais à remonter le courant, mais je ne fais que m'enfoncer davantage.
— Comment veux-tu être un raté, Billy, quand tu possèdes dix millions de dollars sans compter tous ceux que

tu auras *après* Mère ! Je n'ai jamais rien entendu d'aussi absurde.

— Tu ne comprends pas parce que tu n'es pas des nôtres.

— Ah, je ne suis pas des vôtres, gronda-t-elle, prête à la bataille.

— Ne fais pas dévier la conversation sur toi. J'ai si rarement l'occasion de parler de moi, d'exprimer ce que je ressens, ce que je pense.

— C'est ça, plains-toi. Pauvre malheureux Billy. Tu fais vraiment pitié.

— Dieu, que Bratsie me manque. C'est le seul qui m'ait jamais compris. Pourquoi a-t-il fallu que tu meures, Bratsie ?

— Parce qu'il a baisé la femme du régisseur, mon chou. Alors, le mari l'a tué. Voilà pourquoi.

— Le sens de la vie expliqué par l'élégante Mrs. Grenville !

— Comment s'appelle le nouveau chauffeur ?

— Pourquoi ?

— Comment s'appelle-t-il ?

— Lee.

— Lee, cria-t-elle. Nous ne rentrons pas à la maison. Conduisez-nous au *El Morocco*.

— Il n'en est pas question, intervint Billy.

— Mais si, justement. Je ne vais pas rentrer avec un type aussi déprimant. Oh, et puis dis donc à ce Lee qu'il ôte son chapelet du rétroviseur. Je ne supporte pas ces bondieuseries !

Tout à l'est, dans la Soixante-Douzième Rue, près du fleuve sans donner sur le fleuve, se dressait un immeuble dont la plupart des appartements étaient occupés par des amis pauvres de la famille Astor, propriétaire de plusieurs blocs dans la ville. Ma lumière resta longtemps allumée dans le local du cinquième étage que des amis d'amis d'une connaissance des Astor m'avaient procuré. Mon nom, Basil Plant, figurait dans le hall à côté de l'interphone. Le logement était minuscule et plutôt sordide. Une machine à écrire, des rames de papier, un casier contenant des fiches bleues et blanches et une corbeille à papiers pleine de feuilles froissées témoignaient de mon métier.

A l'époque, comme aujourd'hui encore, quels que fussent l'heure et l'état dans lequel j'étais, je ne me couchais jamais avant d'avoir consigné mes impressions sur les gens que j'avais rencontrés dans mon existence multiforme. Mes notes se présentaient comme les morceaux d'une mosaïque gigantesque que je comptais assembler dans une œuvre littéraire byzantine qui justifierait ma vie.

Mon cabinet de toilette était plein de petits flacons d'eau de Cologne et de savonnettes que je subtilisais tous les week-ends dans les salles de bains des maisons luxueuses que je commençais à fréquenter. Je ne dédaignais aucune économie. Ann Grenville avait raison : personne ne lisait mes écrits. La garce ! Même mes tubes d'aspirine étaient empruntés. Je pris les quatre comprimés que j'avalais invariablement avant de me mettre au lit après une soirée passée à boire.

Je ressentais d'autant plus vivement le dédain de Mrs. Grenville que je m'intéressais à elle. J'aime les arrivistes. Mais elle m'avait battu froid dès le début. Je me regardai dans le miroir qui me renvoya le reflet d'un jeune homme mince et frêle, presque androgyne, à l'air timide et au sourire suave. Elle ne sait pas ce qu'elle perd, me dis-je.

« Dîner chez Bertie Lightfoot, notai-je de ma petite écriture nette et précise. Invité pour remplacer un absent de la dernière minute, Bertie m'avait recommandé d'être spirituel et intéressant, manière de gagner mon repas. A ma droite Natacha Paley, une princesse russe qui travaille pour Mainbocher, à ma gauche la superbe Mrs. Grenville qui a lancé Bertie : brillamment fardée, elle a sorti sept fois son poudrier pour retoucher son maquillage. Elle échangeait des sourires et des regards furtifs avec un certain Harry Kingswood placé à une table voisine. Quant à moi, je n'existais pas à ses yeux. Elle a lu le carton posé devant mon assiette et s'est contentée de dire :

« Il paraît que vous êtes écrivain.

« J'ai essayé d'alimenter la conversation. Sachant qu'elle avait dansé dans la troupe du *Copa*, je lui ai demandé :

« — N'avez-vous pas été un temps dans le show-business ?

« — Pas longtemps, a-t-elle répondu en se remettant du rouge à lèvres. Ma famille était furieuse, et puis j'ai épousé Billy Grenville.

« Elle a fermé son poudrier avec un claquement sec comme pour mettre un point final à la conversation. En somme, elle veut laisser entendre qu'elle était une débutante en révolte contre son milieu. J'ai le sentiment que sa vie a commencé quand elle est devenue Mrs. Grenville. Elle n'a fait aucun effort pour dissimuler l'ennui que ma présence lui causait. Alors je me suis soûlé avec le merveilleux château-lafite de Bertie.

« Sous son élégante façade, il y a quelque chose qui me fait penser à une tigresse en chaleur. Je sens en elle des appétits charnels insatiables. Je la crois lasse de son mari, au moins sexuellement. Billy Grenville est très beau. Il n'a pas cet air de dégénéré si commun aux gens du North Shore dont les parents étaient proches cousins. Mrs. Grenville est décidément une femme stupide. »

Billy se sentait empêtré dans sa vie comme un prisonnier dans ses liens. Il échafaudait des plans confus pour s'échapper.

Ce fut Ann qui lui suggéra que les chevaux, les écuries Grenville, les haras de Jacaranda seraient sa planche de salut.

— Mais je ne me suis jamais vraiment intéressé aux chevaux, protesta-t-il. C'est le domaine de Grace.

— Eh bien, il n'est jamais trop tard pour commencer. C'est toi qui possèdes les haras, pas Grace. Ton père te les a laissés. Je me charge de Grace. Tu serais stupide de laisser échapper les haras comme tu as laissé échapper la banque.

Billy n'aimait guère qu'elle lui rappelle ses échecs. Il regarda par la fenêtre et se rappela l'époque où son père l'emmenait dans les écuries et les paddocks samedi après samedi. Il le revoyait examinant les chevaux, s'entretenant avec les palefreniers et les entraîneurs, et il éprouva ce malaise qui revenait chaque fois qu'il pensait à ce père tant admiré.

— Regarde Alfred Twombley, insista Ann, citant l'exemple d'un ami d'enfance de Billy pour faire valoir son point de vue. Il s'est fait une vie merveilleuse dans le monde des courses. Il travaille dur. Il gagne beaucoup d'argent. Tout le monde le respecte. Pourquoi n'en ferais-tu pas autant ?

Grace Grenville Grainger avait la quarantaine bien conservée. Elle avait toujours préféré les chevaux et les chiens aux humains et à la société mondaine. Elle vivait à la campagne, heureuse que son frère lui ait abandonné l'exploitation des haras.

— L'élevage est beaucoup plus passionnant que les courses, déclarait-elle avec conviction.

Grace ne prenait pas la peine de se mettre en frais de toilette pour les visiteurs. Ils devaient la prendre comme elle était ou la laisser. Elle ne se préoccupait ni de son apparence ni de l'aspect de son intérieur. Ce jour-là, elle nettoyait le sol souillé de crottes de chien quand Ann et Billy entrèrent dans son salon.

— Grace, comment pouvez-vous ? s'écria Ann.

— Comment puis-je quoi ?

— Vous mettre à quatre pattes pour laver par terre.

— Il faut bien que j'enlève les saletés des chiots.

— Vous avez tout de même du personnel pour ce genre de besogne.

Ann laissait entendre clairement que les personnes de leur condition ne pouvaient s'abaisser à faire un travail de domestique. Grace et Billy pensèrent que décidément elle était devenue plus Grenville que les Grenville eux-mêmes.

— J'aime cette pièce, Grace, dit Billy.

Ann comprit qu'il essayait de gagner du temps. Il avait peur de lui dire qu'il était venu réclamer son héritage. Ils étaient assis aux deux extrémités d'un long sofa recouvert d'un chintz élimé. Tous les rayons étaient bourrés de livres placés dans tous les sens — romans policiers, traités sur l'élevage des chevaux et des chiens. Le banc qui faisait face à la cheminée disparaissait sous les journaux et les revues. Une assiette ancienne dont les morceaux étaient recollés tant bien que mal leur servait de cendrier. Les verres disposés sur la table à apéritif étaient disparates. Ann regarda autour d'elle avec agacement. Seule une femme aussi riche que Grace pouvait se permettre de recevoir dans un fouillis pareil. Elle savait que Billy allait dire que la pièce respirait la vie. Elle ne se trompait pas.

— On est bien ici, reprit-il. L'ambiance est pleine de chaleur et de vie.

Ann alluma une autre cigarette et garda le silence. Elle pensa à la façon dont elle redécorerait la maison si elle lui appartenait. Son bracelet se détacha de son bras et tomba près de l'âtre. Grace le ramassa avec des pincettes et le lui tendit. Elle devinait que cette visite imprévue avait un but.

— Je connais un homme qui pourrait réparer cette

assiette d'une façon impeccable, dit Ann. La cassure serait absolument invisible.

— A quoi bon ? répliqua Grace qui ne se souciait pas de ces détails.

Ann se sentit offensée, son maquillage lui parut soudain sécher et se durcir sur son visage après le long trajet en voiture. Elle n'était plus de bonne humeur.

— Billy, va donc faire un tour dehors, dit-elle. Tu en profiteras pour examiner les chevaux. J'ai à parler à Grace.

Par la suite, Grace, qui savait employer à l'occasion le langage des palefreniers, traita Ann de salope. Elle ajouta que le mot prenait un nouveau sens appliqué à sa belle-sœur. C'est ainsi que Billy Grenville commença sa carrière d'éleveur à la tête des haras Grenville.

Devant la porte du *Colony*, Ann Grenville embrassa sa belle-mère et sa belle-sœur Cordelia qui venaient de déjeuner avec elle. Au moment où la voiture d'Alice s'arrêtait à leur niveau, Ann remonta furtivement la manche de son manteau de vison et jeta un coup d'œil sur sa montre.

— Où allez-vous donc, Ann ? s'enquit Alice. C'est la troisième fois que je vous vois consulter votre montre depuis une demi-heure.

— J'ai rendez-vous chez le médecin, Mère, répondit Ann.

— Vous semblez bien impatiente, grommela Alice en montant dans la limousine. Tu viens avec moi, Cordelia ?

— Oui, Mère. Au revoir, Ann.

Pendant que le chauffeur d'Alice s'engageait dans la direction de Madison Avenue, Ann prit le chemin de Park Avenue. Avant d'arriver au tournant, elle regarda en arrière et constata que la voiture n'était plus en vue. Elle revint sur ses pas, traversa Madison Avenue et gagna rapidement la Cinquième Avenue. Elle sortit des lunettes noires de son sac et les chaussa, bien que le ciel fût sombre ce jour-là.

C'était elle qui avait eu l'idée de l'hôtel *Fourteen*. Elle savait par expérience que l'établissement était discret et recevait une clientèle qui n'avait sûrement aucun rapport avec les gens de son milieu. Il était voisin du *Copacabana* et lui avait servi maintes fois entre deux spectacles quand elle était girl et désespérément à court d'argent.

Elle se dirigea tout droit vers l'ascenseur comme si elle

était une cliente régulièrement inscrite. Jadis l'hôtel lui paraissait luxueux mais, maintenant qu'elle s'était familiarisée avec la véritable élégance, elle constatait qu'il était trop doré, trop clinquant, trop vulgaire. Cependant, il convenait tout à fait à l'aventure en cours.

Elle sortit de l'ascenseur au sixième étage et frappa à la porte de la chambre 612, qui s'ouvrit aussitôt comme si son occupant guettait son arrivée.

— Ne me reprochez pas mon retard, dit-elle en ôtant son vison. Demandez-moi ce que j'éprouve.

— Qu'éprouvez-vous ?

— Je me sens une âme de putain.

Il se mit à rire, s'inclina galamment et lui baisa la main en glissant sa langue entre ses lèvres.

— Mrs. Grenville, dit-il.

— Lord Kingswood.

— Voulez-vous boire un verre ?

— Ne perdons pas de temps.

— Parfait.

Il la prit dans ses bras.

— Comme j'ai attendu ce moment, dit-elle.

— Et moi donc.

— Oh, Harry, comment avez-vous deviné que j'adore être embrassée sur la gorge, murmura-t-elle, la tête renversée en arrière. Oh oui, c'est bon.

— Déshabille-toi, chuchota-t-il.

— Défais-moi ma fermeture Eclair, répondit-elle en lui présentant son dos.

Il dégrafa le haut de la fermeture avec des doigts experts et la fit lentement glisser jusqu'au creux de ses reins.

— Merci, Harry. Maintenant, assieds-toi en face de moi et regarde mais déshabille-toi d'abord. Ne garde rien. Enlève tout.

— Déboutonne ma braguette.

— Les Anglais devraient tout de même adopter les fermetures à glissière, dit-elle en détachant adroitement les sept boutons.

— Ah, diable !

— Qu'y a-t-il ?

— Une érection inopinée.

Ann aimait observer les réactions d'un homme qui voyait ses seins pour la première fois. Elle les savait parfaits et la lueur de convoitise qui brilla dans les yeux de Harry Kingswood quand elle ôta son soutien-gorge excita son désir.

— Harry ?

Le visage enfoui contre sa poitrine, Harry était beaucoup trop occupé pour répondre.

— Tu n'es pas trop pressé, n'est-ce pas ?

Il secoua la tête pendant que sa langue se promenait sur les pointes de ses seins.

— Oh, tant mieux. J'ai horreur du vite-fait.

Couchée au milieu du grand lit de la chambre 612 de l'hôtel *Fourteen*, elle observait le descendant direct de la cinquième femme d'Henry VIII qui la pénétrait avec une précision d'expert. Il réussit à la satisfaire trois fois avant d'assouvir son propre désir.

— Grands dieux, soupira-t-elle. Et dans la position du missionnaire, encore ! Le classique a du bon.

Cette réflexion amusa Harry qui lui caressait les seins.

— Suis-je belle ? demanda-t-elle.

— Très.

— Je me sens belle. Que fais-tu demain après-midi et après-demain et après après-demain ?

— J'espère te retrouver dans la chambre 612 de l'hôtel *Fourteen*.

Elle lui prit la main pour y poser ses lèvres et lut l'heure sur sa montre-bracelet.

— Il faut que je me sauve, Harry. Je dois encore passer chez le coiffeur. Nous sommes invités chez Eve Soby ce soir et Billy va être furieux si je suis en retard.

— Moi aussi, je vais chez Eve Soby, dit Harry.

— Si tu sens une main se glisser entre tes cuisses sous la table, ce sera la mienne.

Harry la regarda, enchanté. Chacun comprenait qu'ils s'embarquaient dans une liaison, sans engagement de part et d'autre et sans risque de perturbation dans leurs ménages respectifs.

— La saison de la chasse commence le mois prochain, dit-il. As-tu parlé à Billy de ton voyage en Angleterre ?

— Je vais le faire ce soir.

— Ne t'assieds donc pas sur le lit, Billy, dit Ann irritée. Tout est prêt pour la soirée et tu froisses le couvre-pieds.

— Dommage que tu ne sois pas prête toi-même pour recevoir tes invités, répondit Billy sans se lever.

— Je ne suis pas bien.

— Pas étonnant. Tu as bu et dansé toute la nuit, après quoi tu as avalé une poignée de somnifères à l'aube.

— Ce n'est pas vrai.

— Penses-tu quelquefois au couple ridicule que nous formons ?

Elle se radoucit :

— Je t'en prie, Billy. Les gens vont arriver. Tiens... on sonne. Sois gentil, va les accueillir. Il me faut au moins vingt minutes pour me préparer. J'ai les yeux tout gonflés.

— Tu es encore bourrée de somnifères.

— Je t'en supplie, Billy, nos amis sont là.

— *Tes* amis. Je crois que je vais aller faire un tour au *Brook Club*.

Naturellement, il n'en fit rien.

— Très heureux de vous voir, dit-il en entrant dans le salon où Harry Kingswood attendait.

Ils devaient prendre l'apéritif à la maison avant d'aller dîner chez *Maud-Chez-Elle*, un restaurant très en vogue, et de finir la soirée au *El Morocco*. Billy et Harry présentaient cette apparence de camaraderie qui unit les membres de la même classe mais une sorte de malaise flottait entre eux.

Ann entra enfin dans la pièce, belle, sûre d'elle-même, nullement embarrassée par son retard. Billy était toujours déconcerté par sa capacité de résistance. Après minuit, il laissa Ann et Harry sur la piste de danse du *El Morocco* et rentra chez lui. Depuis qu'il s'occupait des haras, il se levait tôt pour l'entraînement des chevaux.

Billy pensait que ses meilleures idées lui venaient au petit déjeuner. C'est pourquoi il aimait le prendre seul. Il grignotait son toast, les yeux dans le vague, en attendant l'inspiration. Ce jour-là, son esprit troublé associa la visite de Harry Kingswood à la duplicité de sa femme. La bouche encore imprégnée du goût de la confiture de fraises, il bondit hors de la pièce.

En haut, dans leur chambre à coucher, les rideaux étaient hermétiquement fermés et le resteraient encore plusieurs heures. Il observa sa femme. Elle dormait d'un sommeil agité, une épaule nue, un oreiller dans les bras. Sur la table de chevet, des ordonnances et son emploi du temps de la journée. Rien de compromettant.

— Pourquoi me regardes-tu ainsi ? dit-elle sans ouvrir les yeux.

— Je ne te regarde pas, répondit-il en s'éloignant vivement comme un voleur pris en flagrant délit. Je suis simplement venu chercher quelque chose que j'ai oublié.

Il sortit sans aborder le sujet qui le préoccupait.

Dehors, Lee l'attendait avec la voiture et les journaux du matin que Billy avait l'habitude de lire en route.

— Je vais faire un tour à pied avant de partir, dit-il au chauffeur.

Il se dirigea vers Park Avenue. Au carrefour, il attendit deux changements de feux avant de traverser. Il n'avait pas l'habitude d'analyser ses sentiments, aussi aurait-il été incapable de définir la cause réelle de sa profonde détresse. Aimait-il encore sa femme ou lui en voulait-il de ne pas avoir apprécié à leur juste valeur le nom et la position qu'il lui avait donnés ? Il se demandait combien de leurs amis et connaissances étaient au courant de sa liaison. Etait-il un objet de railleries ?

Ce soir-là, au *El Morocco*, après un autre dîner, Billy, complètement ivre, se décida enfin à dire ce qu'il avait sur le cœur mais il attaqua par la bande :

— Quel... Quelqu'un m'a raconté une histoire s... s... s... ur toi, commença-t-il.

— Qui ? demanda-t-elle aussitôt.

— T... t... tu ne veux p... p... pas connaître l'his... s... stoire avant de s... s... s... avoir qu... qui l'a racontée ?

Il avait légèrement bégayé dans son enfance et ce défaut, totalement corrigé, revenait quand il était pris de boisson.

— Eh bien raconte, dit-elle devinant ce qu'il allait lui dire.

— Ad... dultère, articula-t-il.

— Tu es vraiment soûl, Billy, plaisanta-t-elle.

— Qui ose dire que je suis soûl ?

— Tu commences à bégayer.

— Pas... pas du tout.

— Mais si. Tu bégaies.

Chaque fois qu'ils se disputaient, elle se concentrait sur les objets. Elle se pencha en avant, fixa son regard sur une rose et la contempla avec satisfaction. Mais elle attendit en vain qu'il lui fasse une scène. Ils restèrent longtemps assis en silence. Finalement, elle posa sa main sur la sienne et la serra. Elle tenait à conserver l'amour exclusif de Billy, même si elle accordait ses faveurs à un autre homme.

— Je t'aime, dit-elle.

— Non, Ann, tu ne m'aimes pas, répliqua-t-il. Tu aimes le genre de vie qui m'entoure.

Cette réflexion l'effraya. Elle se mit du rouge à lèvres en utilisant la lame de son couteau comme miroir. Il trouvait ce geste vulgaire mais cette vulgarité même l'excitait. Quand ils furent rentrés, elle réveilla sa passion au point de lui faire oublier ses soupçons d'infidélité. Encore imprégnée de la semence de son amant, elle reçut la semence toute chaude de son mari. Et la paix régna de nouveau dans le foyer.

Quelques jours plus tard, ils furent invités à un bal sur le North Shore. Une héritière Hutton faisait ses débuts dans le monde. La réception avait lieu sur le terrain de tennis adjacent à un pavillon situé sur l'un des grands domaines de la région. De jeunes couples se promenaient dans les magnifiques jardins à la française. Ann embrassa la scène d'un coup d'œil. Toute la fine fleur du North Shore était là, les Ebury, les Phipps, les Hitchcock, les Schiff. Elle se dit qu'elle n'avait jamais rien vu d'aussi beau et elle mesura tous les avantages que lui procurait son mariage. Elle évoluait au milieu de l'élite aristocratique avec aisance, admise par tous. Bonsoir, Sass, disait-elle. Salut, Titi. Salut, Molly. Quelle robe merveilleuse, Brenda.

Elle se promena, traînant Billy dans son sillage. Le pavillon baptisé « le Théâtre » comprenait un salon, une salle à manger, plusieurs chambres à coucher et une vaste salle de musique à l'acoustique si parfaite que des musiciens du New York Philarmonic venaient souvent y donner des concerts. Billy lui expliqua que « le Théâtre » servait de havre de repos aux joueurs de tennis et de résidence aux invités de la famille. La cour était celle, rapportée pierre par pierre, du château de Fotheringay en Ecosse, et ses pavés étaient ceux-là mêmes que Marie Stuart avait foulés pour se rendre sur le lieu de son exécution.

— Emplis-toi la vue de ce spectacle, dit Billy. C'est la fin d'une ère. Bientôt personne ne pourra se permettre de donner des réceptions pareilles ou d'entretenir un domaine comme celui-ci.

L'orchestre attaqua un tango. Ils dansèrent.

— C'est ici que je veux vivre, chéri, lui chuchota-t-elle à l'oreille.

Il se mit à rire.

— Je ne parle pas de tout le domaine, reprit-elle. Le pavillon et le terrain qui l'entoure me suffiraient.

— Tu ne crois pas que la vieille Mrs. McGamble aurait son mot à dire ? demanda Billy qui n'avait jamais très bien compris ces brusques désirs de possession immédiate, dont le résultat n'était pas toujours très heureux.

Il avait encore sur le cœur son litige avec Salvador Dali.

— J'ai le coup de foudre pour cette maison, dit-elle. Elle est faite pour nous. Je nous imagine déjà vivant ici. Elle serait parfaite pour les enfants. Nous ne pouvons continuer à aller chez ta mère pour le week-end. Je sais que ses domestiques se plaignent de moi. Ce n'est pas que je m'en soucie, mais il est temps que nous ayons notre maison de campagne à nous.

Seule la lumière orange d'une lanterne accrochée sur une porte d'écurie éclairait la piste qui entourait le pavillon des ventes. La vente aux enchères des yearlings était terminée. A une centaine de mètres, éleveurs et acheteurs venus du monde entier buvaient du whisky en parlant chevaux dans le jardin du bar *Spuyten Duyvil.* Le prix record payé par Billy Grenville pour un yearling nommé Tailspin faisait le principal objet des conversations.

— Tu as l'œil de ton père, dit Sunny Jim O'Brien, le vieil éleveur des écuries Grenville qui avait connu Billy tout enfant.

— Tu le penses vraiment, Jim ? demanda Billy.

— Oui, tu es bien le fils de ton père, affirma Sunny Jim en repoussant le seul verre de whisky qu'il se permettait. Ton Tailspin est un gagnant et tu l'as repéré du premier coup d'œil. Ton père a eu le même flair avec Ishmael.

— Notre Tailspin, tu veux dire. Nous allons travailler ensemble comme tu le faisais avec mon père. Allons, Jim, fais une entorse à tes principes et bois encore un verre. Il faut fêter l'événement.

Alfred Twombley et Peggy French, les deux plus grands noms du monde des courses, se joignirent à eux. Billy était bouleversé par la remarque de Sunny Jim. Toute sa vie, il n'avait vu que déception dans le regard que son père posait sur lui. Dommage qu'il n'ait pas vécu assez longtemps pour l'apprécier.

Ann ne pouvait croire qu'elle passait réellement le week-end en compagnie de l'une des altesses anglaises. Elle s'émerveillait parfois de sa vie, intérieurement toutefois, car elle n'aurait jamais admis, même devant son mari, qu'elle ne trouvait pas tout naturel ce qui lui arrivait. C'est à des moments pareils que sa mère lui manquait. Ethel l'aurait comprise, elle aurait été folle de joie.

Ann était à la fois surexcitée et déçue : surexcitée par

l'événement, déçue par la personne. La princesse n'était pas assez mince à son goût ; son costume de tweed était trop simple et sa broche en diamant ne l'était pas assez. A ses yeux, la royauté devait être parfaite. Elle était décidée à s'acheter un fume-cigarette en ambre comme celui de la princesse. Elle l'observa longuement pour se rappeler exactement la façon dont elle le tenait, inhalait la fumée et l'exhalait.

Elle sortit son appareil-photo et prit subrepticement un cliché de la princesse qui bavardait avec Harry Kingswood. Ann pensa que seuls quelques privilégiés pouvaient posséder des photographies de l'altesse en jupe de tweed, chemisier de soie et talons plats, causant familièrement avec un ami. Elle la voyait déjà dans son album. S'enhardissant, elle prit un second cliché, puis un troisième. Dommage que cet appareil fît tant de bruit. Quel cadeau merveilleux pour Harry, pensa-t-elle. Elle se prenait sincèrement pour un historien fixant un important moment d'Histoire. Inconsciente des regards réprobateurs de son entourage, elle continua sur sa lancée. Un silence pesant régnait sur la pièce mais les clic-clac persistaient. L'expression du mécontentement royal resterait à jamais conservée dans les albums d'Ann Grenville. Quand elle commença à se rendre compte de sa bévue, elle ne put se résoudre à s'arrêter avant la fin du film. Malheureusement, c'était un film de trente-six poses.

Prodigieusement agacée, la princesse prononça sur un ton glacial :

— Quand va-t-elle cesser de me mitrailler sous tous les angles, Harry ? Je me fais l'effet d'être en représentation dans une vente de charité au lieu de me trouver dans une maison amie.

Ann rougit. Tous les regards étaient braqués sur elle. Harry murmura pour l'excuser :

— Elle est américaine, voyez-vous, madame. Elle ne savait pas...

Son aventure avec Harry, si agréable à New York, avait mal supporté le voyage. Il s'approcha d'elle.

— Pour l'amour du ciel, rangez cet appareil, Ann, chuchota-t-il d'une voix sifflante. Ce genre de choses ne se fait pas.

Ce soir-là, Ann prétexta une migraine et ne parut pas à table. Le téléphone se trouvait sur le palier. Il ne pouvait donc servir qu'à des fins pratiques, pas à des conversations intimes. A l'époque, Ann était déjà habituée à la ladrerie de Lord Kingswood. Le lendemain matin, elle se leva avant tout le monde et partit en voiture pour Londres. Pendant le trajet, elle revécut la scène en espérant que personne n'irait colporter cette histoire à New York. Elle savait qu'elle devait rayer Harry de son existence mais une liaison entre gens mariés a naturellement une fin. Elle prit l'avion pour Rome où elle attendit Billy avec impatience.

Après cette expérience malheureuse, sa passion pour les Anglais se calma. Plus tard, elle eut l'occasion d'être présentée à la même princesse dans une autre ville. Elle inclina la tête et fit la révérence sans laisser paraître qu'elle la reconnaissait.

— Il fait faire ses soutanes par un grand couturier parisien. Il paraît qu'elles ont plus d'allure que celles du Souverain Pontife. C'est Fulco qui me l'a dit.

Ann sortit un peigne de son sac et se recoiffa.

— C'est un prêtre ? demanda Billy.

— Non, non, un monsignor. Un bel esprit et très mondain. Je veux dire que tout le monde le connaît.

— Tu dis qu'il est américain ?

Billy ne partageait pas la passion de sa femme pour la haute société européenne, et tous les ragots qu'elle lui rapportait de ses explorations dans les *palazzi* de Rome entraient par une oreille et ressortaient par l'autre.

— Oui. Il a marié Tyrone Power et Linda Christian. Je te l'ai déjà dit. Et maintenant, écoute ça !

— Je t'écoute.

— Il nous a ménagé une audience avec le pape. Je me suis acheté une mantille en dentelle noire et je mettrai la robe noire que je portais à la réception de ta sœur à Londres.

— Mais nous ne sommes pas catholiques.

— Il n'est pas nécessaire d'être catholique pour être reçu en audience par le pape.

— C'est pour quand ?

— Le 5 mai.

— Le 5 mai ? Cinq, cinq, cinq, cinq. Le cinquième jour du cinquième mois de l'année 1955.

— C'est ce que j'ai dit : le 5 mai, à dix heures du matin.

— Je ne peux pas y aller.

— Et pourquoi donc ?

Il détourna la tête, gêné.

— C'est la date que...

— Quelle date ? Oh, pour l'amour du ciel, Billy, tu ne veux pas parler de cette prédiction !

— Je sais que c'est absurde, mais je n'ai jamais oublié ce que la cartomancienne m'a annoncé : cinq, cinq, cinq, cinq. J'avais l'impression que c'était bien loin à l'époque, mais maintenant c'est imminent.

— Tu ne crois tout de même pas à ces sornettes ?

— Non, bien sûr, je n'y crois pas. Et pourtant, dans un sens, j'y crois.

— Eh bien, si tu dois mourir, tu as intérêt à voir le pape d'abord. Il t'ouvrira toutes grandes les portes du ciel.

— De quoi allons-nous parler avec le pape ? De mondanités ?

— Nous ne serons pas seuls, voyons. Il y aura d'autres visiteurs. Après, l'évêque nous invite à déjeuner au *palazzo* Doria.

Le jour de l'audience papale, la pluie martelait les vitres de la suite des Grenville au *Grand Hôtel* de Rome. Réveillés tard après une nuit de libations, ils se rappelaient le matin de leur mariage à Tacoma, douze ans plus tôt. Mal à l'aise tous les deux, ils s'habillèrent et prirent leur petit déjeuner en silence. Billy se demandait pourquoi ils avaient bu jusqu'à l'aube en compagnie d'un étrange trio de Pasadena qui leur était parfaitement inconnu et qu'ils ne reverraient sans doute jamais. Pourquoi devaient-ils toujours sortir, sortir, sortir ?

En bas, sous la pluie, une trentaine de personnes attendaient des taxis devant la porte de l'hôtel et l'heure de l'audience approchait.

— Que vais-je dire au monsignor ? gémit Ann.

— Que nous avons bu toute la nuit avec un ménage à trois de Pasadena. Le pape comprendra, et le monseigneur dans sa soutane de grand couturier aussi.

— Il y a des moments où je te déteste, gronda-t-elle.

Ils échangèrent un regard hostile.

— La situation semble désespérée, dit-il en voyant que les taxis arrivaient au compte-gouttes.

— Je ne comprends pas pourquoi tu n'as pas loué une voiture avec chauffeur quand tu savais parfaitement que nous devions être au Vatican à dix heures.

Se sentant frustrée, elle était toute prête à se battre.

Au même moment, une voiture passa à leur hauteur. Le chauffeur freina brusquement. Une femme assise sur le siège arrière baissa la vitre.

— Billy Grenville, s'écria-t-elle. C'est vraiment toi ?

— Esme ! s'exclama Billy. Je n'en crois pas mes yeux. Peux-tu nous déposer au Vatican ? Nous avons une audience et nous sommes en retard. Pas un taxi en vue et nous sommes trempés.

Esme Bland aimait Billy depuis toujours. Elle n'avait jamais formulé son opinion au sujet de son mariage, pas même devant sa grande amie Cordelia, mais elle pensait que Billy gâchait sa vie avec Ann.

— Tu connais Ann, Esme ? demanda Billy quand ils furent installés dans la voiture.

— En effet, répondit Esme.

— Nous nous sommes rencontrées chez Cordelia, dit Ann.

Il y eut un silence.

— Il tombe des cordes, dit enfin Billy.

— Ma mantille va être complètement trempée, se lamenta Ann.

— Prenez mon parapluie, Ann, proposa Esme.

Quand ils sortirent du Vatican, la place Saint-Pierre était inondée de soleil.

— Le pape est adorable, commenta Ann. Tout à fait chou.

— Ses ouailles seront certainement touchées par ces qualificatifs, railla Billy.

— Maintenant, me voilà encombrée de ce maudit parapluie, bougonna Ann.

— Nous pourrions visiter la basilique.

Ann consulta sa montre :

— Nous n'avons pas le temps, constata-t-elle.

— Si je raconte à Mère que nous sommes venus jusqu'ici et que nous n'avons même pas vu la *Pietà*, elle en fera une maladie.

— Billy, monsignor Herrick nous a invités à déjeuner au *palazzo* Doria.

— Je n'irai pas déjeuner chez monsignor Herrick au *palazzo* Doria, répliqua Billy en répétant exactement ses paroles.

— Mais si, tu iras.

— Pas question, répondit-il avec calme.

Elle le scruta du regard en essayant de comprendre ce qui se passait dans sa tête.

— Que feras-tu ?

— Je vais aller voir la *Pietà* puis je rentrerai à l'hôtel.

Je me ferai monter un sandwich au poulet dans ma chambre, puis je m'allongerai sur le lit les yeux dans le vide.

— Il y aura aussi Simonetta d'Este et les Crespi et la princesse Ruspoli, reprit Ann comme si cette énumération de gens titrés pouvait le faire changer d'avis.

— Tu seras sûrement dans ton élément.

— Ta décision a-t-elle un rapport avec cette maudite prédiction ? ricana-t-elle.

— Je vais t'appeler un taxi, Ann.

Après le déjeuner, Ann retourna à l'hôtel, enthousiaste et volubile. Elle lui fit un rapport détaillé de tout ce qu'il avait manqué et lui annonça qu'ils étaient invités le soir même à un bal chez les Pecci-Blunt. Billy répondit qu'il n'irait pas. Son refus la mit hors d'elle.

— Je ne suis pas venue jusqu'à Rome pour rester enfermée dans cette chambre parce qu'une cartomancienne t'a prédit en 1943 que tu allais mourir aujourd'hui ! C'est absolument ridicule.

— Tu n'es pas obligée de rester enfermée. Va au bal. Amuse-toi. Je suis très bien ici.

— Je rentrerai peut-être très tard. Cette ambiance lugubre me donne la chair de poule.

Il portait une robe de chambre marron à pois blancs sur ses sous-vêtements. Seule la lampe de chevet entre les lits jumeaux éclairait la chambre. Allongé sur les couvertures il lut l'édition internationale du *Herald Tribune*, écouta la radio et somnola. Il pensa à ses enfants. Il pensa à son père. Il se demanda pourquoi, comblé comme il l'était, il se sentait si mal dans sa peau. Aurait-il mieux réussi sa vie s'il n'avait pas hérité une fortune aussi colossale ?

Il se rendait compte que c'étaient son nom et son argent qui lui attiraient la considération générale. Il n'avait rien fait pour la mériter. Les autres devaient en être conscients.

Il commença à dire ses prières, mais il se sentit embarrassé comme chaque fois qu'il priait hors de Saint-James. D'ailleurs, il n'allait à l'église qu'à l'occasion des mariages et des enterrements. Il eut envie de se lever pour se mettre à genoux et prier, mais il se dit qu'il se sentirait ridicule si Ann rentrait et le trouvait dans cette position. Il se demanda s'il redoutait la mort et fut surpris de constater qu'il n'avait aucune envie de mourir. Pourtant, la veille, cette idée ne lui avait pas paru si terrible.

C'est alors qu'il entendit les cloches du Campanile égrener les douze coups de minuit. Le jour fatidique était passé, La cartomancienne de Tacoma s'était trompée. Il vivait. Il bondit hors du lit, débordant de joie de vivre. Il décrocha le téléphone et dit au standardiste de le mettre en communication avec un autre grand hôtel de la ville puis il demanda au standard de cet hôtel de lui passer une certaine chambre. Il entendit le téléphone sonner à plusieurs reprises. Enfin une voix somnolente lui répondit.

— Esme ? s'écria-t-il. Ici Billy. Lève-toi et habille-toi. Je viens te chercher. Nous allons boire un verre.

— Elle n'a pas peur de sortir de ses gonds, tu sais. Et moi, je ne peux pas le supporter, confia Billy à Esme.

Ils étaient assis au bar panoramique de l'hôtel d'Esme.

— Pourquoi restes-tu avec elle ? demanda-t-elle.

— Il fut un temps où je l'aimais et, à cette époque, j'étais le plus heureux des hommes.

— Cette époque est passée. Nous parlons du présent.

— La raison qui me retient n'a rien d'admirable.

— Peu importe. Dis toujours.

— Elle me fait peur. Elle a quelque chose de féroce.

— De féroce ?

— Un jour, avant notre mariage, je me suis rendu à l'appartement qu'elle occupait quelque part à Murray Hill. Elle était danseuse alors. La porte sur la rue était ouverte et je suis monté directement sans utiliser l'interphone. J'ai sonné. Elle m'a ouvert, le visage déformé par une expression effrayante. Elle tenait un pistolet braqué sur moi. Elle semblait avoir perdu tout contrôle, elle était prête à tirer. Alors elle m'a reconnu et s'est ressaisie immédiatement. Elle a essayé de me faire croire qu'il s'agissait d'une énorme farce et que son arme n'était qu'un pistolet destiné à donner le signal de départ des courses. Je n'ai jamais su qui elle s'attendait à voir surgir. Probablement un amant qu'elle voulait éliminer une fois que j'étais entré dans sa vie. Mais je n'ai jamais oublié l'expression de son visage.

— Lui as-tu reparlé de cet incident ?

— Elle a toujours été évasive. Je crois qu'elle s'en voulait de m'avoir dévoilé cette zone d'ombre, mais j'étais follement amoureux et elle a presque réussi à me persuader que j'avais rêvé.

— La crois-tu capable de tuer ?

— Mon Dieu, Esme, nous parlons de ma femme.
— En est-elle capable ?
— Au cours des safaris, aucun des indigènes ne voulait rester près d'elle. Ils disaient qu'elle tirait d'abord et visait ensuite. Il n'est jamais rien arrivé, naturellement, mais ils la trouvaient dangereuse et je comprenais leur sentiment.
— Elle tire bien ?
— Elle a la détente facile.
— Ce n'est pas la même chose.
— Elle n'attend pas. Elle ne sait pas dominer son impatience.
— Tu dois la quitter, Billy.
— Elle n'oublie jamais une offense, Esme. Elle se vengerait tôt ou tard.
— Mais quel genre de couple formez-vous ?
— Elle tient à être Mrs. William Grenville Junior et elle n'y renoncerait que si un prince italien ou un Lord anglais ou Ali Khan lui proposait de l'épouser.
Esme détourna les yeux et poussa un profond soupir.
— Est-ce un soupir que j'entends ? demanda Billy.
— C'est bien possible.
— Veux-tu me le traduire ?
— J'aurais aimé être Mrs. William Grenville Junior moi aussi, tu sais, mais j'aurais été tout à fait différente de ta femme.
— Oh, Esme !

— Il est temps que nous rentrions chez nous, Ann, dit Billy.
Ils résidaient depuis quelques jours chez Ali Khan, au château de l'Horizon sur la Riviera.
— Non, non, pas encore, protesta Ann.
— En tout cas, moi, je repars pour New York.
— Je t'en prie, Billy, restons encore jusqu'au bal que donne le marquis de Cuevas à Biarritz. Je te promets qu'après nous partirons.
— Chaque fois que je veux retourner en Amérique, tu me parles d'une nouvelle fête plus grandiose que la précédente. Il y aura toujours une autre fête.
— C'est la dernière, Billy, et nous nous en irons ensuite. C'est un bal costumé. Nous devons figurer dans un tableau vivant représentant *l'Enfer* de Dante. Je serai déguisée en diable, tout en rouge, et, toi, tu seras...
— Ecoute-moi, Ann.

— Rappelle-toi comme je te plaisais dans mon costume de petite chatte.

Elle percevait un changement dans les sentiments de Billy à son égard et elle s'efforçait de le reconquérir.

— Vous n'aimez pas les bals costumés, Mr. Grenville ? demanda Simonetta d'Este.

Billy s'était écarté de la foule et observait la salle de bal du haut d'un balcon rococo. Elle était déguisée en Madame du Barry, très élégante avec sa robe de cour, sa perruque poudrée et son magnifique collier de perles.

— Qu'est-ce qui vous fait croire cela ?

— Votre cravate blanche, votre habit. C'est ainsi que s'habillent les hommes qui ne vont aux soirées costumées que pour faire plaisir à leur femme.

Billy se mit à rire.

— Je suis Simonetta d'Este.

— Je le sais.

— Détestez-vous la danse, Mr. Grenville ?

— Billy.

— Détestez-vous la danse, Billy ?

— Je danse assez bien. Voulez-vous essayer ?

— Naturellement, je le veux. C'est pour cela que je suis venue vous chercher.

Ann attachait une grande importance à sa participation au tableau vivant représentant *l'Enfer* de Dante. Parmi les figurants se trouvaient quelques-unes des personnalités les plus titrées d'Europe. Pour elle, c'était un gage de réussite sociale qu'elle n'avait jamais pleinement obtenu à New York et à Long Island dans le monde des Grenville. Dans le groupe de fêtards internationaux que l'on commençait à appeler le *Jet Set* parce qu'ils prenaient l'avion pour participer à toutes les fêtes d'un bout à l'autre du monde, elle était la belle et spirituelle Mrs. Grenville de la célèbre famille de New York. Personne ne se préoccupait de son passé. Ce soir-là, elle était au sommet de sa beauté et de sa gloire.

Pendant les jours qui précédèrent le bal, les joyeux amateurs répétèrent leur prologue avec un zèle de courtisans dans l'espoir de gagner le prix du meilleur tableau, comme s'il s'agissait d'une affaire de la plus haute importance.

Et les douze diables de *l'Enfer* de Dante enlevèrent

le prix au milieu des acclamations et des félicitations. Grisée par son succès, Ann chercha son mari dans l'assistance. Elle voulait qu'il la complimente, elle avait besoin de son approbation, sachant qu'il se montrerait fier d'elle à New York devant sa mère, ses sœurs et ses amis. Elle prit un verre de champagne sur un plateau.

— Vous n'avez pas vu Billy ? demanda-t-elle à quelqu'un.

— Je crois qu'il danse, répondit-on.

Elle vida son verre et en prit un autre.

— Avez-vous vu Billy ?

— Je l'ai vu danser.

— Dans quelle pièce ?

— Au night-club.

Elle but un deuxième verre puis un troisième. Elle comprit qu'il ne s'était pas donné la peine de regarder le tableau, qu'il ne l'avait même pas vue. Ses yeux étincelèrent de colère à la pensée de cet affront. Le champagne et les pilules qu'elle avait coutume de prendre — pour dormir, pour se réveiller, pour se calmer, pour se couper l'appétit — se combinèrent pour déchaîner les instincts sauvages qui sommeillaient en elle.

Dans une autre pièce aménagée en boîte de nuit pour la soirée, Billy Grenville dansait avec Simonetta d'Este, oublieux du spectacle qui se déroulait dans la salle de bal. C'était une idylle sans lendemain, sans baisers, sans désir charnel. Champagne, badinage, rires, danse.

— ... et je pensais que l'audience avec le pape était prévue justement pour le jour qui, d'après la cartomancienne, devait être le dernier de ma vie. J'y voyais un signe du destin.

— Quelle merveilleuse histoire, dit Simonetta. Pas étonnant que vous ne soyez pas venu à ce déjeuner ennuyeux chez cet ennuyeux monsignor. J'aurais fait la même chose. Vous vous prépariez pour le cas où...

— Exactement. Vous n'imaginez pas mon soulagement quand j'ai entendu le Campanile sonner les douze coups de minuit. En réalité je ne croyais pas à cette prédiction, mais, en même temps, j'y croyais. C'était comme une épée de Damoclès suspendue au-dessus de ma tête.

— Et maintenant c'est une nouvelle vie qui s'ouvre devant vous.

— C'est ce que j'ai pensé. Vous dansez merveilleusement.

— Vous aussi.

Les yeux mi-clos, s'abandonnant au rythme de la musique, Simonetta d'Este fut surprise par la violence de l'attaque. Ann la saisit par les épaules et l'arracha aux bras de son mari.

— Salope, hurla-t-elle.

— Ann ! protesta Billy.

Mais Ann était déchaînée. Elle empoigna Simonetta, déchira le devant de son costume de Madame du Barry et cassa le fil de son collier. Les perles précieuses se répandirent sur le sol.

— Ann, pour l'amour du ciel, s'écria Billy.

L'orchestre s'arrêta. Un silence pesant tomba sur l'assistance pendant que les invités se groupaient pour contempler la scène. Billy prit Ann par le poignet mais elle se dégagea, bondit sur lui et lui griffa le visage.

— Je vous en prie, Mrs. Grenville, intervint Simonetta d'Este.

— Ah, vous, fermez-la ! Je connais vos manigances, hurla Ann en se jetant sur elle.

Elle avait perdu toute retenue et l'assistance recula.

— Qu'on appelle la police ! dit une voix indignée.

C'était le marquis de Cuevas, qui se fraya un chemin dans la foule et reprit :

— Chassez ces gens de ma maison.

Ivre et honteuse du scandale qu'elle avait causé mais convaincue de son bon droit, Ann regagna l'*Hôtel du Palais* où ils étaient descendus. Toujours vêtue de son costume de diable rouge, elle traversa le hall. A l'expression des regards qui la fixaient elle comprit que la nouvelle de sa débâcle sociale avait précédé son retour. C'est pourtant d'un air arrogant qu'elle demanda la clé de la suite Grenville.

— Si mon mari revient, veuillez l'informer qu'il doit chercher une chambre ailleurs, dit-elle au réceptionniste.

Après avoir accroché la pancarte « NE PAS DÉRANGER » à la poignée de la porte, elle s'enferma dans sa suite. Elle aperçut soudain son reflet dans le miroir à trois faces encadré de bois doré. Au lieu de la dame élégante et distinguée qu'elle était devenue, elle vit la girl de revue qu'elle avait été — une girl vieillissante et vulgaire, aux traits ravagés, aux cheveux en bataille. Son rimmel coulait, maculant son visage, et son collant était déchiré. Ce lamentable spectacle décupla sa colère. Elle sortit les valises de Billy des placards et y empila ses vêtements pêle-mêle, puis elle rouvrit la porte de la suite, poussa les bagages dans le couloir sans les fermer et jeta les chaussures et les brosses sur le sol.

Un peu calmée, elle s'assit sur le bord de la baignoire et avala plusieurs pilules. Le sommeil lui apporterait l'oubli. Elle affronterait la situation demain.

L'hôtel était complet. Billy n'osait demander à des amis de l'héberger au milieu de la nuit. Il pénétra donc dans la suite avec sa clé, ramassa ses bagages, ses chaussures, ses brosses, rapporta le tout à l'intérieur et s'installa un lit sur un canapé du salon. En entrant dans la salle de bains, il vit sa femme endormie dans la baignoire, encore vêtue de son déguisement.

La baignoire était si profonde qu'il ne pouvait la soulever pour la porter dans son lit sans la réveiller. Il la déchaussa, alla chercher un oreiller pour le glisser sous sa tête et un drap pour la couvrir.

Entre-temps, Ann s'était à demi réveillée. En voyant Billy s'approcher avec un oreiller, elle crut qu'il voulait la tuer et poussa des cris perçants qui retentirent du haut en bas de l'hôtel.

La police fut alertée pour la seconde fois.

— Mon mari a essayé de me tuer, hurlait Ann. Il voulait m'étouffer avec un oreiller mais je me suis réveillée juste à temps.

— J'ai trouvé ma femme évanouie dans la baignoire, expliqua Billy. Demandez à toutes les personnes présentes au bal, elles vous confirmeront qu'elle avait trop bu. Comme je supposais qu'elle resterait là toute la nuit, j'ai voulu lui assurer une position plus confortable.

Les Grenville quittèrent Biarritz à la fin de la matinée dans des voitures séparées.

TROISIÈME PARTIE

L'adultère ne fut pas la goutte d'eau qui fit déborder le vase. Leur mariage survécut à leurs infidélités respectives, comme les mariages de la plupart des couples du milieu qu'ils fréquentaient. Cependant, les scènes de jalousie que faisait Ann en public et son comportement aberrant suscitaient des commentaires. Les amis de Billy se disaient qu'elle devenait folle et qu'elle prenait trop de médicaments de toutes sortes. Ils se demandaient s'il allait pouvoir supporter longtemps les crises de sa belle épouse. Même l'observateur le plus indifférent savait que leur mariage allait à vau-l'eau. Personne n'ignorait qu'Ann avait jeté le contenu d'un verre à la tête de Rita Sinclair qu'elle soupçonnait de flirter avec son mari. L'histoire du scandale de Biarritz avait traversé l'Atlantique et Billy, toujours soucieux des réactions de sa mère, souffrait terriblement de cette publicité. Si le chroniqueur mondain Fydor Cassati s'était abstenu de faire allusion à la situation, c'était par amitié pour Billy qui l'avait toujours traité en égal.

Ce n'était pas le cas de Walter Winchell qui avait écrit des articles sur Ann Grenville quand elle était encore danseuse de cabaret. « Les superchics Grenville, bien connus dans les milieux mondains, ne vont pas tarder à faire la nouba à Reno », écrivait-il dans sa rubrique. Ils finirent par se séparer. Les amis de Billy poussèrent un soupir de soulagement. Il alla s'installer au *Brook Club* où, d'après Doddsie, le portier, il passait de longues soirées assis seul au bar. Il ne retournait chez lui que pour voir ses enfants à une heure précise en fin d'après-midi. Il était entendu qu'Ann serait absente pendant ses visites car elle avait l'art de provoquer des incidents embarrassants devant les domestiques. Personne ne savait ce que la famille pensait de leur séparation. Alice et ses filles évitaient le sujet. Lorsque Billy aborda la question du divorce, Ann fut prise d'une violente crise de nerfs et hurla que jamais elle ne lui donnerait cette satisfaction.

A la surprise générale, au lieu de renforcer leur personnalité, la séparation l'affaiblit. Alors qu'ils formaient un couple brillant, ils étaient beaucoup moins fascinants chacun de leur côté. Malgré son excellente éducation, sa distinction et son élégance, Billy présentait moins d'intérêt seul que dans le sillage de son éblouissante épouse. Il se surprenait à regretter la trépidante vie mondaine qu'Ann lui imposait. Le luxe de la belle maison qu'elle avait savamment arrangée lui manquait. Il aimait ses aises mais il était bien incapable d'organiser lui-même son confort. Le *Brook Club* lui convenait parfaitement pour un temps, mais ses règlements lui interdisaient de s'y installer définitivement.

Ann fit une entrée en scène triomphale au bras du célèbre don juan Ali Khan. Ils étaient photographiés dans tous les endroits en vogue, dans les boîtes de nuit, aux ventes de yearlings à Saratoga. Cependant, l'amour que Rita Hayworth continuait à inspirer au prince diminuait le prestige de ses autres conquêtes. Ann s'afficha ensuite avec un comte italien qu'elle avait séduit à Rome mais il la trouvait moins attirante et par trop exigeante depuis qu'elle était disponible, et il ne tarda pas à retourner en Italie.

Tous leurs amis s'attendaient à un divorce mais, quelques semaines plus tard, Ann et Billy arrivèrent ensemble à une grande réception que donnait Alice Grenville. Ils se souriaient et semblaient d'excellente humeur. Ils n'étaient pas réconciliés pour autant. Leurs liens se relâchaient peu à peu. Chacun décelait chez l'autre les signes de la rupture définitive. Elle recommença à fumer au lit, une habitude qu'il détestait. Il ne relevait plus le siège des toilettes pour uriner, ce qui la mettait en rage. Elle exigea des salles de bains séparées puis des chambres séparées. Il leur arrivait encore de se désirer mais rarement en même temps, de sorte que leurs rapports sexuels étaient aussi décevants que déplaisants.

Billy lui avait annoncé qu'il déjeunait au *Brook Club* avec Teddy Vermont mais, quand Ann téléphona au club, elle apprit qu'il n'était pas venu et que Teddy Vermont se trouvait à Lyford Key avec Alfred et Jeanne Twombley. Elle fronça les sourcils, noua et dénoua les manches du sweater négligemment jeté sur ses épaules et repensa à leur conversation de la matinée.

— Les Haverstrike sont arrivés de Californie. Nous avons rendez-vous avec eux pour déjeuner au « *21* », avait-elle dit.

— Je ne suis pas libre, avait-il répondu en se brossant les cheveux.

— C'est à propos du safari.

— Je ne suis quand même pas libre.

— Pourquoi ?

— Je déjeune au *Brook Club* avec Teddy Vermont.

— Teddy Vermont ? Connais pas. Qu'est-ce qu'il fait pour que tu laisses tout tomber pour lui ? Il est gouverneur de l'Etat ?

— Tu as décidément trop d'esprit.

Et il était sorti en sifflotant. Le poison de la jalousie s'infiltra en elle. Elle le soupçonnait de la tromper avec Simonetta d'Este, une femme grande et captivante comme elle, résolue comme elle, mais issue de la haute aristocratie contrairement à elle. Détestée par la famille et les amis de son mari, Ann sentait l'insécurité de sa position.

— Il vaudrait mieux que nous ne sortions pas ensemble, Billy. On pourrait jaser et je ne tiens pas à ce que l'irascible Mrs. Grenville me fasse une scène en public.

— Je t'en prie, Esme.

— Et si nous allions au *Hamburger Heaven* ? C'est un endroit tout à fait neutre. Nous aurions pu nous y rencontrer par hasard.

— D'accord.

— C'est dur, tu sais, de reconnaître qu'on s'est trompé en faisant un mariage que personne n'approuvait, personne, pas même Bratsie. Il faut une force d'âme que je n'ai pas.

— Quelle solution te reste-t-il, Billy ?

— Les chevaux, je pense. Les haras sont prospères. Et il y a Tailspin. Tu as entendu parler de Tailspin ? Un vrai champion...

Quelqu'un s'approcha :

— Mr. Grenville ?

— Oui.

— Je suis Ashton Grimes.

— Bonjour.

Billy ne se rappelait pas ce nom.

— De l'école de Buckley. Je suis le professeur de votre fils, Third.

— Ah oui, bien sûr.

— Je ne voulais pas vous déranger, mais j'espérais vous voir à la réunion des parents pour vous parler de l'enfant.

— J'étais en Europe. Alors, Third ne travaille pas bien ?

— Non, monsieur.

— Que pouvons-nous faire ?

— Je crois que nous devrions avoir un entretien à son sujet, Mr. Grenville. Il est... euh... perturbé.

— Puis-je vous appeler demain ?

— Oui, bien sûr. Au revoir, monsieur.

— Il est perturbé à cause de ses parents, sans doute, grommela Billy. Je me suis souvent demandé s'ils entendaient nos disputes, nos éclats de voix. Je suppose que oui, et les domestiques aussi.

— Que vas-tu faire ?

— Je n'ai jamais bien travaillé à l'école, moi non plus. Alors mon père donnait des fonds pour construire un gymnase ou un dortoir et tout allait bien.

— Ce n'est pas la même chose.

— Non, ce n'est pas la même chose.

— Ce prof te suggère que ton fils a besoin d'aide, Billy, dit Esme qui aurait su le conseiller s'il le lui avait demandé.

— Il faut que je te quitte, dit Billy. La femme adultère m'attend pour dîner.

— Trouve-toi un avocat habile à toutes fins utiles, dit Babette Van Degan qui avait obtenu le jugement de divorce le plus avantageux de toute l'histoire de New York.

C'était Sam Rosenthal qui s'était occupé de l'affaire. Bien que son apparence rappelât toujours la girl de revue, Babette inspirait confiance en matière de finances et de contentieux.

— Parle-moi de lui, dit Ann.

— C'est un renard, un menteur tout à fait malhonnête, exactement ce qu'il te faut.

— A quelle firme appartient-il ?

— A la sienne.

En fait, Ann connaissait Sam Rosenthal de réputation. Toute femme new-yorkaise ayant fait un riche mariage plus ou moins boiteux était au courant de son existence. Elle alla le voir dans son bureau de Rockefeller Center. Il la scruta du regard. Ses yeux noirs et saillants avaient un effet hypnotique, ses sourcils épais se rejoignaient à l'arête du nez.

Sam Rosenthal savait qui étaient les Grenville et ce qu'ils valaient. « Des sacs de dollars », disait-il. Il lui donna l'adresse d'un détective privé qui découvrirait si Billy avait une liaison avec Simonetta d'Este. Elle lui précisa qu'elle ne voulait pas de divorce.

— Dans ce cas, si votre mari le propose, vous lui demanderez une compensation tellement exorbitante qu'il préférera le *statu quo*, dit l'homme de loi. Ces vieilles familles de New York accepteraient n'importe quoi pour ne pas écorner leur patrimoine.

Sam Rosenthal lui plut et elle eut l'impression qu'elle s'était fait un ami.

— Voici mon numéro de téléphone personnel, dit-il en lui tendant sa carte. Si vous avez besoin de moi, n'hésitez pas à m'appeler.

— Mrs. Grenville descend tout de suite, monsieur, dit la jeune femme de chambre.

— Merci, répondit McCarthy.

Il aimait deviner les prénoms et se trompait rarement. Il pensa que la jeune fille se nommait Mary ou Margaret. Il savait qu'elle était irlandaise comme lui et qu'elle avait assisté à la messe le matin même. La tache grise qu'elle portait sur le front en ce Mercredi des Cendres en témoignait. Il devina aussi qu'elle était nouvelle dans la luxueuse maison où Mrs. Grenville l'avait convoqué. Il aurait aimé bavarder avec elle en attendant la maîtresse de maison, mais elle sortit, le laissant seul. Il se demanda s'il fallait appeler la pièce salon ou salle de séjour. Bien qu'il ne fût pas expert en art, il connaissait la valeur des choses, et il jugea que les toiles qui ornaient les murs étaient des œuvres dignes de figurer dans les musées.

Dans un coin se trouvait une table à apéritif abondamment garnie. Il saisit une carafe en cristal à goulot d'argent remplie de whisky, avala une gorgée de liquide et la replaça si vivement que son geste aurait échappé à un éventuel observateur. Il entendit des voix dans l'escalier et se cala dans une bergère tapissée de soie grise, masquant ses lignes délicates de son corps massif. Il posa sa cheville gauche sur son genou droit, et inversement, puis il posa ses deux pieds sur le tapis portugais. Enfin il prit une revue ouverte à une certaine page. S'il semblait incongru que cet homme rougeaud vêtu d'un complet bon marché pût se plonger dans le *Harper's Bazaar*, l'intérêt qu'il prêtait à la page en question effaçait cette impression. Devant ses yeux s'étalait l'image de Mrs. William Grenville Junior assise dans la bergère qu'il occupait lui-même. La photographie prise par Louise Dahl-Wolf était tellement artistique que l'ensemble avait quelque chose d'irréel. Il se demanda si le magazine était là pour qu'il le voie.

Pendant qu'il se posait cette question, un bref échange de propos lui parvint aux oreilles :

— Nous serons quatre à déjeuner, Mary.

— Oui, madame.

— Vous aiderez la cuisinière pour le service, Mary.

— Oui, madame.

— Machin-chose a rendu son tablier.

— Oui, madame.

— Qu'est-ce que cette tache sur votre front ?

— Des cendres.

— Quoi ?

— C'est le Mercredi des Cendres.

— Essuyez-moi ça avant l'arrivée de la duchesse.

— Oui, madame.

Mr. McCarthy devina qu'à sa prochaine visite Mary aurait rendu son tablier comme machin-chose. La porte s'ouvrit et Mrs. William Grenville Junior entra, précédée par son coûteux parfum. Grande, blonde, superbe, savamment maquillée, elle était vêtue d'une robe qui mettait ses formes en valeur.

— Désolée de vous avoir fait attendre, Mr. McCormick, dit-elle en lui tendant la main.

— McCarthy, rectifia-t-il.

— Excusez-moi, Mr. McCarthy. J'ai des invités à déjeuner, et j'ai une servante qui vient de me faire faux bond.

Son regard fut attiré par un iris mal placé dans un bouquet de fleurs. Elle l'arrangea à son goût.

— Asseyez-vous, reprit-elle. Ah, vous avez vu ma photographie. Elle est bien, n'est-ce pas ? Elle me plaît beaucoup. Ma belle-mère trouve que les journaux parlent trop de moi. Elle appartient à la vieille école qui considère que le nom d'une dame ne doit être mentionné par la presse que trois fois dans sa vie.

Mr. McCarthy sentit qu'elle éprouvait quelque difficulté à aborder le sujet qui l'intéressait.

— Désirez-vous assurer la protection de votre maison, madame ? demanda-t-il pour lui tendre la perche.

— Vous voulez parler de gardiens ? Grands dieux, non ! C'est ce que vous avez cru ?

— Cela fait partie de nos attributions.

— C'est Mr. Rosenthal qui m'a conseillé de m'adresser à vous.

— Ah oui, Mr. Rosenthal. Nous travaillons beaucoup pour lui. C'est ce genre de service que vous désirez ?

Elle se dirigea vers la fenêtre. Elle était aussi agréable à voir de dos que de face. Ses longues jambes, ses fesses musclées sous la robe de laine qui la moulait, sa taille fine, ses seins fermes, tout était parfait. Elle se retourna pour l'observer, toujours satisfaite de se savoir admirée. Elle ne cherchait pas à le séduire, mais elle se sentit bien disposée à son égard en voyant qu'il l'appréciait en connaisseur.

— J'ai quelque raison de croire que mon mari me trompe, dit-elle.

Si ç'avait été une pièce de théâtre, le détective privé aurait répliqué : « Il doit être fou », mais il ne s'agissait pas d'une pièce et il se contenta de le penser.

— Je voudrais le faire suivre, discrètement bien sûr. J'aime mon mari, voyez-vous. Je ne veux pas divorcer. Je tiens simplement à protéger mon mariage. Tout cela est strictement confidentiel, n'est-ce pas ?

— Absolument.

— Il ne doit pas savoir que je le soupçonne.

— Aucun problème.

— Son bureau est à Wall Street, mais il déjeune presque tous les jours au *Brook Club* ou au *Racquet Club* ou au *Knickerbocker Club*. Or, depuis quelque temps, il ne retourne pas au bureau l'après-midi et j'aimerais savoir où il passe son temps.

— Pensez-vous à une personne en particulier ?

— Oui.

— Parfait.

— Comment parfait ?

— Je veux dire que, s'il s'agit d'une liaison précise,

c'est moins compliqué qu'une série d'infidélités passagères.

— Je préférerais une série d'infidélités passagères.

Elle contempla un moment l'énorme pierre qui ornait son doigt. Quand elle leva les yeux, elle esquissa un sourire triste et cligna des paupières pour refouler une larme. Mr. McCarthy fut absurdement touché bien qu'il eût conscience d'assister à la performance d'une excellente comédienne. Il devinait que c'était la crainte de perdre sa position sociale qui la motivait.

— Son nom ? demanda-t-il.

Elle détourna la tête et regarda par la fenêtre. La légère rougeur qui colorait son visage démentait son apparence de sérénité.

— Elle s'appelle Simonetta d'Este, *princesse* Simonetta d'Este.

Il nota le nom sans lui demander de l'épeler. Il percevait sa fureur contre cette femme qui menaçait son mariage mais, en même temps, elle insistait sur la qualité de la rivale susceptible de la supplanter.

— Qu'est-ce qui a éveillé vos soupçons ?

— Concernant la personne ou l'adultère ?

— Concernant l'adultère, madame.

— C'est très embarrassant.

— Rouge à lèvres sur un mouchoir ou quelque chose de ce genre ?

— J'ai senti une autre femme sur ses doigts.

Le détective devint cramoisi.

Ils échangèrent des renseignements complémentaires : l'adresse et la situation familiale de la princesse ; les tarifs de son agence, qu'elle connaissait déjà, spécifia-t-elle, pour qu'il ne soit pas tenté de l'exploiter. Le bruit d'une sonnette la fit tressaillir.

— Mon Dieu, elle est en avance, s'exclama-t-elle en jetant un coup d'œil sur la pendule de la cheminée.

Son assurance parut l'abandonner, comme si elle cherchait le moyen de se débarrasser d'une difficulté avant d'en affronter une autre.

— C'est la duchesse de Windsor qui vient déjeuner, expliqua-t-elle et... euh...

— Et vous aimeriez que je fasse une sortie discrète par l'escalier de service, n'est-ce pas ?

Pressée de le voir partir, elle lui tendit la main et ajouta :

— N'oubliez pas de prendre des photos.

Installés dans la loge des Grenville, Alice, Billy et Ann, Diantha et Third assistaient aux courses de Belmont, le regard fixé sur Tailspin. Alice perçut la tension qui régnait entre son fils et sa belle-fille. Après la course, les photographies et les félicitations au jockey et à l'entraîneur, la nurse emmena les enfants manger des hot-dogs pendant qu'Ann s'éloignait pour aller rejoindre des amis au bar.

— Qu'est-ce qu'elle a ? demanda Alice.

— Rien, répondit Billy en saluant les journalistes de la main.

— Pas de dérobade avec moi, Billy. Je suis ta mère.

— Elle est jalouse.

— De qui ?

— De Simonetta.

— Avec juste raison ?

— Non.

L'intimité qui existait jadis entre la mère et le fils n'était plus la même depuis qu'elle avait refusé d'approuver son mariage. Elle sentait son tourment et aurait voulu se rapprocher de lui mais elle n'osait pas. Un instant, leurs regards se rencontrèrent.

— Une course magnifique, commenta-t-elle au lieu de dire ce qu'elle avait sur le cœur.

— N'est-ce pas ? dit Billy d'une voix rauque.

— Je pense que Tailspin gagnera le prix de la Triple Couronne l'an prochain.

— Ce serait merveilleux.

— Je suis fière de toi, mon chéri.

— Merci, Mère.

— Ton père l'aurait été aussi.

— Vous croyez ?

— J'en suis sûre.

Ils étaient tous les deux un peu plus détendus.

Ann rencontra Babette au bar. Elles s'assirent à une table et commandèrent des daiquiris. Babette examina son amie en grignotant des cacahuètes.

— Pourquoi ce silence morose ? demanda-t-elle.

— Bah ! La vie ! soupira Ann.

— Que penses-tu de Sam Rosenthal ?

— Ses sourcils se rejoignent au milieu.

— Tu n'envisages pas sérieusement le divorce, n'est-ce pas ?

— Le meurtre oui, le divorce non.

Elles éclatèrent de rire.

— J'ai gagné un paquet sur ton cheval, dit Babette.

— Tant mieux. Je sais que tu as besoin d'argent.

Elles se remirent à rire. Ann se rasséréna.

— Comment va ton fils ? demanda-t-elle.

— Il vient de se faire renvoyer de sa nouvelle école. Et tes enfants ?

— Aucun problème, je suppose.

Le café de l'hôtel *Astor* à Times Square était envahi par une foule de congressistes. Parfait, pensa Ann en se frayant un chemin jusqu'à la banquette où Danny McCarthy lui faisait signe. Il valait mieux qu'il ne vienne plus chez elle. C'était trop risqué, surtout avec les photographes toujours à l'affût de potins.

Elle avait décidé, à la dernière minute, de mettre un imperméable à la place de son manteau de vison pour éviter de se faire remarquer. Elle tourna le chaton de sa bague à l'intérieur.

— Café ? demanda la serveuse en remplissant la tasse dont le contenu déborda dans la soucoupe.

— Apportez-moi une soucoupe propre, ordonna Ann.

Elle s'efforçait toujours d'oublier qu'elle avait été elle-même serveuse dans un café de Pittsburg, Kansas. Après avoir commandé son sandwich préféré, elle aborda le sujet qui l'intéressait. Mr. McCarthy lui tendit une longue enveloppe en papier maïs contenant les photographies demandées.

Elles représentaient Billy et Simonetta d'Este assis aux deux extrémités d'un banc de Central Park à côté du terrain de jeux des enfants. Ils bavardaient simplement et leur attitude n'avait rien de compromettant.

— Urse Mertens ! C'est bien toi, Urse ?

Avant même d'avoir levé les yeux, Ann sut que la voix qui l'interpellait appartenait à Fredda Cunningham de Pittsburg, Kansas. Elle fit d'abord semblant de ne pas entendre. Elle regretta de s'être habillée sobrement pour la circonstance. Avec son manteau de vison elle aurait été moins abordable. Glissant ses mains sous la table, elle retourna vers l'extérieur le superbe diamant qui ornait sa bague. La situation était par trop embarrassante et elle ne tenait pas à présenter Mr. McCarthy à Fredda ni Fredda à Mr. McCarthy.

— Urse ?

— C'est à moi que vous parlez ? demanda-t-elle en

levant les yeux sur la compagne de classe dont elle avait tant désiré devenir l'amie autrefois.

Elle porta sa main gauche à son visage et l'énorme diamant étincela dans la lumière fluorescente du café. Fredda rougit de confusion.

— Excusez-moi, balbutia-t-elle. Vous me rappelez quelqu'un.

Ann sourit aimablement. Derrière Fredda se tenait un homme que son instinct lui interdisait de regarder, mais elle ne put s'en empêcher. C'était Billy Bob Veblen, le plus beau garçon de Pittsburg, son ancien petit ami, avec qui elle avait formé des projets, qu'elle avait...

Elle adressa un nouveau sourire à l'homme et à la femme qui la fixaient bouche bée. La serveuse apporta le sandwich au fromage qu'elle avait commandé.

— Désolée de vous avoir importunée, dit Fredda Cunningham.

Ils passèrent devant sa table et allèrent payer à la caisse.

— C'est elle, j'en suis sûr, dit Billy Bob Veblen assez haut pour qu'Ann et le détective privé puissent l'entendre.

Bien qu'Ann fût restée impassible, aucun détail de l'incident n'échappa à Mr. McCarthy. Quelle impression peut-on éprouver en reniant de vieux amis ? se demanda-t-il. Il enregistra mentalement le nom que Fredda avait prononcé. Urse Mertens, et celui qui était inscrit sur l'insigne du congressiste : William R. (Billy Bob) Veblen, Mathieson Aircraft, Pittsburg, Kansas.

— C'est tout ? demanda Ann en désignant les photographies.

Elle ne savait si elle était contente ou déçue qu'elles soient aussi anodines.

— Votre mari est innocent comme l'enfant qui vient de naître, répondit Mr. McCarthy.

Si Fredda Cunningham avait été seule, Ann aurait couru derrière elle dans le hall de l'hôtel *Astor* pour mettre les choses au point. Douée d'une imagination fertile, elle aurait trouvé une explication à son impolitesse vis-à-vis d'une amie d'enfance. Elle aurait même pris plaisir à l'inviter chez elle pour observer les réactions de la fille la plus riche de Pittsburg devant le luxe qui l'entourait à présent.

Mais Billy Bob Veblen, c'était une autre histoire. Que

pouvait-elle lui dire qui ne bouleverserait pas irréversiblement leur vie et celle de bien d'autres ? Par quel caprice du destin réapparaissait-il ainsi dans un café où elle n'avait jamais mis les pieds ? Le rôle que Billy Bob Veblen avait joué dans sa vie s'était tout simplement effacé de sa mémoire.

— Qu'est-ce qu'un safari, papa ?
— C'est une expédition de chasse.
— Pour chasser quoi ?
— Dans ce cas précis, le tigre du Bengale.
— Ici, à Long Island ?
— Non, non, en Inde. Et maintenant va-t'en vite. Nanny t'appelle.
— Bonne nuit, maman.
— Bonne nuit, Third.
— Embrasse-le, dit Billy à sa femme.
— J'ai hâte qu'il soit assez grand pour m'emmener danser, dit Ann en étreignant son fils.

C'était quelque chose qu'elle disait quand elle voulait se montrer expansive. Elle laissait entendre par là que sa maternité serait en plein épanouissement lorsque son fils aurait atteint l'âge adulte.

A la dernière minute, Billy décida de ne pas aller au safari. Tailspin courait à Santa Anita et son entraîneur, Sunny Jim O'Brien, pensait que sa présence était nécessaire. Ann aurait bien voulu se décommander elle aussi, mais elle savait qu'elle ne serait plus jamais invitée si elle se dérobait une fois que tout était organisé. Les Haverstrike étaient déjà en route et les maharajas de Patiala et d'Alwar les attendaient en Inde le 11. En outre elle détestait la Californie : trop de gens dans le monde du cinéma l'avaient connue quand elle était danseuse. Elle ne tenait pas du tout à les rencontrer.

A Londres, elle alla chercher un fusil de calibre douze à double canon que Billy avait commandé pour elle chez l'armurier Churchill. Sur la crosse étaient gravés les mots « A Ann, de Billy avec amour ». Elle fut touchée de cette attention et lui envoya un télégramme à Pasadena pour le remercier.

Vêtue d'un costume de chasse suprêmement élégant, elle fut la vedette du safari, très admirée par les hommes mais détestée par les femmes, y compris la maharani ; elle commandait les domestiques de celle-ci sans se gêner. Un jour, par exemple, elle ordonna au majordome d'ouvrir le coffre et de lui donner ses bijoux.

— Je ne peux pas ouvrir le coffre en l'absence de la maharani, madame, répondit le majordome.

— Je vous dis de l'ouvrir.

— Je ne peux pas, madame.

— Je vous ordonne de l'ouvrir.

Mrs. Haverstrike soupçonnait son mari d'avoir une liaison avec Mrs. Grenville. Jusqu'alors, Mrs. Oswald Haverstrike avait fermé les yeux sur les menues infidélités de son époux. Il connaissait les règles du jeu et les respectait : cette partie de sa vie était nettement dissociée de la vie du couple qu'ils formaient. Cependant, l'aventure de son mari avec Ann Grenville dépassait ce que Mrs. Haverstrike pouvait tolérer. Oswald acheta un collier de rubis et d'émeraudes chez un bijoutier de New Delhi et l'offrit à Ann comme cadeau de rupture.

Oswald racontait qu'elle s'énervait lorsqu'un tigre rôdait dans les parages, mais elle abattit la plus belle bête du safari, un bengale de trois mètres. Aucune femme n'avait jamais tué un tigre de cette taille dans le territoire. Le récit de son exploit, accompagné par une photographie de la chasseresse et de sa proie, précéda son retour en Amérique.

Un déjeuner avec Ali Khan n'était pas compromettant en soi. Ils étaient installés dans un endroit public fréquenté par la plupart des gens qu'ils connaissaient. On pouvait donc supposer que s'ils avaient quelque chose à cacher ils auraient choisi un petit restaurant discret. C'était surtout son attitude provocante à l'égard du prince musulman qui avait éveillé les soupçons de Félicité. Ann sentit peser sur elle le regard accusateur de sa belle-sœur et elle rougit. Elle se croyait capable de convaincre Billy que Félicité déformait les faits mais elle savait que celle-ci ne s'était pas méprise sur la nature de ses relations avec le prince.

— Quand elle m'a vue, elle est devenue rouge comme une pivoine, dit Félicité. Elle avait l'air terriblement vulgaire.

— Tu l'as toujours détestée, répondit Billy.

— C'est juste. Elle m'a déplu dès le premier jour mais, toi, je t'aime, petit frère.

Tailspin était la révélation de la saison. Ses gains s'élevaient à près d'un million de dollars, un record pour l'époque. Il allait de succès en succès et il était devenu la coqueluche du public qui voyait en lui le favori du prix de la Triple Couronne. Ainsi, après des années de désœuvrement, Billy était considéré comme l'un des éleveurs de chevaux de course les plus prospères du pays.

Alice pensait qu'il se montrait digne des espérances de son père et Billy savourait les éloges que lui prodiguaient sa mère et ses sœurs.

Ann savait que c'était elle qui avait réveillé l'intérêt de Billy pour cette tradition familiale. Elle était donc fière de sa réussite, mais elle craignait aussi que sa nouvelle passion ne l'éloigne d'elle. Elle assistait de plus en plus souvent aux grandes courses et les photographies publiées dans les journaux représentaient les deux époux s'étreignant à la suite d'une victoire, de sorte qu'ils passaient aux yeux de tous pour le couple le plus amoureux de la région.

Diantha et Third précédèrent leurs parents à la campagne pendant le week-end de la Toussaint. Le chauffeur passa les prendre à la sortie de l'école et les conduisit, avec la nouvelle cuisinière, à la maison d'Oyster Bay. Ann et Billy les rejoignirent plus tard après avoir assisté à un cocktail qu'elle ne voulait pas manquer. Il l'avait accompagnée à son corps défendant. Il était las de la haute société internationale et des Européens titrés que sa femme trouvait irrésistibles. Il préférait de beaucoup la compagnie de ses amis d'enfance de Long Island. Il s'était fâché en apprenant qu'elle avait invité Dougie de Lesseps à déjeuner pour le dimanche. Elle savait pourtant bien qu'il détestait avoir des hôtes pendant le week-end.

— Je ne serai pas là, dit-il.

— Comme tu voudras.

Ils roulaient dans la voiture spécialement conçue pour Billy, une Studelac qui alliait l'élégante carrosserie de la Studebaker au puissant moteur de la Cadillac. Il adorait la conduire et passait la majeure partie de ses week-ends en expéditions solitaires dans les coins perdus de Long Island, amusé par les regards admiratifs des passants. Quelques jours plus tôt il s'était offert un superbe avion à quatre places avec les millions de dollars que lui avait rapportés Tailspin. Il comptait s'en servir pour entreprendre des équipées plus lointaines. Si Ann se rendait compte qu'il l'abandonnait de plus en plus souvent pour ses voitures, son avion et ses chevaux, elle n'en laissait rien paraître.

Ils étaient en pleine dispute, comme d'habitude. Billy avait appris qu'une photographie représentant Ann et Ali Khan à la vente de yearlings de Saratoga venait de paraître dans un magazine. Il était certain que cela ne ferait qu'alimenter les commérages. Quelques semaines plus tôt, il avait ordonné au gardien de leur maison de campagne de vider et de nettoyer la piscine où Ali Khan venait de se baigner, ce qui avait mis Ann en rage.

Devant eux roulait un vieux couple dans une vieille guimbarde. Hésitant à l'embranchement sur la voie à prendre, le conducteur s'arrêta carrément pour consulter la carte. Billy, qui filait à toute allure et prêtait plus attention à Ann qu'à la route, ne vit pas la voiture.

— Billy, cria Ann.

A la dernière seconde, il donna un brusque coup de volant et évita de justesse un camion qui arrivait en sens inverse. La Studelac dévia sur l'accotement dans un hurlement de pneus. Ils étaient livides et haletants, conscients d'être passés à côté de la mort. Il pensa à la cartomancienne de Tacoma et se demanda si elle ne s'était pas trompée de quelques mois dans ses dates. Les gens qui sont voués à la catastrophe voient-ils partout des présages ?

La tête posée sur le volant, Billy proposa :

— Si nous allions dîner chez *Rothman* ?

— Mais j'ai dit à la nouvelle cuisinière que nous dînerions à la maison.

— Au diable la nouvelle cuisinière. Nous avons failli mourir.

Le patron de *Rothman* connaissait les Grenville et, bien que son établissement fût envahi par une foule de clients qui faisaient la queue, il leur trouva une bonne table. Ni les Martini ni la bonne chère ne leur déliaient la langue. Or, Ann détestait qu'on la voie dîner en silence. Elle avait appris que la duchesse de Windsor récitait l'alphabet au duc, avec toutes les mimiques d'une conversation animée, quand ils n'avaient rien à se dire en public. Elle n'osa quand même pas essayer cette tactique avec Billy, d'autant plus qu'il n'était pas d'humeur à goûter la plaisanterie. Elle se contenta de faire des commentaires sur les autres dîneurs.

— Regarde donc cette femme avec ses talons hauts et ses socquettes.

— Humm, grommela Billy.

L'orchestre attaqua un air qu'elle connaissait. Elle fredonna les paroles mais il resta impassible.

Le maître d'hôtel vint les servir.

— Qu'est-ce que c'est ? demanda-t-elle.

— De la langouste, madame.

Ils mangèrent un moment sans mot dire.

— Tiens, voilà Eve Soby, s'exclama-t-elle. Elle est soûle, pour changer. Salut, Eve.

— Si tu devais repartir à zéro, tu aurais toujours la ressource d'écrire une chronique : « Le New York d'Urse Mertens ».

Ann le foudroya du regard. Elle avait ce nom en horreur. L'appétit coupé, elle ne toucha pas aux plats qui suivirent. En revanche elle but, mais sans apprécier la saveur du vin. Une erreur dans l'addition passa inaperçue et ils quittèrent le restaurant en silence.

En achetant le pavillon et ses dépendances, Billy avait pris l'engagement d'autoriser le New York Philharmonic à utiliser le court de tennis intérieur comme studio d'enregistrement pendant une période de sept ans. Cette clause était d'autant plus acceptable que l'orchestre n'abusait pas de la permission. Cependant Ann, qui avait tellement insisté pour que Billy achète la maison, trouva bientôt la présence des musiciens insupportable malgré la rareté de leurs visites. Elle se disputait constamment avec Ralph Wiggins, le gardien payé par le Philharmonic qui occupait la loge du concierge. Il refusait systématiquement d'accomplir les corvées qu'elle voulait lui imposer, ce qui la mettait hors d'elle, et elle harcelait Billy pour qu'il résilie l'accord conclu avec l'ancien propriétaire.

Les pavés de la cour avaient été transportés pierre par pierre du château de Fotheringay par le père d'Helena Worth McGamble, à l'époque où il rêvait de créer une dynastie par l'intermédiaire de sa fille préférée. Quand les phares de la Studelac éclairèrent l'entrée, Ann remarqua que les jardiniers avaient négligé leur travail : les feuilles d'automne jonchaient l'allée. Or elle ne tolérait pas la moindre imperfection dans son cadre de vie.

Elle s'étonna de voir Ralph Wiggins surgir dans la cour comme s'il les avait attendus. Il s'approcha vivement de la portière de Billy, l'ouvrit et le salua. Ralph Wiggins ne venait jamais de ce côté de la maison. Ann et Billy l'interrogèrent du regard.

— Je suis sûr qu'il n'y a pas lieu de s'inquiéter, monsieur, dit-il, mais quelqu'un a forcé la porte du cabanon à côté de la piscine et je voulais vous en informer hors de la présence des enfants.

— Vous avez très bien fait, Ralph, dit Billy en mettant pied à terre.

D'habitude, ils venaient sans bagages car ils laissaient dans la maison toute la garde-robe dont ils se servaient à la campagne. Cependant, comme Edith Bleeker donnait un dîner le lendemain en l'honneur de la duchesse, Ann avait emporté une robe du soir et sa cassette de bijoux. Billy alla ouvrir le coffre et en sortit la mallette.

— Mais il n'y a rien à voler dans le cabanon, dit-elle.

— Le cambrioleur a cassé une vitre et pris quelques provisions dans le réfrigérateur, répondit Ralph.

— J'ai froid, gémit Ann.

— Alors dépêche-toi d'entrer dans la maison, dit Billy. Qu'est-ce qui a attiré votre attention sur le cabanon, Ralph ?

— La police d'Oyster Bay est venue cet après-midi avant l'arrivée des enfants. J'étais seul ici. Les Ebury de l'autre côté de Berry Hill Road ont eu la visite d'un vagabond, et les Twombley aussi. Alors nous avons fait le tour de la propriété mais c'est tout ce que nous avons découvert.

— Je ferais peut-être bien d'aller voir la police demain, dit Billy en essayant de maîtriser la peur que lui inspiraient les rôdeurs.

Depuis la tentative d'enlèvement dont il avait été l'objet dans son enfance, cette peur était toujours latente.

— Je ne crois pas que vous ayez des raisons de vous tracasser, monsieur, mais je voulais vous mettre au courant.

— Merci, Ralph.

— Si vous le désirez, je vais ranger votre voiture au garage. Je laisserai les clés à la cuisine.

— Merci.

Le lendemain matin, au grand étonnement de Billy et des enfants, Ann descendit dans la salle à manger de bonne heure. D'habitude, elle n'émergeait de son sommeil que vers midi, le cerveau embrumé par les barbituriques. Avec ses yeux gonflés et son visage sans fard, elle n'était pas en beauté.

— Veuillez ôter la bouteille de lait de la table, cria-t-elle à la cuisinière.

Une bouteille de lait ou de ketchup ou un pot de moutarde sur la table de la salle à manger réveillait les souvenirs d'une enfance sordide qu'elle s'efforçait d'oublier.

Billy se plongea dans la lecture de son journal pendant qu'elle se faisait servir une tasse de café.

— Papa va m'emmener dans son avion demain, annonça Third.

— Bonne idée, dit Ann. Diantha, ne donne pas de toast au chien.

— Pourquoi t'es-tu levée si tôt, maman ? demanda la petite fille.

— Je vais chez le coiffeur pour la réception de ce soir.

— Nous donnons une réception ?

— Mrs. Bleeker en donne une.

— C'est un bal costumé ?

— Pourquoi un bal costumé ?

— C'est *Halloween.*

— Oh !

Elle avait oublié cette fête et les réjouissances qui l'accompagnaient. Au diable cette nurse qui l'avait plaquée.

Billy leva le nez de son journal.

— Je suppose que tout ton stock de pharmacie ne contient rien d'aussi simple qu'un cachet d'aspirine, grommela-t-il.

— Je t'avais pourtant dit de ne pas boire ces deux cognacs.

— As-tu de l'aspirine ?

— Bien sûr que j'en ai.

— Où ?

— Cherche. Tu ne te figures tout de même pas que je vais me déranger pour te l'apporter.

— Non, c'est une chose qui ne m'est pas venue à l'esprit.

La sonnerie du téléphone retentit. Billy supposa que c'était le mécanicien qui devait lui dire si son avion était prêt à voler. Les enfants pensèrent que c'était leur professeur d'équitation. Ann décrocha, persuadée que c'était le coiffeur qui appelait pour confirmer son rendez-vous.

— Allô, oh... c'est Mère, dit-elle.

Elle tendit le combiné à Billy et sortit pour vaquer à ses occupations.

— Que voulait ta mère ? demanda-t-elle en rentrant.

— Elle se décommande pour la réception d'Edith. Elle a décidé de rester à New York pour le week-end.

Ann était ravie. Elle se sentait toujours inhibée par la présence de sa belle-mère. Plus tard, chacun se demanda si cette présence n'aurait pas conjuré la tragédie qui allait suivre. Devant Alice, Ann n'aurait certainement pas osé se donner en spectacle comme elle l'avait fait. Or, d'après tous les témoins, la scène dont elle avait gratifié l'assistance était à l'origine du drame qui allait suivre.

Son jardin arborait sa tenue d'hiver. Les chrysanthèmes commençaient à fleurir et quelques roses survivaient encore. Ann cueillit deux dahlias fanés et les posa sur le bord du massif pour que le jardinier les ramasse. Très fière de son jardin et de sa serre, elle adorait en faire les honneurs à ses invités. Elle attirait leur attention sur telle fleur ou sur telle plante et parlait botanique à l'instar des Anglaises qu'elle avait eu l'occasion d'observer.

— Je te parle, dit Billy en contenant son irritation.

— Je t'écoute, je t'écoute, répondit-elle, continue. Tu n'as pas besoin de t'agiter à ce point. Le rôdeur est entré dans la Studelac, dis-tu ? Et alors ? Sans doute n'en avait-il jamais vu. Qu'a-t-il pris ?

— Rien, grommela-t-il. Que veux-tu qu'on prenne dans une voiture ? Des cartes, des gants, des lunettes de soleil ? La question n'est pas là. L'important, c'est que quelqu'un est venu à plusieurs reprises dans notre garage et dans le cabanon.

— Des gosses, sans doute, les caddies du club de golf qui est derrière le rideau d'arbres.

— Je voudrais bien que tu prennes la situation au sérieux.

— Regarde cette superbe rose qui s'épanouit encore à la fin d'octobre. Je vais cueillir quelques fleurs pour la table.

— Je vais aller voir mon avion.

— Non, pas maintenant, Billy. J'ai dit à la cuisinière que nous déjeunerions à une heure avec les enfants. Il y a des côtelettes d'agneau.

Il tourna les talons et se dirigea vers la maison. Elle le suivit des yeux. La présence de ce vagabond, réel ou imaginaire, ne justifiait pas la mauvaise humeur de Billy. Un coup de fil au commissariat d'Oyster Bay devait suffire à régler le problème. Les gens qui vivaient à l'abri de grilles et de murs solides devaient s'attendre à être cambriolés. C'était dans l'ordre des choses. Alice Grenville ne gardait-elle pas une somme considérable dans le coffre-fort dissimulé derrière le Constable de sa chambre à coucher, pour être prête à payer une rançon en cas d'urgence ? Billy avait autre chose sur le cœur que cette histoire de rôdeur. C'était son mariage qui le tourmentait. Il était trop lâche pour aborder la question du divorce, aussi prenait-il le premier prétexte venu pour donner libre cours à son ressentiment.

Elle coupa la rose d'automne et quelques autres fleurs. Elle savait qu'elle pourrait amadouer Billy et chasser les doutes qui risquaient de l'amener à rompre leur mariage. Satisfaite de sa vie et de ses succès, elle était Mrs. Grenville Junior jusqu'au bout des ongles et rien au monde ne l'empêcherait de le rester, même si elle devait renoncer à son amant. Ali Khan lui manquerait mais elle pourrait se passer de lui.

— Maman !

— Maman !

Diantha et Third l'appelaient de la maison, tout heureux de partager un repas avec leurs parents.

— Comment s'appelle la nouvelle cuisinière ? demanda Billy en s'adossant à la porte de la chambre de sa femme.

Assise devant sa coiffeuse, elle procédait à la délicate opération du maquillage.

— Anna, je crois, ou Annie, répondit-elle sans se retourner.

— Lequel des deux ?

— Quelle différence ?

— Il y a une grande différence. C'est l'une des raisons pour lesquelles nous changeons de cuisinière tous les quinze jours. Chez ma mère...

— Oh, je t'en prie, épargne-moi ta rengaine sur la fidélité du personnel de ta mère. Tu m'as répété cent fois qu'elle a gardé sa cuisinière trente-deux ans, son maître d'hôtel vingt-huit et sa femme de chambre dix-sept.

— Ma mère sait traiter les domestiques convenablement, c'est pourquoi ils restent chez elle.

— Tu veux retourner chez ta mère ?

— Tu es vraiment exaspérante.

— Et toi, tu es toujours odieux quand tu as fait l'amour. Ta princesse italienne ne te l'a jamais dit ?

Elle approcha son visage du miroir et promena son

petit doigt sur ses lèvres pour égaliser son rouge. Billy fronça les sourcils et sortit. Elle regretta son allusion à Simonetta d'Este et le rappela.

Il ne répondit pas.

— C'est Anna, cria-t-elle.

— Quoi, Anna ? demanda-t-il en revenant sur ses pas.

— Le nom de la cuisinière. C'est Anna. Anna Gorman. Cinquante-six ans. Envoyée par le bureau de placement des gens de maison. Bonnes références. Dernier employeur, une certaine Mrs. Slater. Pourquoi t'intéresses-tu tellement au nom de la cuisinière ?

— Je veux lui montrer comment elle doit fermer les portes après notre départ.

— Tu ferais mieux de t'habiller. Nous ne devons pas être en retard. Edith a insisté pour que nous soyons tous présents à huit heures précises, avant l'arrivée de la duchesse.

— Je veux d'abord m'assurer que la cuisinière saura fermer la porte d'entrée. La serrure est compliquée.

Elle se leva et se pavana devant lui.

— Comment me trouves-tu ?

— « Mrs. William Grenville Junior portait une robe de satin bleu pastel de chez Mainbocher », écrira ton amie Elsa Maxwell.

— Balenciaga. Je ne suis pas limitée à un seul couturier. Et Elsa Maxwell n'est pas invitée.

— Pas de quincaillerie, ce soir ?

— S'il y a vraiment un rôdeur comme tu le prétends, je ne mettrai mes bijoux qu'une fois dans la voiture.

— Anna, cria-t-elle, Anna.

— Que se passe-t-il ? s'enquit Billy en ajustant sa cravate sur le pas de la porte.

— Où diable est cette fille ?

— Elle dîne dans la cuisine. Que lui veux-tu ?

— J'ai des ordres à lui donner.

— Inutile de hurler comme ça. Je croyais qu'il y avait le feu.

— Occupe-toi donc de ta cravate.

— Vous avez besoin de moi, madame ? demanda la cuisinière en ouvrant la porte du petit couloir qui séparait leurs deux chambres à coucher.

— Monsieur me signale que j'interromps votre repas. Excusez-moi, dit Ann avec une bienveillance exagérée.

— Y a pas de mal, madame.

Au cours de son passage au bureau de placement, Anna Gorman avait entendu quelques commentaires sur le caractère de Mrs. William Grenville Junior.

— Nous partons dans quelques minutes, Anna, et je veux vérifier certaines choses avec vous. Nous ne pouvons pas nous permettre d'être en retard. Nous sommes invités à un dîner offert en l'honneur de la duchesse de Windsor et tous les convives doivent être présents avant l'arrivée de Sa Grâce.

Billy secoua lentement la tête. Il détestait que sa femme cherche à jeter de la poudre aux yeux des domestiques et il rentra dans sa chambre pour finir de s'habiller. Ann nota son air réprobateur, et l'indifférence de la cuisinière à l'égard de ses hautes relations augmenta son irritation.

— Les enfants sont allés fêter *Halloween* chez leur professeur d'équitation. Le chauffeur les ramènera vers huit heures trente.

— Monsieur me l'a dit.

— Vous les enverrez immédiatement au lit. Pas de télévision ce soir. Monsieur emmène Third dans son nouvel avion demain matin. S'il se couche tard, il n'ira pas. Voulez-vous aussi téléphoner à ce numéro pour dire que Third est à la campagne et ne pourra assister à la fête d'anniversaire de Bobby Strauss ? Si la gouvernante n'était pas partie, c'est elle qui l'aurait fait.

— Oui, madame.

— J'ai acheté des quantités de produits de beauté au village cet après-midi. Voulez-vous me défaire les paquets ? Vous jeterez les papiers et les ficelles.

— Oui, madame.

— Vous rangerez la salle de bains et... voulez-vous me rendre un grand service, Anna ?

— Quoi donc, madame ?

— La blanchisseuse... comment s'appelle-t-elle donc ?

— Lil.

— C'est ça. Elle a plié mes draps en les repassant et je ne supporte pas les plis dans mes draps. Elle aurait dû les porter sur le lit sans les plier pour les changer. Pourriez-vous passer le fer sur les plis, seulement pour aujourd'hui ? Lundi, j'expliquerai à Lil ce qu'elle doit faire.

— Je ne suis que cuisinière, madame.

— Oui, bien sûr, mais si vous avez quelques minutes avant le retour des enfants, vous pourrez donner un simple coup de fer aux draps. Ah, et puis... les lumières...

Laissez toutes les lumières allumées. Ne vous inquiétez pas pour la facture d'électricité. Les gens qui louent le court de tennis intérieur les paient toutes. Monsieur croit qu'il y a un rôdeur dans les parages ; il n'osera pas s'approcher d'une maison tout éclairée.

— Je la laisserai éclairée comme une église, madame.

— Quoi ?

— Ce n'est qu'une expression.

— Le numéro de téléphone de Mrs. Bleeker chez qui nous allons dîner est...

— Monsieur m'a donné le numéro, madame, pour le cas où quelqu'un l'appellerait.

Ann enregistra ce détail sans faire de commentaire. Elle recommença à se brosser énergiquement les cheveux. Ainsi Billy attendait un coup de téléphone. De qui ?

— Y a-t-il un gardien dans la propriété, madame ?

— Non, mais la police d'Oyster Bay patrouille toutes les heures et il y a le gardien des gens de l'orchestre, un certain Ralph. Billy, tu es prêt ? Nous allons être en retard. Donnez-moi le sac qui contient mes bijoux, s'il vous plaît, Anna.

— Voilà, madame.

— Et n'oubliez pas les draps, n'est-ce pas ? ajouta Ann en sortant de sa chambre.

Anna Gorman la suivit des yeux en secouant lentement la tête comme l'avait fait Billy quelques minutes plus tôt. Elle se tourna vers le lit défait et en retira les draps froissés d'un air résigné. Lundi, elle appellerait le bureau de placement de Manhattan.

La voiture était rangée dans la cour pavée. Assis au volant, Billy fumait une cigarette. Un revolver était posé sur le siège du passager.

— Pourquoi diable emportes-tu ce revolver ? demanda Ann en ouvrant la portière.

— Quelqu'un a fracturé la porte du garage et celle du cabanon. Je ne veux prendre aucun risque, répliqua Billy.

— Mais on n'a rien volé à part quelques victuailles dans le cabanon. Tes cambrioleurs sont peut-être des gosses.

— Je pense qu'il y a un rôdeur dans les environs et je vais lui tendre un piège.

— Si tu es tellement inquiet, tu aurais dû engager un gardien.

Elle se garda bien de suggérer qu'ils feraient mieux

de rester à la maison au lieu de laisser les enfants seuls avec une nouvelle cuisinière. Elle voulait absolument assister à cette réception pour montrer aux familles du North Shore que, contrairement à toutes les rumeurs, le couple Grenville restait solidement uni.

— Pourquoi t'arrêtes-tu ? demanda-t-elle.

— Je vais allumer toutes les lampes extérieures.

Les lumières éclairèrent les buissons de rhododendrons qui bordaient la longue allée. Ann frissonna. Et si quelqu'un se cachait derrière les bouquets de fleurs pour guetter leur départ ? Elle sortit une cigarette et des allumettes de sa minaudière en or. Dédaignant le briquet que lui tendait Billy, elle craqua une allumette. A la lueur de la flamme, elle lut sur la boîte le nom du restaurant français où elle avait déjeuné la veille avec Ali Khan. Billy rangea son briquet.

— Ces lumières sont vraiment brillantes.

— C'est leur raison d'être, non ?

— C'est plus court en prenant à droite, dit Ann au moment où la voiture débouchait sur la route.

— Tu ne vas tout de même pas m'indiquer le chemin de la maison des Bleeker. Je le connais depuis toujours.

— Très juste, dit Ann en tournant le rétroviseur dans sa direction pour ajuster ses boucles d'oreilles. Epargne-moi le récit de tes souvenirs d'enfance.

— J'aimerais que tu ne touches pas au rétroviseur quand je conduis. C'est dangereux.

— Si tu collais une glace sous le pare-soleil comme je te l'ai demandé, je n'aurais pas besoin de ton rétroviseur.

— Pauvre Bratsie, soupira Billy comme il le faisait chaque fois que les circonstances lui rappelaient son ami.

— Collier, boucles d'oreilles, bagues, bracelet, broche, dit Ann en vérifiant ses bijoux. Je déteste ces boucles que Jules Glaenzer m'a poussée à acheter. Elles tirent trop sur mes lobes.

— T'ai-je dit que j'étais passé devant ta vieille maison à Pittsburg en allant acheter mon nouvel avion ? West Quincy Street, je crois.

Ann rougit dans l'ombre. Bien avant d'entrer dans la famille Grenville, elle s'était complètement coupée de son passé.

— Que veux-tu me laisser entendre au juste ?

— Rien de particulier. Une sorte d'association d'idées à propos des saphirs qui te pincent les oreilles.

— Tu es un salaud, Billy Grenville, siffla-t-elle entre ses dents.

— Je veux divorcer, Ann.

Ann haussa les épaules.

Trop souvent prononcée sans être suivie d'exécution, la phrase ne l'impressionnait plus.

Ils approchèrent du portail de la propriété d'Edith Bleeker.

— Je ne veux pas arriver la première, dit-elle. Faisons un petit tour avant d'entrer.

Billy obéit docilement et prit la direction du village proche.

— Tu as entendu ce que je viens de dire ? insista-t-il.

— Est-ce que la princesse d'Este a quelque chose à voir dans cette scène conjugale ? railla Ann.

Elle ne voulait pas qu'il sache qu'elle l'avait fait suivre par un détective privé et regretta d'avoir introduit le nom de Simonetta dans la conversation.

— Je veux divorcer, Ann, répéta-t-il avec un calme qui l'exaspéra.

— C'est une femme de son milieu. Voilà ce qu'on dit à propos de Simonetta. Elle lui convient tellement mieux que la girl de music-hall. C'est le genre d'alliance que sa mère a toujours souhaité pour lui.

— J'attends une réponse.

— Tu connais mon prix et mes conditions, dit Ann en sortant un poudrier d'or incrusté de diamants de sa minaudière.

Elle l'ouvrit, se regarda dans la glace et se poudra le visage.

— Tiens, c'est nouveau, remarqua-t-il.

— Qu'est-ce qui est nouveau ?

— Ce poudrier. Je ne l'ai jamais vu.

— Mais si, tu l'as déjà vu.

— Qui te l'a offert ? Mon vieux copain Neddie Pavenstedt ? ou ce métèque d'Ali Khan ?

Il baissa la vitre.

— J'ai froid et je vais être toute décoiffée, gémit Ann. Pourquoi ouvres-tu cette vitre ?

— Voilà pourquoi, répondit-il en lui arrachant le poudrier des mains pour le jeter dehors.

Ann devint rouge de colère.

— La duchesse va te féliciter pour ton excellente mine, ricana Billy.

— Tu me le paieras, rugit-elle en écrasant sa cigarette dans le cendrier pour en allumer une autre.

— Et fais-moi le plaisir de ne pas faire la révérence devant la duchesse. C'est tellement vieux jeu.

Ils franchirent le portail en fer forgé dont chaque battant était surmonté d'un griffon en pierre, et s'engagèrent dans la longue allée parsemée de graviers blancs. La Studelac s'arrêta devant l'entrée de l'énorme bâtisse en briques rouges. Vêtus de jaquettes pour la circonstance, les domestiques étaient alignés pour ranger les voitures des invités. Ann prit une dernière bouffée de cigarette et inspira profondément la fumée.

Billy descendit allègrement de voiture. Sa mauvaise humeur avait disparu. Il s'était toujours senti à l'aise chez Edith Bleeker. Ses souvenirs d'enfance lui revenaient en foule chaque fois qu'il tirait sur la cloche accrochée à une corde fixée au-dessus de la porte cochère.

— Nous collions des épingles dans cette cloche quand nous étions gosses, Bratsie et moi, et elle ne cessait de sonner. Edith attrapait des crises de nerfs. Alors nous nous sauvions à toutes jambes et...

Mais Ann ne s'intéressait pas aux récits des farces des deux complices, et ce jour-là moins que les autres. Elle déplorait la perte du superbe poudrier qu'Ali Khan lui avait offert la veille.

— Bonsoir, Mrs. Grenville, dit Dudley qui accueillait solennellement les invités à l'entrée.

C'était une marque de distinction d'être salué personnellement par le célèbre majordome d'Edith Bleeker. Il représentait un atout indispensable au succès des nombreuses réceptions de Mrs. Bleeker. Il était tellement apprécié que le défunt George Bleeker avait stipulé dans son testament qu'une prime substantielle lui serait versée pour chaque période de cinq ans passée au service de sa veuve. Il connaissait tous les membres des grandes familles du North Shore, mais Billy Grenville était de loin son préféré.

— Bonsoir, répondit Ann sans le regarder.

Elle se dirigea immédiatement vers un miroir encadré de bois doré, s'examina d'un œil critique et constata que ses cheveux étaient légèrement décoiffés.

— Bonsoir, Junior, dit le majordome.

— Savez-vous que vous êtes la seule personne qui m'appelle encore Junior, répondit Billy amicalement.

— Quand j'ai connu votre mari, il avait à peine dix ans, Mrs. Grenville, dit Dudley.

— Serions-nous les premiers ? questionna Ann d'un air inquiet.

— Mr. Freeman est déjà dans le salon.
— Le pianiste ?
— Oui. Madame lui a demandé d'apprendre tous les airs à la mode.
Ann se tourna vers Billy.
— Nous sommes les premiers, constata-t-elle.
— Tu voulais être à l'heure.
— J'ai oublié mon poudrier, Dudley, croyez-vous que je puisse monter ?
— Bien sûr, madame.
— Entre, Billy, dit-elle. Je te rejoins dans un moment.
Quand elle eut disparu, Billy s'approcha de Dudley et lui dit sur un ton confidentiel :
— Il se peut que je reçoive un coup de fil. Prévenez-moi.
La cloche résonna. D'autres invités arrivaient.
— C'est entendu, monsieur.
Les jardins étaient inondés de lumière et, au-delà, les cargos chargés de fret glissaient silencieusement dans le détroit de Long Island. Seul le pianiste engagé pour la soirée trouvait la vue plus captivante que la foule élégante des invités.
— Je vois qu'elles ont toutes dévalisé leur coffre-fort, remarqua Ann.
Elle se savait follement élégante, exactement telle que Fydor Cassati l'avait souvent décrite dans sa chronique. Elle percevait le bruissement de sa jupe de satin, l'odeur de son parfum et l'éclat de ses bijoux. Sa robe la moulait, mettant en valeur ses seins ravissants. Débordante de satisfaction, elle prit une profonde inspiration et fit son entrée.
— Qui est cette superbe créature ? s'enquit Lord Coudray en pointant son verre de whisky vers le seuil de la pièce où Edith Bleeker attendait ses hôtes.
— Laquelle ? demanda Tucky Bainbridge en embrassant du regard le flot des invités prestigieux qui se pressaient les uns derrière les autres pour être arrivés avant la duchesse, comme la maîtresse de maison les en avait priés.
— Merveilleusement maquillée, bijoux étincelants, démarche majestueuse, répondit Lord Coudray. Une déesse !
— Oh, celle-là, dit Tucky sur un ton méprisant. C'est Ann Grenville.
— Elle a l'art d'entrer dans une pièce, en tout cas, commenta Lord Coudray sans la quitter des yeux.

— C'est sûrement grâce à son entraînement au *Copa*, expliqua Tucky avec aigreur.

— Son quoi ?

— Elle était danseuse au *Copacabana* avant d'épouser le prince charmant. Salut Brenda, ajouta-t-elle en voyant Brenda Frazier s'approcher.

— J'espère qu'Edith m'aura placé à côté d'elle.

— A côté de Brenda ?

— Non, de Mrs. Grenville.

— Si ce n'est pas le cas, ne vous tracassez pas, Lord Coudray. Quand elle entendra votre titre, elle viendra vous chercher.

— Vous ne l'aimez pas beaucoup, je vois ?

— Je ne comprendrai jamais comment Billy Grenville a pu se laisser entortiller par cette fille.

— Billy Grenville, le propriétaire de Tailspin ?

— Lui-même.

— Le meilleur cheval de l'Amérique. C'est Billy Grenville qui est à côté d'elle ?

— Oui. Il a la classe et elle a l'audace.

— Ils semblent idéalement assortis.

— En apparence, Lord Coudray. Seulement en apparence.

Les chroniqueurs mondains s'étendaient toujours sur les brillants propos qui s'échangeaient aux réceptions d'Edith Bleeker. Cependant, j'eus beau écouter de toutes mes oreilles, je n'entendis que des dialogues décousus.

— Vous êtes allée chez Cornelia ?

— C'était lugubre.

— Qui était là ?

— Taytsie et Winkie, les Delisser et la vieille Mrs. Altemus avec son visage enfariné et ses joues cramoisies.

Quoi qu'il en soit, je peux dire que, ce soir-là, Ann Grenville ne cacha pas sa surprise en me voyant au milieu de cette illustre société. Depuis l'autre bout de la pièce, je pus suivre le cheminement des idées dans sa tête d'arriviste. Que diable Basil Plant fait-il *ici* chez Edith Bleeker ? se demandait-elle. De même que les réceptions d'Alice Grenville, celles d'Edith étaient fermées au commun des mortels. Même les succès récents de mes minces volumes — et notamment *Dîner aux chandelles* qui figura pendant treize semaines sur la liste des best-sellers du *New York Times* — ne justifiaient pas mon admission dans la demeure des Bleeker. Il est vrai que certaines dames du North Shore, comme Jeanne Twombley et Petal Wilson, qui se piquaient de connaissances littéraires m'avaient pris en amitié. Or, ce week-end-là, les Twombley m'avaient invité dans leur maison de campagne. Cloué au lit par une mauvaise grippe, Alfred m'avait prié d'accompagner sa femme chez Edith. C'est ainsi que je pus être témoin de la scène dont Ann Grenville fut la vedette.

Quelque temps auparavant, sous la pression de Bertie Lightfoot qui tenait à me lancer, Ann Grenville avait gravi les cinq étages sombres conduisant à mon logement de la Soixante-Douzième Rue. Elle parut étonnée du style de l'intérieur. En tout cas, elle ne s'attendait évidemment pas à trouver une console ancienne dans l'appartement d'un immeuble sordide dont l'escalier, d'après elle, sentait le pipi de chat. Je lui expliquai que c'était un cadeau de Kay Kay Somerset qui redécorait sa maison et se débarrassait des objets qu'elle avait assez vus. Je lui offris un verre de vin et nous bavardâmes de sujets et d'autres — de Salvador Dali et de son portrait, de Bertie et d'autres personnes que nous connaissions. Elle s'aperçut que je pouvais être un convive spirituel et un bouche-trou intéressant le cas échéant, mais quelque chose en moi lui inspirait de la méfiance. Sans doute sentait-elle que, comme Dali, j'étais capable de voir, à travers la façade, ce qu'elle était réellement. Elle ne m'invita jamais.

— Tiens, la belle Mrs. Grenville, dis-je lorsque nos regards se croisèrent.

Je traversai la pièce pour aller la saluer.

— Comment va ? dit-elle du bout des lèvres comme le faisaient les sœurs de Billy quand elles ne tenaient pas à engager une conversation.

Elle me planta là pour se diriger vers Neddie Pavenstedt. Je la suivis du regard, les yeux fixés sur son dos parfait tout en ruminant une note pour mon journal.

La duchesse était seule. Le duc, en voyage d'affaires, n'avait pu revenir à temps. Son absence ne diminua en rien la splendeur de la réception. La personnalité de Wallis Simpson éclipsait celle de son royal époux dans la haute société. Il n'était pas encore de bon ton de déprécier la duchesse de Windsor. Cela viendrait plus tard, après la mort du duc, lorsque sa vie gâchée serait dévoilée au public. Mais, à l'époque, le duc et la duchesse étaient considérés comme un couple merveilleux et leur rayonnement enveloppait ceux qui gravitaient autour d'eux sur les échelons supérieurs de la haute société new-yorkaise.

Edith Bleeker prit son hôte d'honneur par le bras et lui fit faire le tour du grand salon.

— Je crois que vous connaissez Ann et Billy Grenville, Wallis, dit-elle. Billy était le meilleur ami de mon fils Jellico.

— Bonjour, Billy, dit la duchesse en lui tendant la main. Comment se porte votre charmante mère ?

— Très bien, Votre Grâce, répondit Billy en s'inclinant.

— Transmettez-lui mes amitiés.

Elle se comportait comme une princesse royale, convaincue que son mariage lui conférait ce rang. Ann l'observait, baignant dans le reflet de sa gloire. La duchesse portait une robe verte de Dior ; son collier et ses boucles d'oreilles en émeraudes avaient appartenu à la reine Alexandra qui les avait légués au duc pour la future reine quand il était encore prince de Galles. Ann savait que les pierres avaient été remontées à Paris pour que la famille royale ne puisse les réclamer comme faisant partie du patrimoine de la Couronne.

— Bonsoir, Ann, reprit la duchesse. Quelle mine magnifique !

Ann n'avait jamais été aussi ravissante. Elle était ravie que la duchesse de Windsor l'appelle par son prénom et ce succès rehaussait encore sa beauté. Elle esquissa une révérence un peu moins profonde qu'elle n'eût aimé la faire, et la duchesse accueillit cette marque de respect avec un sourire radieux.

Ann se demanda ce que sa mère aurait pensé si elle avait assisté à cette rencontre avec la célèbre personnalité romantique qu'elle avait si profondément admirée.

Elle aspirait à poursuivre la conversation. Elle savait que la duchesse la trouvait plus intéressante que les grandes dames de Long Island, et elle en éprouvait une intense satisfaction. Elle sentait que ces dames ne la toléraient que par égard pour William Grenville Junior dont la position dans la société new-yorkaise était aussi inattaquable que la leur. Quant aux hommes, c'était une autre affaire. Babette Van Degan, qui n'était plus jamais invitée nulle part, était la seule à savoir qu'Ann voyait un parallèle entre son propre mariage et celui de Wallis Simpson.

— Quel dommage que vous ayez manqué la course de Belmont, madame, dit Ann en posant sa main sur le bras de Billy avec la fierté d'une épouse amoureuse.

— Nous avons lu les exploits de Tailspin à Paris, répondit la duchesse. Votre travail doit être passionnant, Billy.

Billy ne cessait d'être étonné par l'impression de félicité conjugale que sa femme était capable de créer en présence d'autrui. Elle s'arrangeait toujours pour déconcerter les sceptiques persuadés que leur union orageuse touchait à sa fin. Comme d'habitude il entra dans son jeu, et une conversation des plus animées s'engagea entre les charmants Grenville et la duchesse qui déclara à Edith Bleeker qu'ils formaient un couple idéalement assorti.

— Ce n'est pas drôle, chérie. La pauvre Ann est terriblement inquiète. Il paraît que le rôdeur est entré dans la voiture de Billy la nuit dernière.

— Elle n'est pas inquiète au point de manquer une réception... Si elle se faisait tant de souci, elle n'aurait pas laissé ses enfants seuls à la maison avec une cuisinière qu'elle connaît à peine. D'ailleurs je ne crois pas tellement à cette histoire de rôdeur. Ann a toujours aimé créer une atmosphère de drame autour d'elle pour être un centre d'intérêt.

— Mais si, il y a bien des rôdeurs, chérie. Les gens comme nous sont un gibier tout indiqué pour les cambrioleurs.

— Celui-là n'a volé que de la nourriture. Ce n'est sans doute qu'un vagabond.

— J'ai une idée, dit Kay Kay Somerset. Pourquoi ne pas lui tendre un piège ?

— Quel genre de piège ?

— Si c'est de la nourriture qu'il cherche, on lui fera un sandwich qu'on laissera au bord de la piscine, on aura aspergé la moutarde avec une poudre soporifique. Il s'endormira et les gendarmes n'auront plus qu'à le cueillir. Alors, que dis-tu de mon idée ?

Tucky Baindridge éclata de rire.

— Superbe, s'exclama-t-elle. Et Dieu sait qu'Ann a assez de somnifères pour endormir toute une armée de rôdeurs !

Le téléphone sonna chez les Grenville un peu après onze heures. Anna Gorman posa la revue qu'elle lisait et se demanda quel genre de personne pouvait bien appeler si tard. Le téléphone était en bas, loin de sa chambre, et elle était sûre que le correspondant, quel qu'il fût, aurait raccroché avant qu'elle ne soit descendue. Il faisait nuit noire, elle ne connaissait pas bien la maison. Elle décida de ne pas répondre.

Après le dîner, Dudley vint chuchoter à l'oreille de Billy qu'on l'appelait au téléphone.

— C'est la cuisinière ? demanda Billy pour donner le change à sa voisine.

Dudley, qui était habitué aux histoires compliquées des gens qu'il servait, marmonna entre ses dents :

— Longue distance.

— Excuse-moi, Brenda, dit Billy. C'est peut-être à propos de ce sacré rôdeur.

De l'autre côté de la pièce, Ann parlait avec Lord Coudray de la princesse Margaret et de Peter Townsend. C'était une conversation qu'elle pouvait soutenir sans lui accorder toute son attention. Elle observa ce qui se passait en face d'elle sans s'interrompre. Elle vit le majordome s'approcher de Billy et lui murmurer quelques mots à l'oreille, elle vit Billy hocher la tête, et jeter un coup d'œil furtif de son côté. Elle le vit quitter la pièce. Elle écouta la proposition hardie que lui adressa son interlocuteur et lui laissa entendre que tous les espoirs lui étaient permis.

— Vous m'appellerez à votre prochain voyage à Londres ? insista-t-il.

— Excusez-moi un instant, voulez-vous, dit-elle avec un sourire encourageant.

Et elle sortit du salon.

Quel qu'ait été l'interlocuteur de Billy, la conversation fut brève. Au moment où Ann ouvrit doucement la porte de la bibliothèque, il lui tournait le dos et parlait à voix basse mais elle put entendre les derniers mots : « Bonne nuit, ma chérie, dors bien. Je t'aime aussi. »

Folle de rage, Ann lança son verre de whisky à travers la pièce. Il manqua Billy de justesse et alla s'écraser sur une coupe de porcelaine ravissante posée sur une console en teck.

Elle se précipita sur Billy et lui arracha le téléphone des mains.

— Ecoute-moi, sale putain, cria-t-elle dans l'appareil. Tu vas laisser mon mari tranquille, sinon...

Si la princesse d'Este était à l'autre bout du fil, elle n'entendit pas la suite car Billy coupa la communication.

— Tu es devenue folle ? gronda-t-il.

— Comment oses-tu me ridiculiser ainsi, hurla-t-elle en le giflant.

Il l'agrippa par le bras et dit d'une voix sourde :

— Tu comprends bien que si tu fais un scandale dans la maison d'Edith Bleeker, tu seras définitivement rayée de la bonne société d'ici. Pas moi, entends-tu, *toi* et toi seule.

Elle savait qu'il avait raison. Il poursuivit :

— Le jet set international t'a peut-être pardonné le scandale que tu as provoqué chez le marquis de Cuevas, mais tu ne t'en tireras pas à si bon compte ici.

A cet instant, Edith Bleeker, la grande dame de Long Island, parut sur le seuil de la bibliothèque. Derrière elle, Basil Plant, Kay Kay Somerset et Jeanne Twombley allongeaient le cou pour voir ce qui se passait.

— Je suis absolument navré, Edith, dit Billy. J'ai heurté du coude cette superbe coupe et elle est tombée. Nous avons troublé votre merveilleuse réception à cause de ma maladresse et je vous serais très reconnaissant de nous laisser partir par l'office. Je viendrai vous présenter mes excuses demain et j'essaierai de vous dédommager pour les dégâts que j'ai causés.

Personne ne fut dupe. Edith et ses hôtes savaient que Billy Grenville couvrait sa femme. Tucky Bainbridge monta chercher la veste de fourrure d'Ann et Dudley sortit le manteau de Billy d'un placard. Accompagné par une basse et des cuivres, Stan Freeman attaqua un air de danse. Mrs. Sanford saisit Lord Coudray par le bras et l'entraîna sur la piste. Les autres invités les imitèrent, soucieux d'éviter que la réception d'Edith ne soit gâchée par l'indécent comportement des Grenville. Longtemps après leur départ, le couple fit l'objet de discussions qui se terminaient pour la plupart par « Pauvre Alice ». Chacun plaignait surtout la malheureuse mère qui n'avait jamais approuvé la mésalliance de son fils.

Ils couvrirent la distance qui les séparait d'Oyster Bay dans un silence de mort. Ann suivait des yeux le mouvement des essuie-glace sans oser dire à Billy qu'il conduisait trop vite. Elle avait peur qu'il ne s'arrête pour la brutaliser si elle lui faisait des réflexions de ce genre. Elle s'enveloppa dans son manteau de fourrure et se tint aussi loin de lui que possible.

Elle savait qu'elle avait dépassé les bornes. Chaque fois qu'elle faisait une scène en public, elle se reprochait d'avoir perdu son sang-froid. Comment, elle qui tenait tellement à sa réputation, pouvait-elle la saboter délibérément ? Elle se demanda s'il n'existait pas un rapport entre ses emportements et ses règles qu'elle sentait venir.

L'aiguille du compteur oscillait entre cent quarante et cent cinquante. La route était mouillée. Elle ferma les yeux et essaya de se rappeler le nombre de verres qu'elle avait bus. D'habitude, quand elle se trouvait parmi les gens du North Shore, elle se contentait d'une seule boisson alcoolisée pour toute la soirée mais les allusions de Billy à leur divorce l'avaient énervée. Elle calcula mentalement : deux scotches avant le dîner, du vin blanc avec le poisson, du vin rouge avec le bœuf, du champagne au dessert alors qu'elle avait à peine touché aux plats. Pas de cognac mais un autre scotch, peut-être deux, sans compter celui qu'elle avait projeté à travers la bibliothèque. Elle frémit en pensant à la précieuse coupe brisée. Elle se demanda si, combinées à l'alcool, les pilules prescrites par le docteur Sidney Skinner pouvaient avoir un effet nuisible sur son organisme.

Billy quitta la nationale et tourna vers Oyster Bay sans regarder ni à gauche ni à droite, mais la chaussée glissante était déserte.

L'allée était brillamment éclairée, ce qui leur rappela l'existence du rôdeur. Ann ôta ses boucles d'oreilles, ses bagues, son bracelet, sa broche, son collier, rangea le tout dans le sac de cuir posé dans la boîte à gants et glissa le sac dans la poche de son manteau de fourrure. Billy freina et arrêta la voiture devant l'entrée.

Ils restèrent quelques minutes immobiles, le regard fixé sur la maison. Les branches nues du grand chêne dressé sur le côté de la façade égratignaient le bord du toit et les feuilles mortes jonchaient les pavés de la cour.

— A qui téléphonais-tu, Billy ? questionna-t-elle.

— Ce n'est pas ton affaire.

— Vas-tu ranger la voiture dans le garage ?

— Non.

— Vas-tu éteindre les lumières de l'allée ?

— Non.

Ils ouvrirent chacun leur portière et descendirent. Billy se dirigea vers l'entrée latérale, posa la main sur la poignée de la porte et la trouva fermée. Ann s'aperçut alors qu'il tenait son revolver.

— Merde, grogna-t-il.

— Quoi ?

— C'est fermé.

— Naturellement, c'est fermé. Tu as expliqué à la cuisinière pendant un quart d'heure comment elle devait s'y prendre pour tout barricader.

— J'ai oublié d'emporter une clé.

— Bravo !

— Et toi, tu n'as pas de clé ?

— Bien sûr que non.

— Comment diantre allons-nous entrer ?

— Réveille la cuisinière.

Dédaignant le conseil, il alla se planter sous la fenêtre de sa chambre et vit qu'elle était entrouverte. Il grimpa sur le rebord de la croisée, poussa la vitre et se glissa à l'intérieur. Ann resta dehors sous la pluie. Elle se demandait si elle était censée suivre le même chemin ou si Billy viendrait lui ouvrir. Elle frissonna et eut l'impression désagréable que quelqu'un l'observait. Enfin la porte s'ouvrit.

— C'est malin, railla-t-elle. Bloquer toutes les portes et laisser les fenêtres ouvertes. Il y a de quoi attirer tous les cambrioleurs des environs.

— Ferme ta grande gueule, grinça Billy. Tu ne crois pas que tu en as assez dit ce soir ?

Elle passa devant lui pour aller dans sa chambre. Elle ôta sa veste de fourrure, sortit le sac de bijoux de sa poche, le posa sur sa coiffeuse et alluma sa lampe de chevet. Elle nota qu'Anna avait repassé ses draps et rangé ses produits de beauté conformément à ses instructions.

— Je constate que ton instinct maternel ne te pousse pas à monter dans la chambre des enfants pour voir si tout va bien, ricana Billy.

— Vas-y toi-même, riposta-t-elle. C'est toi qui tiens le revolver.

— Je me demande si cette maison a toujours eu quelque chose de sinistre, ou si elle ne me fait cet effet que ce soir, dit-il.

— Billy ?

— Quoi encore ?

— Apporte-moi une bière, veux-tu ?

— C'est drôle.

— Quoi ?
— Je croyais que tu allais me demander de t'apporter un fusil.

Ils se mesurèrent du regard un moment puis il alla ouvrir la porte du passage qui menait dans le vestibule. A droite se trouvaient la salle à manger et la cuisine, à gauche la salle de séjour qui dominait le court de tennis. Il alluma dans toutes les pièces, traversa la salle de séjour qui communiquait avec la salle de musique. En face un escalier conduisait aux chambres des enfants. Il entra dans celle de Diantha, remonta ses couvertures et lui déposa un baiser sur le front. Elle poussa un soupir et serra contre elle le petit chien qui dormait sur son lit. Il passa ensuite dans la chambre de Third, le contempla et se pencha pour l'embrasser.

— Bonne nuit, mon bonhomme, chuchota-t-il.
— B'nuit pa, répondit l'enfant.
— Pourquoi ne dors-tu pas, mon fils ?
— Tu m'emmèneras dans ton avion demain ?
— Oui, oui. Endors-toi vite.

Il redescendit, éteignit toutes les lumières qu'il avait allumées et s'approcha de la fenêtre pour scruter les ténèbres comme s'il s'attendait à voir surgir quelqu'un.

— Comment tu appelles ça ?
— Dernier baisage, répondit-il.

Il lui paraissait différent. Son calme l'étonnait mais elle ne changea pas d'attitude.

— C'est bon, je vais me mettre au lit, dit-elle.

Elle enfila le soutien-gorge noir qu'elle portait toujours sous sa chemise de nuit pour maintenir sa superbe poitrine.

— Je dois reconnaître que tu as toujours des nichons aguichants, constata-t-il.
— Tu es bien galant !
— Parlons divorce.
— Tu y tiens, Billy ? Parfait. Tu connais mes conditions. Je veux cinq millions de dollars plus cette maison, plus la maison de New York, plus la garde des enfants. Quand tu seras disposé à accepter mes propositions, nous parlerons divorce. Maintenant, va te coucher. Nous avons du monde à déjeuner.
— Tes conditions ne sont pas les miennes, Ann.
— Que crois-tu que notre mariage m'a apporté ? As-tu seulement pensé aux humiliations que m'ont fait subir

ta mère et tes sœurs qui me détestent, qui me détesteront toujours même si nous devions rester mariés cinquante ans ?

— Raison de plus pour divorcer.

Il prit le revolver qu'il avait posé sur la table de chevet et fit un pas vers la porte.

— T'ai-je dit que j'avais vu ta vieille maison de Pittsburg la semaine dernière ? demanda-t-il.

— Oui, tu me l'as dit, répondit-elle en avalant quelques comprimés de somnifère avec une gorgée de bière qu'elle but au goulot.

— Je suis allé au cimetière aussi. Je me suis arrêté devant la concession des Mertens. Je ne savais pas que... euh...

Elle appliquait une couche de crème sur son visage et l'observait du coin de l'œil tout en se regardant dans la glace de sa coiffeuse. Quelque chose dans le ton de sa voix l'alarma.

— Tu es moins beau que tu ne l'étais il y a quelques années, interrompit-elle dans l'espoir de détourner la conversation de cette partie de sa vie qu'elle avait effacée de son esprit.

— Je ne savais pas que tu avais eu un petit frère, reprit Billy que sa nudité ne gênait nullement.

— Je n'avais que trois ans quand il est mort, dit Ann soulagée. Je ne pense jamais à lui.

— Il s'appelait Claude, pour le cas où tu l'aurais oublié.

— Je ne l'ai pas oublié. Pourquoi cet intérêt soudain pour ma famille ? Tu n'as jamais manifesté beaucoup de curiosité pour mes origines depuis que nous sommes mariés.

— Bizarre, murmura-t-il, après réflexion.

— Qu'est-ce qui est bizarre ?

— La vie.

— Qu'est-ce que tu radotes, Billy ? Tu ferais mieux d'aller te coucher. Il est très tard et tu as promis à Third de l'emmener en avion dans la matinée.

Elle porta la bouteille de bière à ses lèvres et en avala plusieurs gorgées sans le quitter des yeux. Elle brûlait d'envie de savoir ce qu'il avait dans la tête mais elle l'appréhendait tout autant.

— Tu ne trouves pas étrange que le modèle d'avion que je désire acquérir soit fabriqué justement dans la petite ville du Kansas où ma femme est venue au monde ? N'est-ce pas une bizarrerie du destin ?

— Deviendrais-tu mystique à une heure du matin ? Le destin ? Et quoi encore ?

Elle se leva et passa dans la salle de bains pour se brosser les cheveux et échapper à son regard.

— J'ai dit à l'usine aéronautique que ma femme était native de cette ville.

Il traversa la chambre et s'encadra sur le seuil de la salle de bains.

— Va donc te coucher, Billy. Je veux mettre un Tampax.

— Je leur ai dit qu'elle s'appelait Urse Mertens mais personne ne paraissait se souvenir de toi.

— Il y a si longtemps que je suis partie, Billy.

— Personne, sauf un type, le comptable, mais il n'a pas parlé sur le moment. Un peu plus tard, il m'a appelé au motel. Nous avons dîné ensemble dans un restaurant chinois, à côté du drugstore Crowell. L'homme m'a dit que tu avais été serveuse chez Crowell quand tu étais au lycée.

— Je vais fermer cette porte.

— Il avait quatre stylos dans sa poche de poitrine, tu vois le genre. C'est lui qui m'a emmené au cimetière. Les tombes de ta mère et du petit Claude sont bien entretenues. Il t'appelait Urse. Urse Mertens, un nom qui ne te va pas.

— Si c'est maintenant que tu t'aperçois que tu t'es marié au-dessous de ta condition, il y a belle lurette que ta mère et tes sœurs te le rabâchent.

— Tu ne tiens pas à savoir qui est l'homme dont je te parle ? Il s'appelle Billy Bob Veblen. Il était au lycée avec toi.

Ann se sentit brusquement prise de panique.

— Il a dit qu'il jouait dans *L'Eventail de Lady Windermere* avec toi.

Elle fixa sur lui des yeux exorbités.

— IL A DIT QU'IL ETAIT MARIE AVEC TOI.

La haine et la colère qui s'étaient accumulées en elle toute la soirée explosèrent soudain.

— C'EST FAUX, hurla-t-elle.

Il l'agrippa par le bras, la tira à travers la chambre et la jeta sur le lit. Il se plaqua sur elle, le souffle court. L'idée de la tuer lui effleura l'esprit.

— Il a dit qu'il s'était engagé dans les Marines et qu'à son retour tu avais disparu. Il ne savait pas que tu avais changé de nom. Il a dit que vous n'aviez jamais divorcé.

— Non, rugit-elle.

— Tu sais ce que ça signifie, hein ? Nous ne pouvons nous y tromper ni l'un ni l'autre. Nous ne sommes même pas mariés. Tu es toujours Mrs. Bob Veblen de Pittsburg, Kansas. Bigame !

Il pesait sur elle de tout son poids. Soudain, il se releva, terrifié par les idées de meurtre que lui inspirait sa fureur et qu'elle n'avait pu manquer de lire dans son regard. Elle se recula vivement sans le quitter des yeux.

— Que nous est-il arrivé ? hoqueta-t-il.

— Tu es soûl.

— Sûrement pas.

Elle ne l'écoutait plus. Pourquoi ne s'était-elle pas méfiée quand il lui avait dit qu'il allait acheter son avion dans le Kansas ? Comment réagirait Alice en apprenant que son premier mariage n'avait jamais été dissous ? Et Sam Rosenthal, le spécialiste en divorce si compréhensif, aurait-il les mêmes égards pour une femme coupable de bigamie ? Elle avait cessé de penser à son passé depuis si longtemps qu'elle ne se sentait plus le moindre lien avec le personnage qu'elle était avant de devenir Mrs. William Grenville Junior.

Billy s'approcha de la fenêtre et fouilla les ténèbres du regard. Il crut entendre des pas dans la cour.

— Tu connais ma devise, n'est-ce pas ? dit-il.

— Qu'est-ce que c'est ?

— Tire d'abord et pose des questions ensuite.

— De quoi parles-tu ?

— Du rôdeur.

Là-haut, à l'autre bout de la maison, Anna Gorman entendit des éclats de voix. Elle alluma pour consulter son réveil et constata qu'il était deux heures et demie. Elle se rappela alors qu'elle avait oublié de régler sa pendule sur l'heure d'automne et elle la retarda tout en écoutant les bruits qui montaient d'en bas.

Sa porte était entrebâillée comme celles des chambres des enfants. Elle se leva, enfila sa robe de chambre et ses chaussons doublés de peau de mouton et se faufila dans le couloir.

L'escalier et la vaste salle de séjour la séparaient du passage où se trouvaient les chambres de Mr. et Mrs. Grenville. Pourtant, dans cette maison conçue pour être un théâtre, tous les sons se répercutaient et les échos des reproches que se lançaient les deux époux retentissaient du rez-de-chaussée au grenier. Anna Gorman croyait en Dieu et à la famille. Elle crut qu'il était de son devoir de fermer les portes des chambres des enfants, non seulement pour préserver leur sommeil mais pour les protéger des horreurs qui se disaient en bas si jamais ils se réveillaient.

Elle vit que Third était déjà venu se réfugier dans le lit de Diantha. Tous deux écoutaient les yeux grands ouverts. Le chien Sloppy était blotti entre eux.

Comme elle le faisait toujours dans ses moments de panique, Ann pensa à sa mère, le seul être qui l'eût jamais comprise, le seul qui l'eût connue à fond. Avec Ethel, elle avait toujours été elle-même. Sa mère savait qu'elle avait une liaison avec Billy Bob Veblen, le capitaine de l'équipe de football de Pittsburg, le plus beau garçon de la ville. Elle ne l'avait jamais réprimandée à ce sujet et s'était contentée de dire : « Ne gaspille pas ton temps ici. C'est l'erreur que j'ai commise. » C'était sa fugue avec Bob qui avait poussé Ethel à précipiter leur départ pour New York. Et voilà que, douze ans plus tard, Billy Bob Veblen si longtemps oublié resurgissait pour ruiner son existence. C'était inconcevable.

— Comme on dit au cinéma, mon avocat se mettra en rapport avec toi, reprit Billy, rompant le silence qui pesait sur la pièce.

Elle retroussa sa lèvre supérieure et ses yeux lancèrent des éclairs. Billy perçut la lueur menaçante qui précédait la tempête et il se dirigea vers la porte. Il entendit un son rauque s'échapper de sa gorge.

— Fous le camp, gronda-t-elle d'une voix gutturale. Fous le camp. FOUS LE CAMP, répéta-t-elle de plus en plus fort.

Billy observa son visage déformé par la haine.

— J'espère que tu ne cherches pas à m'impressionner, dit-il en tournant les talons.

Dans sa chambre, tout était préparé pour la nuit. Son pyjama et sa robe de chambre étaient étalés sur la couverture et ses pantoufles en velours rouge posées à côté du lit. Il alla à la fenêtre, l'ouvrit et examina la cour pavée. Il crut voir une silhouette qui se glissait vers la maison mais il s'aperçut que c'était l'ombre des arbres qui créait cette illusion.

Malgré le froid, il avait les aisselles moites, sans doute une réaction physique associée à son sentiment de triomphe. Il avait jalousement gardé pour lui le secret qu'il connaissait depuis déjà une semaine, attendant le moment opportun pour lancer sa bombe. Il exultait à l'idée que la liberté était désormais à sa portée. Il entra dans sa salle de bains, tourna les deux robinets à fond et se mit sous la douche.

En entendant couler la douche, Ann se leva, enfila sa robe de chambre et ses mules de satin et sortit dans l'étroit passage qui séparait leurs deux chambres. La porte de Billy était fermée. Le bruit de la douche n'avait pas cessé. Elle se glissa dans le couloir qui conduisait au vestibule. A sa gauche, un escalier en colimaçon menait au sous-sol et au court de tennis. Elle le descendit et s'engagea dans un corridor bordé de plusieurs portes fermées : celle de la cave à vins, celle de la chambre froide et celle de l'armurerie où les fusils et les munitions étaient rangés dans des casiers vitrés. Il y avait des fusils pour le tir aux pigeons, des fusils pour le gibier à plumes et des fusils pour le gros gibier.

Elle prit un trousseau de clés dans le tiroir secret de l'un des casiers, l'ouvrit et sortit de son compartiment le fusil à deux coups que Billy avait acheté pour elle chez Churchill, à Londres.

Elle saisit une boîte de munitions dans un autre tiroir et chargea les deux canons. Tirer d'abord, poser les questions ensuite, telles étaient les instructions de Billy lui-même. Elle ramassa une poignée de cartouches supplémentaires, éteignit la lumière, ferma la porte derrière elle et remonta. En passant devant la porte de Billy, elle entendit l'eau de la douche qui coulait toujours. Elle entra dans sa chambre, posa le lourd fusil sur une chaise basse à côté de son lit et passa son index sur la plaque métallique qui portait l'inscription « A Ann, de Billy, avec amour. »

Billy sortit de la salle de bains. Il était nu et s'apprêtait à mettre son pyjama quand il entendit sa femme hurler :

— Au secours ! Non, non, je vous en supplie, non...

Il se souvint de l'effet qu'avait produit jadis le contact des mains de son ravisseur et se précipita. Mais il eut l'impression qu'il se déplaçait au ralenti. Il ouvrit la porte. Dans l'ombre, son regard accrocha celui d'Ann qui tenait un fusil à deux coups braqué sur lui. Leurs gorges se serrèrent, leurs palais se desséchèrent. Un lourd silence emplissait leurs cerveaux. Jamais ils n'avaient été aussi unis. Alors il se rappela la prédiction de la bohémienne et recula brusquement.

Un bruit de détonation se répercuta dans la chambre, suivi aussitôt d'un second. Une flamme rouge. Des bombes explosant dans l'air. Le corps nu bascula en arrière et tomba avec un son mat sur l'épais tapis qui s'imprégna de sang.

La mort ne fut pas instantanée. Pendant les quinze minutes qui la précédèrent, William Grenville Junior eut le temps de récapituler les phases de sa vie de fils, de frère, d'amant, de mari, de père et d'homme. Avec une parfaite lucidité, il se revit tel qu'il avait été : un jouet passif du destin, un être auquel la mort allait conférer une notoriété qu'il n'avait jamais atteinte dans la vie.

De l'autre côté du court de tennis, Ralph Wiggins, le gardien du New York Philharmonic, fut réveillé par une double détonation. Il se dressa dans son lit, conscient de la sensation de peur qui s'emparait de lui. Il n'avait aucune envie d'aller voir ce qui se passait. Il pensa au rôdeur. Les policiers lui avaient dit d'appeler le commissariat à n'importe quelle heure du jour ou de la nuit si l'homme donnait signe de vie. Il attendit, prêta l'oreille. Silence complet. Il était près de l'âge de la retraite et comptait bien profiter de sa pension. Il décida de ne pas bouger tant qu'il n'était sûr de rien.

En haut, Anna Gorman entendit les deux coups de feu l'un après l'autre, mais aucun autre bruit ne les suivit. Elle ne connaissait pas ces gens-là. Elle ne voulait surtout pas être mêlée à leurs affaires. En tout cas, une chose était sûre : lundi matin elle retournerait à l'agence de placement. Cependant, elle s'inquiéta pour les petits enfants couchés dans les chambres d'en face. S'ils bougeaient, elle se lèverait, sinon, elle resterait dans son lit. Ce qui se passait en bas ne la regardait pas, après tout.

— J'ai peur, dit Third.

— Tais-toi, chuchota Diantha.

Ils écoutèrent mais n'entendirent plus rien.

— J'ai envie d'aller aux toilettes, dit Third.

— Tu ne peux pas.

— Tu crois que la cuisinière a entendu ?

— Si elle avait entendu, elle serait venue.

— Tu crois que c'est le rôdeur ?

— Chut ! Ecoute.
— Où est le chien, Diantha ?

Billy se demanda si la vie de ses enfants serait marquée par le scandale qui allait entourer sa mort. Il pensa à sa mère. Il pensa à la voyante qui avait prévu l'événement, même si elle s'était trompée dans ses dates. Il pensa à la pauvre Esme Bland dont le coup de fil pendant la réception d'Edith avait provoqué le drame.

Il entendit sa femme répéter à plusieurs reprises « Mon Dieu ! Mon Dieu ! » Il l'entendit décrocher le téléphone. Elle ne demanda ni la police, ni une ambulance, ni un médecin, mais un avocat nommé Sam Rosenthal.

Elle avait inscrit le numéro de téléphone dans son carnet d'adresses à la lettre A : *avocat* et non à R : *Rosenthal*, pour le cas où Billy tomberait par hasard sur ce nom en feuilletant son carnet. Elle décrocha le combiné et donna le numéro de New York à la standardiste d'une voix parfaitement calme. Il lui avait dit que c'était son numéro personnel et que la personne qui répondrait saurait toujours où le joindre, de nuit comme de jour. Elle entendit la sonnerie d'appel une fois, deux fois, trois fois.

— Maison Rosenthal, dit une voix.
— Je voudrais parler à Mr. Rosenthal.
— Je regrette. Mr. Rosenthal est absent pour le weekend.
— Où puis-je le joindre ?
— Il est à Westhampton.
— Voulez-vous me communiquer son numéro, s'il vous plaît ?
— Puis-je vous demander votre nom ?

Elle hésita. Si elle donnait un faux nom, il ne saurait pas que c'était elle. D'autre part, elle répugnait à se nommer. Elle entendit le chien de Diantha gratter à la porte du passage. Elle jeta un coup d'œil dans la chambre d'en face et vit le corps nu de Billy gisant face contre terre. Il fallait agir vite.

— Je suis Ann Grenville.
— Mr. Rosenthal vous connaît-il ?
— Oui.
— Je ne suis pas autorisée à vous donner son numéro, mais je lui ferai part de votre appel dans la matinée et il vous rappellera.

— Il faut que je lui parle immédiatement.
— Il est près de deux heures du matin.
— Peu importe.
Il y eut un silence, puis la voix reprit à l'autre bout de la ligne :
— Donnez-moi votre numéro. Je vais l'appeler tout de suite.

Pendant que ses yeux se révulsaient dans ses orbites, Billy pensa à son ami Bratsie Bleeker, abattu lui aussi dans des conditions sordides, et il sut que cette fois non plus l'assassin ne serait pas puni. Puis il mourut.

Elle sortit dans le vestibule et tendit l'oreille. Seuls les gémissements du chien rompaient le silence. Elle le prit et l'enferma dans la cuisine. Elle descendit l'escalier en colimaçon qui menait au sous-sol et entra dans l'armurerie. En retirant les cartouches qu'elle avait cachées dans son soutien-gorge, elle en laissa tomber quelques-unes sur le sol de ciment et d'autres sur le casier à fusils. Là-haut, la sonnerie du téléphone retentit. Elle remonta l'escalier précipitamment, traversa le vestibule et le passage, et décrocha avant la troisième sonnerie.
— Oui ?
— Ann ?
— C'est vous, Sam ?
— Oui. Que se passe-t-il ?
— Oh Sam !
La crise de nerfs qu'elle contenait depuis qu'elle avait tiré sur son mari éclata, et elle prononça une suite de phrases décousues entrecoupées de sanglots.
— Je ne comprends absolument rien, Ann.
— C'était un accident, Sam. Je vous jure que c'était un accident.
— Calmez-vous, Ann, sinon je ne pourrai vous être d'aucun secours.
— J'essaie.
— Avant tout...
— Oui ?
— Quelqu'un d'autre est-il au courant ?
— Non.
— Bien. Et maintenant, dites-moi exactement ce qui s'est passé.
— Billy est mort. Je l'ai tué.
— Commencez par le commencement, Ann.

Ralph Wiggins n'entendait pas le moindre bruit depuis plus d'un quart d'heure, et il commençait à croire que c'était l'éclatement d'un pneu de camion qui l'avait réveillé. Il avait enfilé son pantalon, sa chemise de flanelle et ses bottes. Le revolver 38 était chargé et posé sur le bureau de sa chambre. Il n'avait jamais manié une arme à feu mais il s'était bien gardé de le dire lorsqu'il s'était présenté pour demander l'emploi de gardien dans la propriété des McGamble. Il s'assit sur une chaise et commença à délacer ses bottes, prêt à retourner au lit. De l'autre côté du court de tennis, des hurlements lui parvinrent. Son sang se glaça dans ses veines. Cette fois, il ne pouvait plus douter. Il se leva, prit le revolver, se dirigea vers le téléphone et appela le central téléphonique.

— Oui, répondit une voix harassée.

— Ici le gardien de la résidence Grenville. Passez-moi la police.

— Il y a une femme complètement hystérique sur l'autre ligne. Je ne comprends pas un mot de ce qu'elle raconte.

— Appelez la police, il y a du grabuge par ici.

Elle se remémora les instructions que Sam Rosenthal lui avait patiemment répétées à plusieurs reprises. Il parlait d'une voix neutre comme si une mort violente était pour lui un cas banal.

— Eteignez toutes les lumières. L'obscurité doit être complète quand la police arrivera...

« ... Ecoutez-moi attentivement : vous direz à la police que vous avez été réveillée par les aboiements du chien. Vous avez entendu du bruit dehors, dans les arbres, sur le toit, peu importe. Billy a dû entendre le même bruit dans sa chambre. Sans doute vous êtes-vous levés tous les deux en même temps pour aller voir...

« ... N'oubliez surtout pas que c'est votre mari qui a insisté pour que vous ayez le fusil à portée de main la nuit.

« ... Vous avez donc dû ouvrir vos portes au même moment. Vous avez vu une ombre devant vous. Vous avez tiré un coup, deux coups. Alors, vous vous êtes rendu compte que c'était sur votre mari que vous aviez tiré... Il faut que la police vous trouve à côté du corps. Et n'oubliez pas les lumières.

— Non, répondit-elle. Je vais tout éteindre.

— Allez-vous appeler la vieille dame ou préférez-vous que je le fasse ?

— Je ne peux pas, je ne peux pas, cria-t-elle affolée.

— C'est bon, je m'en chargerai. Nous aurons besoin de quelques chèques signés en blanc.

— Mon Dieu, mon Dieu, gémit-elle.

— Qui d'autre dans la famille puis-je appeler ? Il faudrait que quelqu'un arrive chez vous aussitôt après la police. L'une des sœurs ? Félicité ? N'a-t-elle pas des fils ? Sa maison n'est-elle pas à côté de la vôtre ? Je vais lui téléphoner. Maintenant raccrochez et appelez le central régional. Dites à la standardiste qu'il y a eu un terrible accident et que vous voulez alerter la police. Ne répondez à aucune question. Répétez simplement que vous aviez pris Billy pour le rôdeur. Je m'occupe du reste.

Les prismes du grand lustre de la salle de réception tintèrent avec un son métallique, plutôt que musical — comme si une rafale de vent les avait brusquement secoués. Alice Grenville ouvrit les yeux un instant avant que le téléphone n'ait sonné dans sa chambre. Pour la première fois depuis des années, elle se rappela le jour où le lustre avait tué un ouvrier en tombant. Soudain alarmée, elle décrocha le combiné sans prendre le temps d'allumer sa lampe de chevet.

— Allô ?

— Mère ?

La voix de Cordelia. Il se passait quelque chose de grave.

— Quelle heure est-il ?

— Tard. C'est-à-dire tôt. Mère...

— Qu'y a-t-il ? Tu pleures ?

— Réveillez-vous tout à fait.

— Je suis réveillée.

— Allumez votre lampe.

— Qu'est-il arrivé, Cordelia ?

— Une chose terrible. Je ne peux même pas la dire. Un drame affreux. Je pars tout de suite pour être auprès de vous. J'avais peur que quelqu'un d'autre ne vous appelle avant mon arrivée.

— C'est Junior, n'est-ce pas ?

— Billy est mort, Mère. Elle l'a tué.

Alice Grenville devint livide. Elle eut l'impression qu'elle allait s'évanouir.

— Ce n'est pas vrai, articula-t-elle. Pas Billy, non, non. Ce n'est pas possible.

— Elle répétait sans cesse « Aidez-moi, aidez-moi. » C'est terrible, dit Ralph Wiggins au commissaire de police qui s'était arrêté dans la cour. Vous pouvez l'apercevoir par la fenêtre. Elle est accroupie sur le sol mais je ne peux pas ouvrir la porte.

— Voyez si vous pouvez grimper à l'intérieur par cette fenêtre entrebâillée, dit le commissaire Kramer à l'un des policiers. Vous viendrez nous ouvrir la porte d'entrée. Vous autres, fouillez le terrain, ajouta-t-il.

Les policiers trouvèrent Ann Grenville couchée sur le corps nu de son mari. Elle répétait son nom comme un leitmotiv. En la voyant couverte de sang, le commissaire crut qu'elle était blessée. Il essaya de la détacher du cadavre mais elle l'étreignait farouchement. Il semblait qu'elle tentait de le ramener à la vie.

— Qui a tué votre mari ? demanda Kramer.

Ann se mit à hurler.

— Essuyez le sang de son visage, ordonna Kramer à l'un de ses agents. Mrs. Grenville, je vous en prie, dites-nous qui a tué votre mari.

Elle articula des paroles incohérentes.

— Fouillez la maison, dit Kramer. Voyez s'il y a quelqu'un d'autre.

Au moment où il se redressait, Ann l'agrippa par le bras.

— C'est moi qui ai tiré sur lui, hoqueta-t-elle. Je l'ai pris pour le rôdeur.

Kramer la scruta du regard comme s'il n'avait pas compris.

— Vous avez tué votre mari, Mrs. Grenville ?

Elle fit un signe de tête affirmatif.

— C'est votre fusil ? demanda-t-il.

— Je l'ai pris pour le rôdeur, répéta-t-elle.

— Comment avez-vous pu le prendre pour le rôdeur ?

— J'ai entendu du bruit et je me suis réveillée.

— Quel genre de bruit ?

— Le chien a aboyé.

— Quel chien ?

— Il y a un petit chien attaché à une chaise dans la cuisine, dit l'un des policiers.

— J'ai entendu du bruit dehors, dit-elle.

— Vous dormiez dans votre chambre quand vous avez entendu le bruit ?

— Oui.
— Alors vous vous êtes levée et vous avez pris votre fusil.
— Oui.
— Vous avez l'habitude d'avoir un fusil dans votre chambre à coucher, Mrs. Grenville ?
Elle eut l'impression que l'homme qui l'interrogeait ne la croyait pas.
— Mon mari a insisté. Il y avait un rôdeur dans les parages. Notre cabanon a été cambriolé et mon mari a tenu à ce que nous soyons armés. Il a sorti les fusils de l'armurerie qui se trouve dans le sous-sol quand nous sommes rentrés de la réception de Mrs. Bleeker.
Le commissaire fit un signe à l'un des policiers qui descendit aussitôt dans le sous-sol pour vérifier les armes.
— A quel moment avez-vous passé votre déshabillé, Mrs. Grenville ? Avant ou après avoir pris votre fusil ?
— Quoi ?
— Vous portez un déshabillé. Or, vous vous êtes levée, alarmée par un bruit anormal. J'étais curieux de savoir à quel stade de votre peur vous l'avez mis.
— Je dors avec mon déshabillé.
— Oh ?
— Oui. J'ai froid aux épaules en cette saison. Alors, je dors avec mon déshabillé.
— Je vois, dit Kramer d'un air sceptique.
Ann fit un effort pour respirer. Elle considérait le commissaire comme un ennemi.
— Autre chose, Mrs. Grenville.
— Oui ?
— Je remarque que vous portez un soutien-gorge sous votre chemise de nuit. Vous dormez avec aussi ?
— Je dors toujours avec un soutien-gorge.
Un policier interrompit la conversation.
— Commissaire Kramer ?
— Oui.
— Il y a des enfants là-haut et la cuisinière.
— Emmenez Mrs. Grenville dans sa chambre, dit Kramer. Appelez l'inspecteur Pennell au téléphone. Je vais parler aux enfants.

Tommy Ashcomb, le fils de Félicité, âgé de dix-neuf ans, déboucha dans l'allée de la propriété de son oncle Billy à Oyster Bay. Jamais il n'avait vu la longue allée aussi éclairée. Il savait que ses jeunes cousins dormaient dans la maison et qu'il devait les amener chez sa mère à Glen Cove avant qu'ils ne soient mis au courant de l'événement. Il dut attendre que le médecin local, le docteur Curry, ait signé le certificat de décès et fait une piqûre calmante à sa tante Ann, l'allumeuse qui avait essayé de le séduire, du moins le prétendait-il.

Entre-temps, la cour s'était remplie de voitures de police. Tommy alla ranger la sienne sur le bord de l'allée. Un policier s'approcha de sa portière et lui projeta la lumière de sa torche électrique dans les yeux.

— Qui êtes-vous ? demanda-t-il.

— Je suis Tom Ashcomb, le neveu de Mr. Grenville.

— Que faites-vous ici ?

— On m'a demandé de venir identifier le corps de mon oncle et d'emmener les enfants.

Assise sur le bord de son lit, Alice Grenville décrocha le téléphone :

— Donnez-moi le 555-8121 à Sands Point, Long Island, dit-elle au standard.

Elle attendit un instant qui lui parut une éternité.

— Mon Dieu, faites qu'il soit là, murmura-t-elle. Faites que ce ne soit pas un domestique qui réponde.

— Résidence du gouverneur Milbank, dit la voix ensommeillée du maître d'hôtel.

Au même moment, une voix de femme répondit sur un autre poste :

— Allô ! Qu'est-ce que c'est ?

— Marie ! Dieu soit loué, tu es là. C'est Alice Grenville. Excuse-moi de t'appeler à une heure pareille, mais il s'agit d'une affaire de la plus haute importance. Il faut absolument que je parle à Payson.

— Cette femme est complètement dingue, téléphona l'officier de police à l'inspecteur Pennell. Elle s'accrochait au corps de son mari en criant qu'elle l'aimait. Elle était tellement couverte de sang que nous l'avons crue blessée. Elle est capable de se suicider. Il vaudrait mieux la laisser sous la surveillance d'une infirmière pendant la durée de l'enquête.

Alice Grenville composa un autre numéro.

— Charles ? Ici Mrs. Grenville. Réveillez-vous, Charles.

Aspergez-vous le visage d'eau froide au besoin et écoutez-moi bien. Il est deux heures et demie. Allez au garage et sortez la Ford ou la Chevrolet. Conduisez-la devant la porte de la maison. Inutile de mettre votre uniforme. Ne sonnez pas, je vous attendrai. Je vous confierai une enveloppe que vous apporterez chez Mr. Billy à Oyster Bay. Vous la remettrez à Tommy Ashcomb en mains propres, à personne d'autre. Il y a eu une tragédie terrible, Charles, et je compte sur vous.

Elle reposa le combiné, ferma sa porte à clé, contourna la table en marqueterie couverte de photographies et décrocha le tableau de Constable fixé au mur. La toile dissimulait un coffre. Elle manœuvra vivement la combinaison et la porte s'ouvrit. Elle sortit le coffret à bijoux et le posa sur la table, puis elle glissa sa main à l'intérieur et prit les liasses de dollars qui étaient enfermées dans leur cachette depuis l'enlèvement de Billy. Elle plaça l'argent dans une grande enveloppe en papier maïs, dix liasses de cinq mille dollars chacune. Elle colla l'enveloppe, passa une robe de chambre molletonnée et descendit pour remettre le paquet à son chauffeur.

— Qui vous a ordonné de lui faire une piqûre ?

— Elle avait une crise de nerfs.

— Je répète : qui vous a donné l'ordre de lui faire une piqûre ?

— Personne. Elle était hystérique.

— Vous savez qu'un crime a été commis dans cette maison ?

— Où voulez-vous en venir, commissaire ?

— Je veux dire que, dans une affaire d'homicide, une personne paniquée peut nous fournir les renseignements les plus utiles.

— J'ignorais.

— Combien de temps restera-t-elle dans cet état ?

— Plusieurs heures.

— Beau travail, docteur.

— Il y a assez de somnifères dans cette chambre pour remplir deux grands sacs en plastique, dit Mary Lou Danniher, l'infirmière d'Oyster Bay.

— Alors, remplissez vos sacs et ne laissez pas le moindre cachet à portée de Mrs. Grenville.

— Mon Dieu ! s'écria Mary Lou en apercevant le corps de Billy. C'est Mr. Grenville ?

— C'était Mr. Grenville.

La montre-bracelet qu'il portait au poignet gauche continuait à fonctionner.

— Vous ne croyez pas qu'on pourrait le couvrir ? Tout au moins ses parties intimes.

— La police n'a pas fini de prendre des photos.

— Elle n'a pas besoin de photographier ses parties intimes. Je ne peux tout de même pas aller et venir à côté d'un homme nu tout le reste de la nuit. Ce n'est pas convenable.

— Dites votre chapelet.

— Comment s'appelle son médecin ? Celui qu'elle a consulté quand Archie Suydem a refusé de lui donner des somnifères ? demanda Alice.

— Celui que lui a recommandé Babette Van Degan ? Il habite Park Avenue. Attendez que je me rappelle son nom. Ah oui ! Skinner. C'est ça. Le docteur Sidney Skinner. Pourquoi ?

— Téléphone-lui.

— Voyons, Mère, il est trois heures du matin.

— Dis-lui que c'est pour Mrs. William Grenville, la belle-mère d'Ann Grenville, dis-lui que c'est urgent. Il sera là dans vingt minutes, je t'en réponds.

— Pourquoi voulez-vous le voir ?

— Je vais l'envoyer à Oyster Bay et la confier à ses soins. Elle ne peut pas, elle ne doit pas être hospitalisée à Mineola où elle serait sous la juridiction de la police du comté de Nassau. Mr. Rosenthal et Payson Milbank trouvent préférable à tous points de vue qu'elle soit hospitalisée à New York.

— Pourquoi faites-vous tout cela pour elle, Mère ?

— Appelle le docteur Skinner, Cordelia.

— Oui, Mère. Saviez-vous qu'ils ont eu une querelle terrible chez Edith Bleeker ? Saviez-vous qu'elle lui a lancé un verre à la tête et qu'elle a brisé l'une des coupes de porcelaine d'Edith ? Nous sommes plongés dans un scandale, Mère, dans un affreux scandale.

— Téléphone, Cordelia. Je vais m'arranger avec Edith Bleeker quand elle sera réveillée et je te garantis que personne ne fera allusion à cette querelle.

Ann eut l'impression que la réception d'Edith Bleeker remontait à une époque lointaine et que sa souffrance actuelle avait duré plus longtemps que son enfance, sa carrière et son mariage, et qu'elle se prolongerait indéfiniment. Dépouillée de tout artifice et de tout vernis mondain, elle avait quelque chose de pathétique, comme une orpheline abandonnée. Elle se sentait affreusement mal dans sa peau. Le succès, la réussite appartenaient au passé. Devant elle se profilait un avenir angoissant.

— S'il vous plaît, murmura-t-elle.

— Oui ? dit l'infirmière.

— Quel est ce bruit de sirène ?

— C'est l'ambulance, Mrs. Grenville.

— Pour mon mari ?

— Non. On l'a déjà transporté.

— C'est pour moi ?

— Oui, madame. On va vous emmener à l'hôpital.

— Où est le docteur Skinner ?

— Dans le salon avec la police.

— Quel est ce bruit ?

— Quel bruit ?

— Tous ces gens qui parlent dans la cour.

— Les médias, répondit l'infirmière, fière de connaître le nouveau mot qui venait d'être introduit dans la langue.

— Les quoi ?

— La presse, les photographes, les caméras de télévision.

— Et il faudra que je passe devant eux pour entrer dans l'ambulance ?

— C'est une question de secondes.

— Puis-je vous demander un service ?

— Quoi donc, Mrs. Grenville ?

— Couvrez-moi la tête avec une serviette.

— Mais...

— Je vous en prie. Je ne veux pas qu'ils me photographient.

— Elle veut qu'on lui couvre la tête avec une serviette, dit Anna Gorman qui se tenait dans un coin de la pièce.

— Alors, faites-le vous-même.

— Anna ? C'est vous ? demanda Ann.

— Je vous couvrirai la tête, madame.

— Où sont mes bijoux ?

— Vos quoi ?

— Les bijoux que je portais à la réception de Mrs. Bleeker. Ils doivent être dans un sac sur ma table de chevet.

— Les voilà.

— Donnez-les-moi, Anna, je veux les emporter.

Anna Gorman pensa que Mrs. Grenville s'était inquiétée de ses bijoux et pas de ses enfants, mais elle garda ses réflexions pour elle.

Traumatisés, les deux petits assistèrent au départ de leur mère postés à la fenêtre. Immobile sous sa serviette en coton, elle écoutait les innombrables déclics des appareils photographiques et le bruit que faisaient les journalistes qui se bousculaient à quelques centimètres de sa civière.

Ce n'était pas elle qui avait assumé la triste tâche d'annoncer aux enfants que leur père était mort. Ce n'était pas non plus leur cousin Tommy. Le commissaire Kramer s'était chargé de ce pénible devoir.

A peine entré dans la maison, Kramer sentit que d'autres forces s'appropriaient une enquête qui était de son ressort. Avocats, médecins, relations du défunt prenaient des décisions qui allaient à l'encontre des siennes. Il était furieux que le docteur Curry ait administré à Mrs. Grenville un sédatif qui l'avait laissée inconsciente pendant six heures. Ainsi il n'avait pu la questionner alors qu'elle était encore sous l'effet de la panique et que ses incohérences auraient pu lui fournir des données utiles. En tout cas, le commissaire Kramer était bien décidé à ne pas se laisser frustrer de l'interrogatoire des enfants. Il n'était pas du tout convaincu qu'elle avait confondu son mari avec un rôdeur.

Pendant qu'elle se préparait à aller à la messe de sept heures à l'église de Notre-Dame-des-Anges, Kathleen McBride écoutait les nouvelles au poste de radio que lui avait donné sa patronne, Edith Bleeker. Ce jour-là, elle entendit une information qui la figea sur place :

— Ce matin, William Grenville Junior, trente-cinq ans, homme d'affaires et propriétaire du fameux cheval Tailspin, a été abattu de deux coups de feu, annonça le journaliste. D'après Sal Scoppettone, le procureur du comté de Nassau, il aurait été tué par sa femme, Ann Arden Grenville, trente-deux ans, qui a déclaré aux enquêteurs qu'elle l'avait pris pour un rôdeur.

Kathleen regarda par la fenêtre. Le chauffeur avait sorti la camionnette qui amenait toutes les servantes au village pour la messe du matin. Elle hésita, déchirée entre son désir de recevoir la communion et ses sentiments à l'égard de Mrs. Bleeker, qu'elle servait depuis vingt-trois ans. Tous les domestiques de la maison étaient au courant de la querelle de la veille entre les époux Grenville. Ils étaient désolés de cette fausse note dans la magnifique réception que Mrs. Bleeker avait donnée en l'honneur de la duchesse de Windsor.

— Le chauffeur t'attend, Kathleen, dit la voix de Mary Wheelan de l'autre côté de la porte.

— Partez sans moi, Mary, répondit Kathleen en ôtant son chapeau.

— Tu vas manquer la messe ? demanda Mary, choquée.

— Va, Mary. J'irai à la messe de onze heures.

Bien sûr, Mrs. Bleeker n'avait pas l'intention de se lever avant onze heures. Elle aurait encore largement le temps de se préparer pour le déjeuner que donnait Mrs. Slater en l'honneur de la duchesse. Cependant, Kathleen devait lui annoncer la triste nouvelle. Cinq ans plus tôt, c'était elle qui l'avait réveillée dans sa plantation de Caroline du Sud pour lui apprendre la mort de Bratsie. Bizarre, se dit-elle en se dirigeant vers la chambre de sa maîtresse. Ce jour-là, aussi, la duchesse était l'hôte d'Edith.

Dudley se tenait devant la porte de la chambre.

— Tu es au courant ? demanda-t-il.

— C'est affreux, répondit Kathleen.

— La police a demandé une copie de la liste des invités présents à la réception hier soir.

— Pourquoi donc ?

— Elle veut les interroger.

— Sur quoi ?

— Au sujet de la querelle.

— Mon Dieu !

— Que se passe-t-il ? dit la voix ensommeillée d'Edith.

— Il y a eu un malheur, madame, dit Kathleen en entrant dans la pièce.

— Nous devons oublier le petit incident de la bibliothèque, dit Edith Bleeker à Jeanne Twombley qui l'écoutait à l'autre bout du fil. Il ne faut faire aucune allusion au verre ni à la coupe brisés. Kathleen, le café est froid. Excuse-moi, Jeanne. Alice m'a appelée il y a une heure. Elle avait téléphoné au gouverneur et à un certain Mr. Rosenthal. Tous les deux lui ont conseillé de s'entendre avec nous pour que nous évitions de parler de la dispute devant la police quand elle nous interrogera. Tu sais ce qui se passe quand la presse s'empare d'une histoire pareille. Veux-tu te charger de passer le mot à Petal et à Tucky ? J'ai déjà donné la consigne à Neddie Pavenstedt à ce sujet. Il va jouer au golf avec Lord Coudray et il le chapitrera. Dites simplement qu'ils formaient un couple idéal. Très bien. Je te verrai chez Elsie Slater à déjeuner. Oh, j'y pense, Jeanne, ton Basil Plant, l'écrivain, il ne dira rien, n'est-ce pas ?

— Basil ? Jamais. C'est un ami. Je lui fais entièrement confiance.

Jeanne Twombley ne se trompait pas. Je ne tenais nullement à parler à la police de la dispute dont j'avais été témoin. Je ne voulais surtout pas gaspiller les matériaux qui allaient me fournir la trame du livre que je comptais écrire.

Au cours des jours qui suivirent, tout New York et une partie de la province attendaient avec impatience les nouveaux développements de l'affaire Grenville. A Paris, à Rome et à Londres, tous ceux qui avaient connu le jeune couple commentaient la tragédie avec passion, avides de détails. Ils avaient lu les rapports du médecin légiste sur l'état du cadavre et la description minutieuse de l'affreuse blessure. Ils savaient que l'agonie avait duré quinze minutes. Ils avaient étudié les plans de la maison Grenville et remarqué l'étroitesse du passage qui séparait les deux chambres à coucher. Chacun se demandait comment l'excellente tireuse capable de tuer un tigre du Bengale de trois mètres avait pu confondre son mari nu avec un rôdeur à moins d'un mètre de distance. Et si ç'avait été l'un de ses enfants, aurait-elle tiré sans crier gare ?

Le chroniqueur mondain Fydor Cassati était l'ami intime de Billy. Atterré par sa mort, il s'attaqua à Ann dans une série d'articles. Il décrivit ses scènes de jalousie, ses crises de colère et il ressortit de ses tiroirs des histoires qu'il n'avait jamais racontées par égard pour Billy.

— Les gens la croient coupable d'homicide volontaire, confia Kay Kay Somerset à Petal Wilson, et chacun veut qu'elle soit jugée comme n'importe quel criminel de droit commun.

Le lundi, à six heures du matin, le docteur Sidney Silkwood Skinner frappa discrètement à la porte de la chambre 1010 du Doctor's Hospital. Il remarqua que les fenêtres avaient été grillagées pendant la nuit, mais il ne fit aucune réflexion.

Ann Grenville, qui dormait habituellement jusqu'à midi, était assise dans un fauteuil, tout habillée et prête à sortir. Elle était coiffée d'un chapeau noir à larges bords qui dissimulait complètement ses cheveux. Sur ses genoux étaient posés un manteau en ragondin noir, des gants et un sac en crocodile assortis. Elle tenait dans les mains des lunettes foncées comme celles que portent les vedettes de cinéma qui se promènent incognito. Une tasse de café vide était placée sur la table.

— Ils ont donc peur que je saute ? demanda-t-elle.

— Comment ?

— Ils ont mis un grillage aux fenêtres.

— Ordre de la police, expliqua Sidney Skinner. Nous avons eu du mal à vous faire sortir du comté de Nassau.

— Vous avez lu les journaux ?

— Non, mentit-il. Vous êtes prête ?

— Oui.

— Vous avez dormi ?

— Non.

Comme si elle sentait qu'il lui trouvait mauvaise mine, elle sortit son poudrier de son sac et s'examina dans son miroir. Elle avait le teint cireux et le visage terriblement marqué. Un frisson la parcourut. Elle se voyait aussi vieille que sa mère à la fin de sa vie et cette vue la terrifiait davantage que l'incertitude de son avenir de veuve.

— Ne vous maquillez pas, Ann, dit le docteur Skinner sèchement.

— Ce n'était pas mon intention, Sidney, répliqua-t-elle sur le même ton.

— J'ai dit au bureau que je vous emmenais voir l'inspecteur Pennell chez votre belle-mère.

— Les journalistes sont-ils dehors ?

— Je vous emmène au sous-sol dans un fauteuil roulant. Nous monterons par l'ascenseur des marchandises qui débouche par une porte latérale sur la Quatre-Vingt-Huitième Rue. Mon chauffeur nous attend là avec la voiture. Vous êtes prête ?

Les rues étaient sombres et humides. Ann et Sidney roulaient en silence. Le nez collé à la vitre, elle regardait dehors. Une jeune femme en robe du soir descendit d'un taxi. Des hommes en tablier blanc déchargeaient des cageots d'oranges devant la place du marché. Un jeune couple sortait ses valises du coffre d'une voiture. Elle se demanda si elle avait suffisamment apprécié la vie quand elle pouvait en disposer à son gré.

— La porte du salon de coiffure sera ouverte, dit Sidney. Vous pouvez donc entrer directement.

— Vous pensez à tout, Sidney.

— Caruso vous attend. Je lui ai demandé de ne pas vous parler. Il fera ce qu'il doit faire le plus vite possible. Il m'a promis qu'il ne lui faudrait pas plus d'une heure. Il se peut que d'autres clientes viennent à sept heures et demie, des femmes qui ont des rendez-vous réguliers à cette heure-là. Il n'a pas pu les décommander mais il vous conduira dans un salon particulier. Ce n'est qu'en sortant que vous risquez de rencontrer quelqu'un. Mettez votre chapeau et vos lunettes noires. La voiture sera rangée devant l'entrée.

— Vous comprenez pourquoi je tiens à aller chez Caruso, Sidney ? Vous savez que ce n'est pas par simple coquetterie.

— C'est un risque terrible, Ann, alors que la police ne vous a pas encore interrogée.

— Je ne veux pas qu'on sache que mes cheveux ont blanchi du jour au lendemain. Je ne veux pas qu'Alice ou l'une des sœurs ou même la police s'en aperçoive.

— Ils l'interpréteraient comme une marque de chagrin, dit-il.

— Ou comme une marque de culpabilité.

Le médecin lui jeta un coup d'œil en biais et se demanda si elle l'interprétait ainsi.

— Appelle Bergdorf, Cordelia, dit Alice Grenville. Demande Jo Hughes. Nous avons besoin de vêtements noirs. Elle saura exactement ce qu'il nous faut. Qu'elle les fasse livrer cet après-midi.

— Oui, Mère.

— Tu sais, Grace, les servantes veulent aller aux funérailles. Elles pourront s'asseoir derrière la famille, mais sur le bas-côté.

— Oui, Mère.

— Assure-toi qu'elles ont toutes des chapeaux noirs. Si elles n'en ont pas, appelle Altman et commande le nécessaire.

— Oui, Mère.

— Félicité ?

— Oui, Mère.

— Ne reste pas à la fenêtre, un journaliste pourrait te photographier au téléobjectif.

— Excusez-moi, Mère, dit Félicité en fermant le rideau. J'ai entendu un remue-ménage en bas.

— Encore des fleurs, sans doute, ou alors ces horribles journalistes.

— C'est le gouverneur Milbank qui arrive, Mère.

— Oh, Payson, Dieu soit loué !

— Vous saviez que le gouverneur Milbank devait venir, Mère ?

Alice ne répondit pas.

Le gouverneur entra dans la grande salle où le cercueil de Billy était exposé, en face de la cheminée, comme l'avait été celui de son père. Il était entouré de fleurs et les bouquets, couronnes et coussins ne cessaient d'affluer dans le grand hall. Le gouverneur alla s'agenouiller sur le prie-Dieu placé devant la bière et pria, la tête dans les mains. Puis il se releva et se dirigea vers la cheminée où se tenaient Alice, ses filles et ses sœurs.

— Je suis bouleversée, ma chère Alice, dit-il. Je me rappelle encore le jour de sa naissance et la lettre que lui écrivit Woodrow Wilson pour lui souhaiter la bienvenue dans ce monde.

— Il faut retrouver cette lettre et la donner à Third, dit Alice à ses filles.

Le gouverneur salua le reste de la famille et leva les yeux sur le portrait des triplées accroché au-dessus de la cheminée. Alice suivit son regard.

— C'est moi qui porte le ruban vert, dit-elle.

— C'est un Sargent, n'est-ce pas ? demanda le gouverneur. Magnifique.

Cependant, il n'était pas venu pour admirer les œuvres d'art et son temps était précieux. Alice le prit par le bras et le conduisit dans le grand hall, sachant qu'il avait à lui parler.

— Il y a du monde dans toutes les pièces, dit-elle. Les gens arrivent de partout. Si nous allions dans ma chambre ?

— Parfait, approuva le gouverneur.

— Cahill, appela Alice.

— Oui, madame.

— Veillez à ce que les secrétaires notent bien la provenance de chaque envoi de fleurs dans le registre que j'ai laissé sur la table du hall.

— Oui, madame.

— Cette maison possède le premier ascenseur privé de New York, Payson, dit Alice.

— Montons à pied.

— Nous vieillissons, Payson.

— Nous avons bien encore une trentaine d'années devant nous, peut-être plus.

Ils s'assirent dans les fauteuils tapissés de chintz sous la toile de Constable.

— Nous ne savons jamais ce que nous devons faire lorsque nos enfants tombent amoureux d'une personne de moralité douteuse, dit Alice. Nous voudrions les empêcher de gâcher leur vie. Il était évident que ce mariage devait aboutir à une catastrophe.

— Vous devez bien comprendre qu'une affaire pareille est pain bénit pour un avocat d'assises, Alice. Il peut se tailler une réputation à l'échelon national. Quoi de plus fascinant pour le public américain qu'un procès qui met en scène les riches et les puissants ? Lisez les journaux, écoutez la radio, regardez la télévision. Le pays est dévoré de curiosité.

— Elle a tué mon fils unique, Payson.

— Et pour sauver sa vie à elle, ils vont le tuer une seconde fois.

— Que voulez-vous dire ?

— C'est le procès de votre fils qu'ils vont faire. Tout le linge sale sera étalé en public. Ils vont mettre au jour les aspects les plus pervers de sa personnalité, ses moindres infidélités conjugales, ses manies les plus intimes, au lit, dans la salle de bains, son goût pour la boisson et tout le reste.

— Mon Dieu !

— C'est ainsi.

— Que me conseillez-vous ?

— Protégez-la.

— Vous êtes fou !

— Croyez à son histoire de rôdeur.

— Elle a tué mon Billy.

— Embrassez-la devant tout le monde.

— Mais elle est coupable.

— Il n'empêche que c'est vers elle que se tourneront les sympathies. Dans quelques mois, quand le premier choc sera amorti, ils oublieront Billy, et c'est la tragédie d'Ann qui passera au premier plan.

— La danseuse de cabaret et le fils du milliardaire.

— Exactement. Dans quelque temps, c'est elle qu'ils plaindront, pas vous.

— Quelle injustice !

— Tant que la menace du procès plane comme un nuage noir, vous n'avez aucune chance de retourner la situation en votre faveur. Si Ann va en prison, sa condamnation ne fera que traumatiser davantage les enfants.

— Vous savez ce qui se passera, Payson ? Si nous protégeons cette femme, nous serons liés à elle plus étroitement que si nous étions unis par les liens du sang.

Sidney Skinner se précipita dans la chambre 1010, le visage radieux. Ann Grenville se retourna lentement dans son lit pour l'interroger du regard. Elle lisait un journal qu'une infirmière lui avait glissé en fraude. Le récit détaillé du meurtre figurait en première page. Toute sa vie elle avait rêvé d'être célèbre. Maintenant elle l'était, mais ce n'était pas ce genre de célébrité qu'elle avait souhaité.

— J'apporte de bonnes nouvelles, Ann, dit le médecin. Sam Rosenthal m'a téléphoné.

— Et alors ?

— On a trouvé le rôdeur.

Ann le regarda, médusée. Elle n'en croyait pas ses oreilles.

— Vous aviez dit vrai, reprit Sidney. Il y avait bien un rôdeur et on l'a attrapé.

Bien qu'elle mourût d'envie de savoir ce que l'homme avait dit, elle n'osait le questionner ! De son côté, le médecin se demandait si elle n'avait pas absorbé trop de sédatifs pour pouvoir assimiler les bonnes nouvelles qu'il lui apportait.

— Fydor Cassati a écrit des choses affreuses sur mon compte dans sa chronique.

— Ne vous tracassez pas pour Fydor Cassati. L'important, c'est que le rôdeur ait été pris.

Alice Grenville avait téléphoné à Iphigene Sulzberger, dont la famille administrait le *New York Times*, puis à Betsy Whitney, dont le mari dirigeait le *New York Herald Tribune*. Elle appela ensuite l'épouse délaissée de William Randolph Hearst, le patron de presse dont le journal se vendait mieux que tout autre grâce à la chronique quotidienne de Fydor Cassati.

— Millicent, ici Alice, dit-elle.

— Oh, ma chérie, je suis tellement attristée par le malheur qui vous frappe, répondit Millicent Hearst. J'ai vu Billy il y a quelques semaines au bal des Belmont. Il était dans une forme merveilleuse et si heureux des succès de ses chevaux de course. Je compatis à votre chagrin.

Ancienne girl de revue, elle était fascinée par la haute société de New York. Pendant que William Hearst se divertissait et bâtissait des palais à l'Ouest pour l'actrice Marion Davies, elle bénéficiait des hommages que les chroniqueurs mondains de son mari rendaient à ses qualités d'épouse et de mère de famille. Alice ne l'avait jamais invitée à ses réceptions et ne s'était pas donné la peine de contribuer aux œuvres de charité que Millicent patronnait, mais elle était décidée à faire l'un et l'autre si elle obtenait gain de cause.

— Je vous appelle au sujet de Fydor Cassati, Millicent, dit-elle, allant droit au but. Mon fils l'aimait beaucoup, et à juste titre, mais le ton de ses dernières chroniques nous paraît excessif et injuste.

— Mais Fydor adorait Billy, protesta Millicent.

— Apparemment, il n'adore pas Ann.

— Je n'ai pas à me mêler de ce qu'il écrit.

— Allons donc, dit Alice fermement. Votre mari est propriétaire du journal. Je vous en prie, Millicent, il faut que Fydor cesse ses attaques. La mort de Billy est purement accidentelle, et il insinue que ma belle-fille l'a tué volontairement.

— Willie possède le journal, Alice, je n'ai pas à me mêler de son contenu, répéta Millicent.

— C'est faux, insista Alice. C'est vous qui avez introduit Fydor au journal, comme vous y avez introduit Elsa Maxwell et Cobina Wright. Ces gens-là vous doivent tout. Ils feraient n'importe quoi pour vous. Arrangez-vous pour qu'il change de sujet. Oh, et puis, je voulais aussi vous dire qu'après la période de deuil nous assisterons à votre prochaine vente de charité, mes filles et moi, et nous contribuerons largement à vos œuvres.

— Elle ne savait pas qu'il était chargé ! s'esclaffa Kay Kay Somerset.

— Voyons, Kay Kay, dit Petal Wilson en se remettant du rouge à lèvres devant le miroir des toilettes du *El Morocco*.

— Le drame aurait pu être pire, ajouta Kay Kay en se repoudrant le nez devant le même miroir.

— Que veux-tu dire ?

— Elle aurait pu tuer Tailspin.

— Kay Kay !

— Billy a confié à Brenda qu'il avait modifié son testament.
— Non !
— Et...
— Continue, je suis tout ouïe.
— Tu n'en parleras à personne ? Promis ?
— Je te le jure.
— Il a dit qu'il laissait tout aux enfants. Ann n'aura rien.
— Comment est-ce possible ? La veuve a droit à sa part.
— Il était décidé à divorcer. Il en savait assez long sur elle pour obtenir un jugement en sa faveur.
— Tu iras aux funérailles ?
— Bien sûr. C'est l'enterrement du siècle !

Encore sous l'effet des sédatifs, Ann organisa dans sa tête les obsèques de son mari. Elle porterait un voile et sa robe noire de chez Mainbocher, un seul rang de perles, la broche en diamants que Billy lui avait offerte avant leur mariage, son alliance, pas sa bague de fiançailles, la pierre était trop grosse. Blanchette viendrait lui faire les ongles à l'hôpital, un vernis incolore suffirait. Elle resterait dans la salle de réception de sa belle-mère pour les prières avant que le cercueil soit chargé sur le corbillard qui devait le transporter à l'église Saint-James. Elle passa en revue les noms des amis qu'elle pourrait choisir pour tenir les cordons du poêle.
— L'hymne, s'écria-t-elle soudain.
— Comment ? demanda l'infirmière qui somnolait dans un fauteuil.
— Quel est le nom de cet hymne ?
— Quel hymne, Mrs. Grenville ?
— L'hymne de Groton, celui que Billy aimait tellement.
— Je ne sais pas, madame.
— Il était question de Dieu, d'honneur et de choses de ce genre.
— Oh !
— Je veux qu'on le chante pendant l'office.
— Oui, madame.

— Madame la duchesse descend tout de suite, dit le majordome Cecil au commissaire.

Kramer et l'inspecteur Pennell furent introduits dans le salon de la suite luxueuse que la duchesse de Windsor occupait au vingt-huitième étage du *Waldorf Astoria.* La pièce était envahie de fleurs de toutes les variétés mais de couleur uniforme. Sans doute la fleuriste, Constance Spry, avait-elle suggéré aux admirateurs de Wallis Simpson qu'à cette époque de l'année Sa Grâce manifestait une préférence pour le blanc et le jaune. Des cartes d'invitation étaient posées contre le miroir de la cheminée.

— Comment faut-il l'appeler ? chuchota le commissaire.

— Nous aurions dû poser la question à Cecil, répondit l'inspecteur à voix basse.

Trois carlins jappaient pour protester contre cette intrusion.

— Je déteste ces sales petits roquets, marmonna le commissaire.

— Chut !

Las d'aboyer, deux des petits chiens allèrent se blottir sur les coussins qui garnissaient leurs paniers respectifs. Le troisième continua à montrer les dents aux policiers, sans doute pour leur faire comprendre que leur visite était inopportune.

— Disraeli ! Veux-tu rester tranquille, vilain garçon, s'écria la duchesse en entrant dans la pièce. Excusez ce petit monstre, messieurs. Il ne fait que protéger sa maman, n'est-ce pas, voyou ? Mais oui, mais oui. Viens ici... Bisou, bisou, et maintenant va coucher dans ton panier. Asseyez-vous, messieurs, je vous en prie. Fumez-vous ? ajouta-t-elle en ouvrant un coffret en or dont le couvercle était gravé aux armes du duc. Que puis-je vous offrir à boire ?

Sa seule présence donnait à l'entrevue un caractère mondain. Elle était enveloppée d'un nuage de parfum. Ses boucles d'oreilles, ses bracelets, son pendentif étaient assortis à ses bagues. Elle s'assit avec une aisance parfaite et se tourna vers ses visiteurs comme si elle se remettait entre leurs mains, mais ils savaient que c'était elle qui les tenait entre les siennes.

— Nous sommes venus... duchesse, à cause de cette... euh... triste...

— Oui, oui, je sais, interrompit-elle. Quel malheur ! Pauvre Alice Grenville ! Une amie de longue date. Je lui ai parlé tout à l'heure. Elle est terriblement affligée par cette tragédie.

— Vous avez longuement bavardé avec Mr. et

Mrs. Grenville pendant la réception, n'est-ce pas ? demanda l'inspecteur Pennell.

— C'est exact. Il était très en train. Vous êtes certainement au courant des exploits de son cheval Tailspin. Il en parlait avec enthousiasme.

— On demande Votre Grâce au téléphone, intervint le majordome.

— Non, non, Cecil. Vous voyez que je suis occupée.

— C'est Mrs. Bleeker, Votre Grâce.

— Voulez-vous m'excuser, commissaire ! Je dois répondre à cet appel. Cecil, servez des rafraîchissements à ces messieurs. Allô, Edith ? Oui, chérie, naturellement. Ils sont ici. Oui. Hum, hum. Parfait. Pour ce soir ? Jimmy Donohue viendra me chercher. Nous passerons chez Thelma Foy à l'heure du cocktail. Nous ne ferons qu'entrer et sortir. Elle reçoit les Stamirsky que j'ai très envie de voir. Je ne crois pas qu'une robe longue soit de circonstance. Ensuite nous ferons un saut chez cette pauvre Alice. Après quoi nous irons dîner avec Serge Obolensky dans un endroit tranquille, par exemple *Chez Elle*. J'ai dit à Kay Kay Somerset qu'il n'était pas question d'aller au *El Morocco* avant le lendemain des funérailles, ordre très strict de David. A propos des funérailles, voulez-vous que nous y allions ensemble ? Bien. Je serai prête. Après, nous devons déjeuner chez Kitty Miller. Oui, oui. Je n'oublierai pas. Parfait, parfait. Au revoir, Edith... Désolée, messieurs. Pardonnez-moi. Mon Dieu, comme le temps passe ! Cecil, le coiffeur est-il arrivé ? Quelle tragédie terrible ! Un couple si idéalement assorti !

Kramer nota dans son carnet « un couple si idéalement assorti » et hocha la tête sans mot dire.

— Quelle impression vous a produite Mrs. Grenville, duchesse ? demanda Pennell.

— Alice ?

— Non, Ann Grenville.

— Oh, Ann ?

Elle fut tentée de dire que, le soir du meurtre, Billy avait confié à Brenda Frazier qu'il venait de rayer sa femme de son testament, mais elle se contint.

— Pour créer une ambiance de gaieté de bon aloi, elle est imbattable, dit-elle.

— Merci, madame.

Les journaux de l'après-midi rapportèrent que, d'après les paroles de la duchesse notées par la police, les Grenville formaient un couple « idéalement assorti ». Encore ulcérée de n'avoir pas été invitée à la réception d'Edith Bleeker, ce qui lui avait sans doute fait manquer le scoop de sa carrière, Elsa Maxwell commenta avec ironie le jugement de la duchesse dans sa chronique. Il lui paraissait « extrêmement bizarre » car personne n'ignorait que « Billy et Ann Grenville se faisaient filer mutuellement par des détectives depuis plusieurs mois ».

— L'une de nous doit aller à l'hôpital avant les obsèques. Autrement, les journalistes vont en profiter pour raconter que nous ne croyons pas à son histoire, dit Alice tout en consultant la liste des personnes proposées pour tenir les cordons du poêle. Je ne veux pas de Edward Pavenstedt, ajouta-t-elle en rayant un nom.

— Mère, il était le compagnon de chambre de Billy à Groton et à Harvard, et il est le numéro deux de la banque de Père, dit Cordelia.

— Et il a eu une liaison avec la femme de Billy, répondit Alice.

Sidérées, ses filles la regardèrent.

— Comment le savez-vous, Mère ?

— Je le sais, c'est tout. Laquelle d'entre vous ira à l'hôpital ?

— Pas moi, dit Félicité. Je ne l'ai jamais aimée et je suis la seule qui ne l'ait pas caché à Billy.

— Grace ?

— Pas moi non plus. Je lui en veux de l'arrogance avec laquelle elle m'a évincée des haras. Billy était affreusement embarrassé ce jour-là.

— Rosamond ?

— Je ne vis pas dans ce pays, Mère. Je la connais à peine.

— Je suppose que c'est moi qui dois me dévouer, soupira Cordelia.

— Tu veux bien ?

— Elle va me poser des questions sur vous, Mère. Vous l'avez toujours intimidée. Que lui dirai-je ?

— Nous devrions peut-être envoyer quelques-unes de ces fleurs dans le secteur des enfants hospitalisés, dit Alice. Il y en a tellement. Le parfum est trop violent. Je déteste les giroflées. Pourquoi met-on toujours des giroflées dans les bouquets mortuaires ?

— Le président et Mrs. Eisenhower ont envoyé leurs condoléances à Mère, dit Cordelia, impressionnée par l'air hagard de sa belle-sœur. Le gouverneur Milbank est venu lui faire une visite. Les lettres et les télégrammes arrivent tous les jours par centaines. La secrétaire de Billy s'est installée provisoirement chez Mère pour essayer de tenir la correspondance à jour et la banque a envoyé des employées pour l'assister. Il y a tellement de fleurs que nous ne savons plus où les mettre. Mère en a envoyé à l'hôpital de New York pour les salles des enfants. Le personnel est débordé. Le pauvre Cahill a dû garder le lit. Il se fait vieux, vous savez.

— Où est mon courrier ? demanda Ann.

— Quel courrier ?

— Mes lettres de condoléances. Je suis sa veuve, non ? Je n'entends parler que des centaines de messages qui arrivent tous les jours chez sa mère. Et moi, alors ? C'est un accident. On a attrapé le rôdeur. Est-ce que personne ne se soucie de moi ?

Cordelia rougit, embarrassée.

— Y a-t-il eu des messages téléphoniques pour moi ?

— Un certain Claude Mertens a appelé de Detroit.

Ann resta impassible. Cordelia aurait pu croire qu'elle n'avait pas entendu.

— Il a prétendu qu'il était votre père, insista-t-elle.

— Mon père est mort.

— Un Mr. Billy Bob Veblen, de Pittsburg.

— Jamais entendu ce nom.

— Il a dit que...

— Des mabouls, interrompit Ann. Il y a des gens qui ont un goût morbide pour ce genre de... tragédie. Bertie Lightfoot a-t-il appelé ?

— Non, mais Babette Van Degan a téléphoné.

— Oh, Babette ! dit Ann.

C'était le premier nom qui éveillait son intérêt. Elle eut un élan de reconnaissance pour sa vieille amie.

— Je voudrais voir Babette.

— Je vais l'appeler et le lui dire.

Cordelia se leva pour partir.

— Y a-t-il un policier à ma porte ?

— Oui.

— Et des journalistes devant l'hôpital ?

— Oui.

— Qu'allez-vous leur dire ?

— Je ne sais pas.

— Parlez-moi de votre mère.

— De Mère ? Que voulez-vous savoir ?

— Elle ne m'a pas donné signe de vie.

— Elle est tellement occupée par les préparatifs des funérailles.

— Irons-nous à la cérémonie dans la même voiture, elle et moi ?

Cordelia parut suffoquée.

— Vous n'avez tout de même pas l'intention d'assister aux funérailles, Ann ?

— Pourquoi pas ?

— Ma mère a fait intervenir ses plus hautes relations, jusqu'au président des Etats-Unis, pour dissuader la police de vous interroger avant qu'une histoire plausible ait pu être mise au point. Sur ses injonctions, votre docteur Skinner a déclaré aux policiers que vous étiez tellement désespérée qu'il avait dû vous administrer des sédatifs, ce qui les empêche de vous questionner. Ils diront que si vous êtes en état d'assister aux funérailles, vous êtes sûrement en état d'affronter un interrogatoire.

Ann se couvrit le visage de ses mains et éclata en sanglots. L'infirmière qui s'était retirée à l'arrivée de sa belle-sœur revint aussitôt. Cordelia prit son sac et ses gants et sortit.

Charles, le chauffeur, alla ouvrir la portière de la Packard pendant que Cordelia essayait de se soustraire aux questions des journalistes.

— Elle traverse une épreuve terrible, la pauvre chérie, répondit-elle en se glissant sur le siège arrière.

Ils eurent le temps de prendre plusieurs clichés d'elle avant que Charles n'eût refermé la portière. Cette femme a bouleversé nos vies, pensa-t-elle. Nous sommes devenues des héroïnes de feuilles à scandale. Une idée qu'elle n'osait formuler lui traversa l'esprit : si seulement Ann pouvait se suicider, nos problèmes seraient réglés.

Ann apprit avec consternation que personne ne l'avait consultée pour le choix des hommes qui devaient tenir les cordons du poêle. Elle était ulcérée d'être exclue de la cérémonie des funérailles, mais elle entendait bien participer à la mise en scène. Le docteur Skinner fut chargé de transmettre ses instructions à la famille : elle exigeait que l'hymne préféré de Billy soit chanté à l'office et que seules les fleurs envoyées par elle soient posées sur le cercueil. Un énorme tapis d'œillets rouges et orange, les couleurs des écuries Grenville, arriva chez Alice le matin de l'enterrement, destiné à remplacer les orchidées blanches d'Alice et de ses filles. Il était accompagné d'un message écrit en lettres d'or sur un ruban : « A Pa, de Ma, avec son amour éternel. » Le docteur Skinner expliqua à la famille stupéfaite que Pa et Ma étaient les surnoms que Billy et Ann se donnaient depuis qu'ils avaient des enfants. Alice regarda droit devant elle. Les sœurs se questionnèrent du regard. Aucune n'avait jamais entendu ces surnoms.

Les drapeaux du *Brook Club*, de l'*Union Club*, du *Knickerbocker Club* et du *Racquet Club* furent mis en berne le jour des obsèques. Une longue file de voitures noires suivait le corbillard, et des milliers de personnes étaient alignées le long de Madison Avenue pour voir passer le cortège.

— Tout le personnel d'Edith Bleeker est là, dit Félicité à ses sœurs.

— Il paraît que tous les domestiques des environs ont congé ce matin.

— D'après l'un des policiers qui garde la maison, c'est l'enterrement le plus grandiose qu'il ait vu à New York depuis celui de Babe Ruth, dit Grace.

— Pauvre Billy. Il n'aurait pas apprécié, murmura Cordelia.

— Ecoutez ce passage du *New York Times*, dit le mari de Félicité. « Jamais au cours de ce siècle les circonstances n'ont été réunies pour créer un événement aussi sensationnel — une tragédie mettant en cause des personnalités richissimes, la carrière météorique d'une fille pauvre projetée au sommet de la célébrité, et des éléments de mystère qui vont subsister jusqu'au jour où une cour d'assises aura fait la part de toutes les explications. »

— Cache ce journal, Dexter, chuchota Félicité.

— Regardez Mère, dit Cordelia.

Raide et digne sous ses voiles de deuil, Alice Grenville émergeait de la première limousine, assistée par son chauffeur. Elle s'arrêta pour dire un mot à Alfred Twombley, l'un des hommes qui tenaient les cordons du poêle, puis elle gravit les marches de l'église entre sa petite-fille Diantha et son petit-fils William.

Assise sur un banc derrière la famille, Esme Bland était effondrée. Elle seule connaissait l'étendue de son chagrin.

Après l'homélie du révérend Kinsolving, pendant que l'orgue jouait *The Battle Hymn of the Republic*, le corps de William Grenville Junior fut conduit au cimetière Woodlawn et inhumé dans une tombe entourée de chrysanthèmes et d'œillets, près des caveaux des Vanderbilt, des Whitney et d'autres familles illustres de New York.

Bien que toujours sous calmants, Ann remarquait certains détails. Elle s'aperçut que le papier qui enveloppait les roses apportées par Babette Van Degan avait été froissé par des doigts nerveux. Elle flaira une odeur de gin sous le parfum de la visiteuse et elle pensa que Babette avait avalé une gorgée d'alcool pour se donner du courage. Est-ce ainsi que les gens vont réagir à mon égard ? se demanda-t-elle en observant la seule personne qui soit venue la voir en dehors de Cordelia.

Babette alla remplir un vase d'eau dans la salle de bains et disposa maladroitement les roses dans le récipient. Elle se piqua un doigt avec une épine.

— Merde ! cria-t-elle en épongeant une goutte de sang avec du papier de toilette.

L'incident détendit l'atmosphère. Babette posa son manteau de vison sur une chaise, approcha un fauteuil du lit et entama la conversation. Ann n'avait eu de nouvelles des funérailles que par les journaux qu'elle était autorisée à lire.

— L'église était bondée, dit Babette, et il y avait tellement de fleurs qu'on ne savait plus où les mettre.

— Comment étaient les fleurs qui couvraient le cercueil ? demanda Ann, craignant que les siennes n'aient été écartées.

— Affreuses. Des œillets rouges et orange. Le genre de fleurs qu'on met sur le dos d'un cheval vainqueur après une course.

— Simonetta d'Este était-elle là ?

— Elle est en Italie.

— En Italie ? Depuis quand ?

— Depuis deux semaines, m'a dit Fydor Cassati.

Si la princesse d'Este était en Italie le samedi précédent, à qui Billy avait-il téléphoné pendant la soirée d'Edith Bleeker ? Si elle-même ne s'était pas emportée, elle n'aurait probablement pas provoqué le terrible drame qui avait suivi.

— Babette, dis-moi quelque chose.

— Si je peux.

— Que racontent les gens sur moi ?

— Que tu t'es battue avec Billy chez Edith Bleeker.

— Quoi encore ?

— Que Billy t'a rayée de son testament.

— Qui a dit cela ?

— Les gens.

— Les gens ?
— La dame des toilettes.
— Tu me crois, n'est-ce pas, Babette, pour le rôdeur ?
Babette la scruta du regard.
— Bien sûr, répondit-elle.
— Je ne sais pas ce que je redoute le plus : la police ou ma belle-mère.

— Votre vie pourrait-elle supporter un examen approfondi, Ann ? demanda Sam Rosenthal.
— Que voulez-vous dire ?
— Vous le savez très bien. Avez-vous des infidélités à vous reprocher ?
— Je n'ai pas à répondre à cette question, protesta-t-elle indignée comme si c'était elle qui tenait les cartes en main.
— Votre arrogance ne m'impressionne pas, Mrs. Grenville, et elle sera sans effet sur le juge d'instruction s'il lui plaît de vous mettre sur la sellette.
Elle détourna la tête, terrifiée. Les larmes lui montaient aux yeux. La seule pensée de la justice l'épouvantait.
— Vous devez vous rappeler que je suis votre défenseur, Mrs. Grenville, ma tâche consiste aussi à vous préparer au pire.
Elle baissa la tête.
— Appelez-moi Ann, dit-elle.
— Votre vie pourrait-elle supporter un examen minutieux ? répéta-t-il.
— Quelle vie pourrait supporter un examen minutieux ?
— C'est la vôtre qui m'intéresse pour le moment.
— Avez-vous... euh... entendu des ragots sur moi ?
— Oui.
— Emanant de qui ?
— De plusieurs hôtes de Mrs. Bleeker.
— Ce n'est pas vrai. Les hôtes de Mrs. Bleeker ont tous déclaré que nous formions un couple idéalement assorti, Billy et moi. C'est ce que j'ai lu dans le journal.
— C'est exact.
— Alors que me racontez-vous ?
— C'est ce que les gens ont dit aux policiers qui les ont questionnés. Cependant, plusieurs de ces mêmes personnes ont écrit au commissaire des lettres anonymes déclarant qu'elles avaient subi une pression pour témoigner dans ce sens.

Ann jeta un regard circulaire sur la chambre sans fleurs. Il faudrait qu'elle se fasse apporter des photographies de ses enfants. Elle prit la carafe posée sur sa table de chevet et se versa un verre d'eau. Tout en l'avalant elle se demanda qui avait bien pu écrire les lettres anonymes. Kay Kay Somerset ? Basil Plant ? D'autres noms lui vinrent à l'esprit.

— Ces lettres sont anonymes, dites-vous ? demanda-t-elle.

— Oui, aussi n'ont-elles aucune valeur du point de vue de la justice. Mais elles contiennent des informations qui peuvent être vérifiées.

— Quel genre d'information ?

— Les noms des hommes qui ont été vos amants.

— Quels hommes ?

— Ali Khan, le vicomte Kingswood, Edward Pavenstedt.

Ann fixa la fenêtre du regard, soulagée de savoir que le nom de Billy Bob Veblen n'était pas venu gâcher cette liste de personnalités prestigieuses.

— Imaginez les manchettes des journaux, railla-t-elle.

— C'est tout ce que vous trouvez à dire ?

— Il s'agit bien d'adultère, Sam ?

— En effet.

— Alors parlons aussi de Simonetta d'Este, ou de cette petite souris d'Esme Bland, ou encore d'une certaine Winifred Plegg, alias Bootsie, qui dirige un établissement réputé pour satisfaire des goûts bizarres.

Sam Rosenthal se leva et enfila son manteau.

— La police serait stupide d'enquêter sur la vie privée de mon mari ou sur la mienne. Dans la vie de tous les couples que nous connaissons, on trouverait des mobiles de meurtre.

— N'essayez pas de jouer au plus fin avec moi. Ce qui m'intéresse, c'est l'autre partie de votre vie, la partie dont vous évitez de parler. Cachez-vous des secrets dans cette zone d'ombre ?

— Non, répondit-elle fermement.

A l'arrivée d'Alice Grenville, l'infirmière cessa de tapoter les oreillers et sortit sans mot dire. Grande et imposante dans ses vêtements de deuil, elle incarnait le souvenir de la tragédie qui continuait à alimenter les conversations.

Ann qui n'était pas préparée à cette visite avait l'air

d'un spectre. Amaigrie et les traits tirés, elle semblait presque laide. Alice remarqua que ses cheveux tant vantés étaient ternes et paraissaient même teints. Elle se demanda quel âge avait réellement sa bru. Bien qu'elle se prétendît plus jeune que Billy, elle était certainement plus âgée. Alice en était convaincue mais ce n'était pas le moment d'en parler.

— Comment vous sentez-vous, Ann ? demanda-t-elle enfin.

Elle ne fit pas mine de s'asseoir.

— Oh, Mère ! gémit Ann dont les yeux se remplirent de larmes. Oh, Mère, je suis bouleversée. J'ai tellement redouté cet instant où j'aurais à vous affronter. Je sais à quel point vous l'aimiez mais je l'aimais aussi. Vous devez me croire, c'est un accident, Mère, je vous le jure. Il est exact que nous nous sommes disputés chez Edith mais tous les couples se disputent. Il y avait bien un rôdeur, Mère, et nous avions des fusils. C'est Billy qui a voulu que nous les emportions dans nos chambres. Il a même dit : « Si tu entends du bruit, tire d'abord et pose des questions ensuite. » Laissez-moi vous raconter exactement ce qui s'est passé.

Alice releva son voile, retira son chapeau et le posa avec son sac au pied du lit.

— Je sais ce qui s'est passé, dit-elle, mais j'ai décidé de croire votre histoire. Je vous protégerai jusqu'à la fin de mes jours et mes filles en feront autant. Vous serez reçue chez moi et chez elles. Nous sommes prêtes à accepter votre version de cette tragédie.

Ann la regarda, le souffle coupé.

— Pourquoi ?

— Pourquoi ? Vous vous demandez pourquoi, Ann ? Je ne veux pas que vous passiez en jugement pour avoir tué mon fils. Je ne veux pas que tout ce linge sale soit étalé en public. Je veux que les journaux cessent d'épiloguer sur le scandale de votre vie conjugale. Enfin, et surtout, je ne veux pas que mes petits-enfants déjà si perturbés grandissent dans la honte d'avoir une mère en prison.

— Mère !

— Le testament de mon fils n'a pas encore été ouvert, mais le bruit court qu'il vous en a rayée, et j'ai de bonnes raisons de croire qu'il est fondé. Quoi qu'il en soit, je suis disposée à vous donner sur ma fortune personnelle ce que vous auriez reçu s'il ne vous avait pas déshéritée.

— L'argent ne m'intéresse pas.

— Oh que si, l'argent vous intéresse. C'est même votre principal souci. Votre amour pour mon fils est né à l'instant où vous avez mis les pieds dans ma maison pour la première fois et où vous avez compris à quel milieu appartenait votre bel enseigne.

Ann n'était pas en mesure de répondre à ces accusations. D'ailleurs, sa belle-mère avait raison.

— Naturellement, j'ai des conditions à poser, reprit Alice.

— Des conditions ? Quelles conditions ?

— Je veux que vous ne racontiez jamais à personne ce qui s'est passé à Oyster Bay samedi dernier, ni à une amie, ni à un journaliste, ni à un écrivain, jamais, tant que vous vivrez.

— J'accepte.

— Vous emporterez votre secret dans la tombe.

— J'aurais aimé que vous croyiez mon histoire, Mère.

— Je la crois.

— Je veux dire, du fond du cœur.

— J'essaie.

— Vous ai-je jamais menti ?

— Oh oui, vous m'avez menti, dit Alice en la regardant droit dans les yeux.

— Quand ? Donnez-moi un exemple.

— Vous m'avez dit que votre père était mort. Vous me l'avez répété le jour de votre mariage et à plusieurs reprises par la suite.

— Mon père est mort.

Alice ouvrit son sac et en sortit une enveloppe pleine de coupures de presse.

— D'après les journaux de ce matin, votre père est bien vivant, dit-elle. Il est conducteur de tramway à Detroit.

Ann rougit jusqu'à la racine des cheveux. Elle avait toujours craint de voir ses modestes origines étalées au grand jour, et maintenant toutes les feuilles à scandale du pays révélaient ce qu'elle cachait avec tant de soin : la vieille masure, la bizarre personnalité de sa mère, le métier peu reluisant de son père.

— Est-ce à cause de son emploi ou de son existence que vous rougissez, Ann ?

Dehors, un remorqueur glissait sur le fleuve. Ann le suivait du regard avec une attention qui reflétait sa peur d'affronter la situation présente.

— J'aime qu'on me regarde en face quand je parle, dit sèchement Alice.

— Voulez-vous ôter vos affaires de mon lit, dit Ann sur le même ton.

Alice posa son chapeau et son sac sur le rebord de la fenêtre.

— Vous ne voulez pas vous asseoir ? demanda Ann.

— Non merci.

— Comment vont les enfants ?

— Bien.

— Ils sont à l'école ?

— Je ne les ai pas encore envoyés en classe.

— Ils ne doivent pas manquer l'école.

— Vous avez sûrement lu les journaux, Ann.

— Je vous parle de mes enfants.

— Moi aussi. Les journaux commentent la situation sous tous ses aspects et ils continueront jusqu'au jour où vous comparaîtrez devant les juges. C'est le principal sujet de conversation dans le quartier. J'ai eu un entretien avec le directeur de Third et la directrice de Diantha. Tous deux estiment que les enfants seraient très mal à l'aise dans les circonstances actuelles. J'ai donc engagé un précepteur qui travaille en collaboration avec leurs maîtres et ils étudient à la maison en attendant que les choses se calment.

— Vous ne croyez pas que j'aurais dû être consultée pour ces décisions ?

Ann se sentit prise d'un début de panique. Elle se demanda si Alice avait l'intention de lui retirer ses enfants.

Alice se dit que son insolente belle-fille aurait mieux fait de penser à ses enfants avant d'assassiner leur père, mais elle préféra changer de conversation.

— Nous les avons emmenés au cinéma hier après-midi.

— Je veux les voir, dit Ann.

— Vous les verrez quand tout sera fini.

— Je veux les voir ici. Je veux qu'ils viennent à l'hôpital. Je veux qu'ils apprennent ce qui s'est passé de la bouche de leur mère.

— Je ne crois pas que ce soit sage. Il y a des journalistes qui campent en bas.

— Je veux que mes enfants me soient amenés demain, dit Ann sur le ton glacial qu'elle avait souvent employé avec Billy.

— Vous ne vous étonnez donc pas de vous trouver dans

cette clinique qui donne sur l'East River à Manhattan alors que vous devriez être à l'hôpital régional du comté de Nassau sous la juridiction de la police qui enquête sur le meurtre de votre mari ? Ou acceptez-vous ce privilège comme un dû ?

Ann sentit la peur l'envahir. Elle se rappela le policier qui la harcelait de questions avant que le médecin ne lui ait injecté le bienheureux calmant qui l'avait plongée dans le sommeil pendant plusieurs heures.

— Oui, bien sûr, je vous enverrai les enfants demain, ajouta Alice.

Elle remit son chapeau et le fixa avec deux grandes épingles. Elle remarqua alors l'absence de tout miroir dans la pièce. Avant de laisser retomber son voile de deuil sur son visage, elle scruta sa belle-fille du regard et reprit d'une voix dure :

— Je vous prie de ne plus jamais me parler sur ce ton, Ann. Je le répète : *jamais.* Vous avez besoin de moi beaucoup plus que je n'ai besoin de vous. Je ne croyais pas utile d'insister sur ce point.

— Mère, je regrette, dit Ann, la gorge serrée par l'angoisse.

Elle avança la main pour la poser sur le bras de sa belle-mère, mais Alice ignora le geste. Elle se dirigea vers la porte et sortit.

Un bouquet d'oiseaux-de-paradis laissé par une malade trônait au centre d'une table ronde dans la salle d'attente du dixième étage.

— Est-ce que vous ne détestez pas les oiseaux-de-paradis ? demanda Cordelia à sa mère qui s'asseyait près d'elle.

Alice jeta un coup d'œil sur les fleurs flamboyantes qui n'étaient plus de la première fraîcheur. Elles lui rappelaient la femme qu'elle venait de quitter. Elle ne répondit pas mais, de sa main gauche, elle frotta la manche de son manteau qu'Ann avait effleurée.

— Je la hais, dit-elle si bas que seule sa fille pouvait l'entendre.

— Vous vous sentez bien, Mère ?

— Oui. Partons.

Elles prirent l'ascenseur en silence, conscientes de la curiosité qu'elles éveillaient chez les autres occupants de la cabine, une infirmière et deux visiteurs.

Au rez-de-chaussée, Cordelia prit sa mère par le bras et

la guida vers la sortie où la voiture les attendait. Une multitude de journalistes furent instantanément sur le qui-vive. Cordelia mit sa main en écran devant le visage d'Alice pour la protéger des photographes qui les mitraillaient.

Charles, le chauffeur, se fraya un chemin à travers la foule pour aider Alice à monter en voiture. Elle s'arrêta brusquement, écarta la main de sa fille et fit face à la meute qui se pressait autour d'elle. Levant son voile, elle supporta sans ciller les éclairs des flashes qui jaillissaient de tous les côtés. Sa dignité tint le groupe en respect.

— Comment va-t-elle, Mrs. Grenville ? cria un journaliste.

— Je souffre pour mon fils, répondit-elle, mais je souffre aussi pour ma belle-fille. Je l'aime beaucoup. La mort de mon fils est due à un malheureux accident. Je n'ai jamais imaginé autre chose. Je suis lasse des rumeurs calomnieuses et des insinuations qui entourent cette tragédie. Il est temps que vous fassiez connaître la vérité. La police est convaincue depuis le début qu'il s'agit d'un accident et elle continue à le croire, car rien ne lui permet d'émettre une autre hypothèse.

Alice Grenville laissa retomber son voile comme pour mettre un point final à sa déclaration. Elle avait l'air soudain très vieille. Elle monta en voiture, soutenue d'un côté par Cordelia et de l'autre par Charles.

— Vous avez envisagé les conséquences de votre attitude, Mère ? demanda Cordelia.

— Certainement. Nous sommes liées à elle pour toujours.

— Et comment le ressentez-vous ?

— C'est un lourd tribut à payer.

Les deux femmes se turent pendant le reste du trajet.

Félicité se montra moins docile que ses sœurs. Elle se cabra devant la décision de sa mère.

— Ce ne sont pas des liens, ce sont des chaînes qui nous attachent à cette fille, protesta-t-elle. Un divorce aurait été un scandale, alors, elle est restée mariée à Billy. Maintenant, c'est un procès pour homicide qui serait trop scandaleux, alors, nous sommes obligées de la traiter en sœur toute notre vie. C'est odieux. Je la hais.

Personne ne répondit. Félicité disait tout haut ce que

les autres pensaient tout bas. Sa mère la laissa exhaler sa rancœur, puis elle prononça sur un ton sans réplique :

— Nous devons nous comporter comme si nous croyions sa version des faits. Tu entends, Félicité ? Ce qui est arrivé à Billy était un accident, et nous sommes de tout cœur avec sa veuve.

— Vous en demandez trop, Mère, gronda Félicité.

— Ce n'est pas pour elle que je vous le demande. C'est pour les enfants de Billy, mes petits-enfants. Ils sont déjà assez perturbés par la mort de leur père. Nous ne pouvons permettre que leur mère soit envoyée en prison de surcroît. Pensez aux enfants.

— Oui, Mère.

— Si votre père était encore là, il en serait arrivé à la même conclusion.

— Oui, Mère.

Quand le commissaire Kramer et l'inspecteur Pennell quittèrent la maison d'Alice Grenville, le groupe de journalistes qui les suivait depuis la nuit du meurtre leur barra la route. Entre eux, les représentants de la presse trouvaient que l'inspecteur se montrait beaucoup trop obséquieux vis-à-vis des gens puissants mis en cause par l'affaire Grenville.

— Parlez-nous du mystérieux coup de téléphone que Mrs. Grenville a donné après la mort de son mari mais avant l'arrivée de la police, demanda un journaliste de Hearst.

— Je ne sais pas où vous allez pêcher vos informations, répondit le commissaire Kramer.

— Alors, ce coup de téléphone, insista le reporter.

L'inspecteur Pennell redoutait les journalistes. Sur le North Shore, dans sa circonscription, quand il disait « pas de commentaires », les journalistes se retiraient. A New York, il n'était pas sur son terrain, et ils continuaient à le harceler.

— C'est un détail qui me paraît ridicule en comparaison des faits.

— Vérifiez les rapports de la compagnie du téléphone, et il ne vous paraîtra pas si ridicule.

— Et le coup de téléphone adressé à Mr. Grenville pendant la soirée de Mrs. Bleeker ? Pouvez-vous nous dire de qui il venait ?

— Je n'ai aucun renseignement à ce sujet.

— Quand comptez-vous interroger Mrs. Grenville ?

— Nous préférons l'interroger ailleurs qu'à l'hôpital. Il fait froid, messieurs, et j'aimerais bien monter dans ma voiture.

— Le gardien de nuit dit que Mrs. Grenville n'a appelé au secours que vingt minutes après les coups de feu.

— Cela ne me semble pas important.

— Ah non ? N'est-ce pas pendant ces vingt minutes qu'elle a donné le mystérieux coup de fil ?

— Personne ne sait exactement à quelle heure les coups de feu ont été tirés. Le gardien est probablement troublé en ce qui concerne les détails, à présent. C'est au jury d'assises qu'il appartiendra de vérifier le témoignage du gardien. Et maintenant, assez. Nous sommes pressés.

Ils démarrèrent pendant que les journalistes continuaient à lancer leurs questions. Au bout de la Cinquième Avenue, ils tournèrent à gauche.

— Bon Dieu ! soupira l'inspecteur Pennell.

— Le bruit court que mon fils aurait déshérité sa femme, dit Alice Grenville.

— Elle ne sera pas dans la misère, madame, répondit Mr. Mendenhall, le directeur de la banque.

Le ton de sa voix indiquait que la meurtrière de Billy n'inspirait guère de sympathie dans l'établissement.

— Pourquoi Billy l'a-t-il rayée de son testament ?

— En fait, il ne l'a pas complètement rayée. En réalité, il a simplement réduit sa part. Il a augmenté celles des enfants et diminué la sienne. Il avait l'intention de divorcer.

— Pourtant...

— Mais la maison d'Oyster Bay est au nom de sa femme. Elle avait insisté sur ce point quand il l'a achetée et Billy la lui a donnée. Il en va de même pour la maison de New York.

— Elle a toujours su ménager ses intérêts.

— N'oubliez pas les bijoux. Elle passe pour posséder l'une des plus belles collections de pierres précieuses de la ville. Et les tableaux.

Alice hocha la tête, consciente de la valeur des bijoux et des toiles.

— Et son portefeuille, ajouta Mr. Mendenhall.

— Quel portefeuille ?

— Billy lui donnait de temps en temps de grosses sommes d'argent, et elle est douée pour les investissements.

— Elle a une amie, Babette Van Degan.

— Oui, oui. L'ex-épouse de Dickie Van Degan, une femme qui s'y connaît en matière de Bourse. Elle a reçu cinq millions de dollars à la liquidation de son divorce et elle les a si bien fait fructifier qu'elle en possède trente actuellement.

— Par exemple !

— Et Babette Van Degan a conseillé votre belle-fille dans ses placements.

Alice se leva et arpenta un moment la pièce attenant à sa chambre, qui lui servait de bureau. Elle s'arrêta devant la fenêtre, leva le rideau et contempla le jardin et les arbres aux branches nues d'un air songeur. Enfin, elle se tourna vers son conseiller financier et déclara :

— Je vais m'occuper d'elle. Je veux qu'elle ait tout ce qu'elle aurait obtenu si Billy n'avait pas modifié son testament.

— C'est excessif, Mrs. Grenville, protesta Mr. Mendenhall, mécontent qu'une femme qui avait apporté le malheur soit traitée avec tant de générosité.

— Je ne veux pas que les journaux racontent que l'opulente famille de son mari l'a privée de quoi que ce soit. La presse s'est trop occupée de nous ces temps-ci.

— Je comprends votre point de vue.

— Néanmoins, elle n'aura que le revenu de la fortune qu'elle aurait héritée. Ce revenu lui sera versé mensuellement par moi et susceptible d'être supprimé si elle ne respecte pas les conditions que je lui ai imposées.

Après vérification, la police découvrit que le rôdeur arrêté aux environs d'Oyster Bay était de nationalité allemande. Mis au courant, Dolf von Hoffman, le consul d'Allemagne, demanda à son secrétaire de consulter la fiche de l'intéressé.

— Quels renseignements possédons-nous sur lui ?

— Il se nomme Horst Berger, vingt-deux ans, immigrant de Berlin. Entré aux Etats-Unis il y a deux ans. A déjà eu maille à partir avec la police. Son père est maçon ; lui aussi, mais il ne travaille pas. Arrêté il y a un an pour vol au marché de Mineola. D'après sa sœur, c'est un mauvais sujet.

— C'est tout ?

— Oui, monsieur.

— Je voudrais savoir s'il se trouvait dans la propriété des Grenville au moment du meurtre.

— Il prétend que non, mais il reconnaît que la veille il est entré dans le chalet de la piscine.

— Qu'a-t-il pris ?

— De la nourriture. Rien d'important.

— Etait-il armé ?

— Il avait une carabine qu'il a volée dans une maison de Mineola.

— A-t-il un avocat ?

— Non, monsieur.

— Il faut lui en trouver un.

— Pourquoi nous mêler de cette affaire ?

— Les Grenville sont des gens riches et influents. Je les ai rencontrés aux courses et à l'opéra. Quoi qu'ils puissent penser de la femme du défunt, ils ne la laisseront pas aller en prison. Ils pourraient forcer Horst Berger à dire qu'il se trouvait sur les lieux du crime, même si c'est faux, pour rendre son histoire vraisemblable. Je connais ce genre de personnes. Elles sont capables de payer la police pour qu'elle arrange les choses comme elles le désirent.

— Il y a un avocat nommé Strasser qui l'a défendu pour l'affaire du marché de Mineola.

— Engagez-le. Donnez-lui les honoraires qu'il demandera.

— Qui est-ce ? demanda Third.

— C'est un policier ? s'enquit Diantha.

— Non, non, ce n'est pas un policier, dit Ann.

Elle n'avait pas prévu que les enfants entreraient dans sa chambre sans être annoncés. Elle avait toujours réussi à séparer les divers éléments de sa vie compliquée et, quand ils se chevauchaient inopinément, elle était dépassée.

— C'est... euh... Mr. Mertens du Kansas. Voilà mes enfants, Diantha et Third.

Elle ne dit pas aux enfants que ce Mr. Mertens du Kansas était leur grand-père.

Claude Mertens avait le visage buriné et l'attitude d'un homme mal à l'aise. En se rasant fébrilement dans un environnement inhabituel, il s'était entaillé le menton et, derrière ses lunettes à monture d'acier, son regard paraissait troublé. Devant ces petits enfants distingués, il comprit instinctivement que sa casquette à visière était déplacée. Il l'ôta — et la fourra dans la poche du costume qu'il avait acheté la veille.

— Third ? répéta-t-il d'un air intrigué.

— Il porte le nom de son père, qui lui-même s'appelait comme son père. Il est donc le troisième Grenville. C'est pourquoi nous le surnommons Third.

— Heureux de vous connaître, Third, Diantha.

— Comment allez-vous ? dirent les enfants poliment.

— Nous avons vu le commissaire, ajouta Diantha.

— Il nous a posé des tas de questions, renchérit Third. Il voulait savoir si vous vous disputiez, papa et toi, mais nous avons répondu non.

— C'est grand-mère qui nous a dit de répondre non, expliqua Diantha.

— Mr. Mertens va bientôt partir, mes enfants, dit Ann. Voulez-vous attendre dehors ? Vous reviendrez dès qu'il sortira et nous pourrons profiter tous les trois de votre visite.

— Une vraie Mertens, cette petite Diantha, dit Claude, ému, après le départ des enfants.

C'était exact mais Ann Grenville avait oublié depuis longtemps tout ce qui concernait la famille Mertens.

— Elle ressemble à sa grand-mère Grenville, rectifia-t-elle. La taille, l'allure, la couleur des yeux.

— Je pense toujours à la dernière fois que nous nous sommes vus, Urse. Tu avais huit ans. Nous avons dîné ensemble à Pittsburg, chez Crowell. Tu as mangé un soufflé au fromage et bu un milk-shake au chocolat, et...

— J'avais l'âge qu'a mon fils aujourd'hui, interrompit-elle. Trop d'eau a coulé sous les ponts depuis. Il s'est passé trop de choses. J'ai vécu toute une vie sans toi. Je ne peux t'intégrer à mon existence, à présent. J'ai déjà assez de soucis. Je ne peux pas m'en créer de nouveaux.

— J'ai quelque chose à te dire, Urse. Je ne t'ai jamais abandonnée. Il faut que tu le saches. Je jure devant Dieu que je ne t'ai pas abandonnée. J'ai essayé de te retrouver.

— Tous ces Noëls, tous ces anniversaires. Jamais un mot, dit Ann le regard fixé sur le fleuve.

— Mais je t'ai envoyé cinq dollars à chaque anniversaire, à chaque Noël, même quand je n'arrivais pas à joindre les deux bouts, protesta Claude debout à la place qu'occupait Alice Grenville la veille.

Ann se tourna vers lui. Elle se souvenait des cinq dollars. Elle avait toujours cru que c'était sa mère qui les prélevait sur son maigre salaire.

— Tu as dû les recevoir, Urse, mais je n'ai jamais eu

le moindre remerciement. Après, tu as quitté Pittsburg, et plus tard Kansas City, et j'ai complètement perdu ta trace.

— Je regrette, dit Ann.

— J'ai su que tu avais changé de nom pour entrer dans le monde du spectacle, comme tu l'avais toujours désiré. Quand on m'a dit que tu t'appelais Arden, j'ai pensé que l'actrice Eve Arden, c'était toi, et j'étais tellement fier de tes succès.

— Oh, papa, murmura-t-elle, les larmes aux yeux.

— Quand j'ai lu cette histoire dans les journaux, je ne savais même pas qu'elle te concernait. C'est Ken Simons, de Pittsburg, qui m'a appelé. Tu te souviens de Ken ? Il m'a appris que tu étais Mrs. William Grenville. Ensuite, les journalistes m'ont téléphoné de partout pour me questionner sur toi. C'est ainsi que j'ai eu ton numéro et celui de ta belle-mère. Je suis désolé de leur avoir dit que tu avais quarante ans au lieu de trente-deux.

— Ne te tracasse pas, dit-elle. Après le procès, si tout va bien, je te ferai signe. Nous essaierons de rattraper le temps perdu. Mais pas maintenant, je t'en prie, papa, pas maintenant. Je ne peux pas en supporter davantage.

Horst Berger espérait que Mr. Strasser ne lui ferait pas répéter l'histoire une fois de plus. Il avait passé la majeure partie de la journée dans la propriété d'Oyster Bay avec trois inspecteurs. Il avait grimpé sur l'arbre et s'était promené sur le toit. Il savait que Mr. Strasser l'avocat que lui avait envoyé le consul d'Allemagne, ne croyait pas ce qu'il racontait.

L'avocat remarqua que le jeune homme le regardait rarement en face. En revanche, il avait les yeux attirés par la couverture du dernier numéro de *Life* que l'inspecteur Pennell avait laissé sur la table de son bureau. Ils savaient tous les deux que la revue contenait un article de dix pages intitulé « Le meurtre du siècle ».

— Ma photo est-elle là-dedans ? demanda Horst.

— Non.

— Ils m'ont photographié plusieurs fois aujourd'hui.

— Je voudrais en revenir à la nuit du meurtre, Horst, dit Strasser avec une pointe d'impatience dans la voix. Vous prétendez que vous avez attendu plusieurs heures dehors pendant que vous croyiez la maison vide puisque les Grenville étaient sortis.

— Je ne savais pas que la cuisinière était là avec les enfants.

— Et vous êtes entré dans la maison après le retour des parents. Ça ne tient pas debout, Horst.

— J'ai vu les lumières s'allumer et s'éteindre dans les différentes pièces après leur retour. Après, j'ai attendu une demi-heure avant de grimper sur l'arbre et, de là, sur le toit.

— Vous êtes monté sur l'arbre avec un fusil chargé dans la main ?

— Oui, monsieur.

— Et vous étiez sur le toit quand vous avez entendu les coups de feu dans la maison ?

— Oui, monsieur.

— Et comment en êtes-vous descendu ?

— J'ai sauté par terre.

— Toujours avec le fusil ?

— Oui, monsieur.

— Savez-vous que le toit est à cinq mètres du sol ?

— Non, monsieur.

— Vous avez fait un saut de cinq mètres dans le noir avec un fusil chargé ?

— Oui, monsieur.

— Comment se fait-il que je ne vous croie pas, Horst ?

— C'est pourtant la vérité.

— Horst ?

— *Ja* ?

— Pourquoi avez-vous commencé par dire que vous ne vous trouviez pas dans les environs de la maison Grenville cette nuit-là ?

— J'avais peur qu'on ne m'accuse du meurtre.

— Vous a-t-on forcé à modifier votre déposition ?

— Pas du tout.

— Regardez-moi dans les yeux, Horst, et répondez à ma question.

Horst Berger obéit, puis il détourna la tête.

— J'ai dit dans les yeux, Horst.

— *Ja.*

— Quelqu'un de la famille Grenville vous paie-t-il pour dire que vous étiez sur le toit samedi soir ?

Le jeune Allemand rougit tout en secouant énergiquement la tête.

— Je savais qu'il était malheureux, voyez-vous. Il n'avait pas besoin de le dire. Je suis sa mère. Le regard, le son de la voix sont plus éloquents que les mots. Nous sommes habitués dès la naissance à prononcer des phrases qui donnent le change sur nos sentiments, mais le ton de la voix est souvent révélateur.

— Oui, madame.

— J'aurais dû lui dire : « Confie-toi à moi, parle-moi, raconte-moi ce que tu as sur le cœur. » Je ne lui aurais jamais fait de reproches. Je ne lui aurais jamais dit « Si seulement tu m'avais écoutée. » Ce n'est pas mon genre. Mais je comprenais sa fierté. Il ne voulait pas que je sache que son mariage était un terrible fiasco.

— Oui, madame.

Quand elle ne s'entretenait pas avec Sam Rosenthal ou le docteur Skinner ou Mr. Mendenhall ou l'inspecteur Pennell, Alice compulsait les vieux albums de famille et en ressortait les photographies de son fils aux divers stades de sa vie pour les faire encadrer. Il y en avait sur tous les meubles de sa chambre, sur son secrétaire, sur sa coiffeuse, sur sa table de chevet. Ainsi elle pouvait voir l'image de Billy partout où son regard se posait.

— Voyez comme il était beau, dit-elle à sa femme de chambre, Lydie. C'était le jour du match Groton-Saint-Marc, quand il a marqué le fameux but. Il disait que c'était le plus beau jour de sa vie. Et son père, Lyd, il était si fier... Je sais qu'il aurait voulu prendre Billy dans ses bras et je crois que Billy n'aurait pas demandé mieux, mais vous les connaissez, ces Grenville. Ils se sont contentés de se serrer la main. Mr. Grenville a dit : « Je suis fier de toi, fils », et Billy a répondu : « Merci, père ». Ce fut le moment d'intimité le plus intense qu'ils aient connu. Oh, Lyd, pourquoi a-t-il fallu que ce malheur arrive ? Pourquoi ? Pourquoi ?

Elle se mit à sangloter convulsivement.

— J'ai pourtant mené une vie respectable. Je crois en Dieu. Je l'honore dans mes prières chaque jour. Je vais régulièrement à l'église. J'accomplis mes devoirs de mère et je remplis mes obligations de femme riche. Pourquoi ? Pourquoi un pareil coup m'a-t-il frappée ?

Alice souhaitait secrètement qu'Anne ait la décence de mettre fin à ses jours, soit en avalant une dose de pilules suffisante, soit en s'ouvrant les veines. Elle considérait sa belle-fille comme une misérable punaise qui se débat pour vivre comme si sa vie avait la moindre importance. Au début, elle ne comprenait pas les sentiments qui la submergeaient. Elle n'osait les avouer à personne, pas même à Cordelia. Elle haïssait cette danseuse de music-hall qui s'était introduite dans l'existence de Billy. Pourquoi n'avait-elle pas obéi à son instinct qui lui disait de faire obstacle à ce mariage ? Coupé de sa famille et privé d'argent, Billy n'aurait pas gardé longtemps sa cupide épouse. D'ailleurs, avec une somme substantielle, l'aventurière aurait disparu de la scène sans demander son reste. Malheureusement elle avait cédé, et Ann, qui le tenait par les sens, s'était servie de lui pour faire son chemin dans la société.

Il faisait encore nuit quand elle s'éveilla, envahie par un intense sentiment de vide. Elle consulta sa pendule. Cinq heures et demie. Bientôt les domestiques commenceraient à s'activer. Il fallait qu'elle fasse vite pour échapper aux regards curieux. Elle se leva, mit ses mules et sa robe de chambre, ouvrit la porte et scruta le couloir des yeux. Elle alla jusqu'au palier et examina les trois étages qui menaient au rez-de-chaussée. Personne. Elle descendit sans bruit. En haut, les douze Césars veillaient sur elle. Alice était sûre qu'ils l'approuvaient. Les Césars s'y connaissaient en matière de châtiment.

Il lui semblait bizarre d'agir furtivement dans sa propre maison. Dans le hall, elle se dirigea vers une porte qui donnait sur un corridor conduisant à la salle de jeux et au jardin. Dans une pièce servant de vestiaire se trouvaient entassés pêle-mêle des équipements de sport pour toutes les saisons. Sur une table de marbre était posée la cravache qui avait appartenu à William et, après lui, à Billy. A présent, ses petits-enfants s'en servaient quand ils voulaient se promener à cheval dans Central Park. Elle la prit et vérifia la solidité du cuir. Un bruit confus dans la cuisine la fit sursauter. Elle se hâta de rebrousser chemin et remonta les trois étages en serrant la cravache contre elle pour la dissimuler aux yeux perçants de Lydie si elle la rencontrait.

A mesure que la maison s'éveillait, son taux d'adrénaline montait et sa colère augmentait. Elle ferma sa porte à clé, arracha les couvertures du lit et plaça les oreillers en position verticale. Dans son esprit, ils représentaient sa belle-fille.

— Meurtrière, siffla-t-elle en levant la cravache.

Elle l'abattit brutalement sur les oreillers et continua de frapper à coups redoublés jusqu'à ce que ses forces la trahissent. Les taies étaient complètement lacérées. Les plumes affolées volaient dans tous les sens et, en les voyant jaillir des coussins, Alice eut l'impression qu'un corps se vidait de sa substance.

Elle s'installa dans sa chaise longue pour reprendre haleine. Fatiguée mais calmée, elle entreprit de faire disparaître les traces de son explosion de fureur. Elle cacha les oreillers mutilés au fond d'un placard et la cravache dans un tiroir de sa commode pour l'avoir sous la main. Elle tourna la clé dans la serrure, remit les couvertures sur le lit et se recoucha. Quelques minutes plus tard, Lydie entra avec un plateau portant un pot d'eau chaude et une assiette garnie de quartiers de citrons.

— Bonjour, madame, dit-elle. Avez-vous passé une bonne nuit ? Vous avez meilleure mine ce matin.

Tout en buvant son jus de citron chaud, Alice observa la femme qui la servait depuis un quart de siècle et un élan d'affection la porta vers elle.

— Etes-vous bien logée, là-haut, Lyd ? demanda-t-elle brusquement.

— C'est confortable, madame.

— Il y a des années que je ne suis pas montée à cet étage. Je ne me rappelle pas quelle chambre vous occupez.

— Celle qui est tout au bout du couloir, madame.

— Elle donne sur le parc ?

— Non, elle est à l'autre bout, madame. Elle donne sur la maison des Vanderbilt.

— Vous la partagez avec quelqu'un ?

— Pas depuis la mort de Mae, madame. Je suis seule.

— Et la salle de bains est juste à côté, non ?

— Oui, madame.

— Et qui partage la salle de bains ?

— Kathleen, Mary, Brigitte et Maeve.

— J'ai une idée. Vous devriez vous installer au cinquième étage. C'est là que se trouvaient les chambres des enfants. Choisissez-en une. Vous aurez votre salle de bains à vous. Cela vous plairait ?

— Oh oui, madame.

— Je ferai installer la télévision s'il n'y a pas de poste.

— Merci, madame.

— Mr. Grenville désirait que cette maison aille à Billy après ma mort. Maintenant, je ne sais pas ce qu'elle deviendra.

— Vous avez encore du temps devant vous, madame.

— Je me demande ce qu'ils pensent, là-haut.

— Qui, madame ?

— Les quatorze personnes qui logent au sixième étage

avec seulement deux salles de bains, alors que j'occupe une énorme maison à moi toute seule.

— Votre bain est prêt, madame.

— Je viens voir mon client, dit l'avocat au sergent préposé à la réception.

— Votre client ?

— Horst Berger.

— Ah oui, vous êtes Mr. Strasser, dit le sergent en compulsant quelques papiers posés sur sa table.

— C'est juste.

— J'ai un message pour vous.

— Emanant du consulat d'Allemagne ?

— Non. C'est un message de Horst Berger.

— C'est pour le voir que je suis ici.

— Il m'a dit de vous informer qu'il ne veut pas d'avocat.

— C'est ridicule.

— Je ne fais que vous lire le message qui m'a été remis.

— Je veux parler à Mr. Berger.

— Mais lui refuse de vous voir.

— Savez-vous ce que je pense, sergent ?

— Non.

— Je pense que quelqu'un paie ce gamin pour dire qu'il se trouvait à un endroit où il n'était pas, tout simplement pour appuyer l'histoire de Mrs. Grenville.

Cette fois, l'inspecteur Pennell ne fut pas pris au dépourvu par les assauts des journalistes et des photographes. En fait, il avait préparé et même répété ses réponses.

— Une enquête approfondie sur la vie des époux Grenville a révélé qu'ils formaient un couple apparemment harmonieux. Ils avaient quelques différends comme tous les gens mariés, mais ils étaient bien assortis et heureux en dépit des rumeurs qui prétendent le contraire.

Mécontents de cette réponse, les journalistes grommelèrent que Pennell était un vil lèche-bottes soudoyé par les puissantes familles du North Shore.

— Pourquoi a-t-elle téléphoné à un interlocuteur inconnu avant d'appeler la police ? demanda le correspondant de Hearst.

— Mrs. Grenville n'a téléphoné à personne sauf à la standardiste du central pour lui demander de la mettre en communication avec la police, répondit Pennell. J'aimerais bien que ces racontars cessent. Nous n'avons pas l'automatique à Oyster Bay. Tous les appels doivent passer par le central. La compagnie du téléphone n'en a enregistré aucun autre.

— Il est déjà arrivé que certains enregistrements d'appels aient été supprimés, insista O'Brien, du *Daily Mirror*.

Stanley Pennell ignora l'interruption et poursuivit :

— Tout porte à croire que la mort de William Grenville est due à un accident. Rien ne permet de supposer le contraire.

La tension avait marqué ses traits. Elle n'avait pas besoin de miroir pour lui rappeler que sa jeunesse s'était enfuie à jamais, qu'elle n'avait pas trois ans de moins que son mari comme elle le prétendait mais cinq de plus comme le proclamait la presse à la suite des malencontreuses déclarations de son père. Billy était mort depuis trois semaines et, en vingt et un jours, les huit années oubliées s'étaient inscrites sur son visage pour ne plus s'effacer.

Elle enfila une robe de deuil, se brossa les cheveux et se poudra le visage en évitant de fixer son propre regard dans la glace. Elle mit un manteau noir et un chapeau à larges bords garni d'un voile épais. Elle était prête à affronter l'épreuve qui l'attendait.

— J'ai mis vos tranquillisants dans une petite boîte en or, à l'intérieur de votre sac, Mrs. Grenville, dit l'infirmière.

— Merci.

— Voici vos gants. Il fait froid ce matin.

— Merci.

— Et vos lunettes noires. Le docteur Skinner va vous descendre dans le fauteuil roulant. Mr. Rosenthal est déjà en bas. Ils vous accompagneront tous les deux jusqu'à la voiture qui est à l'entrée de l'hôpital.

— Ma belle-mère a-t-elle envoyé sa voiture ?

— Non, madame. C'est Lee, votre chauffeur, qui est venu dans votre Rover. Mr. Rosenthal a pensé que c'était préférable à cause des journalistes.

— Merci pour tout, Miss Toomey. Veuillez accepter ceci, dit Ann en sortant une enveloppe de son sac.

— Ce n'est pas nécessaire, Mrs. Grenville.
— Je vous en prie.
— Je vais emballer tous vos effets avec les photographies des enfants, et je ferai envoyer le tout chez vous.
— Merci.
Ann aurait voulu dire à la brave femme qu'elle était terrifiée à la pensée d'affronter le jury de Mineola, mais elle se tut. Sam Rosenthal lui avait bien recommandé de ne se confier à personne car les journalistes étaient capables de payer tout individu susceptible de leur fournir des renseignements.
— Bonne chance, madame.

— Mrs. Grenville était très inquiète au sujet du rôdeur, ce soir-là, dit Kay Kay Somerset appelée à la barre. Mr. Grenville aussi. D'ailleurs, ils n'ont cessé d'en parler.
— Que savez-vous de la dispute entre les Grenville chez Mrs. Bleeker ? demanda le procureur.
— Une dispute ? Je ne suis pas au courant.
— Saviez-vous que Mr. Grenville avait reçu un coup de téléphone dans la soirée ?
— Non.
— Mrs. Grenville a-t-elle lancé un verre à la tête de son mari et brisé une porcelaine ?
— Grands dieux non. Je le saurais certainement si c'était vrai. Je me demande comment naissent les rumeurs de ce genre. Billy et Ann étaient adorables, comme toujours.
— Merci, Miss Somerset. Huissier, veuillez appeler Mrs. Gaedgens, la standardiste, et que la cuisinière se tienne prête.

Sam Rosenthal faisait la navette entre la salle du tribunal et le bureau où attendait Ann, à l'abri des journalistes et des photographes.
— Il y a un trou entre le moment où le gardien a entendu les coups de feu et l'instant où la standardiste a reçu votre appel, lui dit-il.
Ann tricotait fébrilement. Ils savaient tous les deux que c'était pendant cet intervalle qu'elle avait téléphoné à Sam, mais ils n'en parlèrent ni l'un ni l'autre.
— C'était la nuit du changement d'heure, le saviez-vous ? demanda l'avocat. En fait, tout le monde était un peu embrouillé.

La porte qui donnait sur le corridor était entrebâillée. Ann leva les yeux de son tricot au moment où Horst Berger passait, encadré par deux gardes en uniforme. Leurs regards se croisèrent, chacun reconnut l'autre d'après les photographies des journaux. Elle savait qu'il était son seul espoir. L'un des gardes l'entraîna brutalement.

Elle entendit le claquement métallique d'une porte de cellule qui se fermait et un grincement de clé dans la serrure. Son corps se raidit et un frisson la parcourut. Elle vit que Sam Rosenthal la regardait comme s'il observait sa réaction au bruit qui évoquait le sort qu'elle pourrait subir. Son visage s'empourpra.

— Il fait trop chaud ici, dit-elle en ouvrant son manteau.

— Chauffage électrique, répondit Sam.

— C'est à vous, Mrs. Grenville, dit un officier de police.

Sa comparution devant le jury fut brève. Escortée à la barre par Sam Rosenthal, elle jura sur la Bible de dire la vérité, toute la vérité et rien que la vérité, puis déposa d'une voix à peine perceptible.

Le président et le procureur la traitèrent avec les égards dus à la situation de sa belle-famille.

— Je regrette de vous soumettre à cette épreuve, Mrs. Grenville, dit le procureur, mais je vous demanderai de bien vouloir nous raconter phase par phase tout ce qui s'est passé pendant la nuit du 31 octobre dans votre propriété d'Oyster Bay.

Ann n'avait pas dévié de son récit depuis la nuit du meurtre, et elle ne devait jamais en dévier pour le reste de ses jours. Elle parla de son profond amour pour son mari, de sa crainte du rôdeur, et de la décision de Billy de monter les fusils dans les chambres ce soir-là pour leur protection et celle des enfants. Elle expliqua qu'un bruit l'avait arrachée à son sommeil. Alors, elle s'était levée. Elle avait saisi son fusil, un fusil à deux coups que Billy avait fait faire spécialement pour elle. En ouvrant la porte, elle avait aperçu une silhouette dans le passage sombre qui séparait les deux chambres, et elle avait tiré à deux reprises. Elle s'était aperçue presque aussitôt qu'elle avait pris son mari pour le rôdeur.

A ce stade de son récit, elle se mit à sangloter.

Les dix-huit membres du jury étaient suspendus à ses lèvres, fascinés par l'ancienne girl devenue femme du monde. Plusieurs d'entre eux pleurèrent avec elle. Leur verdict fut prompt. Mrs. Grenville fut déclarée innocente du meurtre de son mari. La Cour conclut à un accident tragique. Ann bénéficia d'un non-lieu. L'épreuve était terminée.

Ce jour-là, elle retourna dans son appartement de New York pour la première fois depuis le drame.

« ANN GRENVILLE INNOCENTE » proclamaient les journaux.

La nouvelle fut accueillie avec des soupirs de soulagement perceptibles du Maine à Southampton. Ce n'était pas le sort de l'ancienne girl qui provoquait ce soulagement, mais celui des familles protestantes privilégiées que l'acte odieux d'Ann Grenville avait failli livrer en pâture au public. Elles avaient serré les rangs autour d'elle, une étrangère dans leur sein, mais en réalité c'était elles-mêmes qu'elles avaient protégées. Désormais, elles pouvaient retourner à leurs affaires, à leurs banques, à leurs sports, à leurs plaisirs en sachant que leur puissance, bien que mise à l'épreuve, restait inébranlée.

— Alice Grenville a sagement agi, se disaient les membres des divers clubs réservés à l'élite.

QUATRIÈME PARTIE

— Si la duchesse de Windsor ou Mrs. Bleeker venaient, prévenez-moi immédiatement. Je veux les voir avant les autres.

C'était le jour où Ann Grenville avait décidé de recevoir les condoléances de ses hautes relations. Acquittée par le jury, elle se croyait lavée de tout soupçon. Les journalistes avaient cessé d'épiloguer sur son éventuelle culpabilité et elle était prête à reprendre sa place dans la société. Elle se considérait comme un personnage de tragédie marqué par la fatalité, et elle ne voyait pas pourquoi les autres n'accepteraient pas le jugement de la Cour. Elle chargea Cordelia d'avertir ses amis qu'elle recevrait un après-midi du début de décembre. Elle avait éprouvé une profonde rancœur en apprenant que des milliers de messages de sympathie étaient arrivés chez sa belle-mère et ses belles-sœurs alors que c'était à elle qu'ils auraient dû être adressés.

Elle examina sa maison qu'elle retrouvait après un mois d'absence. Elle redressa les coussins, remplit ses coffrets de cigarettes, réduisit le nombre des bouquets de fleurs pour la circonstance. Elle avait l'intention de recevoir les visiteurs dans sa chambre par groupes de deux ou trois pendant que les autres prendraient le thé dans le salon en attendant leur tour.

Vêtue d'une chemise de nuit en satin garnie de dentelle et d'un déshabillé assorti, elle s'installa dans une chaise longue devant la fenêtre. Ainsi ses hôtes la trouveraient gracieusement étendue sur les coussins de velours.

La sonnette retentit en bas. Elle se demanda qui c'était. La duchesse, ou Edith Bleeker ? Peut-être étaient-elles venues ensemble ? Nouveau coup de sonnette. Petal Wilson sans doute, Jeanne Twombley, ou Kay Kay Somerset. Elle sortit son poudrier et se regarda dans la glace, satisfaite de son rouge à lèvres rose pâle. Elle entendit frapper à la porte.

— Entrez, dit-elle d'une voix languissante.

— Vous avez une visite, madame, annonça la femme de chambre.

— Merci, Mary, faites entrer.

Babette Van Degan s'avança.

— Oh, Babette, s'exclama Ann déçue. Qui d'autre est là ?

— Personne, ma chérie. Il n'y a que les deux cendrillons que nous sommes.

Après le départ de Babette, elle resta longtemps immobile sur sa chaise longue. Son cendrier était plein de cigarettes à demi consumées. Elle avait les yeux rougis par les larmes. Elle trempait des mouchoirs dans un bol rempli de glaçons posé sur une petite table à côté d'elle et les appliquait sur ses paupières pour les empêcher de gonfler. Même Bertie Lightfoot l'avait abandonnée, pensa-t-elle amèrement.

Elle entendit du bruit dans la rue et regarda dehors. Une camionnette de fleuriste s'arrêta devant une maison voisine. Elle compta le nombre de bouquets : une cinquantaine environ. Sans doute donnait-on une soirée dans le quartier. Elle se sentit rejetée et se demanda si elle serait jamais de nouveau invitée quelque part.

Sous le choc de l'événement, terrifiée par la menace du procès, elle avait étouffé tout sentiment de responsabilité ou de regret. A présent, elle se rendait compte du vide que la mort de Billy laissait dans sa vie. A cette heure-là, il avait l'habitude de rentrer après s'être arrêté un moment au bar de l'un de ses clubs. Il ouvrait la porte et criait : « Je suis là », et les enfants se précipitaient dans l'escalier en appelant « papa, papa, papa ». Elle sentit son cœur se serrer et elle s'aperçut alors que l'homme qu'elle avait tué commençait à lui manquer terriblement.

Sa pendule en vermeil, cadeau du roi Louis II de Bavière à l'impératrice Elisabeth d'Autriche, sonna trois coups. Elle était épuisée mais le sommeil la fuyait. Elle se tournait et se retournait dans son lit, prisonnière de ses propres pensées. Sa vitalité s'écoulait dans l'obscurité de la chambre qu'elle avait partagée avec Billy.

Elle ne pouvait chasser de son esprit l'image de son mari mort avec son visage encore si beau malgré la lésion du crâne. Quand ce visage se glissait dans ses rêves, elle se réveillait, le corps trempé de sueur, le cœur battant à se rompre, et restait immobile plusieurs minutes. Après quoi, un peu calmée, elle s'essuyait le visage et les aisselles avec la serviette en éponge qu'elle posait tous les soirs sur son lit puis elle avalait deux des capsules rouge et turquoise qu'elle gardait à portée de main.

« Tout le monde l'a laissée tomber comme une pomme de terre brûlante. La plupart des gens n'auraient pas voulu d'elle chez eux. »

Kay Kay Somerset

— Y a-t-il du courrier, Myrna ? demanda Ann à sa secrétaire.

— Des factures que j'ai emportées au bureau, une lettre de la directrice de Spence que j'ai laissée sur votre table, une invitation à...

— A quoi ? questionna Ann avidement.

— A la présentation de la collection Mainbocher.

— Oh !

— Et la nouvelle édition du Bottin mondain que j'ai déposée à côté du téléphone dans le salon.

— Merci.

Elle avait oublié le Bottin mondain. Elle se demanda si son nom y figurait toujours. Celui de la pauvre Babette en était définitivement rayé depuis son divorce, et celui de la vedette de cinéma mexicaine de Jellico Bleeker avait disparu de l'édition publiée après la mort de ce dernier. Elle ne voulait pas laisser voir à sa secrétaire qu'elle attachait de l'importance à ce détail, aussi continua-t-elle à lire le dernier numéro de *Harper's Bazaar* en attendant que Myrna quitte la pièce.

Restée seule, elle bondit sur ses pieds et se précipita dans le salon pour consulter le Bottin posé à côté de son carnet d'adresses. Elle prit soin de tourner le dos à la porte pour que Myrna ne puisse voir ce qu'elle lisait si elle entrait.

Elle ouvrit le volume à la page des G. Naturellement, le nom d'Alice s'étalait en bonne place : Mrs. William Grenville Senior, avec ses titres et qualités. Ann hésita à regarder le nom suivant. Elle avait peur de voir ceux de Diantha et de Third sans le sien.

Mais il était là : Mrs. Grenville Junior, son adresse, son numéro de téléphone, ses clubs, ses enfants, tout était inscrit. Un immense sentiment de soulagement l'envahit. Ainsi sa situation à New York restait intacte. Elle n'était pas une simple pièce rapportée dépendant de l'existence de son mari.

Elle vit la photographie de Billy posée sur son secrétaire et se détourna. Elle ne tenait pas à rencontrer son regard. Puis elle s'approcha du cadre et le coucha sur le meuble. Il resta ainsi plusieurs jours. La femme de chambre n'osa pas le bouger. Un beau jour, cadre et photographie disparurent.

Des cordes de velours ne lui barraient pas l'accès des clubs et restaurants dont elle était devenue une habituée pendant ses années de réussite sociale, mais l'attitude des gérants et des maîtres d'hôtel était différente. S'ils restaient courtois, leur accueil était moins chaleureux. Ils savaient que certains habitués ne tenaient pas à dîner à proximité de la femme qui avait tué l'un des leurs. Pour la première fois, Ann Grenville distribua des pourboires, comme le font les riches étrangers pour jouir de quelque considération dans les villes d'eau ou les stations balnéaires à la mode.

Elle entra au *21* à une heure d'affluence en compagnie d'un couple d'Espagnols qui visitait New York. Toutes les conversations s'interrompirent et tous les regards se fixèrent sur elle. Ann arbora une expression désinvolte et suivit Mac Kriendler qui la conduisait vers la table que la famille Grenville occupait habituellement. Elle avait aspiré toute sa vie à être un point de mire et, dans la disgrâce, ce but était atteint.

Piggy French la vit approcher. Il se tourna vivement vers ses compagnons de table et se mit à bavarder en rentrant la tête dans les épaules, dans l'espoir de se rendre invisible.

— Salut, Piggy, dit Ann d'une voix exagérément suave comme si rien n'était changé dans leurs relations.

Piggy French dressa la tête comme s'il venait de s'apercevoir de sa présence et ne se leva qu'à demi.

— Oh, salut, dit-il sans prononcer son nom.

Ann s'arrêta et l'embrassa sur les deux joues pour donner l'impression que rien n'avait altéré leur amitié. Elle le regarda droit dans les yeux d'un air de défi. Piggy marmonna quelques mots entre ses dents et s'abstint de lui présenter ses invités. Ann se dirigea vers sa table et s'installa avec les Espagnols.

— Je me serais bien passé de ces effusions, dit Piggy à ses amis.

— Elle a été acquittée, n'est-ce pas ? demanda Taytsie Davis.

— Grâce à la mère de Billy, répondit Piggy. Alice Grenville est une sainte. Elle déteste Ann et pourtant elle la protège.

— Qui sont les gens qui l'accompagnent ?

— Des étrangers. Les seules personnes qui la fréquentent.

Ann enregistrait tous les affronts, toutes les humiliations pour régler ses comptes, le jour où elle recommencerait à vivre. Pour le moment, elle ne vivait pas, elle traversait une période intermédiaire entre ce qui avait été et ce qui serait.

« C'était une femme qui tirait parti de toutes les occasions que la vie lui offrait, et le rôdeur lui a offert l'occasion de devenir veuve. »

Tucky Bainbridge

Les proches d'Alice Grenville informèrent ses amis, qui passèrent le mot à leurs relations, qu'elle ne voulait pas entendre parler de la tragédie. Fidèle à sa parole, elle protégea sa belle-fille, se montrant avec elle en public pour accréditer l'idée de l'union de la famille. En présence d'Alice, les gens de la bonne société semblaient admettre Ann, mais ils lui restaient hostiles quand elle sortait seule.

Un soir, en sortant de l'opéra avec Ann, Alice dit à Charles qu'elle avait décidé de rentrer directement à la maison au lieu d'aller dîner au restaurant comme prévu. Elle referma la vitre qui les séparait du chauffeur et se tut pendant qu'Ann faisait des commentaires sur la soirée et en particulier sur une femme qui occupait la loge voisine de la leur.

— Mais oui, vous l'avez vue, Mère. Sa robe était identique à celle que Cordelia portait chez les Pell la semaine dernière. Elle est mariée à un violoniste cypriote. Il paraît qu'elle...

— Je crois que vous devriez songer à quitter la ville, interrompit Alice qui ne l'écoutait pas.

— Qu'entendez-vous par quitter la ville ? demanda Ann.

— Exactement ce que je dis. Aller ailleurs.

Comme toujours quand elle se sentait inquiète ou embarrassée, Ann se concentra sur une activité différente. Elle ouvrit sa minaudière en or incrustée de diamants et en sortit son poudrier. Les yeux fixés sur son miroir, elle se remit une couche de rouge à lèvres avec application.

— Votre maquillage est parfait, Ann.

— J'avais l'intention d'aller passer quelques semaines à Palm Beach, dit Ann tout en continuant à se refaire une beauté.

— Nous reprendrons cette conversation quand vous aurez terminé vos soins esthétiques, dit Alice en regardant dehors.

Au ton de sa belle-mère, Ann comprit qu'elle ne désarmerait pas. Elle rangea son poudrier, referma sa minaudière avec un claquement sec, poussa un profond soupir et attendit.

— Je crois que vous devriez vous éloigner, reprit Alice, et pas seulement pour passer quelques semaines à Palm Beach. A mon avis, il serait sage que vous envisagiez de partir d'ici, et même de quitter le pays.

— Jamais, protesta Ann révoltée.

— Vous devez vous rendre compte que les choses ont changé pour vous.

— Et si j'allais à Newport ?

— J'ai décidé de ne pas ouvrir ma maison de Newport cette année.

— Il y a quelque chose qui m'échappe dans cette histoire.

— Vous êtes rayée de la liste des membres de Bailey Beach, Ann. Pas vos enfants. Seulement vous. La situation serait impossible là-bas.

Piquée au vif, Ann fut tentée de recourir à son poudrier mais elle n'osa pas.

— Laissons de côté les susceptibilités pour l'instant, dit Alice, et regardons la réalité en face. Tout le monde vous lâche. Vous ne le sentez donc pas ?

— Félicité s'est sûrement précipitée chez vous pour

vous raconter qu'Edith Bleeker m'avait tourné le dos dimanche dernier à Piping Rock. Elle devait jubiler.

Alice ne répondit pas. La Packard s'arrêta devant l'entrée de la maison d'Ann. Celle-ci contempla son portail noir richement décoré, et elle eut le sentiment que sa vie dans cette maison où elle avait régné était terminée.

— Avez-vous vu la dernière édition du Bottin mondain ? demanda-t-elle comme si elle jouait son dernier atout. Mon nom n'est pas rayé.

— C'est juste.

— Vous l'avez vu ?

Alice Grenville esquissa un sourire amer.

— Si votre nom avait été rayé, j'aurais exigé que le mien et ceux de mes quatre filles le soient également.

— C'était un marché, alors ?

— C'était un marché.

Ann sentit sa gorge se serrer. Elle savait que c'était vrai. Charles attendait dehors pour lui ouvrir la portière. Elle lui fit signe qu'elle était prête à descendre.

— Autre chose, Ann, dit Alice en posant sa main sur le bras de sa belle-fille. Je désire élever mes petits-enfants.

Ann fit face à sa belle-mère, rouge de colère.

— Je savais que vous aviez cette idée dans la tête, gronda-t-elle. Je le sais depuis le jour où vous êtes venue me voir à la clinique. Jamais vous ne me prendrez mes enfants.

Charles entendit des éclats de voix. Il s'abstint d'ouvrir.

— Je vous les enverrai pendant les vacances, insista Alice, vous pourrez les voir chaque fois que vous reviendrez dans ce pays, mais je désire me charger de leur éducation.

— Je vous le répète, jamais.

— Partout où vous irez, les gens vous montreront du doigt en disant : « C'est la femme qui a tué son mari. » Croyez-vous que ce soit bon pour vos enfants ?

— Je crois savoir ce qui est bon pour mes enfants.

— Diantha et Third ont été profondément perturbés par cette terrible tragédie. Vous ne voyez donc pas qu'ils sont singulièrement taciturnes ? Ils ne retrouveront pas leur équilibre avant que les rumeurs ne s'éteignent.

— Je prendrai des avocats et j'ameuterai la presse avant de vous permettre de m'arracher mes enfants, Alice, dit Ann en se penchant sur sa belle-mère.

Elle ne l'avait jamais appelée par son prénom et elle le prononça sans aménité.

— Je vous rappelle que nous avons conclu un marché à l'hôpital. Vous vous étiez engagée à ne jamais parler à la presse jusqu'à la fin de vos jours.

— Et moi je vous rappelle que mon engagement ne concernait que la nuit de l'accident d'Oyster Bay. Il n'était pas question de votre mainmise sur mes enfants.

— Ne pointez pas votre index sur moi.

— M'avez-vous choisi un lieu de séjour ?

— Inutile de ricaner.

Ann fit signe à Charles de lui ouvrir la portière. Après avoir mis pied à terre, elle se retourna pour ajouter :

— Si Billy m'avait tuée par accident, la vie aurait continué comme si de rien n'était.

« Billy vivrait encore aujourd'hui s'il n'avait pas épousé cette actrice. »

Sass Buffington

Bien qu'elle eût vécu une douzaine d'années parmi eux, elle n'était pas devenue l'une des leurs. Les familles qui comptaient à New York, Newport, Southampton et sur le North Shore lui fermaient leurs portes. Les gens qui acceptaient de la recevoir n'étaient pas ceux qu'elle avait envie de fréquenter. Dans cette société très fermée, il était normal qu'un individu mêlé à un scandale qui risquait de lever le voile sur leur genre de vie privilégié soit exclu.

Elle se révoltait contre son sort et refusait d'admettre que c'était elle et non le destin qui avait abattu son mari. Certains croyaient que la mort de Billy était accidentelle comme elle le maintenait, mais même ceux-là savaient qu'elle était très capable de faire ce que d'autres l'accusaient d'avoir fait.

Faute d'autres solutions, elle vendit sa maison de New York et quitta le pays. En l'absence d'acheteurs, la propriété d'Oyster Bay fut fermée. Ses enfants allèrent la rejoindre en Suisse à la fin de l'année scolaire.

Plus tolérants que les Américains à son égard, les Européens n'en pensaient pas moins qu'elle s'était replongée trop vite dans le tourbillon de la vie mondaine. Au lieu de vivre en retrait pendant les premiers mois de son veuvage, elle s'était hâtée de rejoindre la cohue des célébrités internationales à la pointe de la mode. Elle racontait à ses nouvelles connaissances qu'elle se sentait exilée et se posait en victime du destin. La plupart des Européens admettaient que la mort de Billy était due à un accident ; d'autres pensaient à un crime passionnel, ce qui, à leurs yeux, était un acte excusable.

Kay Kay Somerset, qui ne lui parlait plus, l'aperçut à la présentation de la collection Givenchy à Paris. Assise sur une chaise dorée au premier rang, Ann cochait des numéros sur son programme pendant que des mannequins en robe du soir défilaient devant elle. Sans doute prévoyait-elle une saison de galas. Pire encore, étant donné les circonstances, elle continuait à chasser et voyageait avec quatre fusils dans ses bagages pour aller passer des week-ends de chasse dans les propriétés où elle était invitée en Autriche, en France ou en Espagne.

C'est au bar du *Palace Hôtel* de Saint-Moritz, en pleine saison, que je l'entendis fulminer contre moi en des termes que je préfère ne pas répéter. Non qu'elle eût tort, ses critiques étaient fondées. Naturellement, elle était ivre, ou sur le point de l'être.

Dehors, la nuit commençait à tomber. Le bar était bondé. Certains clients encore en après-ski se préparaient à monter dans leurs chambres pour s'habiller avant le dîner. D'autres étaient déjà en tenue de soirée. Tous les sièges étaient occupés. Assis sur un tabouret de bar, je bavardais avec la spirituelle Mrs. Badrutt, épouse de l'élégant propriétaire du *Palace Hôtel.* J'étais devenu une célébrité très recherchée à la suite de l'énorme succès de mon livre *Dîner aux chandelles* et du film qui en avait été tiré. Américaine européanisée, Mrs. Badrutt me situait brièvement tous les clients qui attiraient mon attention et me présentait à quelques-uns.

— Voici Mr. Basil Plant, dit-elle à une très vieille dame couverte de diamants.

C'était une comtesse ou une duchesse mais elle me demanda de l'appeler Kitty.

— Kitty a connu Proust, déclara Mrs. Badrutt.

— Mais c'est merveilleux, m'écriai-je en battant des mains. Racontez, Kitty. Comment était-il ?

— Affreux, répondit la vieille dame.

De bruyants éclats de rire fusèrent au fond de la salle. Les cocktails faisaient leur effet.

— Naturellement, même au milieu de ce groupe de

gens huppés, il faut que cette criminelle se fasse remarquer, dit Mrs. Badrutt.

— Qui ? demandai-je intrigué.

— Mrs. Grenville.

— Où est-elle ?

Elle était assise dans un coin, une épaule appuyée contre le bras de son voisin.

— Qui est l'homme ? questionnai-je.

— Le comte Zeilern. Grande noblesse, pas d'argent. Aime les femmes riches.

Ann Grenville sortit son bâton de rouge et refit le dessin de ses lèvres. Son compagnon lui murmura quelques mots à l'oreille. Elle se tourna vers lui et lui offrit sa bouche. Il se pencha sur elle et l'embrassa. Sa langue imprégnée de whisky parut la griser et elle ferma les yeux. Je suis rarement choqué. Je calculai mentalement le décalage horaire par rapport à New York en me demandant si Jeanne Twombley ou Petal Wilson seraient chez elles, sachant qu'elles apprécieraient ce genre d'histoire. Du même coup, je leur revaudrais les services qu'elles m'avaient rendus en me racontant les anecdotes savoureuses dont je me délectais.

En rouvrant les yeux, elle vit mon regard fixé sur elle. Nous ne nous étions pas revus depuis la réception d'Edith Bleeker la nuit de la tragédie. Elle se raidit. Je savais qu'elle pensait que Basil Plant était un colporteur de ragots.

C'est alors qu'elle commença à me dénigrer à haute voix. D'autres l'entendirent et se tournèrent vers moi pour observer ma réaction. La nature de nos relations avait donc changé. Je priai Mrs. Badrutt de m'excuser et je me dirigeai vers le coin de la salle où Ann Grenville était assise avec l'Allemand dont la bouche portait les traces de son rouge à lèvres. Ignorant l'homme, je dévisageai la femme qui avait toujours repoussé mes offres d'amitié. Consciente d'avoir commis une bévue, elle soutint mon regard avec insolence.

Soudain je levai les mains en faisant mine de tenir un fusil imaginaire dont le canon était braqué sur sa tête.

— C'est toi, Billy ? criai-je d'une voix haut perchée qui retentit dans le bar.

Un silence pesant me répondit. Comme l'acteur que j'avais toujours rêvé d'être, j'attendis un moment et je criai : « Pan », puis appuyant de nouveau mon index sur la détente imaginaire je répétai : « Pan » comme si je tirais le second coup. J'avais mimé la scène sans la quitter des yeux. Je vis une expression de honte remplacer l'air insolent qu'elle arborait un instant auparavant.

— Quand je raconterai cet épisode dans mon prochain roman, Pan-Pan, je vous enverrai un exemplaire de presse.

Là-dessus je tournai les talons et sortis, convaincu que j'avais bien agi. L'histoire se répandit aussitôt comme une traînée de poudre d'un bout à l'autre de l'hôtel. Ce soir-là, il ne fut pas question d'autre chose dans les salles à manger, bars et restaurants de luxe de la ville. Le lendemain, les groupes de skieurs qui arrivaient par le funiculaire pour déjeuner au *Conviglia Club* au sommet de la montagne enjolivaient les faits. « C'est toi, Billy », se criaient-ils entre eux en mimant la scène dont je les avais gratifiés la veille. Et chacun était pris d'un fou rire inextinguible.

Le jour suivant, Mrs. Grenville partit pour Paris en demandant qu'on fasse suivre au *Ritz* ses vingt-huit valises et ses quatre fusils. Le comte Zeilern ne la suivit pas mais le surnom « Pan-Pan » l'accompagna.

— Vous ne trouvez pas que c'est bizarre ?

— Quoi donc ?

J'étais assis dans un bureau du commissariat de Mineola où je lisais les témoignages des personnes présentes chez Edith Bleeker dans la nuit du meurtre de Billy Grenville.

— La duchesse de Windsor a déclaré à l'inspecteur Pennell que les Grenville formaient un couple idéalement assorti.

— Que voyez-vous de bizarre dans cette déclaration ? demanda l'inspecteur Meehan, mécontent de m'avoir autorisé à rouvrir un dossier classé.

J'avais accepté de lire quelques nouvelles écrites par Margaret Mary Meehan, la fille de l'inspecteur, pour lui dire honnêtement si je la croyais assez douée pour se lancer dans la littérature ou si elle ferait mieux de poursuivre ses études d'infirmière comme le désirait son père. Naturellement, comme un petit service en vaut un autre, je lui avais demandé en retour de me laisser consulter le dossier Grenville.

— Rien en soi, répondis-je, mais regardez. Ici, Brenda Frazier déclare elle aussi que les Grenville formaient un couple idéalement assorti. Et ici, Mrs. Phipps emploie exactement la même expression, ainsi qu'Edith Bleeker.

En fait, trente-trois des cinquante-huit personnes qui assistaient à cette soirée décrivent le couple Grenville comme idéalement assorti.

— Je ne vous suis pas.

L'inspecteur Meehan me paraissait délibérément borné mais je choisis de le traiter en confrère.

— Ces mots « un couple idéalement assorti » ne sont pas ceux qui vous viennent immédiatement à l'esprit pour décrire un couple, surtout quand les rapports des deux époux ne sont manifestement pas harmonieux.

— Qu'essayez-vous de prouver ? demanda l'inspecteur en rangeant le dossier.

— Ecoutez, il est visible que ces gens-là se serrent les coudes de façon à tenir les étrangers à l'écart. Ils ont dû se donner le mot. Il y a eu des échanges de coups de téléphone. Je les entends d'ici : « Quand la police vous questionnera, dites qu'Ann et Billy formaient un couple idéalement assorti. » Et trente-trois invités sur cinquante-huit ont répété docilement les mots suggérés. Voilà ce qui me tracasse.

— Vous feriez mieux de sortir, maintenant.

— Quant à ce rôdeur...

— Un autre jour. Partez.

« Elle voyageait de pays en pays, faisait une gaffe et s'en allait plus loin. »

Eve Soby

Elle se déplaçait avec une énorme quantité de bagages, ses fusils et ses manteaux de fourrure. Elle réussissait à circonvenir la plupart des douaniers pour qu'ils lui facilitent le passage. Les gens trouvaient étrange qu'elle continue à chasser après la tragédie dont elle était responsable, mais elle tenait à sa réputation de chasseresse et elle ne manquait aucune des grandes parties de chasse organisées sur le continent.

En Autriche, elle exigea que son hôte, le prince Windisch-Graetz, renvoie son garde-chasse qu'elle accusait de lui avoir fait des avances. Or, chacun savait que c'était le contraire qui s'était produit. Mrs. Grenville dut partir. Le garde-chasse resta.

En Espagne, le duc de Lerme la présenta au marquis de Fuego comme la veuve la plus célèbre d'Amérique et elle ne s'en formalisa pas. Lorsque, quelques semaines plus tard, le marquis mit fin à leur liaison, elle fit basculer un buste de marbre pendant qu'il descendait l'escalier de son pavillon de chasse et le manqua de justesse.

A Marrakech, la comtesse de Guigne la pria de quitter sa villa où elle attirait de jeunes Marocains qui faisaient le mur pour venir la rejoindre la nuit.

— Pourquoi ne se remarie-t-elle pas ? demanda quelqu'un à l'une des réceptions qu'elle donnait.

— Qui voudrait l'épouser ? répondit un invité. Elle est si prodigue de son corps.

Ann s'emporta.

— Rappelez-vous que c'est moi qui paie, ici, rugit-elle en pointant son index sur l'insolent.

— Comment voulez-vous que je l'oublie, Mrs. Grenville ? dit le comte Stamirsky. Si ce n'était pas vous qui payiez, vous ne seriez pas invitée.

« Elle avait trop d'amants pour que le genre d'homme qu'elle voulait pour mari ait envie de l'épouser. Et cette histoire de meurtre la suivait partout. »

Alfred Twombley

— Cette femme est en ville. Vous seriez un ange, Bertie, si vous veniez dîner, dit Alice à Bertie Lightfoot.

Chaque fois qu'Ann revenait aux Etats-Unis, Alice envoyait la voiture pour aller la chercher à l'aéroport. Elle trouvait des fleurs et une invitation à dîner dans l'appartement de la Cinquième Avenue qu'elle avait acheté après la vente de sa maison. C'était un rite immuable. Une ou deux fois par an, jamais plus, chacune des sœurs invitait Ann à une soirée. Sa présence ne manquait pas d'être signalée dans les différents salons de la ville et dans les chroniques mondaines. Ainsi chacun avait l'impression qu'Ann continuait à faire partie de la famille Grenville, et les apparences étaient sauves.

Dans les coulisses, les choses étaient différentes. Alice Grenville désapprouvait vivement la conduite scandaleuse de sa belle-fille.

— Je pensais que vous vous installeriez quelque part pour commencer une nouvelle vie. Je n'imaginais pas que vous iriez d'hôtel en hôtel et de fête en fête dans les stations à la mode. Est-ce une façon d'élever vos enfants ?

Il leur était plus facile de se parler par téléphone. Quand elles se voyaient, Alice était le plus souvent en compagnie de l'une ou l'autre de ses filles, et la conversation portait sur des sujets sans conséquence — chiffons, théâtre, livres. Au téléphone au contraire, Alice ne se gênait pas pour dire ce qu'elle avait sur le cœur.

— On raconte que vous êtes souvent ivre.

— On ? Qui est « on » ?

— Peu importe. C'est ce que l'on dit de vous qui compte.

— Et, selon vous, il n'y a pas de fumée sans feu, n'est-ce pas ?

— Contrairement à ce que vous pensez, vous n'êtes pas une héroïne de roman, Ann. Vous êtes une calamité et un fardeau encombrant. Le dîner est à huit heures.

Ann aurait préféré décliner l'invitation mais elle accepta. Alice aurait préféré qu'elle ne vienne pas mais elle la reçut.

— Connaissez-vous ma belle-fille ? demandait-elle à de nouvelles relations en présentant Ann à la ronde.

Et chacun s'émerveillait de la solidarité de la famille et de la générosité d'Alice.

Ann était mécontente de voir que sa belle-mère l'avait placée à côté de Bertie Lightfoot. Si elle s'était trouvée dans une autre maison, elle aurait changé de place la carte qui portait son nom car elle en voulait à Bertie de ne pas s'être rangé à ses côtés après la tragédie.

— Vous avez l'air en pleine forme, Ann ! s'exclama Bertie pour essayer de l'amadouer.

Elle ne répondit pas. Elle le sentait gêné et tout aussi fâché qu'elle de ce voisinage inopportun. A sa gauche était assis l'ambassadeur d'Espagne aux Nations unies et elle s'entretint avec lui en espagnol. Après les hors-d'œuvre, Beth Leary, qui se trouvait placée de l'autre côté du diplomate, entreprit de le questionner sur la restauration éventuelle de la monarchie après la mort de Franco. Lorsque l'ambassadeur se tourna pour lui répondre, Ann se sentit exclue.

— Avez-vous l'intention de garder la maison d'Oyster Bay ? demanda Bertie pour renouveler sa tentative de conversation.

— Ce n'est pas le genre de maison recherché sur le marché immobilier, répondit-elle froidement.

— Vous habitez la Suisse, je crois ?

— Je vais louer une maison en Sardaigne pour l'été et je passerai sans doute l'automne en Irlande.

Elle se demanda s'il avait appris ce qui s'était passé à Saint-Moritz.

— Pourquoi vous ai-je crue installée en Suisse ? dit-il.

— Les enfants sont à l'école là-bas et je vais les voir plusieurs fois par an.

— Comment va Dolly ?

— Elle préfère qu'on l'appelle Diantha, dit Ann sèchement.

— Ecoutez, Ann, je ne comprends pas que vous preniez cette attitude avec moi. Alice croyait que...

— Oh, Alice croyait... vraiment ! Vous voilà devenu le confident d'Alice, maintenant. C'est ce qui s'appelle profiter de la situation.

— Je vous en prie, Ann.

— Vous auriez pu m'écrire, Bertie, ou me téléphoner, ou venir me voir, dit-elle en contenant sa colère pour ne pas attirer l'attention sur elle.

— Je voulais vous écrire mais je ne savais pas quoi dire. C'était tellement affreux.

— Foutaises, Bertie. Vous n'avez jamais été à court de mots. Si vous croyez que j'ai oublié le jour où je suis venue à votre secours lorsque vous ne pouviez compter sur personne d'autre, vous vous trompez parce que je vais vous le rappeler.

— Je sais, Ann, je sais, dit-il précipitamment, affolé à l'idée que quelqu'un pourrait l'entendre.

— J'étais enceinte de huit mois à l'époque.

— Je sais.

— Si j'avais raconté l'histoire, vous auriez été la risée de New York.

— Je vous en prie, Ann.

— Tout nu, pieds et poings liés. Vous ne pensez pas que le tableau aurait provoqué l'hilarité générale dans les milieux où vous preniez tellement au sérieux votre rôle de bouche-trou numéro un ?

— Je vous en prie, Ann.

— Je n'ai jamais raconté cette histoire à personne, pas même à mon mari, et vous ne m'avez ni téléphoné ni écrit parce que vous ne saviez pas quoi dire, vous qui avez toujours quelque chose à dire en toute circonstance ?

— Pardonnez-moi, Ann, dit-il effondré. Je suis profondément désolé pour vous, pour Billy, pour les enfants, pour cette terrible tragédie.

— Trop tard, Miss Lightfoot, ricana-t-elle en le fixant du regard.

Elle comprit soudain qu'une fois de plus elle était allée trop loin en le ridiculisant de cette manière, fermant ainsi la porte à toute possibilité de réconciliation.

Les crocus se fanaient et les jonquilles étaient déjà flétries. J'ai oublié de regarder le printemps cette année, se dit Ann.

Elle était seule dans la propriété d'Oyster Bay, sans domestiques, sans enfants. Personne pour l'observer. Elle se demandait si elle pourrait rester dans la maison ou si le souvenir du drame excluait toute perspective d'habitation. Les meubles étaient recouverts de housses et les tapis roulés. Aucun spectre ne vint la troubler. Elle entra dans sa chambre, évoqua son image en chemise de nuit bleu ciel, déshabillé assorti et soutien-gorge noir. Elle ouvrit la porte, s'attendant à le voir surgir de l'autre côté du passage pour revivre la scène avec elle.

— Qui est là ? cria Ralph Wiggins. Oh, mon Dieu, c'est vous, Mrs. Grenville.

Elle passa à côté de lui sans mot dire et monta dans sa Rover. En arrivant à New York, elle décida de repartir pour l'Europe. Son passé lui collait à la peau.

« Il y a des êtres pour qui les rangs s'élargissent. Elle n'en faisait pas partie. »

Kay Kay Somerset

Ann avait toujours aimé Rosie Fairholm, l'une des rares personnes qui lui avait témoigné de l'amitié non parce qu'elle était la femme de Billy mais pour elle-même. Pourtant Rosie Fairholm la renia au *Harry's Bar* de Venise en disant à l'un des frères Van Degan, assez haut pour qu'elle l'entende :

— Il y a des limites à ne pas dépasser. Nous savons qu'elle l'a tué.

Ann cessa progressivement d'occuper le devant de la scène. On l'avait vue à Marbella en compagnie d'un beau Français, mais hors saison, et en Irlande dans un château loué par un metteur en scène de Hollywood. Elle avait eu des ennuis à Tahiti sur un yacht et risquait d'être poursuivie en justice pour dégâts commis. Brookie Herbert l'avait aperçue à la *feria* de Séville avec ses deux enfants qui la suivaient armés d'appareils photo flambant neufs. En réalité, elle n'était fixée nulle part. Elle ne faisait partie d'aucun groupe. Assise dans un coin, elle observait les convives de la table centrale. Nomade fortunée, elle errait de place en place, créait quelque incident et repartait. Exilée de son pays, les sommets qu'elle avait rêvé d'atteindre s'étaient écroulés sur elle comme ébranlés par une avalanche.

Elle traînait toujours des jeunes gens dans son sillage mais elle restait attachée à son nom honorable comme à un titre de noblesse.

Paco ne fit que passer. Pablo aussi. Chacun se plaignit de la mesquinerie dont Ann avait fait preuve à son égard. Paul vint ensuite. Paul était anglais, âgé de vingt-deux ans et beau comme tous les autres, mais différent. Il travaillait. Il était barman au *Gringo Club*, à la périphérie de Porto Cervo, où les noctambules venaient finir la nuit. Quand il n'était pas sur la plage, il consacrait ses loisirs à la rédaction d'un scénario qu'il dactylographiait sur une vieille Olivetti. Le héros de son histoire était un ancien étudiant de Cambridge qui avait trouvé un emploi de barman au *Gringo Club* en haute saison.

Pour Ann Grenville, ce fut le coup de foudre. Elle était arrivée en compagnie de gens de second ordre qu'elle avait rencontrés au cours d'une soirée de second ordre. Cette même nuit, l'Aga Khan offrait une fête somptueuse au gratin de la haute société. Déçu de ne pas voir l'élite au *Gringo Club* et refusant de se mêler au commun des mortels qui étaient déjà installés, le groupe d'Ann décida d'aller ailleurs.

— Venez, Ann, lui dit Jaime Carrera dont le bouc bien taillé ne masquait pas entièrement le menton disgracieux.

Assise sur un tabouret de bar, elle fit signe au beau barman de lui remplir son verre.

— Mais nous venons d'arriver, protesta-t-elle.

— L'ambiance est bien vulgaire ici, ce soir, dit Jaime en promenant un regard méprisant sur la foule.

Ann, jadis si soucieuse de ne fréquenter que les endroits les plus sélects en compagnie des gens les plus chics, semblait moins difficile à présent sur la qualité de ses relations.

— Lucille reçoit une bande d'amis. Nous avons décidé d'aller chez elle, insista-t-il.

— Eh bien, allez-y.

— Comment rentrerez-vous à Cervo ?

Ann regarda le barman qui lui apportait un second verre.

— Avez-vous une voiture ? lui demanda-t-elle.

— Oui, bien sûr, dit le garçon.

Le son de sa voix lui plut. Le ton n'était pas trop empressé.

— Eh bien, je rentrerai avec lui, Jaime. De toute façon, je ne peux pas supporter Lucille.

— Vous ne devriez pas frayer avec la valetaille, Ann, dit Jaime.

— *Buenas noches*, Jaime, répliqua-t-elle en le congédiant d'un geste de la main.

Elle alluma une cigarette et examina attentivement les traits et la silhouette du jeune homme.

— Vous n'avez pas l'air d'un barman, constata-t-elle.

— On me l'a déjà dit.

— Attendez que j'essaie de deviner. Vous êtes peintre ?

— Essayez encore.

— Ecrivain. Vous écrivez le grand roman du siècle.

— Le grand scénario, rectifia-t-il.

— Ah, le cinéma. Vous voyez, je n'étais pas tellement loin. Si vous êtes gentil avec moi, je vous présenterai à mon ami David Ladera. Vous savez qui c'est, n'est-ce pas ?

— Bien sûr. C'est le metteur en scène de *Dîner aux chandelles.*

— De ce petit salaud de Basil Plant.

— Vous n'aimez pas Basil ?

— Ne me dites pas que vous connaissez Basil ?

— Qui ne connaît pas Basil ?

Elle ouvrit son sac et en sortit quelques billets.

— Faites de la monnaie, mettez le tout dans le jukebox et dansons tous les deux.

— Il fait bien chaud pour danser ici.

— Otez votre chemise.

— Vous plaisantez ?

— Pas du tout ! Tenez, je vous la déboutonne.

— Laissez-moi le temps de me faire remplacer. Holà, José ! cria-t-il en s'éloignant.

— Tu sais qui c'est ? lui chuchota José à l'oreille.

— Non.

— C'est la riche Américaine qui a tué son mari.

— Il faut que je parte, murmura-t-il.

Malgré les volets et tentures qui empêchaient la lumière du jour de filtrer dans la chambre de la villa, il savait que le soleil s'était levé.

— Non, non, ne pars pas.

Elle se pencha sur lui et regarda le jeune et beau visage à la lueur de la lampe de chevet. Il lui rappelait Billy, pas le Billy qu'elle avait tué mais le Billy des débuts, le superbe Billy débordant d'amour et de vie.

— Il le faut. Je dois travailler.

— Tu viens juste de quitter ton travail.

— Mon autre boulot. J'écris trois heures tous les matins.

— Remets ta tête là, encore un peu, murmura-t-elle. J'aime voir le haut de ta tête quand tu fais ça. Oh, mon barman chéri, tu as une langue magique. Maintenant, tourne-toi un peu sans t'arrêter. Je veux te rendre la pareille.

— Je ne peux pas jouir encore une fois.

— A ton âge, bien sûr que si, tu peux.

— Je ne peux pas.

— Essaie.

Dans la frénésie de la passion rallumée, ils ne remarquèrent pas que la porte s'ouvrait ni que le petit Third se tenait immobile sur le seuil.

— Je ne sais même pas ton nom, dit-elle en interrompant un instant ses caresses pour recommencer aussitôt.

— Paul.

— Paul quoi ?

— Cooper.

— Comme Fenimore ?

— Je ne peux pas parler et baiser en même temps et je suis au bord de la jouissance.

Il enfila son pantalon, sa chemise et ses sandales. Habillé, prêt à partir, il s'arrêta au pied du lit et la regarda.

— Est-ce une passade ou as-tu quelque chose de plus durable en tête ? demanda-t-il.

Non, décidément, il ne ressemble pas à Billy Grenville, pensa-t-elle. Il avait quelque chose de lascif qui s'accordait avec ses propres goûts. Elle sourit.

— Combien gagnes-tu au *Gringo Club* ?

— Pourquoi ?

— Je triplerai ton salaire quel qu'il soit. Tu viendras t'installer ici, tu écriras tes scénarios, tu apprendras la natation et la voile à mes enfants et, la nuit, tu feras ce que nous avons fait toute cette nuit.

— Est-ce que tu me présenteras à David Ladera ?

— Il est en Irlande.

— Quand j'aurai terminé mon scénario, m'emmèneras-tu en Irlande pour que je puisse le lui montrer ?

— Oui.

— Tu es vraiment quelqu'un, Mrs. Grenville.

— Comment sais-tu mon nom ?

— Tu es célèbre, Mrs. Grenville.

— Ann.

— Bien, Ann.

— Ecris bien.

— Sais-tu que la porte de ta chambre est restée grande ouverte ?

Paul ne ressemblait ni à Paco ni à Pablo. Il avait l'air de ne rien attendre d'elle. A Milan, elle lui fit faire des costumes, des chemises et des chaussures, mais sans qu'il lui ait demandé quoi que ce soit. Elle voulait qu'il soit présentable quand elle regagnerait Paris en automne après la saison de Sardaigne.

Diantha et Third avaient accepté Paul à contrecœur. Au début, ils s'étaient même montrés tellement agressifs à son égard qu'Ann s'était demandé si l'un ou l'autre de ses enfants n'avait pas vu ce qui s'était passé dans sa chambre le soir où sa porte était restée ouverte. Mais elle n'osa pas aborder la question avec eux. En fait, ils l'intimidaient. Ils posaient sur elle un regard qui lui rappelait celui des Grenville mère et filles. Elle avait envisagé de leur parler des circonstances de la mort de leur père, mais elle s'était contentée de leur répéter que Billy avait été victime d'un accident. Elle se serait volontiers bornée à cette explication si elle n'avait pas constaté que, par un phénomène d'acoustique propre à la maison d'Oyster Bay, tout ce qui s'était dit dans sa chambre avait pu être entendu de la chambre des enfants.

Au bout d'une semaine, Paul réussit à faire la conquête de ses jeunes élèves. Il adorait la natation, la voile et le ski nautique, et il leur enseignait ces sports avec une patience infinie. Il s'était aperçu qu'ils étaient repliés sur eux-mêmes et restaient à l'écart des autres jeunes anglophones de l'île. Après avoir entendu leurs parents parler entre eux du meurtre de Billy, leurs petits camarades leur posaient des questions. Third et Diantha en souffraient et refusaient de les revoir. Paul les comprenait et, quand il était présent, la tension qui régnait entre Ann et ses enfants se relâchait.

Un jour, au retour d'une partie de voile, Paul grimpa

l'escalier qui montait à la terrasse, suivi des enfants. Il trouva Ann assise en compagnie d'une dame distinguée qui portait une robe de soie et un collier de perles et d'une femme plus jeune habillée dans le même style.

— Grand-mère, s'écrièrent les enfants en se précipitant dans les bras d'Alice et de Félicité.

— C'est une surprise n'est-ce pas ? dit Alice. Nous étions dans le midi de la France chez des amis et nous avons brusquement décidé de venir passer quelques jours près de vous. Nous sommes descendues à l'hôtel.

Aussi étonnée que ses enfants de cette visite imprévue, Ann fut déconcertée par leurs démonstrations d'affection. Jamais Diantha et Third ne l'avaient accueillie avec de telles effusions.

Quand Paul s'avança, vêtu d'un simple short très court, Alice interrompit ses explications. Ann eut soudain l'impression qu'il paraissait assez jeune pour être son fils. Félicité examina le garçon à demi nu et tourna la tête vers sa belle-sœur avec un sourire entendu. Alice, qui remarquait tout, vit qu'Ann lançait un regard d'avertissement au nouveau venu.

— Oh, Mère, Félicité, je vous présente Mr. Paul Cooper, le professeur des enfants. Paul, voici Mrs. Grenville, ma belle-mère, et Mrs. Ashcomb, ma belle-sœur.

— Professeur ? Je ne savais pas que vous aviez un professeur, mes enfants ? Que vous enseigne-t-il ?

— Les sports surtout, intervint Ann avant que les enfants aient le temps de répondre. Mr. Cooper les initie à la voile et au ski nautique. Il a terminé ses études à Cambridge et veut être écrivain.

Elle savait qu'elle parlait trop vite. Elle avait toujours eu du mal à dominer les événements qu'elle n'avait pas prévus.

— Paul, reprit-elle sur le ton qu'elle adoptait avec les domestiques, voulez-vous aller nous chercher du vin blanc et un seau de glace. Ensuite vous pourrez disposer de votre soirée. Nous dînons avec Mrs. Grenville à son hôtel.

— Oui, madame, répondit Paul, impassible.

En septembre, Diantha et Third retournèrent à l'école. Ann les emmena en Suisse. Paul resta quelques jours à Porto Cervo pour fermer la villa de location. Il avait terminé son scénario et il était temps qu'Ann le présente à David Ladera comme elle le lui avait promis. Après avoir commandé sa garde-robe d'hiver à Paris, elle partit pour l'Irlande où il devait la rejoindre.

Après la visite d'Alice, un changement s'était opéré dans leurs relations. Pour la première fois depuis le commencement de leur aventure, Paul avait eu le sentiment d'être un gigolo. Il ne lui avait pas reproché de l'avoir traité comme un domestique en présence de sa belle-mère. Il désirait tellement rencontrer le célèbre metteur en scène qu'il avait étouffé sa susceptibilité et s'était comporté comme si rien n'était changé.

Pourtant leurs rapports charnels si grisants au début étaient devenus contraignants. Craignant de le perdre, elle devenait de plus en plus exigeante et, quand il ne la satisfaisait pas comme elle le désirait, elle lui reprochait son égoïsme.

Elle envisageait son séjour en Irlande avec des sentiments mitigés. Elle avait lu le scénario et le trouvait bon mais elle se disait que, si Ladera appréciait son travail et l'engageait, Paul pourrait la quitter puisqu'il n'aurait plus besoin d'elle. D'autre part, elle pensait qu'il lui serait si reconnaissant qu'ils pourraient retrouver l'ardeur de la passion qu'ils avaient connue dans les premières semaines de leur liaison.

Le jour fixé pour le départ de Paul, la Sardaigne était enveloppée de brume et l'avion décolla avec plusieurs heures de retard. Naturellement, à Milan, il manqua la correspondance pour Londres et, à Londres, la correspondance pour Dublin. Las d'attendre, le chauffeur qui devait venir le chercher était reparti et Paul dut louer une voiture pour gagner Roscommon où résidait David Ladera. Il n'arriva qu'à deux heures du matin.

David montait l'escalier pour aller se coucher quand Paul se présenta à la porte d'entrée.

— Il y a des sandwiches et quelques bouteilles de vin dans la salle à manger, lui cria-t-il du haut des marches. Je regrette de ne pouvoir vous tenir compagnie mais j'ai un peu trop bu. Nous bavarderons demain.

— Merci, monsieur.

— Votre chambre est au fond du couloir à gauche, à côté de celle d'Ann.

Paul n'avait pas dîné. Il entra dans la salle à manger, avala deux verres de vin et plusieurs sandwiches au poulet. Fatigué par le long voyage et les contretemps, il monta avec ses bagages et une bouteille de vin. Un maître d'hôtel en robe de chambre surgit en haut de l'escalier et lui indiqua le chemin.

— Voulez-vous que je vous aide à défaire vos valises, monsieur ? demanda-t-il.

— Oh non, merci beaucoup, répondit Paul. Je tombe de sommeil et je vais me coucher tout de suite. Je m'occuperai de mes bagages demain.

Il ôta sa veste et son pantalon et se laissa tomber sur le lit en slip et en chemise. Deux secondes plus tard, il dormait profondément.

La porte de la chambre voisine s'ouvrit et Ann entra, vêtue d'une chemise de nuit en satin garnie de dentelle et d'un déshabillé assorti. Son parfum la précédait. Surprise de le trouver endormi, elle s'approcha du lit, s'assit sur le matelas et le secoua.

— Paulie, appela-t-elle, Paulie, réveille-toi.

Paul détestait ce diminutif.

— Salut, répondit-il d'une voix somnolente.

— Alors tu allais t'endormir sans même me dire bonsoir ?

— J'ai fait un voyage harassant, Ann. L'avion de Sardaigne est parti avec plusieurs heures de retard et j'ai raté toutes les correspondances. Ensuite, j'ai dû louer une voiture pour arriver jusqu'ici.

— Ainsi, tu ne comptais pas me dire bonsoir.

— Je pensais que tu dormais.

— Tu savais très bien que je t'attendais.

— J'ai vu Ladera. Il m'a dit que nous parlerions demain.

— Mr. Ladera, corrigea-t-elle.

— Mr. Ladera, répéta-t-il docilement.

Elle lui glissa une main entre les genoux et lui caressa l'intérieur des cuisses. Les yeux fermés, encore à moitié assoupi, il changea de position. Elle passa ses doigts sous son slip et se mit à masser le pénis flasque.

— Ecoute, Annie, je ne suis pas en forme, murmura-t-il. La journée a été terrible. Je suis crevé et crasseux. J'ai besoin d'un bain et d'une bonne nuit de sommeil. Attendons demain.

— J'aime l'odeur de la sueur, dit-elle en posant des lèvres avides sur sa poitrine tout en essayant de lui enlever son slip.

— Puisque je te dis que je n'en ai aucune envie, protesta-t-il avec aigreur.

— Eh bien, débrouille-toi pour en avoir envie, répondit-elle sur le même ton.

En prononçant ces paroles elle crut s'entendre parler comme elle le faisait autrefois en s'adressant à Billy.

— Pour qui me prends-tu ? gronda-t-il. Pour un robot que tu peux remonter à volonté ?

Il s'assit sur le lit, saisit la bouteille posée sur la table de chevet et but au goulot.

— Tu bois trop, dit-elle.

Il la fixa du regard. Elle remarqua dans ses yeux l'expression qu'elle voyait dans ceux de Billy Grenville pendant les derniers mois de leur vie conjugale. Il remit la bouteille en place et se recoucha à plat ventre.

Elle se leva et il crut qu'elle retournait dans sa chambre. Il ne vit pas qu'elle retirait la ceinture de cuir du pantalon qu'il avait laissé glisser sur le sol. Elle l'abattit de toutes ses forces sur ses fesses nues.

Paul bondit hors du lit et lui fit face. Il comprit qu'elle était capable de tuer.

— Tu as envie d'être baisée à ce point-là, salope ? dit-il d'une voix chargée de haine.

Il la jeta sur le lit, déchira la chemise en satin et la pénétra brutalement. Quelques secondes plus tard, l'acte était consommé. Un peu honteux, il la lâcha et ils regagnèrent leurs lits respectifs en silence.

Paul se réveilla plus tôt qu'il ne l'avait prévu compte tenu de l'heure tardive à laquelle il s'était endormi. Il avait la gorge sèche, l'haleine mauvaise, la tête douloureuse et des crampes à l'estomac. Il se rappela que la salle de bains se trouvait au fond du couloir à gauche ou peut-être à droite.

Il se sentit pris de nausée. Ses draps étaient froissés et humides de sueur. Il s'assit sur son lit. Des plumes et des fragments de papier jonchaient le sol mais il ne prit pas le temps de les examiner. Il repéra une cuvette et un broc. Il se précipita et vomit, se versa de l'eau sur la tête et recommença à vomir. Un peu soulagé, il enfila un peignoir et se dirigea vers la porte pour se mettre en quête de la salle de bains.

Le majordome qui l'avait accueilli dans la nuit se tenait sur le seuil avec un plateau d'argent garni d'une tasse de thé.

— Où est la salle de bains ? demanda Paul.

Le majordome lui indiqua le chemin.

— Je crains d'avoir fait du gâchis, dit Paul.

Quand il revint, la cuvette avait disparu, son sac de voyage bien bouclé était au milieu de la pièce ; une chemise propre, un slip, une cravate, des chaussettes, une veste et un pantalon étaient préparés sur une chaise.

— La voiture vous attend, monsieur, dit le majordome.
— Pour quoi faire ?
— Mrs. Grenville m'a informé que vous aviez changé vos projets et que vous partiez ce matin.
— Oh !
— Le train pour Dublin part à neuf heures cinq de Roscommon qui se trouve à vingt-cinq minutes d'ici, poursuivit l'homme qui exécutait les ordres dans ce drame domestique sans vouloir y prendre part.
— Où est Mrs. Grenville ? demanda Paul.
— Elle dort et ne veut pas être dérangée.
— Et Mr. Ladera ? Nous devions parler de mon scénario.
— Mr. Ladera est à la chasse.
— Et quand rentrera-t-il ?
— Pour l'heure du thé.
Paul commença à se rendre compte qu'il était congédié comme l'une des servantes qu'Ann engageait et renvoyait si facilement.
— Je vais descendre vos bagages, monsieur, et la cuisinière va vous préparer un en-cas que vous pourrez manger dans la voiture.
— Merci.
Paul s'assit sur le bord du lit pour enfiler ses chaussettes. Son attention fut de nouveau attirée par les menus morceaux de papier parsemés dans toute la pièce. Il en ramassa une poignée. Il lui fallut un moment pour comprendre qu'ils représentaient les parcelles de son scénario mis en pièces par représailles.

Quand Third et Diantha rentraient aux Etats-Unis pour les vacances, ils habitaient chez leur grand-mère pendant que leur mère restait en Europe. Alice constatait avec plaisir qu'ils avaient tous les traits des Grenville. Ils parlaient le français comme l'anglais ; mais ils étaient devenus des étrangers dans leur pays natal, et leurs anciens amis avaient trouvé de nouveaux amis pour les remplacer. Leur entourage ne pouvait s'empêcher de remarquer qu'ils étaient étrangement taciturnes. Leur grand-mère, leurs tantes et leurs cousins les emmenaient au théâtre ou au cinéma et organisaient des soirées dansantes à New York et à Newport pour les distraire.
Ils avaient toujours l'impression que leur nom produisait un effet de curiosité.
— Oui, oui, je suis le garçon qui était dans la maison

la nuit où ma mère a tué mon père, cria Third à une jeune fille qui lui demandait s'il était apparenté aux Grenville d'Oyster Bay.

Peu doué pour les études, il avait dû redoubler une classe. Interrogé sur ce qu'il voulait faire dans la vie, il répétait invariablement qu'il désirait être menuisier. Ann se moquait de lui, mais sa grand-mère lui avait aménagé un atelier dans le sous-sol de sa maison et il consacrait de plus en plus de temps à la confection de meubles en miniature.

Diantha et Third furent suivis par des médecins pendant toute leur adolescence, tant en Suisse qu'aux Etats-Unis. Ils ne se confiaient jamais à leur mère et la voyaient de moins en moins. Elle se demandait souvent s'ils avaient compris ce qui s'était passé la nuit du meurtre. Anna Gorman, qui occupait la chambre voisine cette même nuit, avait juré devant le tribunal qu'elle n'avait rien entendu. Ann se refusait à croire que la cuisinière avait été payée pour garder le silence. Elle savait seulement qu'Anna Gorman s'était retirée bien avant l'âge de la retraite et qu'elle habitait un appartement ensoleillé à Queens, mais elle n'avait pu se résoudre à aller la voir.

Third ne vécut pas assez longtemps pour emmener sa mère au bal comme elle le lui avait demandé autrefois. Sa chute fut incroyablement discrète. Il tomba sans blesser personne, sans rien endommager. Un matin, il bascula par la fenêtre de la chambre de garçon de son père, au cinquième étage de la maison de la Cinquième Avenue.

— J'ai décidé de vendre la maison avec tout ce qu'elle contient, mobilier, argenterie et vaisselle, dit Alice à Cordelia.

— Pourquoi ?

— Je compte m'installer à l'hôtel. Je recevrai au restaurant. J'ai l'intention de changer entièrement de mode de vie.

Avec l'âge, Ann avait perdu son pouvoir de séduction. Sa peau était tirée sur son visage anguleux. Les minuscules cicatrices restaient visibles au niveau des oreilles. Elle avait fait remplacer l'éclairage cru de sa coiffeuse par une lumière tamisée et, dans son boudoir, elle se voyait telle qu'elle était jadis. Elle se figurait ainsi qu'elle était toujours attirante. Dévoreuse d'hommes, elle était sans cesse en quête de proies. Elle les happait et les rejetait avant de s'en lasser, gardant ainsi l'illusion de diriger sa vie sexuelle.

— Je déteste ce manteau, dit Ann. Tu ressembles à Ann Sheridan dans *Les Amants de la nuit*.

— Toutes tes références datent d'avant ma naissance, répondit Diantha.

— C'est cette ceinture qui est affreuse, et la façon dont tu remontes ton col.

Diantha ôta son manteau et le posa sur le lit de sa mère qui protesta :

— Tu sais bien que je ne peux rien supporter au pied de mon lit.

— Ça commence bien, grommela Diantha.

Elle se sentait toujours mal à l'aise quand elle était en tête à tête avec Ann, ce qui n'arrivait pas souvent.

— Comme tu es fagotée ! Tes doigts sont tachés d'encre. Il y a combien de temps que tu ne t'es pas lavé les cheveux ?

— Oh, arrête ! Je ne suis venue que pour répondre à ton appel. Je ne suis pas en visite. Alors ? Que se passe-t-il ? Je suis pressée. J'ai un rendez-vous.

— J'espère que ce n'est pas avec ce professeur de sciences politiques aux mains velues. Je pensais que tu avais dépassé le stade mépris-des-riches.

— Je vais dîner chez grand-mère.

— Oh !

Une sirène hurla dans la Cinquième Avenue. Ann dissimula le frisson qui la parcourut. Elle n'avait jamais avoué à personne que, chaque fois qu'elle entendait ce bruit, elle frémissait de peur à l'idée que la police pouvait venir l'arrêter.

Diantha l'observa.

— Pourquoi avais-tu l'air affolée au téléphone ?

— Ma femme de chambre est partie.

— Tu l'as renvoyée ou c'est elle qui t'a quittée ?

— C'est elle qui m'a quittée.

— Qu'as-tu fait cette fois-ci ? Tu l'as accusée de voler ? A-t-elle fait des plis dans tes draps en les repassant ? Lui as-tu dit qu'elle était stupide ? Tes domestiques se succèdent si vite que je ne peux même pas me rappeler leurs noms.

— Veux-tu appeler l'agence et m'en trouver une autre ?

— Appeler l'agence et t'en trouver une autre ? Non. Tu n'as jamais pensé que c'est toi qui es responsable du départ des domestiques, pas eux ?

— Je suis mal fichue.

— Ne compte pas sur moi pour te trouver une femme de chambre. Demande donc au prince Tchelitchev dont tu ne cesses de parler.

— Son arrière-grand-père a tué Raspoutine.

— Au moins vous avez quelque chose en commun.

Diantha se leva.

— Excuse-moi, Mère, reprit-elle. Ça m'a échappé.

Ann détourna les yeux.

— Je suppose que ta pharmacie ne contient rien d'aussi simple qu'un cachet d'aspirine ? demanda Diantha.

— J'ai du Percodan mais c'est bête de le gâcher pour un simple mal de tête.

— Je ne veux pas de Percodan.

— Tes cheveux sont trop courts.

— Ils me plaisent comme ça.

— Est-ce que tu es une gouine ?

— Je savais que je pouvais te faire confiance pour réduire ma vie à un mot vulgaire, Mère, dit Diantha sur un ton plein de mépris.

— Tu l'es, n'est-ce pas ? insista Ann. Je m'en étais toujours doutée. Je me souviens de cette fille grecque qui était dans ta classe, celle qui ne se rasait pas les aisselles. Je suis au courant de tout ce qui te concerne. J'ai pris mes renseignements. La famille n'appartient même pas à la bonne société grecque. Des fabricants d'huile d'olive ou quelque chose d'analogue.

— La prochaine fois que tu auras un ennui quelconque, ne m'appelle pas. Je ne veux plus entendre parler de toi. Je me plais à Seattle. Je suis contente de diriger une librairie et surtout de ne rencontrer personne qui me demande si je suis la fille dont la mère a tué le père. On ne connaît même pas mon nom, là-bas, et quand on m'appelle Granville au lieu de Grenville, je ne rectifie pas.

— Tu ne peux pas retourner à Seattle.

— Oh que si, je le peux. C'est pourquoi je vais dîner chez grand-mère, pour lui faire mes adieux.

— Je ne te laisserai pas mon argent si tu pars. La vie ne sera pas facile pour toi.

— C'est tout ce qui compte pour toi, l'argent ? Tu sais que je me moque de l'argent, mais grand-mère a voulu que j'aille voir Mr. Mendenhall à la banque, et il m'a expliqué que tu ne disposais pas de ton capital. Tu n'en as que les revenus de ton vivant. Mon père a pris les mesures nécessaires pour que tu n'aies aucun droit dessus.

— C'est Mr. Mendenhall qui te l'a dit ?

— Je serai la fille la plus riche du monde. J'aurai ton argent, celui de Third et celui de grand-mère après sa mort. Je vais valoir des millions de dollars.

— Je ne t'ai jamais vue sous cet angle, Diantha.

— Je ressemble peut-être à mon père mais je suis aussi dure que ma mère quand on me pousse à bout, et tu m'as poussée à bout. Tu ne crois pas qu'à un certain stade de notre vie, tu nous devais des explications, à Third et à moi, sur ce qui s'est réellement passé ? Pas la fameuse version dont tu n'as jamais démordu, mais la réalité. J'avais onze ans à l'époque. Nous t'avons entendue te disputer avec papa. T'arrive-t-il d'y penser ? Ne revois-tu jamais la scène dans tes rêves ? Ne revis-tu jamais les minutes où tu as pris le fusil pour tirer sur lui ?

— C'est ce que tu as toujours pensé ?

— Toujours.

— Et Third aussi ?

— Et Third aussi.

— Pourquoi Third ne m'a-t-il jamais rien dit ?

— Il l'a fait. Il t'a laissé une carte pour la fête des mères, car c'était la fête des mères, le jour où il a sauté par la fenêtre. Je me suis souvent demandé si tu l'avais remarqué.

— Mon Dieu !

— Tu ne nous as jamais parlé de ton passé. Tu avais une mère, un père, une famille, une vie au Kansas. Tu ne nous as jamais rien dit de cette partie de ton existence, à nous, tes propres enfants. Nous ne t'aurions pas méprisée. Nous ne connaissions de toi que ta kyrielle d'amants, Jaime et Pablo et Paul et Vere et Gianni, Gunther et...

— Ne me quitte pas, Diantha. J'ai peur de rester seule. Jaime est parti. Il a ouvert mon sac et pris tout mon argent en m'accablant d'insultes. Il m'a dit que j'étais vieille.

— Il faut que je m'en aille. Je ne peux pas arriver en retard chez grand-mère. Adieu.

CINQUIÈME PARTIE

Je suivis des yeux la silhouette d'Ann Grenville qui s'éloignait sur le pont. Etait-ce là le but de ma croisière ? De nos jours, grâce à toutes les techniques accessibles aux criminels, les coupables se promènent parmi nous impunis. Certains dont je pourrais citer les noms sont encensés par les mêmes individus qui ont tourné le dos à Ann Grenville il y a quelque trois décennies.

Mon histoire commençait à prendre forme. Je suis le réceptacle des secrets d'autrui, et j'ai compris depuis longtemps qu'un secret ne présente aucun intérêt si on le garde pour soi. Oui, elle m'avait laissé entendre qu'elle ne me faisait pas confiance, mais je savais que le lendemain ou le jour suivant elle reviendrait à son poste devant le bastingage pour contempler le littoral. Elle avait commencé à parler, et elle s'était reprise, mais elle reviendrait et je serais là.

Je sentis son parfum avant même de me rendre compte de sa présence. Elle était debout près de moi, les coudes appuyés sur la rambarde.

— N'est-ce pas Seattle que nous voyons là-bas ? demanda-t-elle sans préliminaires.

— Si, répondis-je.

— Ma fille Diantha est installée dans cette ville. Elle tient une librairie. J'espérais qu'elle serait un jour une personnalité de la vie mondaine mais elle n'a rien voulu savoir. Nous sommes... comment dire... en froid.

— Combien avez-vous d'enfants ?

Elle me scruta du regard.

— Pourquoi n'ai-je jamais pu vous faire confiance, Basil ?

— Sans doute parce que nous nous ressemblons trop.

— Je crois reconnaître en vous tout ce que je déteste en moi-même.

— C'est ce que je voulais dire.

— J'ai eu deux enfants et l'un est mort. Vous le savez sûrement.

— Oui. C'est ce que j'ai appris.

— Je suis toujours embarrassée quand on me demande combien j'ai d'enfants. Dois-je répondre « deux et l'un est mort » ou simplement « un » ? Si je dis « un » je me sens coupable vis-à-vis de Third, mais si je dis « deux et l'un est mort », il faut que je donne des explications.

— Désolé.

— Moi aussi, je suis désolée. J'ai été une mauvaise mère. A bien des égards, mes enfants m'intimidaient. Ils étaient tellement aristocratiques. C'étaient des Grenville, et moi, j'ai toujours été une intruse chez les Grenville.

— Je suis sûr que vos enfants ne le pensaient pas.

— Ma fille me l'a dit la dernière fois que nous nous sommes vues.

— Pour votre fils, c'était une maladie ?

— Non.

— Un accident ?

— Non. C'était un suicide. J'ai raconté pendant des années que c'était un accident, qu'il avait fait une chute malencontreuse, mais ce n'était pas vrai. Un garçon qui a hérité de dix millions de dollars ne lave pas ses carreaux à cinq heures du matin dans une maison remplie de domestiques. C'est pourtant ce que j'ai soutenu, et si je réussissais à convaincre les gens que les choses s'étaient passées ainsi, j'arrivais à m'en persuader aussi.

— Peut-être que ça s'est réellement passé ainsi.

Elle secoua la tête.

— Il y avait un mot écrit sur une carte de vœux pour la fête des mères. Vous ai-je dit qu'il avait sauté le jour de la fête des mères ?

Cet aveu m'impressionna.

— Il vous est arrivé des choses terribles, dis-je.

— Il me semble parfois que c'est moi qui provoque ces choses terribles, répondit-elle calmement.

Je m'efforçai de prendre un air détaché pour poursuivre mon enquête :

— Esme Bland a dit à Jeanne Twombley que vous

étiez déjà mariée avant d'avoir épousé Billy et que vous n'aviez jamais divorcé. Est-ce vrai ?

Je ne sus si son visage reflétait la peur ou le soulagement.

— C'est peut-être pourquoi Esme Bland est chez les dingues aujourd'hui, ricana-t-elle.

— Est-ce vrai, Ann ? insistai-je.

Mais elle s'était détournée. J'eus brusquement envie de boire un verre. Les festivités allaient bon train dans les salons du navire. Je feignis de ne pas voir Mr. Shortell, de Tacoma, qui me faisait signe de venir me joindre à son groupe de joyeux convives coiffés de chapeaux en papier. J'avais plusieurs douzaines de bouteilles de whisky miniatures dans ma cabine. J'en avalai une, deux, trois, je pris mon bloc-notes et mon crayon, et je commençai à écrire.

La sonnerie du téléphone retentit. Il était plus de minuit. Je devinai que c'était elle qui m'appelait.

— Allô ?

— Basil ?

— Lui-même.

— C'est Ann Grenville.

— Je sais.

— Quelque chose me tracasse. Il faut que je vous dise ce que j'ai sur le cœur.

— Dites.

— Ecrivez-vous tout ce que je vous ai confié ?

— Bien sûr que non, répondis-je en me levant brusquement.

— C'est ma vie. Ce sont mes secrets. Si vous me trahissez, je vous intenterai un procès.

— Je ne vous trahirai pas.

— Basil ?

— Oui ?

— Je ne veux pas aller seule au bar au milieu de tous ces gens coiffés de chapeaux ridicules.

— Vous voulez que j'y aille avec vous ?

— Oui.

— Dans cinq minutes ?

— D'accord.

Ainsi, dans son subconscient, elle me préparait le terrain et m'engageait à faire ce qu'elle voulait m'interdire. C'est cette nuit-là que je décidai d'écrire son histoire.

Lasse de la solitude, elle avait envie d'être avec la foule sans se mêler à elle. Il restait une table libre dans le bar bruyant. Nous nous assîmes. Je commandai une bouteille de vin et nous regardâmes un moment les danseurs évoluer sur la piste.

— J'ai toujours eu envie de danser avec vous, lui avouai-je.

— Ce n'est pas aujourd'hui que vous aurez cette chance, dit-elle, néanmoins contente de cette invitation déguisée.

— Je vous ai vue un jour danser au *Stork Club.* Vous fredonniez les paroles de la chanson à l'oreille de votre cavalier.

— C'était sans doute Billy. Il adorait ça.

Je versai le vin dans nos verres. Elle vida le sien en quelques gorgées. Je le remplis de nouveau.

— Je ne pouvais pas dormir, expliqua-t-elle.

Au lieu d'élever la voix pour dominer le bruit, elle se pencha vers moi et ajouta :

— Vous êtes la première personne qui ait fait allusion à ce que vous a dit Esme Bland.

— Est-ce vrai ?

— Est-ce un bruit qui court ? Est-ce qu'il y a beaucoup de gens qui croient que j'ai été mariée et que j'ai épousé Billy sans avoir divorcé ?

— Je ne le pense pas. Personne n'a cru ce que racontait Esme Bland.

— Elle est dans un asile.

— C'est ce que vous m'avez dit.

— C'est bizarre qu'elle l'ait su.

— Est-ce vrai ?

— Billy a acheté un avion une semaine avant sa mort. Un modèle d'appareil construit dans ma ville natale au Kansas. J'en suis partie à l'âge de dix-sept ans, et je n'y suis retournée qu'une seule fois pour enterrer ma mère. Jusqu'au soir de sa mort, j'ignorais que c'était là que Billy avait acheté son avion. Quelle coïncidence !

— Et c'est là qu'il a tout découvert ?

— Il a dit à l'usine que sa femme était de la région, mais personne ne se souvenait de moi. Pourtant, un homme qui travaillait sur le terrain a appelé Billy au motel où il était descendu. Ils sont allés dîner dans un restaurant chinois et, là, il lui a appris que si sa femme s'appelait Urse Mertens, il l'avait épousée avant lui et qu'il était encore son mari.

Je repris la bouteille. Elle posa sa main sur le haut du verre pour m'indiquer qu'elle ne voulait plus boire. Sans tenir compte de son geste, je versai le vin entre ses doigts. Absorbée par ses confidences, elle vida son verre et se lécha machinalement les doigts avant de les essuyer sur sa serviette.

— Il s'appelle Veblen, Billy Bob Veblen. Nous n'étions mariés que depuis deux jours quand il s'est engagé dans les Marines. Alors, j'ai quitté Kansas City pour New York dans l'espoir que George White me donnerait un rôle dans sa revue. Je n'ai pas obtenu le rôle, mais je ne suis jamais retournée chez moi. J'ai changé de nom et j'ai commencé à travailler dans un cabaret. J'avais bien l'intention de demander le divorce un jour, mais j'ai laissé traîner les choses, et puis Billy Grenville est entré dans ma vie et tout s'est passé tellement vite.

— On m'a raconté que vous vous étiez mariés dix jours après votre première rencontre.

Elle ne parut pas m'entendre et poursuivit son récit à son propre rythme.

— Je ne trouve pas de mots pour décrire les instants que j'ai vécus à l'époque. C'était grisant d'être courtisée par un jeune homme comme Billy Grenville. J'avais l'impression de vivre un conte de fées et rien ne devait gâcher la chance que ce mariage représentait pour moi. Il était follement épris de moi, plus épris qu'il n'aurait jamais pu l'être de l'une ou l'autre des femmes de son milieu. Et s'il était si amoureux, c'est parce que je le sauvais de ce qu'il redoutait le plus pour lui-même.

— C'est-à-dire ?

— Vous devriez le savoir mieux que personne, Basil. Il avait peur d'être happé dans l'engrenage familial et il se raccrochait à moi. Sa famille me détestait. Or, sa mère et ses sœurs étaient polies, comme elles le sont toujours aujourd'hui, mais, à leurs yeux, je n'étais pas l'épouse rêvée pour leur cher petit Junior. Quand elles ont compris qu'il était bien décidé, sa mère a essayé de le convaincre d'attendre la fin de la guerre mais, s'il avait cédé, nous ne nous serions jamais mariés. Je savais qu'il fallait faire vite. Si j'avais dû engager une procédure de divorce avant de l'épouser, je l'aurais perdu. Alors j'ai pris le risque.

— Continuez, insistai-je en la sentant hésiter.

— Je vivais dans la hantise de ce qui pourrait se passer si Billy découvrait le pot aux roses. Et puis, voyant que rien ne se produisait, j'ai oublié peu à peu ce premier mariage et, à mesure que les années passaient, il m'apparaissait comme un événement irréel. Et puis, un jour, environ six mois avant l'acc... avant la mort de Billy, j'ai vu mon premier mari dans le salon de thé de l'hôtel

Astor... J'ai fait semblant de ne pas le reconnaître. C'était une sorte de présage.

— Que faisait-il là ?

— Il assistait à un congrès de techniciens de l'usine aéronautique où Billy a acheté son appareil. Je dois dire au crédit de Billy qu'il s'est toujours comporté en gentleman. Pendant que nous allions chez Edith Bleeker, il m'a demandé de divorcer et je lui ai répondu qu'il connaissait mon prix, c'est-à-dire la moitié de sa fortune. Je savais parfaitement qu'il n'accepterait jamais. Je pensais encore que c'était moi qui avais le dessus. C'est seulement quand nous sommes rentrés, après la soirée chez Edith où je lui ai fait une scène ridicule, qu'il m'a appris qu'il avait fait la connaissance de mon premier mari. Il m'a appelée Mrs. Veblen. J'ai eu l'impression que ma vie s'écroulait. Ainsi il n'avait même pas à demander le divorce, c'est-à-dire qu'il ne me devait pas la moindre pension alimentaire. J'étais complètement paniquée. Je voyais déjà les articles de presse m'accusant de bigamie. Il est entré dans la salle de bains. Pendant qu'il prenait sa douche, je suis descendue dans l'armurerie pour prendre le fusil. Il y avait cette histoire de rôdeur, vous vous en souvenez ? Billy avait dit à ce sujet qu'il fallait tirer d'abord et poser des questions ensuite. Je me suis mise à hurler, Billy est accouru et j'ai tiré deux coups. Ce n'est qu'après l'avoir tué que j'ai compris ce que j'avais fait, mais il était trop tard.

Elle s'interrompit pour fouiller dans son sac et en sortit son porte-cigarettes. Je voulus lui donner du feu mais elle avait déjà allumé son briquet. Elle inspira profondément la fumée et l'exhala lentement.

— Les gens disent que je m'en suis tirée à bon compte. Ha, ha ! Je me demande parfois si la prison n'aurait pas été préférable.

Je ne répondis pas. D'ailleurs, elle n'attendait pas de réponse.

— J'ai été prise d'un accès de folie, confessa-t-elle. J'étais sûre que la famille me renierait publiquement. Les coups de feu constituaient la preuve que j'étais bien la femme qu'ils m'avaient accusée d'être, et pire encore. Eh bien, pas du tout. Sa mère et ses sœurs m'ont soutenue, défendue, protégée. Elles ont déclaré qu'elles me croyaient, qu'elles me plaignaient. Oui, elles me témoignaient leur solidarité en public. En privé, c'était autre chose. Voyez-vous, Basil, Alice Grenville ne m'a pas protégée pour moi-même. Elle l'a fait pour mes enfants, pour le nom des Grenville. Et j'ai compris par la suite que Billy aurait agi comme elle. Il ne m'aurait jamais accusée de bigamie à cause de ses enfants. Il aurait entamé une procédure de divorce normale et il m'aurait assuré une vie décente. J'en suis convaincue.

Elle rangea son porte-cigarettes, ferma son sac et se disposa à partir.

— J'avais peur que mon passé ne soit révélé ainsi que le secret de mes modestes origines dont j'avais tellement honte, mais tout a été dévoilé après le meurtre de Billy et je n'y attache plus d'importance. Soyez indulgent pour moi, Basil, ajouta-t-elle en se levant.

Le lendemain matin, je me levai tard avec la gueule de bois. Je remarquai une note glissée sous ma porte. Elle était ainsi conçue : « Cher Basil, quand vous lirez ceci j'aurai débarqué. Je prendrai l'avion à Fairbanks. Il y a un vol direct pour New York. Amitiés. Ann Grenville. »

Mrs. Pratt, l'agent immobilier, faisait visiter la maison d'Oyster Bay à l'un des nouveaux acheteurs, un prêtre, le père Kiley.

— Il n'y a pas plus d'un mètre, dit-elle en parlant de la largeur du couloir qui séparait les chambres d'Ann et de Billy Grenville.

Elle laissait entendre qu'un mètre représentait une distance trop courte pour qu'une femme puisse confondre la silhouette de son mari nu avec celle d'un rôdeur inconnu.

Cette histoire de meurtre avait détourné les acheteurs potentiels pendant des années. C'est pourquoi la communauté ecclésiastique avait pu acquérir la propriété à un prix correspondant à ses moyens financiers.

Dehors, Ann Grenville s'entretenait avec le père Hodiac.

— J'ai toujours eu une passion pour cette maison, dit-elle les larmes aux yeux. La première fois que je l'ai vue, j'ai eu le coup de foudre. « C'est ici que nous devons vivre », ai-je dit à Billy Grenville. Elle n'était même pas à vendre mais nous avons pu l'acheter, comme si elle nous avait été destinée. Dommage que vous n'ayez pas vu mon jardin. Nous adorions tous cet endroit. Bizarre qu'il ait été le théâtre du drame qui a mis fin à tout.

Elle s'éloigna, les mains dans les poches. Pensant qu'elle préférait s'isoler avec le souvenir de sa vie gâchée, le père Hodiac s'installa sur un banc de bois et contempla les parterres envahis par les mauvaises herbes. Un peu plus tard, elle vint s'asseoir à côté de lui.

— Magnifiques, dit le prêtre.

— Quoi ?

— Ces bancs de jardin.

— Je les ai achetés en Angleterre. Ils étaient dans le château de Kingswood, près de Salisbury. Vous pouvez les garder.

— Oh non, Mrs. Grenville.

— Que voulez-vous que j'en fasse ?

— Ils sont si beaux !

— Je serais contente que vous les preniez.

— C'est étrange.

— Qu'est-ce qui est étrange ?

— Vous ne correspondez pas du tout à votre réputation. Si je ne m'étais fié qu'à ce que j'ai entendu dire de vous, je ne vous aurais pas tenue en grande estime.

— Peut-être que vous me voyez dans l'un de mes rares moments de bonté, père Hodiac.

— Je ne le crois pas.

Un martèlement de sabots et des éclats de rire retentirent dans le bois. Deux cavaliers galopaient sur une piste qui débouchait sur la propriété Grenville.

— Ils pénètrent sur vos terres, dit le père Hodiac.

— Les cavaliers sont autorisés à traverser le domaine, répondit-elle. C'est une sorte de privilège communal emprunté aux Anglais.

Ne se sachant pas observés, les cavaliers chevauchaient plus près de la maison qu'ils ne l'auraient fait si elle avait été occupée.

— Mon Dieu, ce sont les Twombley, dit Ann.

Elle s'enveloppa dans son manteau et parut se tasser comme si elle ne tenait pas à être vue.

— Ann ? appela Jeanne Twombley en tirant sur les rênes. C'est bien vous ? Regarde, Alfred, c'est Ann Grenville.

— Ann ! cria à son tour Alfred Twombley.

Ann se leva et traversa la pelouse pour se diriger vers eux. Elle s'était redressée de toute sa hauteur et sa démarche était assurée.

— Bonjour, leur dit-elle.

— Il y a tant d'années, dit Jeanne.

— Une éternité !

— Nous avons été très peinés pour Third.

— Il était si beau, mon Third, répondit Ann.

— Vous comptez rouvrir la maison ? demanda Alfred.

— Je l'ai vendue. Je viens la voir une dernière fois.

— J'espère que les nouveaux propriétaires ne sont pas des promoteurs.

— Ce sont des prêtres.

— Des prêtres ?

— Ils vont transformer le pavillon de musique en chapelle. Vos domestiques pourront aller à la messe à pied. Vous n'aurez plus besoin de les conduire à l'église de Bayville tous les dimanches. Billy était furieux de cette corvée du dimanche, surtout quand nous étions rentrés tard la veille.

Le nom de Billy parut jeter un froid. Il y eut un moment de silence. Alfred le rompit.

— Nous allons prendre le thé chez les Ebury, dit-il.

— Au fait, pourquoi ne viendriez-vous pas avec nous, Ann ? suggéra Jeanne. Neddie et Petal seront là aussi. Après, nous passerons la soirée chez nous. Venez donc.

— Mais oui, Ann, venez, insista Alfred.

— Je ne peux pas.

— Pourquoi ?

— Il faut que je retourne en ville. Je suis invitée à dîner par le prince Tchelitchev. D'ailleurs, il faut que je parte. J'ai un train à quatre heures cinquante-neuf à Syosset.

Les Twombley prirent congé.

— Pouvez-vous me conduire à la gare, père Hodiac ? demanda-t-elle au prêtre. Si cela vous dérange, j'appellerai un taxi.

Elle paraissait soudain pressée de partir.

A Syosset, elle resta assise dans la vieille Oldsmobile du jeune prêtre. Son train arriva en gare mais elle ne fit pas mine de bouger.

— Vous allez manquer votre train, remarqua le père Hodiac.

— Peu importe, répondit-elle. Je ne sais où aller.

— Mais ce dîner avec le prince dont vous avez parlé aux Twombley ?

— Je ne voulais pas qu'ils me croient en quête d'invitation un samedi soir.

— Oh, Mrs. Grenville !

— Ne me plaignez pas. Dites-moi que je suis une idiote avec ma fierté mal placée, mais ne me plaignez surtout pas.

— D'accord. Vous êtes une idiote avec votre fierté mal placée.

— Ne soyez pas trop familier non plus, dit-elle en souriant. Le prochain train n'est que dans cinquante-cinq minutes.

Il crut voir une larme briller dans ses yeux.

— J'attendrai avec vous.

— Avez-vous faim ?

— Sûrement.

— Il y a une brasserie en face. Je vous offre le plat du jour.

La serveuse versa quelques gouttes de café dans la soucoupe d'Ann Grenville. Celle-ci prit une poignée de serviettes en papier et essuya la soucoupe et l'extérieur de la tasse tout en poursuivant sa conversation.

— J'ai acquis l'allure et le comportement de la haute société mais j'ai toujours été considérée comme une étrangère ici sur le North Shore. J'ai vécu en représentation. Je n'ai cessé de jouer un rôle. Malgré mes bijoux, mes robes de grand couturier, mes tableaux de maître, j'avais le sentiment que doit avoir un étudiant boursier dans une université réservée à l'aristocratie. Vous y connaissez-vous en photographie, père ?

— Un peu. Pourquoi ?

— J'avais un certain talent en la matière. Un jour, je vous montrerai tous mes albums. J'ai l'intention d'en faire un métier.

— Quel métier ?

— Photographe. Il y a des cours publics à l'université de New York. Je me suis inscrite.

— Vraiment ?

— C'est une manière de m'occuper. Pas sous mon nom, naturellement. J'ai repris le nom que je portais avant mon mariage. Ann Arden. Je ferai transformer la chambre à coucher de ma fille Diantha en chambre noire.

— J'aimerais bien voir ça.

— Si vous venez en ville pour vos obligations ecclésiastiques, téléphonez-moi.

— Je n'y manquerai pas.

— A votre avis, pourrais-je faire une bonne catholique ?

— Cette question vous intéresse ?

— Je ne sais pas exactement.

— Nous pourrions en parler. Que faites-vous cette semaine ?

— Mercredi après-midi, il y a une vente aux enchères

de meubles français chez Parke-Bernet ! Voilà mon emploi du temps de la semaine. Ah, je crois que j'entends mon train, ajouta-t-elle en rassemblant ses affaires.

— Vous vous sentez bien, Mrs. Grenville ?

— Oui, oui, tout va bien.

— Je vous appellerai quand j'irai en ville.

— N'oubliez pas, père. Je vous emmènerai déjeuner à *La Côte basque.* L'endroit vous plaira. Et gardez les meubles de jardin. Ils sont à vous. Au revoir.

Mrs. Grenville manquait rarement une vente aux enchères. Bien qu'elle fût ignorée par ses anciennes relations, elle était toujours bien reçue chez Parke-Bernet où, même aux jours de grande affluence, sa place était réservée. Mrs. Grenville faisait des offres et achetait. Les autorités de la maison respectaient ses connaissances en matière de meubles français du XVIIIe siècle. Elle préférait une séance de vente aux enchères à une séance de cinéma parce que l'assistance constituait un spectacle en elle-même. Alors que les acheteurs moins expérimentés levaient des ardoises où s'inscrivaient leur prix, elle se contenta de faire un signe de tête imperceptible quand le commissaire-priseur la consulta du regard.

— Adjugé à Mrs. Grenville.

Tous les regards se braquèrent sur Ann. Elle se leva pour partir.

— Une bonne affaire, ces deux bergères, dit Mr. Crocus, un expert de Parke-Bernet, en la rattrapant.

— J'ai autant besoin d'une bergère que d'une balle dans la tête, répondit-elle.

L'expression lui avait échappé. Mr. Crocus prit un air embarrassé.

— Je pense à modifier la disposition de mon mobilier pour faire de la place, reprit-elle. Accepteriez-vous de garder les bergères en attendant que je sache où les caser ?

— Bien entendu.

En sortant, elle se heurta au Prince Tchelitchev qui entrait. Il lui baisa la main.

— J'espérais arriver à temps, dit-il, mais j'ai été retardé chez Petal Wilson.

— Aucune importance, répondit Ann.

— Comment s'est passée la vente ?

— Comme toutes les ventes.

— Qu'avez-vous acheté ?

— Des choses dont je n'ai aucun besoin et dont je ne sais que faire.
— Vous semblez déprimée.
— Pas du tout ; je suis en pleine forme.
— Voulez-vous que je vous appelle un taxi ?
— Merci. Je préfère marcher.
— Il fait un froid terrible.
— Peu importe.
— Puis-je vous accompagner ?
— Si vous voulez.

Elle remonta le col de son manteau de zibeline et s'engagea dans Madison Avenue. A l'angle de la Quatre-Vingt-Sixième Rue, ils tournèrent dans la direction de la Cinquième Avenue.

— N'est-ce pas votre ancienne maison ? demanda-t-il soudain.
— Non. Je n'ai jamais habité cette maison.
— Pourquoi cette pensée m'est-elle venue ?
— Ma belle-mère a passé cinquante ans de sa vie dans cette maison. Mon mari y a grandi. C'est là que mon fils est tombé par la fenêtre du cinquième étage, mais moi, je n'y ai jamais vécu.
— Qui l'a achetée ?
— Une congrégation religieuse, je crois. Si Billy n'était pas mort, nous nous serions installés là après le décès de sa mère. C'était le désir de son père. C'est un endroit qui porte malheur.
— Magnifique, ce lustre, dit le prince en jetant un coup d'œil à l'intérieur par les fenêtres sans rideaux.
— Un jour, à la veille d'un bal, ce lustre est tombé sur l'homme qui le nettoyait et l'homme est mort. Le bal a eu lieu quand même, et personne n'a fait mention de l'accident.
— Mon Dieu !
— On me reproche d'être dure, je le sais, mais ma belle-mère est plus dure encore. Pourtant, elle passe pour une sainte.
— Vous continuez à la voir ?
— De temps en temps, mais rarement. Quand je vivais à l'étranger, elle donnait un dîner en mon honneur chaque fois que je revenais à New York. Maintenant c'est fini.
— Vous voici chez vous.
— Merci, Alexis. Je vous aurais bien offert d'entrer mais je suis fatiguée.
— Ça ne va pas ?

— Mais si, ça va très bien.

Elle prit son courrier sur la table du vestibule. Dans une grande enveloppe apportée par un messager, elle trouva un numéro hors série de *Monsieur*, une élégante revue contenant le premier chapitre du roman tant attendu de Basil Plant. Son intuition l'avertit que l'histoire la concernait. Elle le revoyait en pensée l'observant, l'écoutant, la scrutant sur le navire de croisière. Sans enlever son manteau, elle entra dans son salon encombré de meubles qu'elle allait devoir déplacer pour caser ses achats de l'après-midi. Elle alluma une lampe, s'assit sur un sofa en damas blanc et commença à lire le chapitre intitulé : « Annie, prends ton fusil. »

Une heure plus tard, elle était toujours assise à la même place. Elle resta longtemps immobile. Pendant des années, elle avait donné l'impression d'être imperméable aux affronts et aux critiques parce qu'elle croyait qu'un jour, tout serait oublié et qu'elle aurait suffisamment expié. Elle savait à présent que ce jour ne viendrait jamais. Le livre de Basil Plant allait ramener la vieille histoire à la surface. Une nouvelle génération épiloguerait sur le sujet, et la blessure se rouvrirait. Basil Plant était le premier qui l'eût traitée de criminelle. Jamais elle n'avait vu le mot imprimé à son sujet.

Une immense lassitude la submergea. Elle se leva pour se regarder dans le miroir qui surplombait le marbre de la cheminée. Dans la pénombre, elle se vit telle qu'elle était elle-même, elle prit sa décision. Depuis des semaines, elle n'accomplissait que les gestes automatiques de la vie. L'idée de la mort lui effleurait souvent l'esprit. Elle était lasse de fuir et d'errer. Elle sortit une bouteille de vodka de l'armoire à liqueurs et passa dans la cuisine pour chercher des glaçons.

A l'étage, elle se fit couler un bain et y versa de l'essence parfumée mais elle ne s'attarda pas dans l'eau chaude. Elle changea les draps de son lit, remonta sa pendule en vermeil et enfila une chemise de nuit en satin garnie de dentelle, faite tout spécialement pour elle à Paris, avec un déshabillé assorti. Elle s'assit devant sa coiffeuse, se maquilla et se parfuma en se félicitant d'être allée chez le coiffeur dans la matinée. Elle ôta son saphir et ses brillants et contempla leur reflet dans la glace. Ces bijoux reviendraient à Diantha.

Un brusque sentiment de regret l'envahit. Elle n'avait pas eu le moindre contact avec sa fille depuis des années.

Elle s'inquiétait des répercussions que le roman de Basil Plant allait avoir sur la vie de Diantha. Elle prit le téléphone et composa le numéro de sa fille à Seattle.

— Ici la résidence de Miss Grenville, dit une voix.

— Est-elle là ?

— Non, elle est absente.

— Savez-vous où je pourrais la joindre ? demanda Ann.

— Non. Voulez-vous laisser un message ?

— Dites-lui que sa mère lui a téléphoné. Merci.

Ann raccrocha, puis reprit l'appareil pour appeler sa belle-mère. Depuis le jour où Alice avait compris que ses relations la laissaient gagner au bridge parce qu'elle était vieille, elle s'était contentée de jouer avec ses infirmières car c'était l'un des rares plaisirs qui lui restaient. Peu après, elle s'installa dans un appartement au sommet du *Waldorf*, cessa de recevoir, et ne maintint qu'un contact téléphonique avec ses amis. Seules ses filles, ses infirmières et ses domestiques étaient témoins de son déclin. Bertie Lightfoot incitait souvent ses amis à appeler la vieille dame.

— Racontez-lui ce qui se passe dans le monde. Parlez-lui des réceptions et des soirées. Elle s'intéresse à tout. Elle a l'esprit vif et perçant. C'est le corps seulement qui ne va pas.

— Allô, dit une voix brisée de très vieille femme.

— Alice ?

— Oui. Qui parle ?

— Ann.

— Oh, Ann. Que se passe-t-il ?

— J'essaie de joindre Diantha. Je supposais que vous connaissiez ses coordonnées.

— Elle habite Seattle.

— Je sais mais elle n'est pas chez elle. Je pensais que vous pourriez me renseigner. J'ai besoin de lui parler.

— Je joue au bridge, Ann, rappelez demain.

— Au revoir, Mère.

Elle n'avait pas appelé sa belle-mère ainsi depuis des années. Alice dressa l'oreille.

— Je suis désolée, reprit Ann doucement.

— Désolée de quoi ?

— Au sujet de Billy, répondit Ann d'une voix à peine perceptible.

— Parlez plus fort, Ann. J'entends mal.

— Je suis désolée de vous avoir dérangée dans votre partie de bridge.

Elle s'assit devant son secrétaire et commença une lettre à Diantha. « Je veux mettre les choses au point », écrivit-elle, et elle lui donna toutes les explications qu'elle avait toujours évité de fournir à ses enfants.

Elle prit un flacon de pilules de Seconal dans son armoire à pharmacie et les avala l'une après l'autre avec un verre de vodka, tout en continuant à écrire.

C'est alors qu'elle se souvint de son portrait caché dans une penderie, derrière une collection de manteaux de fourrure. Elle voulut le revoir. Les pilules commençaient à faire leur effet et elle savait qu'elle devait se dépêcher. Elle sortit le Dali. La toile lacérée dans un accès de fureur avait été réparée à son insu. Elle examina le visage de la superbe jeune femme chez qui l'artiste avait décelé l'esprit du mal. Elle se demanda pourquoi elle n'avait pas détruit le tableau. Affaiblie par l'infiltration de la drogue dans son organisme, elle dut s'étendre sur son lit avant de pouvoir replacer le portrait dans sa cachette.

Elle décrocha le téléphone posé sur sa table de chevet et composa le numéro de sa maison d'Oyster Bay. Son appel reçut une réponse immédiate.

— Allô ?

— Puis-je parler au père Hodiac ? demanda-t-elle.

— C'est lui-même.

— Ici, Ann Grenville, père.

— Oh ! s'exclama le prêtre qui parut heureux de l'entendre. Avez-vous fait aménager la chambre noire ?

— La chambre noire ? Je ne comprends pas.

— Pour la photographie.

— Oh ! non, pas encore.

— Vous vous sentez tout à fait bien, Mrs. Grenville ?

— Oui, répondit-elle d'une voix faible. Père ?

— Oui ?

— Je ne suis pas catholique.

— Je le sais.

— Pouvez-vous prier pour quelqu'un qui n'est pas catholique ?

— Bien sûr.

— Alors, priez pour moi, père.

— Certainement.

— La maison vous plaît ?

— Beaucoup.

— Un jour, après la mort de mon mari, je suis montée au premier étage dans la chambre des enfants. J'ai constaté que je pouvais entendre clairement tout ce que disaient les gens restés dans ma propre chambre située au rez-de-chaussée, à l'autre bout de la maison. Par un phénomène acoustique, leurs voix me parvenaient comme si j'étais dans la même pièce qu'eux. J'ai compris ainsi que les enfants avaient entendu les échos de notre querelle, la nuit où leur père a été tué. Cette pensée n'a cessé de me hanter. Si jamais vous rencontrez ma fille, père, voulez-vous le lui dire ? Voulez-vous lui dire que je regrette ? Dites-lui que je l'aime.

— Mrs. Grenville, ça ne va pas ?

— Promettez, père.

— Je promets.

— Il faut que je vous quitte, père.

Pendant qu'elle attendait la mort, parfaitement coiffée, maquillée, soignée jusqu'au bout des ongles, elle se demandait si quelqu'un assisterait à ses funérailles. Alice Grenville l'enterrerait-elle près de Billy et de Third, dans le caveau familial ? Elle se mit à penser à Dieu, à l'au-delà. Y avait-il réellement un après et, dans ce cas, retrouvait-on ceux qui étaient déjà partis ? Peut-être reverrait-elle Billy Grenville.

D'après la chronique nécrologique, Ann Grenville, veuve de William Grenville Junior, mère de Diantha Grenville, belle-fille d'Alice Grenville, était morte dans son appartement de la Cinquième Avenue. Elle avait cinquante-sept ans et souffrait de troubles cardiaques. Soupçonnée d'avoir assassiné son mari, elle avait été disculpée de toute accusation en 1955.

L'annonce du décès passa presque inaperçue et, quand la nouvelle se fut répandue, la plupart des gens qui seraient venus aux obsèques étaient partis pour le weekend. L'office fut célébré à l'église épiscopale Saint-James, sur Madison Avenue, en présence d'une trentaine de personnes, sans journalistes ni photographes. L'assistance pensait à d'autres funérailles qui avaient eu lieu vingt ans auparavant dans la même église, suivies par des milliers de personnes et par les présidents des clubs qui avaient mis leurs drapeaux en berne.

Babette Van Degan avait lu l'annonce. Des larmes lui étaient montées aux yeux. Ann Grenville aurait été surprise de voir que Babette Van Degan, qui n'avait pas joué un rôle primordial dans sa vie depuis des années, manifestait plus de regrets que les principaux acteurs de son histoire.

— Ils auraient pu se contenter d'un autel latéral, chuchota Babette à Bertie Lightfoot assis près d'elle. Je suis quand même étonnée de vous voir ici, ajouta-t-elle.

— Je ne suis venu que par égard pour ma chère Alice, répondit Bertie qui tenait à préciser sa position dans le camp de la grande famille Grenville. Alice Grenville est mon amie.

Babette retint la réponse qui lui venait à l'esprit. Elle se contenta d'approcher son visage du sien pour le scruter du regard, sachant qu'elle l'embarrassait. Elle constata qu'il avait les cheveux teints et les yeux « faits ».

— Je ne savais pas qu'Ann souffrait de troubles cardiaques, dit-il sur un ton conciliant dans l'espoir que Babette cesserait de l'observer.

— En tout cas, vous saviez qu'elle n'avait pas cinquante-deux ans, répondit Babette en ajustant les plis de son ample manteau de vison.

Elle était contente que l'automne se soit enfin installé. L'été de la Saint-Martin lui avait paru interminable. Elle se sentait moins grosse quand elle pouvait s'envelopper dans ses fourrures.

— Voulez-vous dire qu'elle n'avait rien au cœur ? murmura Bertie dont l'intérêt s'éveillait.

— Ch... chut, fit Babette en posant son index sur ses lèvres, laissant des traces de rouge sur son gant.

— Vous ne voulez pas dire...

— Votre amie Alice fait son entrée.

— Quelle femme merveilleuse, dit Bertie.

C'était le refrain que répétait invariablement l'entourage d'Alice Grenville chaque fois que son nom était prononcé. Tous connaissaient la mansuétude dont elle avait fait preuve à l'égard de sa belle-fille.

— Vous êtes-vous jamais donné la peine de compter le nombre de cercueils qu'elle a suivis le long de cette nef ? demanda Babette.

Bertie Lightfoot jeta un coup d'œil sur le fond de l'église où les huit porteurs étaient alignés, quatre de chaque côté du cercueil couvert de roses, puis il tourna vers Babette un regard interrogateur.

Grande, mince, droite et digne, Alice Grenville s'avançait lentement vers le premier banc. Toujours formidable sous ses voiles de deuil, elle inspirait un respect mêlé de crainte. Sa canne à manche d'ivoire était la seule concession qu'elle faisait au poids des années. Elle semblait fixer un point dans l'espace, ce qui ne l'empêchait pas de noter que l'assistance était bien réduite et que Babette Van Degan avait considérablement grossi.

Diantha Grenville se tenait à côté d'Alice. Sans chapeau, modestement vêtue, elle ne possédait ni la beauté de sa mère ni la distinction aristocratique de son père, mais personne n'aurait pu nier qu'elle était bien la fille d'Ann et de Billy Grenville. Elle était revenue à New York pour la circonstance. Comme sa grand-mère, elle était là pour accomplir son devoir.

Le vieux révérend Kinsolving, qui avait officié à tous les baptêmes, mariages et enterrements des Grenville pendant près de quarante ans, n'était plus de ce monde et un nouveau pasteur, qui n'avait aucun lien avec la famille, procéda aux rites religieux sans ajouter ses adieux personnels. Quelques psaumes, un hymne, les prières des défunts. Rien de plus.

Alice Grenville leva les yeux sur la rosace qu'elle avait offerte en mémoire des trois William Grenville qui l'avaient précédée dans l'autre monde : son mari, William, son fils, Billy, et son petit-fils Third. La lumière du soleil matinal filtra à travers le vitrail et des rayons roses et violets tombèrent sur elle et sur Diantha sans même effleurer le cercueil d'Ann Grenville.

Contrairement à l'avis de son médecin, Alice accompagna le petit cortège qui suivit le corbillard jusqu'au cimetière où sa belle-fille fut inhumée entre son mari et son fils. Ainsi, personne ne pourrait se permettre de dire qu'Alice Grenville n'avait pas décemment honoré la dépouille de la veuve de son fils bien-aimé.

Après la cérémonie, Diantha reçut le petit groupe de fidèles qui avait suivi l'enterrement dans l'appartement de sa mère pour éviter à Alice un surcroît de fatigue.

Le dupleix d'Ann était mis en vente ainsi que son contenu. James Crocus, l'expert de Parke-Bernet, était déjà à pied d'œuvre — triant, évaluant, estimant —, mais il resta en haut pendant toute la durée de la réception.

L'assistance se composait de quelques intimes et d'autres personnes venues par pure curiosité. A part Babette Van Degan, Bertie Lightfoot, Kay Kay Somerset et le prince Tchelitchev qui avaient été les amis d'Ann Grenville à différents stades de sa vie, on remarquait une certaine Miss Petrie qui avait été la secrétaire d'Ann, et une Brésilienne parfaitement inconnue. J'étais là, moi aussi, moi, l'écrivain Basil Plant. Je me sentais embarrassé comme quelqu'un dont la présence est inopportune.

Le sol de l'entrée était en marbre noir et blanc. A droite se trouvait le salon encombré de meubles. Elle avait toujours eu trop de meubles, trop de robes, trop de fourrures, trop de paires de chaussures. C'était cette abondance de biens qui la trahissait. Les murs étaient ornés de très bonnes toiles éclairées par des appliques, et les vitrines contenaient des collections de jades et de porcelaines anciennes. Un feu sans joie brûlait dans l'âtre d'une cheminée sculptée. Un malaise planait sur l'assistance qui se disperserait aussitôt que le rite serait accompli.

— Je vous remercie d'être venu, répétait Diantha à à chacun.

Mais elle semblait se tenir à l'écart. Les bouteilles et les verres étaient disposés sur la table et elle nous fit signe de nous servir nous-mêmes car l'unique extra envoyé par une agence paraissait dépassé par les événements. Elle s'approcha de la cheminée, prit un soufflet et attisa le feu mourant.

— Bonjour, Mrs. Van Degan, dit-elle.

— Oh, Dolly, il y a si longtemps ! s'exclama Babette.

— On m'appelle Diantha à présent. J'ai toujours détesté ce surnom de Dolly. Je suppose que ma mère pensait qu'il ferait bien dans les chroniques mondaines concernant les débutantes. Seulement, je n'ai jamais été débutante et mon nom ne figure jamais dans les chroniques.

— Où habites-tu ?

— A Seattle.

— Comment est-ce ?

— Très agréable. Très loin.

— Loin de la foule déchaînée, je présume ?

— Exactement.

Elle sourit pour la première fois. Je remarquai qu'elle avait du charme.

— Tu viens d'avoir une expression qui m'a rappelé ta mère, dit Babette.

Diantha se leva. Elle appuya ses mains sur le marbre de la cheminée entre deux porcelaines délicates et continua à contempler les flammes. J'eus l'impression qu'elle n'était pas tellement flattée de la comparaison.

La Brésilienne s'approcha pour lui parler. En se retournant pour lui répondre, Diantha fit un geste brusque et heurta une porcelaine qui se fracassa sur le dallage de la cheminée. Quelqu'un se précipita pour ramasser les morceaux.

— C'est sans importance, dit-elle avec un geste d'insouciance.

Non, elle n'a rien de sa mère, pensai-je, car, pour Ann, l'incident aurait pris les proportions d'une catastrophe.

— Vous pouvez prendre tout ce qui vous plaira en souvenir de ma mère, ajouta-t-elle. C'est ce qu'elle aurait souhaité.

— Sauf les robes de Balenciaga, dit la voix pointue de Miss Petrie, un modèle d'efficacité. Elles sont réservées pour le musée de la Mode.

La secrétaire posa son bloc-notes sur l'une des vitrines contenant des objets de grande valeur qui chacun avait sa propre histoire.

— Sauf les robes de Balenciaga, répéta Diantha qui se rappela d'autres instructions. Ne prenez pas non plus certaines toiles, qui sont léguées au Metropolitan Museum : le Modigliani, les deux Vuillard, le Fantin-Latour, les dessins de Cézanne et le Bonnard représentant les deux femmes.

Des collections de vêtements, de chaussures et de fourrures étaient exposées dans la salle à manger et la table était chargée de porcelaines et d'argenterie. Babette Van Degan, la plus riche du groupe, prit un manteau de zibeline. Bertie Lightfoot hésitait entre deux œufs Fabergé. Il fut autorisé à emporter les deux. Kay Kay Somerset, qui avait détesté Ann Grenville mais qui aimait les ambiances de funérailles, choisit la petite pendule en vermeil que le roi Louis II de Bavière avait offerte à l'impératrice Elisabeth. La Brésilienne prit deux chandeliers géorgiens et le prince Tchelitchev se décida pour le portrait de Dali qui avait tellement révolté Ann jadis.

Pendant que chacun se servait dans cette ambiance de salle des ventes, j'attirai Miss Petrie à l'écart.

— Voulez-vous cette ravissante pendule chinoise en jade ? me demanda-t-elle en essayant de se rendre utile.

— Non, non, merci.

— Il y a ces croquis d'Allejo Vidal-Quadras, et le portrait de René Bouché...

— J'ai une question à vous poser, Miss Petrie, interrompis-je.

— Des valises peut-être ! dit-elle en battant des mains comme si elle avait trouvé la solution idéale. Mrs. Grenville possédait les plus beaux Vuitton.

— Savez-vous si elle a reçu une enveloppe en papier maïs que je lui ai envoyée ?
— Une enveloppe ?
— Contenant une revue.
— Quelle revue ?
— *Monsieur.*
— Je ne me rappelle pas avoir rien vu de pareil.
— Voulez-vous me dire une chose, Miss Petrie ?
— Si je peux.
— Mrs. Grenville s'est-elle suicidée ?
— Non, répliqua-t-elle sèchement en se détournant pour me signifier que la conversation était terminée.
— Il faut que je le sache. C'est vital.
— Le rapport médical n'est pas encore arrivé.
— A-t-elle laissé un mot ?
— Mrs. Grenville souffrait de troubles cardiaques.
— C'est ce que j'ai lu dans la presse.

Un violent coup de tonnerre interrompit notre entretien. De grosses gouttes de pluie martelèrent les vitres. Chacun se disposa à partir.

— Vous ne voulez pas cette photographie de Mrs. Grenville à côté du tigre de trois mètres qu'elle a tué au cours d'un safari en Inde ? suggéra Miss Petrie. Elle en était si fière.
— Non merci.
— Mais il faut emporter un souvenir, Mr. Plant.
— Très bien. Un parapluie alors.
— Un parapluie ?
— Oui. C'est tout ce que je veux.

Mon choix me valut un regard pénétrant de Diantha. Elle parut comprendre que je ne m'intéressais pas plus qu'elle à la valeur des choses.

— Au revoir, lui dis-je.

Comme elle ne me connaissait pas, elle me répondit par un vague geste d'adieu.

Là-haut, dans un tiroir de l'écritoire qui avait appartenu à Marie-Antoinette, James Crocus découvrit un numéro hors série de *Monsieur*. Dans la revue se trouvait une enveloppe cachetée contenant une lettre écrite de la main d'Ann Grenville. Elle commençait ainsi : « Chère Diantha, je veux mettre les choses au point... »

James Crocus replia la lettre avec des doigts tremblants. La bienséance lui interdisait de poursuivre sa lecture mais, en la glissant dans l'enveloppe, il ne put s'empêcher de lire les mots suivants : « La dernière fois que nous nous sommes vues, tu m'as dit : "Tu ne crois pas qu'à un certain stade de notre vie, tu nous devais des explications sur ce qui s'est réellement passé cette nuit-là ?" Eh bien, Basil Plant s'est chargé de raconter non seulement à toi mais à tous les lecteurs de ce magazine ce que j'avais promis à ta grand-mère de ne jamais révéler... »

Hier soir, j'étais assis au restaurant *Le Cirque* à une table moins bien placée que celles qui m'étaient réservées d'habitude. J'écoutais sans l'entendre le bavardage d'une personnalité de la télévision lorsque je revis Diantha Grenville. Elle avait les yeux braqués sur moi. Mon visage déjà congestionné par la boisson devint écarlate.

Nos regards s'accrochèrent pendant une éternité dont chaque seconde me parut insupportable. Elle portait en elle tout le mépris des deux dames Grenville, sa grand-mère Alice et sa mère Ann.

Il est bizarre que la mort sanctifie des gens dont la vie n'avait rien d'édifiant. Bratsie Bleeker, par exemple. Chacun sait qu'il a été abattu parce qu'il couchait avec la femme du régisseur de la plantation de sa mère. Pourtant, à écouter Edith Bleeker, on aurait pu croire que Bratsie était mort en secourant les *Boat People* ! Tel est l'étrange pouvoir de la mort. Quant à Diantha, il était bien évident qu'elle détestait sa mère. Elles n'avaient eu aucun contact pendant plus de deux ans. Cependant, après la mort d'Ann, tout avait changé. Elle vit actuellement dans un appartement encombré de ces mêmes meubles anciens, collectionnés par Ann, qu'elle méprisait tant naguère. Diantha essaya de me rencontrer à plusieurs reprises, mais je n'en voyais pas l'utilité. Un jour, nous nous trouvâmes face à face dans la Neuvième Rue. Je lui criai :

— Cessez de me suivre.

Comment aurais-je pu deviner que son psychiatre habitait le même immeuble que le mien ?

Non, non, non. Je ne suis pas responsable de ce qui est arrivé à Ann Grenville. Peu importe que ce prêtre ait dit qu'elle lui avait téléphoné à la dernière minute. Peut-on imaginer Ann Grenville demandant à quelqu'un de prier pour elle. Voilà l'ennui, avec ces prêtres catholiques. Ils se figurent que tout le monde veut se convertir. En réalité, Ann Grenville ne supportait pas la vue des rides qui continuaient à se creuser dans son visage en dépit de ses nombreux liftings. Elle n'avait plus d'hommes dans sa vie et, sans hommes, elle était perdue. « J'aime voir des chaussures d'homme dans ma penderie », avait-elle dit autrefois.

J'avais toujours pensé que la mort de Billy n'était pas accidentelle. Je ne voulais pas démordre de ma théorie. Mais, pour la démontrer, je me suis fondé uniquement sur les confidences d'Ann Grenville elle-même et sur les renseignements que m'ont fournis ses intimes.

La nuit dernière, j'ai rêvé d'Alice Grenville. Elle avait la tête couverte d'un voile de deuil mais je pouvais distinguer ses traits. Elle essayait de me parler mais je ne comprenais pas ce qu'elle voulait me dire. Alors, elle a secoué lentement la tête comme pour me reprocher de m'être immiscé dans des affaires qui ne me regardaient pas. Je suppose qu'elle continuait à protéger sa belle-fille contre les intrus, comme si elle et les siens avaient définitivement admis Ann Grenville au sein de leur groupe.

ACHEVÉ D'IMPRIMER
SUR LES PRESSES
DE L'IMPRIMERIE S.E.G.
33, RUE BÉRANGER
CHATILLON-SOUS-BAGNEUX

N° éd. : 5294
Dépôt légal : octobre 1986
Numéro d'impression : 3454